CLAUDIA TOMAN | Jagdzeit

Claudia Toman im Interview

»Hexendreimaldrei« und »Jagdzeit« haben dieselbe Heldin – kann man Ihre beiden Romane dennoch unabhängig voneinander lesen?
Auf jeden Fall. Es gibt einen roten Faden, im wahrsten Sinn des Wortes, doch die Abenteuer selbst sind in sich abgeschlossen. Es ist keine Reihe, keine Fortsetzungsgeschichte, zumal die Handlung von »Jagdzeit« über ein Jahr nach jener von »Hexendreimaldrei« spielt.

Ist Ihre Heldin Olivia Ihr Alter Ego?
Wir sind Verwandte ersten Grades, das mit Sicherheit. Dennoch ist Olivia eine eigenständige Figur und unterscheidet sich in vielem von mir. Wir lernen voneinander, was sehr bereichernd ist, und es ist hilfreich, für all das, was man vielleicht lieber wäre oder gar nicht gerne ist, eine Projektionsfläche zu haben.

»Jagdzeit« spielt in einem österreichischen Bergdorf, das, ganz mysteriös, immer nur »W.« genannt wird – gibt es dafür ein reales Vorbild und wenn ja, warum haben Sie diesen Ort gewählt?
Es gibt ein kleines Bergdorf, das mich seit fünfundzwanzig Jahren begleitet. Mein Schauplatz W. hat nur einige Elemente davon bekommen, den Dorfdichter beispielsweise, die komischen Käuze und die Stimmung mancher Orte wie Kirche, Friedhof oder Wirtshaus. Dennoch bin ich selbst überrascht, wie erstaunlich lebensecht es geworden ist, fast als läge über dem Bergdorf nun, wenn ich dort spazieren gehe, eine unsichtbare Fotografie von W., dem Romanschauplatz.

Über die Autorin

Claudia Toman wurde 1978 in Wien geboren. Ihre Kindheit und Jugend verbrachte sie zu etwa gleichen Teilen in Mittelerde, Phantasien, Märchenmond und Derry, Maine. Nach dem Schulabschluss packte sie die Theatersucht, und so arbeitete sie als Regisseurin und Regieassistentin in Wien, Tokio und Tel Aviv. Seit 2001 betreut sie die Vorstellungen der Kinderoper an der Wiener Staatsoper. Ihr Leben teilt sie mit einer eigensinnigen Katzendame. »Jagdzeit« ist nach »Hexendreimaldrei« (Diana, 2009) ihr zweiter Roman. Weitere Informationen und Kontakt zur Autorin: http://claudiatoman.blogspot.com

CLAUDIA TOMAN

JAGDZEIT

Roman

FSC
Mix
Produktgruppe aus vorbildlich
bewirtschafteten Wäldern und
anderen kontrollierten Herkünften

Zert.-Nr. SGS-COC-001940
www.fsc.org
© 1996 Forest Stewardship Council

Verlagsgruppe Random House FSC-DEU-0100
Das für dieses Buch verwendete
FSC-zertifizierte Papier *Holmen Book Cream*
liefert Holmen Paper, Hallstavik, Schweden.

Originalausgabe 05/2010
Copyright © 2010 by Diana Verlag, München,
in der Verlagsgruppe Random House GmbH
Dieses Werk wurde vermittelt durch die Literarische Agentur
Thomas Schlück GmbH, Garbsen
Redaktion | Ilse Wagner
Herstellung | Helga Schörnig
Umschlaggestaltung | Hauptmann & Kompanie Werbeagentur,
Zürich, Teresa Mutzenbach
Satz | Leingärtner, Nabburg
Druck und Bindung | GGP Media GmbH, Pößneck
Printed in Germany 2010
978-3-453-35399-2

www.diana-verlag.de

Für Livia,
die alle Märchen noch vor sich hat!

Es war einmal ein
kleines süßes Mädchen,
das hatte jedermann lieb,
der sie nur ansah, am aller-
liebsten aber ihre Großmutter, die
wusste gar nicht, was sie alles dem Kinde
geben sollte.   Einmal schenkte sie ihm
ein Käppchen   von rotem Samt, und weil
ihm das so wohl   stand und es nichts anderes
mehr tragen wollte,
hieß es nur das Rotkäppchen.
Eines Tages sprach seine Mutter
zu ihm: »Komm,   Rotkäppchen, da hast
du ein Stück   Kuchen und eine Flasche
Wein, bring das   der Großmutter hinaus;
sie ist krank und   schwach und wird sich
daran laben. Mach   dich auf, bevor es heiß
wird, und wenn du
hinauskommst, so
geh hübsch sittsam
und lauf nicht vom
Wege ab, sonst fällst
du und zerbrichst das
Glas, und die Großmut-
ter hat nichts. Und wenn
du in ihre Stube kommst,
so vergiss nicht, guten Morgen zu sagen, und guck nicht
erst in allen Ecken herum!«

Die Akte W.
TEIL 1: DER WALD

1 Die Dunkelheit beißt!

Die Jagd hat begonnen. Hinter mir kann ich ihre Schritte hören, zu nah. Über mir ist der verdammte Mond fast voll. Wie kommt es, dass dennoch kein einziger Strahl zwischen den Baumkronen in den Wald dringt, der sich finster und unheimlich vor mir aufbaut? Verdächtig, dieses bewegungslose, schwarze Nichts! Kein Blättchen rührt sich, absolute Windstille. Nur starre, dunkeldunkelschwarze Baumriesen mit im Nirgendwo verschwindenden Kronen und endlosen, glatten Stämmen, denen das silbergraue Mondlicht die Gestalt von Marmorsäulen gibt, die statt einer Stuck- eine Himmelsdecke tragen. Dazwischen Schatten, Dunst und was weiß ich was.

Ich bin eigentlich nicht ängstlich. Zum Beispiel macht es mir nichts aus, nachts von der Bushaltestelle durch stille Seitengassen nach Hause zu gehen. Doch ich besitze eine blühende Fantasie, was dazu führt, dass meine Angst direkt proportional zu fehlender Sicht zunimmt. Angesichts der Tatsache, dass es stockdunkel ist und ich mich am Rande eines großen Waldgebietes befinde, in dem wilde Tiere, insbesondere Wölfe, nicht lange zögern, wenn es um potenzielles Frischfleisch geht (uaah!), werde ich also womöglich schreien, wenn sich im Unterholz etwas bewegt. Ziemlich sicher sogar.

Mein Rücken ist schweißnass von meinem Spurt durch das Dorf. Ob sie die Richtung sehen (oder riechen?) konnten, in die ich verschwunden bin? Verfolgen sie mich mit Fackeln und Pistolen, oder ziehen sie es vor, mich mit einem stumpfen Gegenstand k.o. zu schlagen, um mich anschließend ohne viel Trara verschwinden zu lassen? Ein Todesfall mehr in W., was tut das schon zur Sache? Selbst schuld, Olivia, sage ich flüsternd zu mir selbst, selbst schuld, wenn man sich in fremde Angelegenheiten mischt! Ich bin kein bisschen besser als der Schnüffler. Kein bisschen!

Kann es sein, dass meine Hände zittern? Ich hätte mir »Blair Witch Project« nicht ein zweites Mal ansehen dürfen. Vor allem die Szenen, wo die Kamera lief, aber nur Finsternis zeigte, habe ich jetzt im Kopf, diese absolute, undurchdringliche Waldfinsternis. Wo wird man schließlich heutzutage in unserer Standby- und Neonreklamewelt noch mit restloser Finsternis konfrontiert?

Was war das? Ein Knacken, ganz deutlich. Ich wimmere. Der metallische Geschmack in meinem Mund wird stärker, und die Übelkeit in meinem Magen macht mir zu schaffen. Zu viel Zucker, zu viel Fett und zu viel Kribbelangst. Klarer Fall von hormonellem Supergau!

Seit mittlerweile drei Tagen, also ziemlich genau seit meiner Ankunft in diesem entsetzlichen Bergdorf, leide ich nämlich an dem längsten und schwersten PMS-Anfall meines Lebens. Verfluchte Östrogene! In senkrechter Position bewegt sich eine Hitzewelle permanent von oben nach unten und wieder retour, während mein Kopf gefühlsmäßig etwa zehn Zentimeter über meinem Hals schwebt, dafür aber allein fünfzig Kilogramm wiegt. Mein Hintern wiegt dreihundert. Mir ist schlecht, schwindelig, ich bin fett, aber hungrig und habe seit vorgestern bereits dreieinhalb Weinkrämpfe, einen Tobsuchtsanfall, eine emotionale Entgleisung sowie mehrere kleine depressive Verstimmungen hinter mir. An all dem, insbesondere an erstens, zweitens und drittens, ist nur der Schnüffler schuld. Nun ja, zu einem Teil auch der Mohnkuchen. Doch diese Gedanken will ich derzeit nicht denken! Nicht mit einem Haufen Jäger auf den Fersen, stockdunkler Nacht um mich herum und einem unheimlich knackenden, finsteren Wald als einzigem Fluchtweg. Wer weiß, was mich zwischen den Bäumen und Büschen erwartet? Ganz schön blöd, sich zwischen Todesgefahr und Todesgefahr entscheiden zu müss…

Da, schon wieder! Näher. Um Himmels willen. Mein eigener Atem dröhnt in meinen Gehörgängen, mischt sich mit Herzschlag, Blutrauschen sowie, ja wirklich, klappernden Zähnen. Kalter Schweiß auf meiner Stirn. Ich wünschte, ich hätte einen Schluck Wasser, mein Mund ist so schrecklich trocken und mein Magen flau wie nie. Während ich die Luft anhalte, versuche ich, mich auf die Geräusche aus dem Schattenwald zu konzentrieren. Nichts. Gar nichts. Dafür Stimmen hinter mir, Rufe, Schreie. Kommandos. Bilde ich mir das nur ein, oder kann ich bereits das Leuchten ihrer Fackeln sehen, wenn ich über die Schulter zurückblicke? Licht, denke ich sehnsüchtig, was würde ich für ein wenig Licht vor mir geben. Doch besser das Dunkel des ungemütlichsten Verstecks als die Glut der gierigen Meute. Also los, Olivia! Ich atme tief ein und mache einen halben Schritt vorwärts.

Gewiss, jeder vernunftbegabte Mensch fragt sich nun mit Sicherheit, was ein solches Angstlangohr wie ich im Mondschein am Waldrand verloren hat. Guter Einwurf, zumal ich dafür bekannt bin, dass ich zwar mit Vorliebe Stephen-King-Romane lese, jedoch nur dann, wenn alle, wirklich ALLE Lichter in meiner Wohnung eingeschaltet sind, inklusive Klo-, Bad- und Küchenschrankinnenbeleuchtung, und meine Katze LaBelle sich in Körperkontaktnähe befindet.

Nun, bestimmt mache ich keinen nächtlichen Mondspaziergang, mit wem auch? Es ist vielmehr so, dass ich gerade einer Schussattacke entkommen bin und mich nun auf der Flucht befinde, denn in dem idyllischen Dörfchen W. ist der Wahnsinn ausgebrochen. Wie bin ich da bloß hineingeraten? Ach ja, richtig, ich musste ja unbedingt rauskriegen, was hinter den Todesfällen steckt. Recherche betreiben. Tolle Idee!

DEADLINE, denke ich bitter, aus Angst vor einer Deadline bin ich vor drei Tagen nach W. gekommen, und nun habe ich eine viel konkretere Todeslinie erreicht. Was für eine Ironie des Schicksals! Aufgrund der Schreibblockade konnte ich mir kein Abenteuer schreiben, also musste ich schnurstracks in eines hineinstolpern. Typisch ich. Aber nun heißt es Flucht nach vorn. Entschlossen wende ich mich dem Waldrand zu.

»Aaaaaaah!« Der Schrei ist da, noch bevor mein Hirn die gesammelten optischen und akustischen Signale verarbeitet hat. Ein neuerliches Knacken von halblinks vorn und ein einzelnes Auge ebendort. Ein tierisches, furchtbares, unnatürlich fluoreszierendes neongraues Auge, das genau in meine Richtung starrt.

Die Hütte!, denke ich noch, bevor alles um mich herum endgültig in Dunkelheit verschwindet. Die Hütte. Suchen!

Ich sehe schwarz.

Oberdunkelsuperschwarz.

2   Die Reifriesen grollen!

Drei Tage zuvor

»Welche Farbe?«

»Rot. Kirschrot, genau genommen. Sag mal, hörst du mir überhaupt zu?«

Schweigen am anderen Ende der Leitung. Schweigen und dann der unverkennbare Klang von ...

»Kann das sein, dass du gerade die Klospülung betätigt hast?«

»Was sagst du?«

»Die *KLO*SPÜLUNG?«

»Na ja, es war dringend.«

Ich schüttelte den Kopf und versuchte krampfhaft, mich auf die Straße vor mir statt auf das Rauschen aus der Freisprecheinrichtung zu konzentrieren. Menschen, die aufs Klo gehen, während man mit ihnen telefoniert, haben auch die Angewohnheit, in Lokalen ungeniert mit männlichen Mitbürgern zu flirten, wenn man ihnen die große Tragödie seines Lebens schildert, oder einen gnadenlos in der Leitung warten zu lassen, weil sie schnell den Festnetz- oder Skype-Anruf beantworten müssen. Ganz zu schweigen von der Unart, mit dem Handy am Ohr E-Mails zu schreiben oder sich ein mehrgängiges Menü zuzubereiten. Man merkt diese Zeichen fehlender Konzentration an der stets gleichbleibenden »Aha, hm!«-Antwort.

»Bist du noch dran?«

»Aha, hm!«

Ich stellte mir vor, wie sie einhändig oder mit zwischen Ohr und Schulter eingeklemmtem Telefon ihre Unterhose und Hose wieder hochzog.

»Uah, ein Ufo geradeaus!«

»Aha, hm!«

»Ein Abgrund! Ich kann nicht bremsen! Ich werde sterben!«

»Sehr witzig! Also eine kirschrote Lederjacke. Ich gratuliere, du bist offiziell versnobt.«

Meine Freundin Sorina, ihres Zeichens Besitzerin der versnobtesten Handtaschenkollektion von ganz Wien, war also der Meinung, ich wäre ein Snob, nur weil ich mangels eines männlichen Liebesobjektes mein Herz an eine kirschrote Lederjacke verschenkt hatte, die ich mir nach Erhalt meines allerersten Verlagsvorschusses zur Belohnung gegönnt hatte. Ich war nun tatsächlich freischaffende Romanautorin und erstmals in meinem Leben im Besitz eines ausreichend gefüllten Bankkontos. Wenn da nicht die Sache mit dem zweiten Buch und der Deadline wäre, befände ich mich im schlaraffenländischsten Paradies!

»Na, wenn du meinst. Ich an deiner Stelle würde mich lieber nach einer testosteronhaltigeren Leidenschaft umschauen.«

Wenn das so leicht wäre! Manchmal werden sie einem nämlich auch glatt unter der Nase weggeheiratet …

»Aber vergiss nicht, Olivia: Der erste Blick gilt dem Ringfinger, nicht den Augen, sind wir uns einig?«

»Worauf du Gift nehmen kannst!«

»Muss nicht sein. Außer das Gift schmeckt süß und bewirkt eine Endorphinausschüttung. Wohin fährst du überhaupt?«

Ich betrachtete die graue Wolkendecke über dem Bergmassiv, das links neben der Autobahn an mir vorüberzog, und seufzte.

»In die Berge.«

»Was, bitte schön, willst *DU* in den Bergen? Du bekommst Blasen, wenn du Wanderwegweiser nur anschaust, nach drei Schritten über Wurzeln und Steine bist du außer Atem, und Tannenduft ist für dich ein komplett indiskutables Klospray. Mädchen, was ist mit deinem drei Jahrzehnte alten Großstadt-Gen?«

»Du hast ja recht. Aber du kennst doch meine Freundin Xandra ...«

»Ach ja, die mit dem höchst individuellen X.«

»Xandra hat einen älteren Bruder, der einen Freund hat, der aus einem winzigen Bergdorf bei Salzburg stammt, dort zwar um keinen Preis mehr leben will, aber mich per E-Mail mit seinem Cousin verkuppeln wollte. Aber bevor ich mich jetzt in wochenlange Schreibereien verstricke, fahre ich lieber gleich hin und schau mir den Kerl live an. Darum bin ich jetzt auf dem Weg nach Kleinkaffingen in Mittelnirgendwo.«

»Wegen einem *Mann*?«

»Ja, denk dir, ich habe das männliche Geschlecht noch nicht ganz abgeschrieben. Ich bin erst dreißig Jahre alt, und solange mir noch keine Zähne ausfallen oder Warzen auf der Nase wachsen, werde ich weitersuchen, ehe die Schwerkraft den Sieg über mein Bindegewebe davonträgt. Auch wenn ich dafür in die feindliche Natur reisen muss.«

Sorina schnaufte anzüglich.

»Ein Blind Date in einem Gebirgskaff? Da wünsche ich dir viel Spaß. Ich werfe ›Schlaflos in Seattle‹ ein, trinke eine Flasche

Chardonnay und höre mir danach mit zunehmender Depression peinliche Radiosendungen an, in der Hoffnung auf so ein seltenes, verdammtes Wunder.«

»Auf Tom Hanks mit Wuschelkopf?«

»Blödsinn, auf ein Date auf dem Empire State Building!«

»Es lebe die Großstadt!«

»Es lebe die Großstadt!«

Nachdem ich das Gespräch beendet hatte, überlegte ich kurz, die Expedition abzubrechen und in dichter besiedelte, heimatliche Gefilde zurückzukehren, um mich ganz meiner urbanen Einsamkeit widmen zu können: Katze auf dem Schoß, Weinglas in der Hand, Schokolade in Reichweite, meine Lieblingsepisode von »Sex and the City« im DVD-Player und dabei mitsprechen bzw. bei »Moon River« mitplärren, wenn Mister Big sich an die Westküste vertschüsst.

Andererseits lagen bereits drei Stunden Autofahrt hinter mir, die ohnehin nur mit Hilfe mehrerer Dosen Red Bull zu bewältigen gewesen waren, und ich hatte das dringende Bedürfnis, in einem weichen Federbett bei offenem Fenster, durch das klare, frische Bergluft strömte, friedlich einzuschlafen. Schlafen war definitiv eine grandiose Idee. Von mir aus auch in der realen Welt.

Vor mir tauchte vermutlich der achtundsiebzigste Tunnel auf. Jeder davon hatte mich tiefer in dieses Abenteuer hineinkatapultiert, das eigentlich überhaupt nicht mein Stil war. Ich glaube nicht an Internetbekanntschaften, und Blind Dates sind mir sowieso ein Gräuel. Mit irgendeinem wildfremden Polohemdträger verzweifelt nach Gesprächsthemen suchen, während man permanent überlegt, wie lange man sitzen bleiben muss oder wie oft man aufs Klo gehen kann, ohne als Freak zu gelten, beziehungsweise grob unhöflich zu wirken. Bäh!

Trotzdem blinkte ich und nahm die Autobahnabfahrt in das Tal, an dessen Ende, in einem geräumigen Kessel, das kleine Dorf W. lag. Warum?

Ich gebe zu, dass das rauschende Fest zu meinem dreißigsten Geburtstag zwar in Sachen Unterhaltung keine Wünsche offengelassen hatte (wie übrigens ebenso in Sachen Alkoholkonsum oder peinliche Auftritte), dass ich mir aber jedes einzelne Glas Bellini selbst hatte einschenken müssen und von den Begleitern Schrägstrich Ehemännern meiner weiblichen Bekannten demonstrativ mitleidig begutachtet worden war.

»Und, Olivia, schläfst du dann in der Mitte des Doppelbettes oder auf einer Seite? Ist das nicht *deprimierend*?«

Mehrere miteinander verschweißte Pärchenwesen mit Glupschaugen warteten gierig auf meine Antwort.

»Für gewöhnlich schlafe ich auf der Seite, die meine Katze LaBelle mir übrig lässt. Ihr Schnurren hat eine beruhigende Wirkung, es ist fast meditativ. Erspart mir ein Vermögen für Schlaftabletten. Und was unternehmt ihr so gegen das lästige Schnarchproblem?«

Das Triumphgefühl hielt nur kurz an. Denn in Wahrheit lag ich viele Nächte wach, die Stille weckte mich unweigerlich, und Scheidungszahlenzählen half nur bedingt.

Ich war allein. Diese unleugbare Tatsache hatte mich so frustriert, dass ich noch vor Mitternacht beschlossen hatte, an diesem nun schon fast chronischen Einzelgängerdasein baldigst Änderungen vorzunehmen. Nach zwei gescheiterten Beziehungen und einer äußerst schmerzhaften Leider-Nein-Verbindung mit dem ultimativen Märchenprinzen, seines Zeichens Neo-Ehemann einer anderen Glücklichen, sehnte ich mich nach männlicher Nähe. Nicht zuletzt deshalb, weil ich in der Vergangenheit festgestellt hatte, dass Liebe ein enorm wichtiger Teil des schriftstellerischen Schöpfungsprozesses war. Und es war definitiv Zeit, zu schöpfen, ließ man mich seitens meines Verlags wissen. Doch woher nehmen, wenn nicht stehlen? Der Vertrag für das zweite Buch war unterschrieben, aber eine durchs deprimierende Singledasein begründete Schreibblockade hielt mich von jeder Form kreativer Betätigung ab, stattdessen überlegte ich, Yoga oder japanischen Schwertkampf zu erlernen. Ein Tiefseetauchkurs stand auch ganz oben auf der Liste.

Als mir in diesem Gemütszustand Xandra, reichlich beschwipst, permanent an ihrem kurzen grünen Minirock zupfend, vom feschen Cousin aus dem etwas ländlicheren Gebiet berichtet hatte (wobei ich da noch so großstadtnahe Landgegenden wie Wiener Neudorf oder maximal Baden bei Wien vor mir gesehen hatte), war ich bereit, meine sonst üblichen Bedenken großzügig zu ignorieren. No risk, no fun, oder so ähnlich. Und besser, als mit einer Sauerstoffflasche bewaffnet und blöden Flossen an den Füßen Korallenriffe zu besichtigen. So hatte ich die Katze schweren Herzens bei meinen Eltern abgegeben, meine Siebensachen gepackt und war Richtung Westen gefahren. Inspiration ahoi!

Auf dem Papier klang er auch ausgesprochen gut: gerade vierzig geworden (perfektes Alter!), Sport- und Deutschlehrer in der Bezirkshauptstadt, sehr belesen, aber nicht zu intellektuell, gesellig, gut aussehend, Brillenträger (wichtig!), Lieblingsbuch: »Schlafes Bruder« (gut, typisch Deutschlehrer), Lieblingsmusiker: Phil Collins (na ja, besser als zum Beispiel Bryan Adams), Lieblingsfilm: »Stirb Langsam 2« (gerade noch akzeptabel), Lieblingsschauspieler: Tom Hanks (!), seit einem Jahr Single und auf der Suche nach »etwas Ernstem« »mit ausreichend Distanz zur Ortseinwohnerschaft«, sprich: eine Frau fürs Leben von außerhalb. Nicht, dass ich es je in Betracht gezogen hätte, mich von der heiß geliebten Großstadt zwecks Familiengründung weiter als fünfzig Kilometer zu entfernen, doch solche Bekanntschaften konnten ja durchaus auch den umgekehrten Weg nehmen, zumal wohl kein vernunftbegabter Pädagoge das Kaff W. der Hauptstadt W. vorziehen würde, oder?

Zwei Kreisverkehre später, kurz vor der Ortseinfahrt von W., dem Ziel meiner Reise, gab die Wolkendecke nach, und das Unwetter legte mit einem Donnergrollen los, bei dem mir fast die Trommelfelle platzten. Na wunderbar. Glorreiche Aussichten. Ich würde in diesem Kuhdorf nicht einmal die einzige Unterhaltung in Anspruch nehmen können, die es zu bieten hatte, nämlich Natur pur. Stattdessen würde ich am nächsten Tag Däumchen drehend durchs Fenster auf den Regen starren und den Schulschluss abwarten, um den verheißungsvollen Unbekannten darüber zu informieren, dass ich zufällig in den Bergen war. Irgendwie konnte ich mir nämlich nicht vorstellen, dass es hier ein Viersternehotel mit Sauna, Infrarotkabine und Hallenbad gab.

Tatsächlich hielt ich zwanzig Minuten später vor der einzigen Herberge in ganz W., dem Dorfwirtshaus mit dem mäßig originellen Namen »Gifthütte«. Kein Stern weit und breit, schon gar nicht am grau verhangenen Gewitterwolkenhimmel. Ein ausgebleichtes blassrosa Fähnchen neben der Tür verkündete schlapp »Zimmer frei«, wenig verlockend, doch ich beschloss, angesichts des peitschenden Regens dieses Angebot schnellstens anzunehmen. Ehe ich eintrat, blickte ich mich um, um einen ersten Eindruck von der Heimat des potenziellen Zukünftigen (Optimismus ist das halbe Leben!) zu gewinnen. Ich beschloss augenblicklich, dass ein einziger Familienbesuch im Jahr ausreichend wäre, wenn er erst einmal bei mir in Wien leben würde. Höchstens anlässlich von Hochzeiten oder, alternativ, Beerdigungen konnte man über eine zweite Fahrt in diesen Inbegriff der Trostlosigkeit nachdenken. Ich meine, welches schriftstellerische Potenzial sollte denn in dieser Landschaft stecken?

Locker gruppierten sich alte, mehr oder weniger renovierungsbedürftige Häuser um die auf einem kleinen Hügel gelegene Kirche samt Friedhof. Auffallend war die Abwesenheit von Farben. Selbst jene Gebäude, die wohl früher einmal kräftig geleuchtet haben mussten, waren nun undefinierbar schlammbeige, wie von zu viel Regen völlig ausgewaschen. Das Holz der Balkone und Veranden wiederum war graubraun und wirkte sogar aus der Ferne modrig und wenig vertrauenerweckend. Umso üppiger wucherten hässliche pastellrosa Balkonblumen, als wäre es ihr Lebenszweck, alles andere weitestmöglich zu kaschieren. Auf mich wirkten sie mehr wie gierige, fleischfressende Pflanzen, denen man besser nicht zu nahe kam (sofort notieren!).

Rundum, also tatsächlich in jeder erdenklichen Richtung, türmten sich dunkle, unheimliche Bergmassen auf, nur durch einen Waldgürtel davon abgehalten, direkt aus der Ortsmitte emporzuwachsen wie nackte, bucklige Riesen.

Ganz W. kletterte an dem Hügel hinauf, auf dessen Kuppe die Kirche stand, was dazu führte, dass es so gut wie keine ebenen Wege oder Straßen gab, sondern dass man sich immer entweder bergauf oder bergab bewegte, und zwar nicht auf glattem Asphalt, sondern auf unebenen Kieswegen ohne Bürgersteig. Die Anordnung der Häuser wirkte schlampig bis willkürlich, als hätte eines der Bergmonster eine Handvoll Würfel ausgestreut und vergessen, sie danach wieder einzusammeln. Reifriesenspiele! Da das Gewitter das Hereinbrechen der Dämmerung beschleunigt hatte, brannten hinter den meisten Scheiben schon Lichter, doch sie wirkten keineswegs gemütlich oder einladend, sondern vielmehr bedrohlich, als lauerte hinter jedem Fenster eine unbekannte Gefahr. Mich fröstelte trotz meiner neuen roten Lederjacke, und ohne weiter zu zögern betrat ich das Wirtshaus, um Gewitter sowie Trübsal zu entkommen.

»Da haben Sie Glück, bei uns ist tatsächlich noch ein Zimmer frei.«

Ich nickte unsicher. Der Wirt, Einfach-nur-Sepp, wie er sich vorgestellt hatte, war einer dieser Menschen, bei denen man nie wusste, ob sie das, was sie sagten, ernst meinten oder einen auf den Arm nehmen wollten, wobei er in jedem Fall ein freundliches Lächeln im Gesicht sowie unendliche Gelassenheit in seinen Bewegungen beibehielt. Ein stattlicher, rotwangiger, pausbackiger Naturkerl undefinierbaren Alters, dessen Pupillen, wenn er eine Grimasse zog, in den schmalen Augenschlitzen beinahe verschwanden. Strähnige braune Haare, die sich nicht auf einen Scheitel einigen konnten, hingen ihm seitlich in die Stirn. Ein hässliches, sichtbar altersschwaches Schafwollgilet verlieh ihm eine noch ländlichere Optik. Außerdem sprach er in gefärbtem, aber perfektem Hochdeutsch mit mir, in das ihm zwar ab und zu ein Dialektausdruck rutschte, von dem er aber prinzipiell nicht abwich, wenn er mit »Fremden« sprach. Egal, ob sie aus der Bezirkshauptstadt, der Landeshauptstadt oder einem anderen Teil dieser Welt kamen. »Außerhalb« begann hinter dem Ortsschild.

»Die Hälfte unserer Zimmer ist nämlich zur Minute belegt. Aber Gott sei Dank verfügen wir ja über zwei Gästeräume, sonst wären wir womöglich ausgebucht.«

Er lächelte über diesen Witz, und ich hielt es für besser, grinsend zu nicken, bis mir einfiel, was das bedeutete.

»Also ist außer mir tatsächlich noch ein – äh – Tourist im Ort?«

»Tourist? Ja, das kann man so sagen, vielleicht aber auch nicht, das kommt ganz darauf an, wie man Tourist definiert.«

Sepp sprach so langsam, wie er sich bewegte, er dehnte die Silben sehr demokratisch, sodass man nie genau wusste, welche davon Bedeutung hatte und welche nicht.

»Da drüben sitzt er.«

Sepp deutete mit einer kleinen Bewegung des ganzen Armes in eine Ecke des Wirtsraumes, wo, kaum zu sehen, im Schatten ein Mann an der Wand saß, den Hut zu tief ins Gesicht gezogen, als dass man von diesem viel mehr hätte erkennen können als zwei funkelnde Augen, die beunruhigenderweise genau in meine Richtung blickten. Oder bildete ich mir das ein? Seine Kleidung war eher unauffällig, eine ausgeleierte Levis, ein schwarzer Pullover, nichts Besonderes, bis auf seine Füße, die in hohen, sehr abgetragen aussehenden Lederstiefeln steckten. Hielt sich wohl für eine Art Cowboy … Vor ihm auf dem Tisch stand eine Dose Coke Zero, aus der er hin und wieder einen Schluck nahm, ohne das Glas zu benutzen, das danebenstand. Noch interessanter war, dass er dabei unaufhörlich auf einem kleinen Notizblock herumkritzelte.

Grandioses Pech, da war ich wohl auf einen Kollegen aus der schreibenden Zunft gestoßen, was mir für gewöhnlich ungefähr so viel Freude bereitete, wie an einem heißen Sommertag, in einen vollen Bus mit einer Frère-Jacques-singenden Volksschulklasse gequetscht, durch die halbe Stadt zu fahren. Ding-Dang-Dong. Ding-Dang-Dong.

»Und wer ist das?«, fragte ich Sepp leise, der jedoch nur in Zeitlupe mit den Schultern zuckte.

»Das weiß ich selbst nicht so genau. Redet wenig, kritzelt viel in diesem Ding herum, trinkt nur aus Dosen und hat immens große Ohren. Harmlos, im Prinzip.«

Ich ertappte mich dabei, wie ich unwillkürlich nach den Ohren im Hutschatten Ausschau hielt.

»Es fragt mich ja keiner, aber wenn man mich fragen würde, würde ich sagen, so sieht ein Schnüffler aus.«

»Ein Schnüffler?«

Sepp nickte bedächtig, womit das Thema für ihn wohl erledigt schien, da er hinter der Theke verschwand, um kurz darauf mit einem Schlüssel zurückzukommen, den er vage in meine Richtung hielt. Ich nahm ihn. Ein einfacher kleiner Silberschlüssel ohne Anhänger, nur an einer Schlinge aus grobem Garn aufgefädelt.

»Erster Stock, Zimmer zwei, Frühstück gibt es keines. Das Wirtshaus macht erst mittags auf, aber meine Frau Therese stellt immer eine Thermoskanne mit Kaffee und ein paar Buttersemmeln hier auf die Theke, zur Selbstbedienung. Der da«, er deutete noch einmal Richtung Schnüffler, »rührt davon aber nie etwas an.« Dabei grinste Sepp fröhlich schlitzäugig in sich hinein. »Ich wünsche eine gute Nacht.«

»Danke, äh ...«

Als habe er mich bereits vergessen, holte Sepp ein Bierglas unter der Theke hervor, füllte es ohne Eile und trug es zu einem voll besetzten Tisch am Fenster, wo es mit Gejohle in Empfang genommen wurde. Erst jetzt bemerkte ich, dass außer dem Schnüffler und mir noch andere Gäste im Wirtshaus waren. Einheimische offensichtlich, in kleinen Gruppen an den Tischen verteilt. Ausschließlich Männer. Die meisten von ihnen ignorierten mich nach kurzer Prüfung demonstrativ. Manche flüsterten miteinander, wobei sie, nicht gerade unauffällig, auf mich deuteten, und ein paar musterten mich ganz offen aus starren, kalten Augen. Eine Gänsehaut kroch über meine Unterarme. Meine Anwesenheit in diesem Wirtsraum war offensichtlich unerwünscht, andererseits war es noch nicht einmal ganz dunkel, zu früh fürs Bett, und ich hätte gerne bei einer heißen Tasse Tee ein paar Informationen über meinen Pädagogen eingeholt. War er vielleicht sogar hier?

Ich studierte die Gesichter der Einheimischen, doch niemand sah der jpg-Datei, die mir Xandras Bruder gemailt hatte, auch nur annähernd ähnlich. Dafür starrte mich der Schnüffler aus seinem Eck heraus immer noch an und – ach du Schreck, bitte nicht – hob die Hand, um mich an seinen Tisch zu winken. Er kann doch unmöglich wissen, dass ich auch Schriftstellerin bin, dachte ich, mich an diverse unangenehme Begegnungen mit Kollegen bei Lesungen oder Buchpräsentationen erinnernd. Brie, der Käseautor, fiel mir ein, und ich schauderte.

Nach einem kurzen Zögern und weil die Stielaugen der Einheimischen immer unverhohlener glotzten, durchquerte ich schließlich den Raum, den Blick starr auf den Boden gerichtet, bemüht, nicht zu stolpern, und mir unbehaglich der weiblichen Konturen unter meinem engen T-Shirt bewusst, die von der roten Jacke (Signalfarbe!) auch noch unterstrichen wurden. Warum hatte ich bloß nicht ein weniger extravagantes Outfit gewählt? Ich war nicht etwa verklemmt oder leicht einzuschüchtern, aber ich hasste es, von Männern auf diese eindeutige Weise angegafft zu werden, zumal meine üppigen bis molligen Formen noch nie zu meinem Selbstbewusstsein beigetragen hatten, wenn ich mich unter Fremden bewegen musste.

Endlich hatte ich den Tisch des Schnüfflers erreicht, doch ich setzte mich nicht, denn ich hatte vor, baldigst in mein Zimmer zu verschwinden, noch eine extraheiße Dusche zu nehmen und mich anschließend ins Bett zu verkrümeln. Vielleicht brachte ich sogar noch ein paar geschriebene Zeilen über Berggewitter und Reiffriesen zustande. Die Laune passte ja schon mal.

»Ja bitte?« Meine Stimme war planmäßig reserviert, die Konsonanten sogar ansatzweise frostig.

Er hob den Kopf, und ich sah in ein Paar blaugraue Augen mit großen Pupillen, die aus einem blassen, ein wenig unrasierten Gesicht herausstachen, um das einzelne widerspenstige Haarsträhnen, dunkel, aber grau meliert, seltsam abstanden. Seine Mundwinkel waren leicht nach oben gezogen, ein Ausdruck, den man als spöttisches Lächeln hätte bezeichnen können, wäre da nicht der wachsame Ausdruck unter seinen langen Wimpern gewesen. Lediglich ein paar äußerst dunkle Ringe direkt unterhalb der Augen relativierten diesen Blick. Ich checkte aus alter Gewohnheit flüchtig seinen Ringfinger, was ich sofort bereute, da er es bemerkte, den Mund noch spöttischer verzog und mir wie zur Antwort die Hand hinstreckte. Ringlos.

Ich griff nicht danach, stattdessen biss ich mir auf die Lippen und sah ihn feindselig an. Er ließ die Hand wieder sinken, machte jedoch keine Andeutung, mich zum Sitzen aufzufordern, was mir nur recht war.

»Offensichtlich«, sagte er leise, »wissen Sie bereits, wie man mich hier nennt. Ehrlich gesagt habe ich auch nichts dagegen, es bewahrt mich vor lästigen Fragen.«

Ich war nicht gewillt, ihm darauf irgendeine Antwort zu geben. Tatsächlich wünschte ich dringender denn je, eine Tür hinter mir zuzusperren. Am besten doppelt.

»Wenn Sie einer dieser Schriftsteller sind, die sich durch derartige Extravaganzen eine besonders künstlerische Aura verleihen wollen, dann muss ich Ihnen mitteilen, dass die Wirkung zu wünschen übrig lässt. Daher …«

»Wieso Schriftsteller?«, unterbrach er mich, ehrlich erstaunt.

»Nun, ich dachte …«, begann ich und deutete vage auf sein Notizbuch. Gleichzeitig verfluchte ich meine dumme Angewohnheit, mir aufgrund eines flüchtigen ersten Eindrucks immer gleich ein festes Bild von anderen Menschen zu machen. Fettnäpfchenprädestiniert!

Er betrachtete das Buch in seiner Hand, schien eine Entscheidung zu treffen und streckte es mir schulterzuckend hin. Ich warf einen Blick darauf und sah mich mit einer ziemlich treffenden Skizze meines misstrauischen, verkniffenen Gesichtes konfrontiert. Mein Unwohlsein potenzierte sich schlagartig.

»Sie zeichnen?«

»Nur so eine Angewohnheit«, antwortete er, während er den Block zuklappte. Wir starrten uns wenig freundlich an.

»Also, wenn Sie nichts dagegen haben, werde ich mich jetzt zurückziehen, Sie finden sicher genügend andere lohnende Motive hier im Raum, einen schönen Abend noch.«

Ich wandte mich zum Gehen und bemerkte, dass es erstaunlich still im Wirtshaus geworden war. Oder war ich so laut geworden? Mittlerweile sahen nämlich alle Gäste unverblümt neugierig in meine Richtung. Heilige Scheiße, es war wirklich Zeit, zu verschwinden!

»Nur eine Sache«, sagte der Schnüffler, leise genug, dass nur ich ihn hören konnte. »Seien Sie vorsichtig mit dem, was Sie essen und trinken!«

Das genügte. Mehr als eine Anspielung auf meine anscheinend so offensichtlichen Gewichtsprobleme brauchte ich an diesem ohnehin vermasselten Abend nicht. Für was hielt sich diese armselige Figur eigentlich? Ohne ihn eines letzten Blickes zu würdigen oder mich um die keineswegs leisen Lacher von den anderen Tischen zu kümmern, lief ich quer durch den Raum, aus der Wirtsstube hinaus, die Treppe hinauf in den ersten Stock, schloss hektisch meine Zimmertür auf, schlug sie hinter mir zu und lehnte mich schwer atmend dagegen. Von der gegenüberliegenden Wand starrte mich mein Spiegelbild aus einem widerlich großen Wandspiegel an. Mein fettes, hässliches, unförmiges Spiegelbild in einer lächerlich grellen, kirschroten Lederjacke, das Gesicht passend dazu glänzend tomatenfarben, die schlecht geschnittene Kurzhaarfrisur strähnig und wirr.

»Hau ab!«, rief ich dem Spiegelbild zu und presste mir die Fäuste auf die Lider, um die Tränen gewaltsam zurückzudrängen. Es gelang mir nicht. Schluchzend warf ich mich quer auf das Bett.

Jede Frau hat hin und wieder Probleme mit ihrem optischen Erscheinungsbild. Bei mir allerdings war dies ein Dauerzustand, der natürlich nicht damit behoben werden konnte, aus Frust noch ein Stück und noch ein Stück und noch ein Stück Schokolade einzuwerfen. Da konnte ich noch so viele Hauptmahlzeiten durch Salate ersetzen. Wenn ich mich anschließend mit einer Dose Cashewnüsse, einer Packung Chips oder einer klitzekleinen Tafel Lindt belohnte, würde sich an meiner Wieso-passt-diese-Größe-vierzig-Hose-nicht-Figur so schnell nichts ändern. Dabei habe ich es versucht. Vollkornbrot, rohe Kohlrabi, 0,1-prozentige Milch, Fisch natur, Fisch roh, Putenschinken, Salat, Kräutertee ohne Zucker, all das macht einen Großteil meiner Nahrungszufuhr aus. Doch es gibt ein paar Schwachstellen: fetter, weich schmelzender und möglichst stinkender Blauschimmelkäse, dazu frisch aufgebackenes französisches Baguette. Weißer Nougat. Marzipan im Block. Walkers Butterkekse. Blätterteigbrezel. Schaumrollen. Crème fraîche direkt aus dem Becher. Erdnussflips. Dunkler, trockener Rotwein. Süße Cocktails. Essen vor dem Fernseher. Essen beim Lesen. Essen nach Mitternacht. Essen allein. Besonders das.

Meine Freundin Pauline, die Stammkundin bei Übergrößen-Modehäusern ist, hat kürzlich eine Theorie aufgestellt: Das Singleleben ist schuld an unseren Kilos, weil wir neuen Singles den Großteil unserer Mahlzeiten vor dem Fernseher einnehmen, um uns nicht so schrecklich einsam zu fühlen. Dadurch fallen jedoch klassische Hauptmahlzeiten weg, stattdessen konsumieren wir Häppchen, mundgerechte Kleinstportionen, über die wir natürlich den Überblick verlieren. Das hat zur Folge, dass wir am Ende des Abends weit mehr gegessen haben als jemand, der Suppe, Hauptspeise und Nachtisch in Form eines geregelten Dinners verzehrt, zumal unsere Häppchen ja Trosthäppchen sind. Und was bringt mehr Trost als Alkohol und Schokolade? Folge dieser Lebensweise ist jedoch, dass wir optisch immer weniger attraktiv und damit immer prädestinierter für ein fortgesetztes Singleleben sind. Ein Teufelskreis. Ein Häppchenkreis, genau genommen.

Das alles interessierte mich jedoch kein bisschen, als ich etwas später, frisch geduscht, in Embryonalhaltung in meinem Hotelbett lag und mittels meditativer Techniken versuchte, die spöttisch verzogenen Mundwinkel des unverschämten Schnüfflers aus meinem Gedächtnis zu verbannen. Ganz gelang mir das nicht, weil sich das Ablenkungsprogramm meines Luxusquartiers als äußerst umfangreich herausstellte.

Mein Bett war hart und quietschte bei jeder Bewegung. Dafür war die Bettdecke viel zu dick und roch muffig, was mir allerdings nur auffiel, weil ich die Nase tief hineindrückte, um nicht den Wirtshausgestank einatmen zu müssen, der wie eine Wolke im gesamten Haus hing. Vermutlich hatte er sich bereits in allen Wänden eingenistet. Bier, Rauch und zu weich gekochtes Gulaschfleisch.

Das einzige Fenster zu öffnen war keine Option, da der Regen immer noch wild dagegenprasselte und ich beim Versuch, es zu kippen, bereits durch und durch nass geworden war. Anscheinend war die Kippvorrichtung ausgeleiert. Am Interessantesten jedoch war ein klopfendes Heizungsrohr. Mit der Absicht, die Heizung auszuschalten, um überhaupt schlafen zu können, war ich auf Knien unter dem wackeligen Holztisch herumgekrochen, der direkt unter dem Fenster stand, und hatte den Heizungsregler schließlich hinter einem noch wackligeren Kasten gefunden. Zusammen mit einer frisch bestückten Mausefalle. Na, prost Mahlzeit!

Während ich, nun ohne Decke, in dem stinkenden, hoffnungslos überheizten Raum lag und angestrengt auf das Geräusch winziger, trippelnder Mäusepfoten lauschte, war ich, nicht zum ersten Mal übrigens, der Meinung, in meinem Leben gäbe es so einiges grundsätzlich zu überdenken. Ich kramte in der Handtasche nach meinem Kugelschreiber und schrieb auf die Rückseite einer Tankstellenrechnung:

Zusammenfassung des vergangenen Tages:

Unnötige Reisen in schreckliche Gebirgsdörfer: 1
Männerbekanntschaften aussichtsreich: 0
Männerbekanntschaften uninteressant: 1
Emotionale, PMS-bedingte Weinkrämpfe: 1
Geschriebene Manuskriptseiten für zweiten Roman: 0
Herrgott, bin ich Bridget Jones oder was???

Ich zerknüllte den Zettel und rollte mich deprimiert zusammen. Wie ich es dann doch geschafft habe, in einen tiefen, traumlosen Schlaf zu kippen, das weiß ich bis heute nicht.

3 Weißt du, wo du bist?

Ein Druck auf mein Steißbein weckt mich unsanft, zusammen mit leichtem Harndrang. Kurz bevor ich die Augen aufmache, denke ich, dass ich noch nie in meinem ganzen Leben so tief geschlafen habe. Kein Traum, kein Auf-die-Uhr-Sehen um drei oder vier Uhr früh, keine störenden Geräusche, keine Katzenkrallen am Po, nichts als abgrundtiefe, dichte, satte Dunkelheit. Wären da nicht die Schmerzen in meinem Rücken und meine steifen Glieder, dann wäre dies wohl die erholsamste Nacht meines Lebens gewesen.

Was mich wiederum zu der entscheidenden Frage führt: Wo bin ich eigentlich? Plötzlich hellwach, öffne ich die Augen. Was ich sehe, irritiert mich sehr, denn genau genommen ist da nichts, außer eng miteinander verwachsenen Baumkronen, die nicht ein winziges Stückchen Himmel durchschimmern lassen. Stamm an Stamm lehnen riesige Nadelbäume (sind das Fichten?) aneinander, dazwischen kämpfen astreiche Birken um ihre Daseinsberechtigung gegen eine Unmenge an Gestrüpp, das seine dornigen Arme nach oben reckt, wie um zu sagen: »Da oben, irgendwo, gibt es eine Sonne, auch wenn wir sie hier unten nie zu sehen kriegen. Aber, what the hell, wer braucht schon die Sonne, eh?«

Ich blinzle verwirrt. Das Bild verändert sich nicht. Kein vager Rest eines Traumes, den man wegwischt, bevor man endgültig erwacht, auch keine sonderbare Maserung einer hölzernen Zimmerdecke, die eine optische Täuschung verursacht. Nichts als Wald über und, eine brauchbare Erklärung für die Rückenschmerzen, unter mir.

Aber was soll der Unsinn? Mein gesamtes bisheriges Leben habe ich damit verbracht, jede Form von NATUR sorgfältig aus meinem zivilisierten Großstadtleben zu verbannen. Das höchste der Gefühle ist ein Picknick im Stadtpark, aber auch das nur, wenn der Boden vorher gründlich auf Ameisen, Käfer, Würmer und sonstiges Getier untersucht worden ist und sich eine öffentliche Toilette in Sichtweite befindet.

Umso schlimmer trifft mich die Erkenntnis, dass ich, bekennende Zivilisationsfanatikerin, wie es scheint, IN DER NATUR übernachtet habe und mich immer noch IN DER NATUR befinde, während weiß Gott was für Gekreuche und Gefleuche um mich herum stattgefunden hat. Im Kopfkino sehe ich Ratten mit spitzen Zähnen, fette, fleischige Käfer, langbeinige Kreuzspinnen, sich lautlos windende Schlangen, flatternde Falter, womöglich Fledermäuse, Eulen, Füchse, Marder, Wölfe … Wölfe!

Mit einem erstickten Schrei setze ich mich auf, was sich als schwierig und schmerzhaft erweist, weil mein gesamter Rücken stocksteif ist von der Unterlage aus Wurzeln, die mir offensichtlich (Du lieber Himmel, du lieber Himmel!) als Matratze gedient haben. Ich stöhne. Da ist sie wieder, die Erinnerung an ein neongraues Auge im Dunkel. Der Waldrand, natürlich, ich muss umgekippt sein. Aber was, um Gottes willen, mache ich dann hier, mitten IM WALD? Und da es zwar dämmrig, aber offensichtlich Tag ist, bedeutet das, dass ich die ganze Nacht völlig ungeschützt in dieser äußerst unbequemen Lage verbracht habe? Hilfe! *HILFE!*

Logik ist in solchen Fällen immer sinnvoll. Wahrscheinlich bin ich nicht einfach so am Waldrand umgekippt, sondern in blinder Panik auf der Flucht ein Stück weit in den Wald gelaufen, ehe es schwarz wurde. Genau. So muss es gewesen sein. Und der Wolf? Nun, ich bin sicher, da war gar kein Wolf, das Auge kann auch einer herumstreunenden Katze oder im schlimmsten Fall einem Luchs gehört haben. Der verrückte Wirt hat mich schlicht und einfach völlig wahnsinnig gemacht mit seinen Wildtierstorys. Wolfsjagd, so ein Unsinn! Es geschieht einem recht, wenn man diesem Altweibergewäsch beziehungsweise Altherrenwirtshaustratsch glaubt. Ein Wolf im Dorfwäldchen. Ha!

Mit laut knackenden Gelenken und einer Menge Muskelaufwand schaffe ich es, auf die Beine zu kommen. Ich drehe mich zur Orientierung einmal um die eigene Achse. Jetzt nur nicht die Nerven verlieren. Weit kann der Waldrand nicht sein, bestimmt habe ich (bei meiner Kondition) schon nach zehn, maximal fünfzehn Metern alle viere von mir gestreckt. Daher, denke ich, müssen irgendwo zwischen den Baumstämmen Häuser zu sehen sein. Unschlüssig starre ich mal in die eine, mal in die andere Richtung. Na ja, wenigstens heller muss es dort sein, wo der Waldrand ist. Ein kleines bisschen heller. Ein klitzekleines …

Nein, eindeutig überall gleich dunkel, gleich begrünt, gleich bewaldet. Zögernd mache ich ein paar Schritte auf die nächststehende Birke zu (irgendwo muss man schließlich anfangen), mit dem Erfolg, dass ich mich augenblicklich wieder in Bodennähe befinde, weil ich mit dem Absatz meiner Pumps an einer Wurzel hängen geblieben bin. Ein Klassiker, aber immer wieder zuverlässig, wie die gute, alte Bananenschale. Grandios, jetzt habe ich auch noch einen zehn Zentimeter langen Riss in meiner besten schwarzen Hose. Und mein ohnehin schwaches Knie, auf das ich mit vollem (also enormem) Gewicht gefallen bin, schreit nach Voltaren, das ich natürlich wieder einmal nicht eingesteckt habe. Verfluchte hohe Absätze, verfluchte Pumps. Ja, hätte ich mir die Stiefeletten auf dem Friedhof nicht so komplett versaut, dann sähe die Sache zumindest schuhwerktechnisch etwas rosiger aus.

Sofort ist die Wut auf den Schnüffler wieder da, ihm allein habe ich es zu verdanken, dass ich hier, mitten IN DER NATUR sitze, ohne Bett, ohne Dusche, ohne Klo (was problematisch werden könnte) und vor allem OHNE PLAN! Denn so wie die Dorfmeute gestern Abend hinter mir her war, kann ich nicht einfach wieder ins beschauliche Kaff zurückspazieren und bin in der Wildnis sozusagen gestrandet.

Aaaaaaah, ich will hier raus!

Okay, nur keine Panik, alles wird gut! Ich bin im Besitz einer der bedeutendsten Erfindungen der gesamten Menschheitsgeschichte, und ich werde nicht zögern, sie zu benutzen. Das wäre ja gelacht! Ich zücke mein Mobiltelefon. Ein Anruf bei der Polizei, dort wird man bestimmt wissen, was zu tun ist. Einen Suchtrupp losschicken, falls das nicht ohnehin schon geschehen ist, oder mich via Satellit orten, per Hubschrauber aufspüren, whatever. So ein polizeilicher Geleitschutz könnte praktisch sein, wenn ich dieses Tal jemals lebend verlassen will! Von mir aus darf es auch dieser tollpatschige Inspektor Clouseau sein, Hauptsache, ich komme so schnell wie möglich raus aus dem Wald, raus aus der NATUR, raus aus dem schrecklichen Bergdorf und, mit quietschenden Reifen, nach Hause in die Großstadt. Amen.

»Netzsuche.« Drei Silben auf meinem Display, von denen ich nicht behaupten kann, dass sie mir gerade jetzt in diesem Moment große Freude bereiten. Das ist wieder einmal typisch für das Kaff! Nirgendwo in Europa habe ich bisher Schwierigkeiten gehabt, eine anständige Verbindung zu meinem Netzbetreiber zu bekommen. Ich bin mit diesem Gerät mehrmals durch ganz London gelaufen, und nicht einmal hinter den dicksten Mauern der Folterkammern des Towers hatte ich weniger als drei solide Striche in der Netzanzeige. Aber, als ob es nicht genug wäre, hier in W. von jedem kulturellen, kulinarischen oder gesellschaftlichen Leben abgeschnitten zu sein, verhindern diese grauenhaften Bergmassive sowie die noch grauenhafteren Baumkrüppel die letzte, lebensnotwendige Verbindung zur Zivilisation, die dem IN DIE NATUR verbannten Großstädter bleibt. Es ist zum Heulen.

Erstmals, seit ich aufgewacht bin, melden sich die Hormone zurück. Guten Morgen, PMS, auch schon wach? Willkommen in der finsteren Waldeinsamkeit! Wenn das kein Grund für einen emotionalen Zusammenbruch ist, was dann? Herrgott noch mal, das darf doch nicht wahr sein, was soll der Scheiß?

Schön sprechen, Olivia!

Ich erkenne die Stimme sofort, es ist die ewig pikierte, immer obergescheite und sich verlässlich in den dümmsten Momenten zu Wort meldende Vernunftstimme, die irgendwo rechts hinten in meinem Hirn residiert und sich seit einiger Zeit immer rücksichtsloser in meine Angelegenheiten mischt. Ich nenne sie Motzmarie.

Fluchen wird dich hier auch nicht rausbringen, meine Liebe. Also reiß dich ein einziges Mal zusammen und denk nach. Denk nach!

Typisch Motzmarie, immer vernünftig, immer praktisch, bloß leider regelmäßig verschollen, wenn ich auf dem Weg in die Hölle bin. Erst wenn das Höllenfeuer mir schon den Allerwertesten versengt, ist sie plötzlich da, o wie wunderbar, und erklärt mir, was ich besser schon längst, besser nicht und vielleicht eher früher als später hätte tun sollen.

Du sei ganz still!, schimpfe ich jetzt zurück. Wo warst du vor drei Tagen, als ich von der Autobahn der Normalität abgezweigt bin? Wo warst du gestern, als ich meine Nase eindeutig zu tief in die sonderbare Geschichte dieses Dorfes gesteckt habe? Wo warst du, als ich dafür beinahe mit dem Leben bezahlt hätte und statt in die Arme von Gesetz und Ordnung in diesen undurchdringlichen Wald geflüchtet bin? Wo warst du da? Hinterher motzen, das ist deine Spezialität, nicht wahr? Aber bitte, bitte, hier ist der Plan: Ich werde mich in diesen Schuhen keinen Millimeter wegbewegen, ich bin ja nicht lebensmüde. Ich werde genau hier sitzen bleiben, bis der Suchtrupp mich findet, das ist schließlich nur eine Frage der Zeit.

Oder die Jäger.

Genau. Oder die Jä... Verdammt! Meine Verfolger von gestern Abend! Sind sie mir in den Wald gefolgt? Lauern sie bereits im Gebüsch? Wenn ich großes Glück habe, haben sie mich vielleicht vergessen.

Wohl kaum. Erinnerst du dich an ihre Blicke im Wirtshaus? An den Wahnsinn? Also los, mach, dass du deinen Allerwertesten hochkriegst!

Kommt überhaupt nicht infrage. Was soll das denn bringen? Wohin soll ich denn flüchten? Ich warte wie jede anständige Großstadtfrau auf meine heldenhaften Retter von der hiesigen freiwilligen Feuerwehr oder – noch besser – von der Bergrettung!

Ach ja? Dann sag mir eines, Miss Ich-fahr-mal-schnell-in-die-Berge, wer, zum Teufel, soll dich denn suchen?

Ich zucke zusammen. Es steckt ein Funken Wahrheit in diesem Einwand, das muss ich zugeben. Urbane Singles wie ich leben mit dem ständigen Risiko, hinter der eigenen Wohnungstür zu verfaulen, weil sie nicht so akut vermisst werden, dass man ihnen das Leben retten oder zumindest die Mumifizierung verhindern könnte. Nun ja, Mona, meine Agentin, wird mich vermissen, so in etwa in – äh – drei Wochen? Wenn meine monatliche Arbeitsfortschritts-Mail unterbleibt, wird sie, höchstwahrscheinlich, Nachforschungen anstellen. Meine Lektorin womöglich etwas früher.

Schließlich wollte man mir gerade ein rosarotes Cover für meinen ersten Roman ans Herz legen, was erhöhten Kommunikationsaufwand bedeutet. Rosarot, also wirklich! Als wäre ich ein Pastellfarbenmensch! Außerdem sollte ich längst den zweiten Roman in Arbeit haben, die Deadline dafür rückt ungemütlich näher, und mir will immer noch partout nichts Richtiges einfallen. Nur wirres Zeug. Wenn ich wenigstens einen blassen Schimmer hätte, was sich in diesem entsetzlichen Bergdorf abspielt, oder wenn sich an der Liebesfront etwas Berichtenswertes ereignen würde. Doch da sind nichts als ein paar vage Seiten Textverarbeitung, die inhaltlich nirgendwo hinführen, und eine chaotische Notizsammlung.

Es könnte also sein, dass man im Verlag davon ausgehen wird, ich hätte mich mit meinem halben Vorschuss nach Südamerika abgesetzt, und so in zehn Tagen per Steckbrief dort nach mir fahnden lässt.

Sorina wird wohl schon nächste Woche unruhig werden, wenn ich keinen aktuellen Bericht von meinem hirnrissigen Liebesabenteuer hinter den sieben Bergen abliefere, die anderen Freunde viel später.

Meine spärliche Familie hat sich daran gewöhnt, äußerst unregelmäßig von mir zu hören, und wird sich in diesem Monat kaum Sorgen machen. Es sei denn, meine in ihrer Obhut befindliche Katze hinterlässt aus Protest unerfreuliche, weil stinkende Pfützen hinterm Sofa.

O Gott!

Die Erkenntnis trifft mich wie ein Schlag. Niemand, abgesehen von Sepp, dem Wirt und den Dorfbewohnern, wird so bald nach mir suchen. Und darauf, ausgerechnet von Sepp oder seinen Kumpanen gefunden zu werden, kann ich nach den Erlebnissen des gestrigen Tages gerne verzichten. Auf den Schnüffler kann ich nach dem – äh – *Geräusch* (nicht daran denken!) wohl kaum mehr zählen, abgesehen davon, dass das ja überhaupt der Witz des Jahrtausends wäre: Der Schnüffler als einzige Überlebenschance. Ha!

Ein Königreich für ein Aspirin! Mein Knie tut wirklich ziemlich weh, und dank der blöden Frau Motzmarie schließt mein Kopf sich dem bereitwillig an. Solidarität waidwunder Körperteile. Auch das Ziehen in meinen weiblichen Innereien nimmt beunruhigende Ausmaße an. Das fehlte mir gerade noch, hier, mitten im Wald. Nicht vor morgen, denke ich beschwörend. Laut Kalender bin ich erst morgen dran, und nach meinem Zyklus kann man für gewöhnlich die Uhr stellen.

Nun gut. Vorläufig kein Suchtrupp, keine braun gebrannten Bergrettungsjungs, keine Polizei, nicht mal der rosarote Panther. Ich bin auf mich allein gestellt, ein Zustand, an den ich mich mittlerweile gewöhnt haben sollte.

»Nur du und ich, werte Motzmarie!«, knurre ich zwischen zusammengebissenen Zähnen. Jetzt heißt es: Konzentration.

Das Beste wird sein, erst einmal die nähere Umgebung abzulaufen, das Handy im Blick. Vermutlich hocke ich nur mitten in einem Funkloch, und zwanzig, höchstens dreißig Meter weiter drüben habe ich wieder ein Netz, und der Spuk ist zu Ende. Hundertprozentig!

Vorsichtig, um nicht wieder zu stürzen, rapple ich mich vom Waldboden auf. Warum, zum Teufel, muss es in der NATUR so dreckig sein? Blätter, braune Nadeln, feuchter Klee, schäbige Rinde, schleimiges Moos, Zweige, Zapfen und weit und breit kein Staubsauger. Nicht einmal eine anständige Kleiderbürste.

Herrje! Diese Hose in der raren, schwer aufzutreibenden Größe 40 extra kurz von Orsay ist ohne Zweifel ein Fall für den Müll. Gemeinheit!

In dem Moment raschelt es hinter mir im Gebüsch. Instinktiv halte ich den Atem an und versuche, kein Geräusch zu machen. Was kann das sein? Werde ich immer noch verfolgt? Hat mich das neongraue Auge wieder gefunden? Mein Herz rast, während ich mich langsam in die Richtung des Raschelns drehe. Nichts. Ob jemand hinter einem Baum steht und eine Pistole auf mich richtet?

»Ha… ha… hallo?«, frage ich zaghaft und mache einen vorsichtigen Schritt. Ich trete auf einen Zweig, der knackend zerbricht. Sekunden später flattert ein Vogel von einem Ast auf und verschwindet mit einem neuerlichen Rascheln im Blätterdach.

Ich sollte beruhigt sein, doch Tiere mit Flügeln stehen auf meiner persönlichen Liste unangenehmer Zeitgenossen ziemlich weit oben. Allein der Geruch von Federn macht mich krank, weshalb ich schon vor langer Zeit meine Daunenbettwäsche und meine Daunenjacken entsorgt habe.

Immer noch flach atmend, krame ich in meiner Handtasche, auf der Suche nach irgendeinem Hustenbonbon oder Tic Tac, das den bitteren Geschmack auf meiner Zunge vertreibt, den das Federvieh erzeugt hat. Aber natürlich werde ich nicht fündig in dem minimalistischen Abendtäschchen. Herrje! Deprimiert betrachte ich meine derzeitige Survival-Ausrüstung:

- eine Geldbörse mit fünfzig Euro, Bankomatkarte, Kreditkarte, Bipa-Kundenkarte, Body-Shop-Bonuskarte, E-Card, Wagenpapiere, Führerschein, ÖAMTC-Mitgliedsausweis, ein Foto meiner Katze sowie diverse Kassenbons
- ein Kugelschreiber
- ein Mobilfunkgerät ohne Netz
- eine Dose Kompaktpuder
- ein transparenter Labello
- ein Mini-Deospray
- ein umfangreicher Schlüsselbund sowie ein Zimmerschlüssel
- eine Packung Johanniskraut-Tabletten von dm
- ein Döschen Süßstoff
- ein Papiertaschentuch
- ein halbes Stück Mohnkuchen, eingewickelt in eine Papierserviette

Das war's. So weit, so schlecht. Mit dieser Ausrüstung werde ich die nächsten Stunden (Tage?) im Wald überleben müssen.

Wenn ich nur das verdammte Voltaren eingesteckt hätte, denke ich weinerlich. Warum, zum Teufel, habe ich nie einen

Kompass dabei? Warum kein Multifunktionstaschenmesser? Eine Taschenlampe oder wenigstens Streichhölzer? Nichtraucherschicksal!

Das Gute an der Sache ist, dass ich angesichts der dramatischen Situation keinen Hunger habe. Für später gibt es immerhin den Mohnkuchen. Wenigstens ein bisschen Wegzehrung. Zuerst gilt es aber, einen Weg durch diesen Wald zu finden und/oder ein Handynetz. Unentschlossen drehe ich mich im Kreis. Wenn man keinen Kompass, kein GPS, kein Orientierungsvermögen und keinen blassen Schimmer von Himmelsrichtungen hat, dann ist es absolut legitim, in die Richtung zu gehen, die einem am sympathischsten ist.

Erstes Kriterium: Abwärtsgefälle.

Zweites Kriterium: So wenig Wurzelwerk wie möglich.

Drittes Kriterium: Eigentlich *völlig egal!*

Was ich mir jedoch aus literarischen Beispielen gemerkt habe, ist die Sache mit dem Ausgangspunkt. Um zu verhindern, dass man a. im Kreis läuft und b. immer tiefer in den Wald gerät, ist es klug, Markierungen zu setzen.

Die nächsten fünf Minuten verbringe ich damit, den Inhalt meiner Handtasche erneut zu sondieren. Ich könnte das Taschentuch zerreißen und Kügelchen daraus formen. Andererseits weht bestimmt schon der leiseste Windhauch diese Kügelchen davon, und ich kann mich den restlichen Tag nicht mehr schnäuzen. PMS-bedingt könnte das problematisch werden, da ich derzeit ständig höchstens dreieinhalb Millimeter von der Tränengrenze entfernt bin. Markierungen mit Kugelschreiber auf Baumrinde anzubringen ist äußerst mühsam und kaum zu sehen. Den Mohnkuchen opfern kommt ebenfalls nicht infrage, zumal sich Lebensmittel schon bei Hänsel und Gretel als denkbar ungeeignet für die Wegmarkierung herausgestellt haben (und außerdem Vögel anlocken könnten, was in meinem Fall keine gute Idee ist). Aus meiner Hundert-Prozent-Synthetikkleidung ließe sich nicht einmal dann ein Faden ziehen, wenn ich das wollte. Was also tun?

Nachdenklich wiege ich das Süßstoffdöschen in der Hand. Nun ja, sie sind klein, aber sie werden wenigstens nicht verweht oder aufgefressen (bei so viel konzentrierter Chemie ein Ding der Unmöglichkeit!), und Weiß auf Waldboden müsste zu sehen sein. Versuchsweise lasse ich eine Süßstoffpille fallen. Ja, das könnte funktionieren.

Auf diese Art bewaffnet, das Handy in einer Hand, den Blick auf die Netzanzeige auf dem Display gerichtet, das Döschen in der anderen Hand, um alle paar Schritte eine Pille fallen zu lassen, stelze ich äußerst vorsichtig über Steine, Astwerk und Wurzeln. Katastrophal fehlgeplante Bodenlegung, Herr Schöpfer!

Eigentlich ist es ganz gut, denke ich, dass mich niemand beobachtet, denn ich bin mir durchaus bewusst, wie absurd ich mit meinen hohen Absätzen, dem Abendoutfit und einem hoch in die Luft gestreckten Mobiltelefon mitten in der abgelegensten Waldlandschaft aussehen muss. Wie ein Alien im Ziegenstall oder Bruce Springsteen auf dem Opernball. So ungefähr.

Es ist wie verhext. Egal, wie lange ich wo durchs Unterholz pirsche, das Handy wie eine Antenne hoch in die Luft halte und alle erdenklichen Positionen ausprobiere, es tut sich absolut null Komma null. Ärgerlich drücke ich mich zum dreihundertsten Mal durchs Menü und führe die manuelle Netzsuche durch, mit dem Erfolg, dass meine Akkukapazität nun auch noch reduziert ist, netzmäßig aber keinerlei Veränderung eintritt. Das. Ist. Nicht. Mehr. Lustig!

Das hätte ich dir gleich sagen können. Es sind die Bäume. Und die Berge. Eine netzfeindliche Kombination, meine Liebe. Nicht einmal Notrufe lässt das zu. Du verschwendest nur Energie.

»Unsinn!«

Ich halte das Gerät noch ein Stückchen höher in die Luft, während ich zwischen zwei riesigen, knorrigen Bäumen durchgehe. Zweieinhalb Sekunden später schlage ich dumpf auf. Der Boden unter meinen Füßen hat einfach nachgegeben, mit einem morschen Knacken ist etwas gebrochen, das das Loch bedeckt hat, über das ich blind gelaufen bin.

Holz, Erde und kleine bis mittlere Steine prasseln auf meinen Kopf, den ich, leicht benommen, mit den Armen zu schützen versuche, während ich mich bemühe, den Schock dieser neuen Misere zurückzudrängen.

Eine Falle, mitten im Wald! War ja klar! Ich habe keine Ahnung, wie groß das Waldgebiet ist, in dem ich mich befinde, doch zielsicher haben meine zwei linken Großstadthacken jene Stelle gefunden, die ein etwa drei Meter tiefes Loch unter sich verbirgt. In diesem hocke ich nun, immer noch erschrocken hustend und spuckend mit wild klopfendem Herz und raufe mir die mit Dreck und Käfern gespickten Haare. Wie viel ich von dem Zeug geschluckt habe und wie viel mir in die Ärmel und den Kragen gerutscht ist, möchte ich erst einmal nicht so genau wissen. Ich atme tief ein und muss sofort niesen. Meine Unterlippe schmeckt blutig, anscheinend hab ich daraufgebissen. Verdammte Sch…

Spiel jetzt nicht wieder den Megajammerlappen! Contenance! Also: Punkt eins: Wie schlimm ist es?

Vorsichtig bewege ich ein Körperteil nach dem anderen. Es schmerzt, vor allem in den Knien und Knöcheln, auf denen ich mit voller Wucht gelandet bin. Ich strecke die Beine stöhnend aus und ziehe sie wieder an. Alles genau da, wo es hingehört, abgesehen von meinem Hintern, der sich in einem mehrstufigen Massagesessel befinden sollte, nicht in einem erdigen Waldloch. Bis auf ein paar potenziell violettblaue Flecke, eine angebissene Lippe und die eine oder andere Prellung scheine ich aber unverletzt zu sein.

Anfängerglück! Punkt zwei: Wie schlimm kann es werden?

Ich sehe mich um. Offensichtlich bin ich in eine längst vergessene Wildtierfalle getappt. Heutzutage jagen Jäger mit anderen Mitteln. Doch warum wurde diese hier dann nicht zugeschüttet? Das ist eine Gefahr für harmlose Waldspaziergänger!

Vielleicht gibt es keine harmlosen Waldspaziergänger in dieser Gegend?

Das hätte, meiner bisherigen Erfahrung mit diesem Ort nach, eine gewisse Logik. Was mich wundert, ist, dass der Boden der Falle nicht mit Blutflecken oder Krallenspuren diverser unglücklicher Tiere bedeckt ist, die ebenso ungeschickt wie ich hineingestolpert sind. Doch dieses Erdloch ist sauber. Viel zu sauber. Als wäre erst kürzlich jemand hier gewesen und hätte es für frische Opfer (speziell mich?) präpariert.

Hektisch taste ich zwischen dem herabgefallenen Geäst nach meiner Tasche. Ich finde sie etwa einen Meter entfernt und drücke sie an mich, als wäre sie eine tröstliche Wärmflasche oder einfach der letzte Rest Normalität. Mit geschlossenen Augen warte ich ab, bis mein Puls wieder gleichmäßig schlägt, dann hebe ich den Kopf und sehe nach oben. Raus hier! Bloß wie? Die Falle ist ganz schön tief!

Vorsichtig strecke ich die Hände seitwärts, mit der Absicht, die ungefähre Größe meiner Grube auszuloten. Ich bringe mich ächzend in eine kniende Position, wobei ich mit der Schuhspitze an etwas stoße. Offensichtlich ist das Loch doch nicht komplett leer. Ich taste nach dem Gegenstand, greife danach und drehe ihn ungläubig in der Hand. Eine leere Flasche. Nein, Moment, nicht leer, da steckt etwas drin! Verblüfft fische ich ein altes, vergilbtes Blatt Papier aus dem Flaschenhals. Eine Flaschenpost mitten im Wald? Dem Papier sowie der Flasche selbst entströmt ein süßlicher, würziger Geruch. Was für ein Getränk wohl darin abgefüllt gewesen sein mag?

Mit gerunzelter Stirn lese ich im spärlichen Licht mühsam die Worte, die in bereits sehr verblasster Tintenschrift auf dem Zettel stehen:

An den Leser dieser Zeilen: Du bist auf dem richtigen Weg! Wenn Du auf der Suche bist, Wanderer, halte Dich an Deine Instinkte. Die Quelle der Inspiration spürt auf, wer in die Tiefe blickt. Folge den Wurzeln, sie führen Dich ans Ziel Deiner Wünsche. Tief im Wald wirst Du finden, was Du suchst. K. H. M.

Ich streiche mit dem Finger über die blassen Initialen. Ich sehe die schwungvolle Schrift nicht zum ersten Mal, sie stammt von der Hand des lange verstorbenen Dorfdichters von W., Karl H. Mimmer. Doch wer hat die Flaschenpost hier platziert? Will mich jemand auf diese Weise tiefer in den Wald locken? Ist das der Plan? Andererseits ist es mit Sicherheit die Handschrift von Mimmer selbst. Die Worte, ich kann es nicht anders erklären, sie drehen Pirouetten in meinem Kopf, und ich frage mich, was wohl damit gemeint sein könnte. Äußerst rätselhaft! Äußerst interessant! Äußerst ...

Ich erstarre. Da war es wieder, das Geräusch, diesmal über mir, am Rand des Erdloches, ein Rascheln ... War da nicht auch der Klang vorsichtiger Schritte? Steine, die an Steine stoßen? Und ein paar feine Erdbröckchen, die in meine Grube rieseln?

»Ist da jemand?«, frage ich mit Piepsstimme und sauge ängstlich an meiner blutigen Lippe. Keine Antwort. Womöglich täusche ich mich, aber ich habe das Gefühl, dort oben atmet jemand. Etwas. Kurz ein und etwas länger aus. Gleichmäßig. Ich verharre kniend, mit schief gelegtem Kopf, und versuche, mich auf den kaum hörbaren Laut zu konzentrieren. Was auch immer da oben lauert, es ist bestimmt nicht mein heldenhafter Feuerwehrmann. Der hätte nämlich längst die Strickleiter ausgerollt und mich auf starken, muskulösen Armen nach oben transportiert.

Apropos nach oben, mault Motzmarie, *könntest du vielleicht langsam damit beginnen, dir ein paar fortgeschrittene Gedanken zu der Frage zu machen, wie du hier rauszukommen gedenkst? Der Feuerwehr-Bruce-Willis glänzt nämlich bisher durch Abwesenheit!*

Sei still! Da oben ist jemand.

Mit Sicherheit. Herr Spatz oder Frau Meise, zum Beispiel, ebenso wie jede Menge anderes Getier. Willst du jetzt raus aus dem Wald oder nicht?

Will ich? Ich betrachte das Blatt Papier in meiner Hand und bleibe an den Worten »Quelle der Inspiration« und »Ziel deiner Wünsche« hängen. Wäre das nicht ein perfekter Abschluss meines absurden Trips in die Berge? So eine Quelle käme mir schon sehr gelegen, wenn ich daran denke, wie quälend die Schreiberei derzeit vorwärtsgeht. (Deadline!)

Doch bevor ich überhaupt darüber nachdenken kann, wie es weitergeht, muss ich erst einmal aus dieser Falle hier raus. Und als wäre das nicht schon schwierig genug, lauert man mir womöglich auf, um mich hinterrücks zu meucheln, sobald ich oben ankomme. (Wenn überhaupt!) Daher nehme ich die Flasche, hole aus und werfe sie mit Schwung nach oben, aus dem Erdloch heraus. Anschließend presse ich mich, die Hand vor dem Mund, an die Wand des Erdloches und warte ab.

Einundzwanzig. Zweiundzwanzig.

Schweißtropfen rinnen von meiner Schläfe in mein Ohr. Die Luft hier unten ist warm und abgestanden, der faulige Erdgeruch verursacht mir allmählich Übelkeit.

Kein Geräusch. Unbehelligt landet die alte Flasche auf dem Waldboden. Keine aus dem Dickicht abgefeuerte Jägerkugel durchlöchert sie, kein Monster stürzt sich darauf, nichts. Offensichtlich bin ich paranoid. Diese ganze Waldeinsamkeitsepisode ist wirklich nicht mein Ding.

Meine Knie zittern zu stark, als dass ich aufstehen könnte. Der Schweiß durchnässt mittlerweile auch meine Kleidung. Eigentlich bin ich nicht klaustrophobisch veranlagt, aber andererseits war ich auch noch nie in einer drei Meter tiefen Grube gefangen. Ehe ich es verhindern kann, taucht das Bild meiner eigenen Leiche vor mir auf, die hier unten, nach einem qualvollen Todeskampf, von ekligen Krabbeltieren langsam gefressen wird.

Als ich gerade in Verzweiflungstränen auszubrechen drohe, höre ich doch noch etwas. Ein ganz und gar unerwarteter Ton, ein himmlisches, engelsgleiches, verheißungsvolles, liebliches Ding-Ding!

Eine SMS!

Bei meinem Sturz scheint das Handy nicht mit mir ins Loch gefallen, sondern heil daneben gelandet zu sein und ganz ohne mein Zutun eine Netzverbindung gefunden zu haben. Gott sei Dank! Jetzt wird alles gut!

Wenn ich dich daran erinnern darf, dass das Gerät sich DA OBEN befindet und du HIER UNTEN bist ...

Das ist allerdings ein Problem. Ich streiche Hilfe suchend über die Linien von Mimmers Handschrift. Jemand hat diese Botschaft hier platziert, aber doch wohl nicht in der Absicht, dem Finder ein paar seltsame Worte mit in die ewigen Jagdgründe zu geben. Die Flaschenpost beschreibt einen Weg, den Weg zu einer Quelle, also muss es auch eine Methode geben, hier rauszukommen. Es muss!

Tatsächlich war da gerade ein Gedanke, den ich trotz meiner Aufregung festhalten kann. Eigentlich mehr ein Gefühl, ein drückendes Etwas. Als ich mich nämlich zitternd an die Grubenwand gepresst habe, ist mir aufgefallen, dass diese auf meiner Seite von knorrigen Wurzeln durchzogen ist. Irgendwie logisch, so zwischen den alten Bäumen. Und was schreibt Mimmer in seiner Flaschenpost? Ich brauche nicht nachzulesen, die Zeile steht mir klar vor Augen, doch ich werfe einen Blick auf das Papier, als ließe sich daraus Mut schöpfen. *Folge den Wurzeln.* Ich denke, das ist ein guter Zeitpunkt, damit anzufangen. Wackelig komme ich auf die Beine und taste die Grubenwand ab. Es könnte gehen. Es ist rutschig von Moos und stellenweise viel zu glatt, aber es ist meine einzige Chance. Ich muss mich nur extrem gut festhalten.

Doch leichter gesagt als getan. In der Schule musste ich im Turnunterricht einmal eine dieser trashig gestylten Kletterhallen betreten und mich dort völlig sinnlos eine künstliche Felswand hinaufquälen, während die lieben Klassenkameraden kichernd und feixend zu mir heraufgafften. *Mehlsack,* dachte ich immer, *wenn ich rutsche, hänge ich im Seil wie ein Mehlsack.* Hier gibt es kein Seil. Trotzdem hat die NATUR im Vergleich dazu eindeutige Vorteile: Erstens wartet über mir ein lohnendes Ziel, und zweitens schaut mir niemand dabei zu. Derart motiviert ziehe ich meine Pumps aus und werfe sie nacheinander nach oben. Anschließend klettere ich barfuß die Wurzeln hoch, wobei ich darauf achte, immer erst auszutesten, ob sie fest genug angeschraubt, ich meine angewachsen sind. Die Wurzeloberfläche ist uneben und drückt schmerzhaft auf meinen Ballen. Mit den Händen klammere ich mich stöhnend an einen dicken Wurzelstrang, der geradewegs nach oben führt und stabil genug wirkt, mich zu halten. Ich bezweifle stark, dass wir Menschen für derartige sportliche Betätigungen geschaffen sind.

Auf halbem Weg rutsche ich aus und kann mich gerade noch festklammern. Der Riss in meiner Hose reicht nun bereits bis zum Knie, darunter fühlt sich die Haut zerkratzt an. Wenn ich mir bloß keine Blutvergiftung hole! Meine Fingerknöchel sind weiß vor Anstrengung, als ich es nach einem zehnsekündigen Kampf schaffe, wieder in Kletterposition zu kommen. Haarscharf! Doch Mimmers Botschaft, die ich zwischen die Zähne geklemmt hatte, segelt zurück auf den Boden der Falle. Verflucht! Aber egal, den Inhalt kenne ich ja, soll der nächste fehltretende Waldtourist ruhig auch noch ein paar tröstende Zeilen finden.

Mit aller verbliebenen Kraft kämpfe ich mich weiter nach oben. Einen zweiten Absturz werden meine Gelenke nicht überstehen, einen neuerlichen Kletterversuch sowieso nicht. Ich spüre, dass das Erdreich weiter oben lockerer ist und die

Wurzel, an der ich hänge, nur noch lose verankert ist. Sie wird gleich wegbrechen. Extrem vorsichtig ziehe ich mich höher. Der Grubenrand befindet sich etwa einen halben Kopf über mir. Wenn ich jetzt loslasse, kann ich mich dort hinaufhieven. Ich zähle innerlich bis drei und lasse dann den Wurzelstrang los, während ich mich gleichzeitig fest abstoße. Die Wurzel bricht in dem Moment ab, als meine Hände sich ins Erdreich an der Oberfläche krallen. Ich habe es geschafft!

Als ich endlich, schnaufend wie eine Dampflok, wieder sicheren Waldboden unter mir habe, muss ich mir zuerst die Ameisen, Erdbrocken und Tränen aus dem Dekolleté wischen. Nie mehr wieder WALD, das schwöre ich!

Dann hopp, hopp, Gnädigste, mach, dass du hier wegkommst!

Zur Abwechslung sind wir uns mal einig, die Motzmarie und ich! Ich robbe zu meinem Handy, das tatsächlich ein Strichlein Empfang aufweist.

Eine neue Nachricht.

Ich tippe darauf.

Wo bist du? Verlag droht
damit, deinen Vertrag zu
kündigen. DEADLINE!!!
Melde dich, sobald du ...

Ach du hässlich erbsengrüne Neune! Ich betrachte fassungslos das Display, auf dem die SMS von Mona, meiner Agentin, grell leuchtet.

... etwas für mich hast! M.

So ist es also um mich bestellt. Man rechnet nicht mehr damit, dass ich Stoff für weitere Werke in mir trage, man hat mich schon abgeschrieben, man faltet bereits Papierflieger aus meinem Vertrag. Aus. Vorbei. Die Eintagsfliege des Jahres. Gratulation, Frau Kenning, so kurz wie Sie hat sich noch niemand im Literaturbetrieb gehalten. Schwups, und zurück in die Mittelmäßigkeit, wo Sie hingehören!

Aber nicht mit mir. O nein. Ich wähle hektisch die Nummer meiner Lektorin aus der Kontaktliste und drücke auf »Verbinden«. Nichts tut sich. Kein Netz. Grandios! Auf Zehenspitzen, weil immer noch barfuß, bewege ich mich, zunehmend genervter, um das Loch herum. Was für eine Ironie das ist: Man verirrt sich in der Wildnis, kann keine Telefonverbindung herstellen, aber die Kündigung, die erreicht einen auch noch, wenn man die Zivilisation längst hinter sich hat.

Vielleicht kriegst du dich langsam wieder ein und widmest dich den akuten Problemen!

Vielleicht ist das auch alles Schwachsinn, und ich denke im Kreis. Womöglich wäre es besser, es genau in der entgegengesetzten Richtung zu versuchen. Hauptsache, es tut sich etwas. Ich reibe den Dreck von meinen Fußsohlen, schlüpfe in meine Pumps und suche den Boden ab.

Aber wo …?

Wieso …?

Keine einzige Süßstofftablette weit und breit. Aufgelöst? Weggeweht? Ich weiß es nicht. Was ich weiß, ist, dass ich mich unwiderruflich verlaufen habe.

Das ist ja wieder einmal typisch. Nicht einmal an die einfachsten, elementarsten Grundregeln kannst du dich halten. Was ist die wichtigste Sache im Wald überhaupt? Was? Orientierung, richtig.

Halt die Klappe, Motzmarie. Was soll ich machen? Ich bin ein Großstadtmensch. Ich orientiere mich an Filialen von Starbucks, H&M, Zara, Mango, Esprit, S. Oliver, Lush oder Humanic, ich drehe einen Stadtplan immer in die Richtung, in die ich gerade laufe, ich füttere mein Navigationssystem mit Ort, Straße, Hausnummer, um eine Adresse zu finden. Ich frage manchmal sogar nach dem Weg, und wenn ich gar nicht mehr weiterweiß, dann rufe ich mir ein Taxi. Aber WAS NÜTZT MIR DAS JETZT? Hier gibt es ja bekanntlich KEIN NETZ! Das hier ist DIE NATUR, und ich habe keine Erfahrung mit DER NATUR. Ich befinde mich am Rande eines mittleren PMS-verstärkten Nervenzusammenbruchs, habe gerade erfahren, dass mein großer Schriftstellertraum sich in heiße Luft auflöst, werde von Dorfwilden und bissigen Monstern verfolgt, und du motzt hier herum von wegen Orientierung! Ich habe die Nase voll! Ich will Beton, ich will Baustellen, ich will Abgasgestank, ich will Ampeln, ich will hupende Autos, und in erster Linie will ich HIER RAUS!

Mit einer weit ausholenden Bewegung sowie einem fast stummen Zischlaut absoluter Verzweiflung werfe ich das nutzlose, böse, widerwärtige Handy in hohem Bogen fort. Noch während es fliegt, denke ich mir, dass das womöglich keine so gute Idee war, angesichts der Tatsache, dass das Gerät, auch wenn momentan netzlos, meine allerletzte Verbindung zur Zivilisation darstellt. Ich hechte hinterher.

Zu spät, zehn Meter entfernt prallt das Handy gegen einen Baumstamm, und ein markerschütternder Schrei lässt mich mitten in der Bewegung erstarren. Was ist denn jetzt schon wieder los? Was?

Der Baum! Der Baum schreit!

4 Die Toten verbergen!

»Stärker als der Tod ist die Liebe. Josef Huber 15. 4. 1887 – 29. 6. 1980.«

Ich las die Inschrift auf dem Grabstein vor mir und schüttelte stumm den Kopf. Stein an Stein lagen hier die Toten von W. in Gräbern, die viel zu kurz waren, um der tatsächlichen menschlichen Körpergröße auch nur annähernd zu entsprechen. Ich fragte mich, ob man die Toten in Embryonalhaltung in Miniatursärge gequetscht hatte, oder ob unterirdisch Sarg an Sarg stieß und man nur aus Platzgründen oberhalb so sparsam mit den Metern umging, damit noch Raum für die Besucher blieb. Dem Anschein nach suchten diese nämlich leidenschaftlich gerne den Dorffriedhof auf. Zumindest wenn man nach dem gepflegten Zustand der Gräber ging. Alle Achtung, kein einziger Marmordeckel, keine Steinchen, Platten oder sonstigen Hilfsmittel, um dem Unkraut jede Chance zu nehmen. Stattdessen ein Paradiesgärtchen neben dem anderen, als ginge es darum, den örtlichen Blumenschmuckwettbewerb zu gewinnen. Nur eben nicht in Beeten oder an Balkonen, sondern hier, an der letzten Ruhestätte Hunderter Bürger von W., wo die Verstorbenen den Hinterbliebenen dienten, indem sie die Blumenpracht über ihnen düngten. Postmortale Ortsverschönerung. Eine höhere Form von Leben nach dem Tod.

Ziellos war ich nach dem »Frühstück« (eine viel zu dick geschmierte Buttersemmel und ein Glas Leitungswasser, denn Kaffee trinke ich nicht) durch den immer noch regennassen Ort geschlendert und unweigerlich, aus Mangel an sonstigen Attraktionen, schon bald in der Kirche gelandet. Eine wilde Stil-Mischung mit einem romanischen Turm, einer gotischen Glockenstube samt Spitzdach, einer spätgotischen Sakristei, einem neugotischen Hochaltar und einem barocken Anbau, wie ich einem kopierten Informationszettel beim Eingang entnahm. Nicht besonders beschlagen in Architektur und Geschichte, hatten für mich Kirchen immer nur atmosphärische Bedeutung gehabt, und in dieser Hinsicht zog ich eigentlich schummrige Kathedralen lichtdurchfluteten Dorfkirchen vor. Nicht zu sehen, aber dafür deutlich zu hören, übte ein Organist oben auf der Orgelempore, zumindest sagte mir das die immer wieder einsetzende und abbrechende Orgelmusik, die dem Raum etwas Feierliches gab.

Ich hatte eine Kerze für meine verstorbenen Verwandten angezündet, wie ich es in jeder Kirche auf der ganzen Welt tat, und mich auf Zehenspitzen wieder ins Freie begeben, wo ich nun Grabinschriften las, um mich von meinem aufkeimenden Ärger abzulenken. Dicke Wolken hingen weiterhin zwischen den Bergen, was so in etwa meinem Gemütszustand entsprach.

Ganze sieben Mal hatte ich seit dem Aufwachen versucht, mein Blind Date zu kontaktieren, vier Mal war ich bei einer unpersönlichen Mobilbox-Ansage gelandet, ein Mal war ich durchgekommen, aber niemand hatte abgehoben. Zwei SMS hatte ich außerdem verschickt, eine nette und eine etwas schnippische, die ich gerne zurückgenommen hätte. Doch die Kunst des Überdenkens ist im modernen Elektronikzeitalter nicht mehr viel wert.

SMS = Sendeoption für masochistische Serientäter.

Ja, stimmt, es wäre hilfreich gewesen, hätte ich den Herzenspädagogen vor meinem überstürzten Ausflug in sein Heimatkaff über dieses Vorhaben informiert. Aber wo blieb da die Spontaneität? Wo blieb die Überraschung? Wo die wilde Romantik? Immerhin hatten wir an die zwanzig E-Mails ausgetauscht, uns gegenseitig von unseren Träumen, Wünschen, Hoffnungen berichtet, Hobbys verglichen, Witze erzählt und sogar Telefonnummern weitergegeben, mit dem festen Vorhaben, miteinander zu telefonieren. Wenn das nicht erste Anzeichen für eine aufkeimende Beziehung waren, was dann? Und wenn dem so war, was konnte aufregender sein als eine solch aufopfernde und fantasievolle Tat wie ein Überraschungsbesuch hier am Ende der zivilisierten Welt? Sprach das nicht für eine offenherzige, lebensfrohe, spontane, äußerst intuitive Einstellung zu Liebesangelegenheiten?

Zugegeben, unmittelbar vor meinen Reiseplänen war der Kontakt aus irgendwelchen Gründen eingeschlafen, zum geplanten Telefonat war es nie gekommen, die E-Mails waren kürzer, beiläufiger geworden und hörten schließlich ganz auf. Aber was war mir denn übrig geblieben? Womöglich war das der Mann meines Lebens, und ich wollte nicht schon wieder eine vorzeitige Niederlage hinnehmen. Daher hatte ich den Entschluss gefasst, ihn mit seinem Lebensglück Aug in Aug zu konfrontieren. Zum Zweck größtmöglicher Aufmerksamkeit hatte ich mir das rote Lederjackending gekauft und war losgezogen, um meinem Ritter auf halbem Weg entgegenzureiten, wenn er es schon selbst nicht schaffte, seinen ritterlichen Hintern hochzukriegen.

Mein alter Fehler, das sah ich jetzt ein: wieder einmal zu früh zu hohe Ansprüche und zu schnell zu einseitige Projektionen. Ich seufzte und las die Inschrift auf dem Grabstein von Josef Unterbichler, Straßenwärter i. R., 1867–1972, und seiner geliebten Frau Theresia, 1872–1969, zum fünften Mal. War Theresia damit Frau Straßenwärter, oder hatte sie einen eigenen Beruf gehabt? Ganz unten auf dem Stein die Antwort: »Deren Sohn Friedrich, nie zurückgekehrt aus dem Dienst am Vaterland«, daneben ein Kreuz und die Zahl 1942. »Trauernde Mutter« hätte wohl unter ihrem Namen stehen können.

Ich sah mich um. Die Enge der Grabstellenanlage hatte einen weiteren Grund, den man mehr hörte als sah: Rund um den Friedhof, entlang der mit schleimigem, graugrünem Moos bewachsenen Steinmauer, floss ein Bach, als wäre es seine Aufgabe, das Reich der Lebenden von dem der Toten abzugrenzen. Über einen kleinen Holzsteg gelangte man auf den Kiesweg, der sich zwischen den Grabreihen hindurchschlängelte. Solange man auf diesem Weg ging, hörte man nicht viel mehr als das Knirschen der Kiesel unter den eigenen Schuhen, aber stand man still oder wagte sich ins noch feuchte Gras, um zu den hinteren Gräbern zu gelangen, war das Plätschern des Bachs klar und deutlich zu vernehmen. Ein zu lebendiger Klang, dachte ich versonnen, um der Soundtrack eines so toten Platzes zu sein.

Auf der anderen Seite des Steges war, wie zum Spott, ein moderner Schuppen errichtet worden, in dem sich ein Müllcontainer an den anderen reihte. Die Sammelstelle. Links der Restmüll, rechts kompostierbare Abfälle, darüber ein Schild: »Bitte um sorgfältige Trennung!« Ordnung musste sein in W., Restmüll zu Restmüll, Kompost zu Kompost und Leiche zu Leiche, so war der Lauf der Welt.

Zwischen zwei prächtigen Buchsbäumen lag Karl H. Mimmer, Schriftsteller. Die reiche Verzierung des Grabsteins und diverse brennende Kerzen ließen auf postmortale Anerkennung des Verstorbenen als semiprominenten Dorfdichter schließen. Ob er auch irgendwann einen Pakt geschlossen hatte so wie ich mit mir? Ob er das Schreiben als Berufung gesehen hatte? Ich warf einen Blick auf den Goldring an meinem Finger. Er trug die Initialen W.S. Ich dachte an Shakespeare, mein großes Idol und daran, wie schwer es mir fiel, mich in die Rolle der Schriftstellerin zu finden. Jeden Tag schreiben, und wenn es nur ein Satz ist. Liebevoll strich ich über die Goldgravur. War es nicht das, was ich wollte? Was ich sollte? Doch ich bin weit davon entfernt. Als fehlte dieser innere Drang, das tiefste, geheimste Etwas im Bauch, das aus jeder alltäglichen Kleinigkeit ein fantasievolles Königreich entstehen lassen konnte. Mimmer, der Dorfdichter, wüsste bestimmt, was ich meinte, er würde mich verstehen.

Ich passierte die Gräber von Hans Jungmüller, Oberförster i. R., Pepi Fritzenthaler, Bäckermeister, Johann Kappelmüller, Bauer zu Oberbrandstein, und Marianne Schmid, Ziehtochter Unterwald, und blieb schließlich vor einem prachtvollen Marmorstein stehen, dessen goldene Inschrift ich dreimal lesen musste, so faszinierte sie mich.

Ruhestätte des Franz Berger, Gend. Inspektor, welcher am 4. Juli 1962 in Ausübung seiner Berufspflicht durch Verbrecherhand fiel, dessen Gattin Anna Berger, Julius Berger, Gemeindesekretär i. R., Ing. Rudolf Berger, Forstverwalter i. R.

Verbrecherhand, überlegte ich, das wäre doch vielleicht eine Geschichte. Hektisch suchte ich in meiner Handtasche nach einem Notizzettel. Ich könnte einen Krimi schreiben, in dem jemand hinterrücks ermordet wird, womöglich …

»Wie es scheint, ein gefährliches Pflaster«, sagte eine Stimme hinter mir, woraufhin ich vor Schreck die Tasche fallen ließ. Wütend drehte ich mich um und blickte in die gleichen wachen, blaugrauen Augen, denen ich meinen gestrigen schmählichen Abgang aus der Wirtsstube zu verdanken hatte. Der gleiche wissende Ausdruck darin, eine Art von höflicher Überlegenheit, wie sie ein Fremdenführer gegenüber Touristen an den Tag legt. Ich war noch nie gerne Tourist gewesen, deshalb verlief ich mich in fremden Städten auch ständig, da das öffentliche Stadtplanstudium oder, noch schlimmer, das Fragen nach dem Weg nicht mit meiner strikten Einheimischentarnung kompatibel war.

»Sie schon wieder, Herr Wieauchimmer, keine Ahnung, warum Sie es sich in den Kopf gesetzt haben, mich ...«

»Alt.«

»Wie bitte? Ich habe noch gar nicht richtig begonnen.«

»Nicht Halt, Alt.«

»Das ist ja wirklich der Gipfel. Erst nennen Sie mich fett, jetzt finden Sie mich alt, für wen halten Sie sich eigentlich?«

Er lächelte breit, was mich vor Wut erstarren ließ.

»Sie, Sie, Sie ...«, begann ich, nach Worten suchend.

»Adrian Alt. Das ist mein Name. Hört sich etwas besser an als Wieauchimmer«, antwortete er, während er eilig meine Tasche vom Boden aufhob, »finden Sie nicht, Frau ...?«

»Sie dürfen mich *Gehtsieeinenfeuchtendreckan* nennen. Apropos feuchter Dreck«, sagte ich, riss ihm meine Tasche aus der Hand und reinigte sie notdürftig von der schlimmsten Bescherung, »ist das Ihr spezielles Hobby, sich an andere Leute heranzupirschen, um sie zu Tode zu erschrecken?«

»Bitte, entschuldigen Sie. Das war nicht meine Absicht. Genau genommen habe ich Sie erst sehr spät gesehen. Ich war auf der anderen Seite der Kirche beschäftigt, habe mich dann aber an dieses spezielle Grab hier erinnert, das ich unbedingt für meine Aufzeichnungen brauche.«

Er deutete erst auf Franz Berger, Gendarmerie-Inspektor, dann auf den Zeichenblock in seiner Hand. Er trug dieselben Cowboystiefel wie am Vorabend, dieselbe Jeans und zum Pullover ein graues Sakko, nur der Hut schien ein anderer zu sein, ein besonders ausgeleiertes Exemplar aus schwarzem Cord. Du meine Güte, seit wann trug man wieder Cord? Noch nie sehr talentiert darin, das Alter anderer Leute zu schätzen, gab ich ihm, Pi mal Daumen, etwa Mitte bis Ende dreißig. Vielleicht auch knapp vierzig. Wären nicht die grauen Strähnen in seinen dunklen Haaren so auffällig gewesen, hätte ich ihn womöglich für nicht viel älter als mich gehalten. Er wirkte körperlich fit, wenn auch etwas mager, als würde er zu wenig schlafen und essen, was mich wieder an seinen charmanten Hinweis im Wirtshaus erinnerte. Ich sah ihn misstrauisch an.

»Was tun Sie hier? Sind Sie Kaffzeichner oder so was Ähnliches?«

»Nicht ganz.«

»Sondern?«

Er schien sich die Antwort gut zu überlegen, wobei er mit den Fingern über die Zeichnung fuhr, die Zeichnung eines Friedhofskreuzes, wie ich erkennen konnte.

»Es ist besser, wenn Sie darüber nichts wissen. Sagen wir, ich bin ein stiller Beobachter.«

Gegen Geheimnistuerei hatte ich immer schon eine Abneigung. Und dieser Mensch, Alt, wie auch immer, war der Inbegriff von Geheimnistuerei mit all seinem Herumgeschleiche,

Notizblockgezeichne und seiner Art, einem Frechheiten ins Gesicht zu sagen, als wären sie etwas ganz Alltägliches. Sepp, der Wirt, hatte schon recht, ein klassischer Fall von einem Schnüffler. Ich seufzte hörbar und missmutig.

»Also gut, Herr Alt, können wir uns darauf einigen, dass hier jeder seiner Wege geht, was auch immer er hier zu suchen hat? Ich belästige Sie nicht, und Sie sprechen mich nicht mehr an. Wir tun einfach so, als wären wir uns nie begegnet, ist das möglich?«

Er schüttelte bedauernd den Kopf, was für mich so unerwartet kam, dass ich starr vor Entrüstung vor ihm stehen blieb, statt, wie ich das eigentlich vorgehabt hatte, wirbelwindmäßig an ihm vorbeizurauschen.

»Ich fürchte, das kann ich Ihnen nicht versprechen. Aber bitte, kommen Sie doch kurz mit dort hinüber, ich will Ihnen etwas zeigen. Es dauert nur einen Augenblick.«

Er ging zwischen den Gräbern hindurch ganz nach hinten zu den frischeren Grabstellen nahe der Mauer, mit fast raubtierhaften, weichen Bewegungen. Ich versuchte, ihm zu folgen, so gut es ging, doch das war nicht ganz einfach. Die dünnen Absätze meiner Stiefeletten sanken bei jedem Schritt im morastigen Boden ein, was meinen Zorn nicht gerade abkühlen ließ. Wie konnte er es wagen, was bildete er sich ein?

»Hier«, rief er und winkte mich zu sich. Durch den Mund atmend, damit er nicht merkte, wie sehr ich keuchte, blieb ich mit verschränkten Armen neben ihm und vor einem einfachen weißen Holzkreuz stehen.

»Also? Ich hab nämlich nicht den ganzen Tag Zeit.«

Er sah mich sonderbar an.

»Lesen Sie!«

Ich beugte mich über das Grab zu der kleinen Tafel in der Mitte des Kreuzes.

»Im liebevollen Andenken an Sarah, die am fünften März 2009 mit nur zwei Jahren von uns gegangen ist. Wir tragen sie immer ... bla bla bla ... Warum zeigen Sie mir so was?«

Jetzt erst bemerkte ich auch den ungewöhnlichen Grabschmuck. Ein weißer Teddybär mit grüner Schleife und schwarzen Knopfäuglein lehnte am Kreuz. Davor baumelten in einer Vase Stoffdiddlmäuse mit Engelsflügeln (herrje!) an einem Gesteck aus lila-rosa Blütenzweigen, und drei verschiedene Grablichter brannten in schneeweißen Laternen.

Mir war auf einmal ziemlich kalt, der feuchte Nebel über dem Ort schien mir unter die Jacke zu kriechen, und obendrein fing es auch noch an zu nieseln. Eine leichte Übelkeit im Magen machte mir zu schaffen, wahrscheinlich hatte ich die Dosis Weißmehl mit Fett vom Frühstück nicht vertragen. Ich wünschte mir auf einmal ganz dringend, in meinem muffigen, überheizten Zimmer zu sein. Ich könnte mich mit einem Buch ins Bett verkriechen, während ich auf die Antwort von meinem Herrn Lehrer wartete. Ich könnte sogar schreiben, etwas über einen Gendarmen und einen gemeinen Mörder mit Cordhut. Oder über ein totes Kind.

»Zwei Jahre. Haben Sie zufällig die Jahreszahlen auf den Grabsteinen dieses Friedhofs beachtet?«

»Natürlich habe ich sie beachtet. Geburtsjahr, Sterbejahr, manchmal ein genaues Datum, wie überall eben.«

»Und?« Er sah mich gespannt an. »Was ist Ihnen aufgefallen?«

»Aufgefallen? Wieso?«

»Wenn Sie die Geburtsjahre und Sterbejahre betrachten, was fällt Ihnen hier auf?«

Ich zuckte mit den Schultern. Die Sehnsucht nach dem Wirtshaus wurde übermächtig, zumal mir der sonderbare Glanz in Adrian Alts Augen unheimlich war. Etwas Animalisches steckte in diesem intensiven Blick, etwas, das mir überhaupt nicht gefiel. Wer war der Mensch, und was hatte er hier zu suchen? Irgendetwas stimmte nicht, das konnte ich deutlich riechen, irgendetwas ...

»Kinder und Greise.«

»Wie bitte?«

»Sehen Sie sich um! Auf diesem Friedhof gibt es fast nur Menschen, die entweder extrem früh oder extrem spät gestorben sind, kaum etwas dazwischen.«

Ich sah ihn an, als hätte er mir gerade erklärt, dass man rote und weiße Socken besser nicht zugleich wusch, weil man sonst rosafarbene erhielt.

»Nun, wir befinden uns in einem Bergdorf. Wenig Verkehrstote, gute Luft, viel Bewegung, was weiß ich? Das hat doch nichts zu bedeuten. Kinder sterben eben leicht an Krankheiten, und Menschen werden in so einer Umgebung alt. Punkt.«

»Sind Sie sich bewusst, von welchem Durchschnittstodesalter wir hier sprechen?«

Langsam wurde es mir zu blöd, mich mit diesem offensichtlichen Exzentriker mitten im Nieselregen auf dem Friedhof über Sterbedaten zu streiten.

»Hören Sie ...«

»Siebenundneunzig.«

»Was?«

»Kaum jemand hier ist vor seinem neunzigsten Geburtstag gestorben, und fast die Hälfte ist über hundert Jahre alt geworden.«

Mir lief es eiskalt den Rücken runter.

»Das ist nicht möglich«, sagte ich tonlos.

»Dafür gibt es eine ungewöhnliche Häufung von Kindergräbern. Die meisten Kinder sind gleich im ersten oder zweiten Lebensjahr gestorben. Wie Sarah. Ausnahmen von der Regel sind fast nur Opfer des Zweiten Weltkrieges und ein paar Einzelfälle wie unser berühmter Inspektor Franz Berger. Glauben Sie mir, was auch immer die Menschen hier so alt werden lässt, das geht wohl kaum mit rechten Dingen zu.«

Ich starrte ihn an wie einen besonders ungewöhnlichen Mistkäfer. Mein ganzer Körper zitterte vor Kälte, Nässe und Wut. Jedes einzelne Härchen in meinem Nacken war aufgestellt. Selten hatte es mich so sehr danach verlangt, jemanden ins Gesicht zu schlagen, mitten auf die Nase. So leise und beherrscht, wie es mir unter diesen Umständen möglich war, sagte ich: »Und warum, Herr Alt, erzählen Sie das ausgerechnet mir? Sie haben gestern Abend sehr deutlich gemacht, was Sie über meine Essgewohnheiten denken, was – sehe ich das richtig? – den Schluss nahelegt, dass wir beide, Sie und ich, keinerlei Gemeinsamkeit haben als die, zufällig zur gleichen Zeit im gleichen Ort zu Gast zu sein.«

Er sah mich mit halb geöffnetem Mund an. Unsicherheit schwamm wie eine quietschgelbe Gummiente im schmutzigblauen Badewasser seiner Augen. Befriedigt nahm ich zur Kenntnis, dass er nicht zu wissen schien, wie ihm geschah. Gut so.

»Ich denke, da gibt es ein Missverständnis. Ich wollte ...«

»Sie, Herr Alt«, fauchte ich, die Beherrschung nun komplett verlierend, »haben hier nichts weiter zu wollen. Ich wünsche Ihnen noch viel Vergnügen mit Ihren Leichen. Von mir aus graben Sie sich eine schöne tiefe Grube und legen sich dazu.

Ich für meinen Teil gehe jetzt zurück ins Warme, Trockene und werde anschließend bei einem ausgiebigen Mittagsmahl selbst entscheiden, was ich essen und trinken kann, ohne dass ausgerechnet *Sie* sich Sorgen um meine Figur machen müssten.«

Ich drehte mich um und stapfte, so graziös wie möglich, über die inzwischen schlammige Wiese zurück zum Kiesweg, wo ich wütend den Dreck von meinen Wildlederstiefeletten schüttelte. Na großartig, die waren endgültig ruiniert.

»Das haben Sie falsch verstanden«, rief er mir nach, »ich wollte Sie warnen. Passen Sie auf, was …«

Seine restlichen Worte gingen im einsetzenden Glockengeläut der Kirchturmglocke unter, was ich mit einem dreifachen Halleluja quittierte. Zwölf Uhr Mittag. Wie viel schlimmer konnte der Tag noch werden? Genau in dem Moment hörte ich das ersehnte Geräusch aus meiner Handtasche. Es piepste lautstark.

5 Mondaufgang

»Bitte, setzen Sie sich doch!«

Mit geübtem Blick hatte er die Frau analysiert, die ihm in seinem Büro gegenüberstand. Sie war vielleicht Mitte dreißig, trug ein teures mohnblumenrotes Kostüm, das ihre perfekten Kurven betonte, ohne zu viel zu enthüllen. Der Rock reichte bis knapp über die Knie, die Beine steckten trotz der sommerlichen Temperaturen in schimmernden Seidenstrümpfen, bestimmt die teure Marke von Palmers, womöglich Stay ups. Die farblich abgestimmten Pumps hatten spitze Bleistiftabsätze, die als Mordwerkzeug geeignet wären. Der Duft, den sie verströmte, war eine Mischung aus exquisitem Designerparfüm, herber Körpercreme und zu viel Haarspray, das ihre langen platinblonden Locken in eine malerische Form zwang. Ihr Make-up war eine Spur zu auffällig, ihr Lippenstift eine Nuance zu rot in ihrem sehr blassen Teint, doch abgesehen davon, dachte Adrian Alt, war sie eine bildschöne Frau. Eine, bei der man durchaus auf Ideen kommen konnte.

Einzig irritierendes Detail war der Schmuck, den sie um den Hals trug. Man hätte bei einer solchen Frau Perlen erwartet oder Brillanten, doch an einer schlichten Kette hing ein silberner Halbmond, der aus einem Esoterikgeschäft oder der Billigmodeschmuckabteilung einer Kaufhauskette stammen mochte.

Sie setzte sich mit einer einzigen eleganten Bewegung auf den Stuhl vor seinem Schreibtisch, wobei sie feminin die Beine übereinanderschlug, während er den Platz dahinter einnahm, zwei Gläser Wasser einschenkte und ihr eines davon reichte. Sie beobachtete den Vorgang, rührte ihr Glas jedoch nicht an. Er selbst trank seines mit wenigen Schlucken leer, verschränkte die Arme und lehnte sich in seinem Schreibtischsessel zurück. Der Gästestuhl war ein wenig niedriger, mit Absicht, um dem Klienten das Gefühl zu vermitteln, einer Autorität gegenüberzusitzen. Doch dadurch, dass die Frau außergewöhnlich groß war und aufrecht dasaß, während er, für einen Mann ohnehin schmächtig gebaut, aus alter Gewohnheit den Rücken ein wenig krümmte, befanden sie sich auf Augenhöhe.

»Wie kann ich Ihnen behilflich sein?«

Adrian Alt überlegte, wie oft er diesen Satz bereits ausgesprochen hatte, kam aber zu keinem befriedigenden Ergebnis. Er betrieb sein Büro mittlerweile seit fast zehn Jahren. Menschen kamen, Menschen gingen, unmöglich, sie zu zählen. Seine Dienste waren gefragt, aber nur mäßig entlohnt. Wäre er Jurist geworden, wie sein verstorbener Vater es gewollt hatte, Rechtsanwalt wie sein Bruder André, wäre er mittlerweile reich und besäße eine schmucke Villa am Stadtrand, nicht eine schmuddelige Wohnung, die zugleich sein Büro war. Adrian Alt war Privatdetektiv.

»Nun, Herr Alt, ich hoffe, dass Sie mir behilflich sein können, immerhin werde ich Ihnen ja ein kleines Vermögen für Ihre Dienste bezahlen. Wie stehen Sie zu den Bergen?«

Ihre Stimme war glockenhell und voll Wärme, wie die Stimme der guten Fee in diesen Walt-Disney-Kindertrickfilmen, die am Sonntagvormittag im Fernsehen liefen. Er zögerte.

»Die Berge an sich? Keine Ahnung, ich bin im Flachland aufgewachsen und lebe seit zwanzig Jahren in der Großstadt, da habe ich mit Bergen relativ wenig Kontakt.«

Das war sogar noch untertrieben. Er mochte Berge nicht, weil man, wenn man hinaufstieg, weit, weit sehen konnte. Diese Weite bedrückte ihn. Er liebte Hochhäuser, die seine Welt begrenzten, ebenso wie die Menschenmassen, die einen ungestört allein sein ließen. Er war ein klassisches Großstadttier.

»Das wird sich ändern. Wenn Sie den Auftrag übernehmen, werden Sie einige Zeit in einem winzigen Bergdorf verbringen, das bitte ich Sie zu bedenken. Bergdörfer haben eigene Gesetze, Bergbewohner sind ein eigenes Volk. Doch ich habe Sie ausgesucht, weil man mir versichert hat, dass Sie im Umgang mit Gesetzen äußerst flexibel sind, ist das korrekt?«

Ausgesucht. Er sah ihr in die Augen und überlegte, warum er sie im ersten Moment für blau gehalten hatte. Sie hatten eine Farbe, die an dunkelgrünes Teichwasser erinnerte.

»So sagt man«, antwortete er. »Aber wollen Sie mir nicht erst erklären, um was für einen Auftrag es sich handelt, Frau ...«

»Selene.«

»Selene, in Ordnung. Dann kann ich besser beurteilen, ob die Angelegenheit für mich infrage kommt.«

Adrian hatte das große Glück, sich dank einer umfangreichen sowie einigermaßen wohlhabenden Stammklientel seine Aufträge aussuchen zu können. Er arbeitete aus Prinzip allein und stets gewissenhaft. Frauen wie Selene hatten meist reiche, untreue Ehemänner, denen es nachzustellen galt. Nur ein leichtes Kribbeln in seiner Magengrube ließ ihn vermuten, dass es hier um etwas anderes ging.

»Oh, das wird sie.« Sie zupfte ein paar rötliche Katzenhaare von ihren Kostümärmeln. »Der Fall ist äußerst interessant und ebenso kompliziert, aber man sagte mir, Sie liebten Herausforderungen.«

»Ich wüsste gerne mehr über Ihren Informanten!«

Sie verzog den Mund zu einem Lächeln. Hätte dieses Lächeln ihre Augen erreicht, so wären, vermutete Adrian, dutzendweise Männer daran zugrunde gegangen.

»Also, hören Sie gut zu. Vor bald fünf Jahren hat meine ältere Schwester Anita, die ich sehr liebe, einen Mann kennengelernt. Wie solche Dinge nun einmal unvermeidlich laufen, haben die beiden geheiratet und sind in seine Heimat gezogen, ein kleines Bergdorf im Bundesland Salzburg. Kein Jahr später war Anita schwanger und hat …«

»Neun Monate später?«

Er konnte eine leichte Ungeduld nur schwer unterdrücken. Das war sein größtes Problem. Menschen machten ihn meistens ungeduldig.

»… neun Monate später Sarah zur Welt gebracht. Schon bei meinem ersten Besuch dort ist mir aufgefallen, dass die Dorfbewohner ein sonderbares Verhalten an den Tag legten, ganz allgemein, aber speziell in Bezug auf kleine Kinder. Sie behandelten sie, wie soll ich sagen, nicht anders als ihr Geflügel oder die Hofhunde. Auch um die Taufe kümmerte sich niemand. Es war, als ob keiner eine Bindung zu Sarah aufbauen wollte.«

Sie schwieg nachdenklich, presste die Lippen aufeinander und schob das immer noch volle Wasserglas ein Stück zur Seite.

»Anita irritierte dieses Verhalten, doch sie war noch zu jung, um sich der Übermacht der Verwandtschaft ihres Mannes entgegenzustellen. Also akzeptierte sie es stillschweigend, auch wenn ihr Mann, Josef, immer öfter einen über den Durst trank, selten daheim war und niemand ihr dort in der Einöde half. Sie rief mich oft an, aber mir war es durch diverse berufliche Verpflichtungen nicht möglich, sie häufig zu besuchen.«

Adrian seufzte. Alkoholismus in der Familie. Er verachtete nichts so sehr wie Rauschmittel. Menschen, die die Kontrolle verloren, waren ihm ein Rätsel. Kontrolle war essenziell. Lebensnotwendig.

»Und der Fall?«

Die Junihitze draußen und der zunehmende Mond machten ihm zu schaffen, ebenso die regelmäßigen Albträume. Nacht für Nacht lief er im Traum durch ein finsteres Dickicht, hörte Schritte hinter sich und fand keine Ruhe, bis der Mond außer Sicht war. Der entsetzliche Mond. Mit schmerzendem Kopf fiel er dann endlich in einen unruhigen Halbschlaf, der keine richtige Erholung brachte. Der fehlende Schlaf führte dazu, dass er rastlos wurde, fahrig, ungeduldig, unfähig, lange still zu sitzen. Deshalb, womöglich, fiel sein Einwurf schärfer aus als sonst.

»Der Fall, Herr Alt, ist folgender: Kurz nach ihrem zweiten Geburtstag ist Sarah gestorben. Ich war an dem Tag dort, habe ihr Geschenke gebracht, habe versucht, mit ihren Eltern zu sprechen, und sah die kleine Leiche. Es war ein ganz und gar irritierender Anblick. Etwas an ihrem Tod war faul, und es war, das können Sie mir glauben, nicht die Erde, in der man sie mit absurder Hast verscharrt hat.«

Adrian Alt fiel auf, dass Selene sich wie jemand ausdrückte, dessen Muttersprache eigentlich eine andere war, auch wenn sie keinen Akzent hatte, doch die Worte, die sie wählte, sowie die gesamte Satzkonstruktion ließen auf eine andere Herkunft schließen.

»Kann es sein, dass Sie britische Wurzeln haben?«

Sie sah ihn überrascht an, was er befriedigt zur Kenntnis nahm. Ja, er war gut in seinem Job, vielleicht nicht glücklich oder erfüllt, aber auf jeden Fall gut.

»Das ist korrekt, auch wenn es mir schleierhaft ist, woher Sie das wissen können.«

»Nur so eine vage Vermutung.«

Er lächelte innerlich.

»Nun, wie auch immer, was ich von Ihnen möchte, sind erstens Informationen über den Ort, die Bewohner, die Geschichte, alles, was Sie herausfinden können. Und zweitens«, sie beugte sich vor und senkte die Stimme, »sammeln Sie für mich Indizien, Beweise, alles, was notwendig ist, um eine Exhumierung Sarahs zu veranlassen! Bringen Sie mir das, was ihren Tod verursacht hat! Bringen Sie mir *etwas*!«

Er studierte ihre hart gewordenen Gesichtszüge.

»Moment. Sprechen wir hier von Mord? Ich muss Sie an dieser Stelle darauf hinweisen, dass Sie sich besser an die Polizei wenden, wenn es um …«

»Herr Alt, ich war bereits bei der Polizei. Die örtlichen Behörden haben plötzlichen Herzstillstand als Todesursache anerkannt und sind nicht bereit, weitere Schritte einzuleiten.«

Adrian rieb sich seine Schläfen.

»Wenn die Behörden das so akzeptieren, was genau wollen Sie dann von mir? Ich bin nicht Sherlock Holmes, falls Sie sich etwas in der Art vorstellen.«

Sie griff nach ihrer Handtasche und zog ein abgegriffenes Foto sowie ein dicht beschriebenes Blatt Papier heraus und legte beides umgedreht vor ihm auf den Tisch. Anschließend ballte sie die Hand zur Faust und blickte ihn aus kalten Teichaugen an.

»Nehmen Sie das Foto, und sehen Sie es sich gut an, Herr Alt. Sie können sich nicht vorstellen, unter welchen Schwierigkeiten es mir gelungen ist, es überhaupt aufzunehmen und aus dem Ort zu schmuggeln. Etwas ist dort nicht in Ordnung, und ich bitte Sie herauszufinden, was. Seien Sie vorsichtig, die Bewohner haben es nicht gern, wenn man sich in ihre Angelegenheiten mischt. Auf dem Zettel finden Sie alle weiteren Informationen: Lage des Ortes, Anreise, Unterkunftsmöglichkeit, Namen und Adressen von involvierten Einheimischen. Auf der Rückseite steht außerdem meine Telefonnummer für den Fall, dass Sie sich entschließen, den Auftrag anzunehmen.«

Sie erhob sich, streifte ihr Kostüm glatt und ging zur Tür, wo sie stehen blieb und sich noch einmal umdrehte. Er war ebenfalls aufgestanden, mit der Absicht, ihr zur Tür zu folgen, doch ihr Gesichtsausdruck ließ ihn hinter dem Schreibtisch verharren.

»Ich *rechne* mit Ihnen, Herr Alt. Sie werden mit der Entlohnung zufrieden sein. Außerdem bin ich Mitglied in einer exklusiven Vereinigung, die ihren Sitz in London hat und die Ihnen bestimmt noch den einen oder anderen *Dienst* erweisen kann. Eine Hand wäscht die andere, vergessen Sie das nicht. Wir expandieren gerade, unsere Verbindungen sind international, unsere Geschäfte zukunftsweisend. Kein Wunsch, den wir Ihnen nicht erfüllen können! Lassen Sie mich wissen, was Sie denken.«

Sie wendete sich ab, hielt aber noch einmal inne.

»Ich empfehle Johanniskrauttee.«

»Wie bitte?«

»Gegen die Müdigkeit. Das ist normal. Heute ist Litha, die Sommersonnenwende. Die kürzeste Nacht. Viele Menschen« – dabei sah sie ihn lange an – »reagieren empfindlich darauf.«

Ohne sich weiter aufzuhalten, trat sie auf den Gang hinaus, schloss die Tür hinter sich und verschwand mit lauten, energischen Schritten Richtung Aufzug.

Adrian Alt ließ sich wieder in seinen Sessel fallen, verschränkte die Hände unterm Kinn und starrte abwesend auf die Papiere, die vor ihm lagen. Er drehte Selenes Zettel um und las die Buchstaben mehrmals, ehe er die Worte begriff.

»Selene Green, European WWS, Abteilung Internationale Kontakte. London, UK.«

Er seufzte. Um was für eine Organisation es sich bei WWS auch handeln mochte, anscheinend war die Frau eine bedeutende Persönlichkeit. *Kein Wunsch, den wir Ihnen nicht erfüllen können.* Große Worte, wenngleich er schon lange nicht mehr an solche Märchen glaubte. WWS. Eine exklusive Vereinigung.

Leichtfertig abzulehnen war unmöglich, zumal ihn die Geschichte natürlich reizte. Warum auch nicht? Ein totes Kind, ein verschrobenes Bergdorf, ein Dorfgeheimnis, näher war er nie an seinen Prinzipien drangewesen. Viel zu viel Zeit seines Lebens hatte er damit vergeudet, scheidungswilligen Verehelichten Beweise für die Untreue des jeweiligen Partners zu liefern oder ausgerissene Jugendliche in schmierigen Diskotheken aufzutreiben und sie in ihre scheinheiligen Elternhäuser zurückzutransferieren. Dabei waren es die wirklichen Verbrechen, die er ablehnte, die Ungerechtigkeit, die er hasste und die ihn dazu gebracht hatte, das Jurastudium aufzugeben zugunsten von Freiheit und Isolation, beides Teile seines Lebens. Nach dem Wahnsinn der letzten Wochen täte ihm ein Ortswechsel außerdem bestimmt gut.

Einer plötzlichen Eingebung folgend, griff er nach dem Foto, das die Frau neben den Zettel gelegt hatte. Ein Blick darauf ließ ihn beinahe sein ohnehin dürftiges Frühstück erbrechen. Er sprang auf, eilte zum Waschbecken, spritzte sich kaltes Wasser ins Gesicht, studierte in dem fleckigen Spiegel gründlich die Linien um seine Augen und strich sich die Haare glatt. Johanniskrauttee, was für ein Unsinn! Als ob es für ihn irgendeine Art Frieden gäbe. Oder Absolution.

Dann erst, noch blasser als sonst, wählte er die Nummer, die unter Selene Greens Namen stand. +44-2 07-4 94-23 25. Während er auf das Freizeichen wartete und auf die unvermeidliche Prozedur, die nun in Gang kommen würde, sah er immer wieder flüchtig zu der Fotografie hin, als zöge das Gesicht darauf seinen Blick magisch an.

Sarahs Gesicht.

Sarahs unnatürlich *verfärbtes* Gesicht mit dem weit aufgerissenen Mund.

Als wäre ihr der Schrei im Hals stecken geblieben.

6 Weißt du zu ritzen?

»Kuwitt!«

Seit wann schreien Bäume Kuwitt? Oder, anders gefragt, seit wann schreien Bäume überhaupt? Verblüfft starre ich den Stamm an, an dem mein Handy abgeprallt ist. Nichts als braune Rinde, ein Stück weiter oben ein paar feine Zweige, dann dickere Äste, einer davon mit einer sonderbaren Wucherung, etwa dreißig Zentimeter hoch, die in der Mitte ...

Uaaaaaaah!

Ein paar kugelrunde, dunkle Knopfaugen glotzen mich mitten aus dem Astgeschwulst heraus an. Das braunrote Ding dort oben ist völlig starr. Ich kann nun auch einen gebogenen Schnabel ausmachen, der mit einer winzigen Bewegung auf und zu klackert. Wäre das nicht der Fall, hätte man das Tier für ein ausgestopftes Museumsexponat halten können, so eines, das in einer Glasvitrine jahrzehntelang als Mottenfalle dient. Aber ich befinde mich ja mitten in der wilden NATUR, hier sind die Waldbewohner echt, folglich habe ich soeben mit meinem Mobilfunkgerät einen – was eigentlich? – fast k. o. geschossen.

»Äh, 'tschuldigung, tut mir wirklich leid, ich wollte nicht, also, äh ...«

Kann das sein, dass du gerade mit einem Wildtier kommunizierst? Erwartest du etwa eine Antwort?

Schon gut, alte Motzfrau, es ist nur so, dass es hier im Dschungel an Gesprächspartnern mangelt. Außerdem habe ich dem Dingsda womöglich wehgetan, und es holt gleich zum Gegenangriff aus. Ich meine, es ist ein Federtier, und du kennst meine Bedenken bezüglich allem, was Flügel hat. Ich sage nur Schnabel, wahrscheinlich Krallen, das sind spitze Mordwerkzeuge. Ein paar beruhigende Worte können also bestimmt nicht …

»Wah! Hu-rumm?«

???

»Tuuut! Wiiii-eh!«

»Wie bitte?«

»Tuuuuuut! Wiiiii-eh! Hick!«

Das Tier wackelt mit dem Kopf, stößt ein zweites Mal auf, blinzelt und starrt mich weiter unverwandt an.

»Ich glaube, ich verstehe nicht …«

Es dreht den Kopf ungeduldig um hundertachtzig Grad nach hinten, dann wieder nach vorn, räuspert sich und sagt schließlich, immer noch kehlig, aber zumindest verständlich:

»Das. Tut. Weh. Verzeihung, lange nicht gesprochen. Warum wirfst du elektronische Sachen nach mir? Hick!«

(Es spricht! Hilfe!)

»Oh, äh, ich wollte nicht nach dir werfen, ich war nur so wütend auf mein Handy, weil es kein Netz hat. Ich wusste ja nicht, dass jemand in diesem Baum wohnt. Gute Tarnung übrigens, Respekt. Ich hatte noch nie mit einem, äh, äh, na ja, mit so jemandem wie dir zu tun.«

»Schon – hick – gut. Ich bin ein Waldkauz. Du kannst mich Sibby nennen. Was ist das für ein Handy?«

(Sibby?)

»Nun, das ist ein tragbares Telefon. Also, man kann mit jemandem sprechen, der nicht da ist, und, und, die Stimme wird irgendwie durch die Luft übertragen, weil, uh …«

Der Kauz namens Sibby verdreht die Knopfaugen, hickst und unterbricht mich ungeduldig.

»Ich weiß, was Mobilfunk ist. Welche Marke ist es?«

»Oh, ach so, nun, kaputtes Sony Ericsson.«

»Kamera integriert?«

»Ja.«

»Wie viel Megapixel?«

»Äh, zwei Komma null glaub ich.«

»Das ist aber ein altes Modell, hu? Neuere Geräte haben schon bis zu fünf. Bluetooth?«

Meine Knie sind immer noch zittrig. Spreche ich tatsächlich gerade mit einem Waldkauz über die Features meines netzlosen Handys? Dieses Abenteuer fängt an, mich zu überfordern.

Selbst schuld, hättest du eben nicht wie ein wild gewordener Urwaldaffe teuren Elektroschrott durch die Gegend geschmissen!

Wie gut, dass auf eine innere Stimme immer Verlass ist. Produktivere Vorschläge, du alte Miesmuschel?

Motzmarie schweigt beleidigt.

»Hm, Sibby, ich bin nicht so versiert in technischen Details, aber ich wäre dir sehr verbunden, wenn du mir helfen könntest, den Weg aus diesem Wald zu finden. Ich habe mich nämlich ein kleines bisschen verlaufen. Außerdem ist eine Horde Jäger hinter mir her, und ich brauche dringend eine Telefonverbindung zur Polizei. Wo geht es denn wohl zur nächstgelegenen menschlichen Behausung?«

Klack, klack. Der Kauz legt den Kopf schief, betrachtet mich nachdenklich, kratzt sich schließlich mit der Kralle ausführlich am Schnabel. Das heißt, er versucht es, wobei er das Gleichgewicht nicht so richtig halten kann und beinahe vom Ast kippt.

»Hu! Dein Weg führt weg vom Dorf. Tief in den Wald. Schöne Jacke übrigens! Schuhu.«

»Danke.«

»Hick!«

Sibbys Augenlider werden schwer und fallen schließlich ganz zu. Sie wiegt sich leicht (ist es eine sie?), leise schuhuend, und ich frage mich im Stillen, wie Vögel das bewerkstelligen, auf einem Ast sitzend einzuschlafen.

»Oh, bitte noch nicht schlafen. Das mit der Wegbeschreibung wäre nämlich eher dringend. Wärst du so lieb?«

»Wege sind überall. Sie führen in den Wald und aus dem Wald. Von oben sind sie nicht sonderlich interessant. Nur grüne Baumspitzen sieht man da. Schuuhhh.«

»Ja, das ist natürlich korrekt, du fliegst logischerweise nicht in Bodennähe. Wege sind dir wohl eher egal. Es genügt auch schon, wenn du mir die Richtung zeigst. Dieser Wald ist nicht unbewohnt, das weiß ich mit Sicherheit, hier muss es eine Hütte geben, und dorthin kann es ja wohl nicht so weit sein.«

»Huhu, weit ist es doch. Sehr weit. Den Weg aus dem Wald findet nicht jeder. Der Wald ist tief. Hinein ist leichter als hinaus. Folge den Wurzeln! Hick!«

Folge den Wurzeln! Mimmers Botschaft. Ich spüre ein Kribbeln in der Magengrube. Der Kauz weiß etwas. Ich will gerade zur nächsten Frage ansetzen, als sich die Kulleraugen wieder schließen. Ich habe so den Verdacht … Könnte es sein …?

Laut und deutlich räuspere ich mich, woraufhin der Kauz eines seiner beiden Sehorgane öffnet. Ich bilde mir ein, dass Eulen schlafen und dabei ein Auge geöffnet lassen können, weshalb ich mir nicht sicher bin, ob meine Verzweiflung so richtig rüberkommt. PMS-Alarm! Zeit für ein wenig Drama, Baby! Zum Glück habe ich genügend Episoden von »Germany's Next Topmodel« konsumiert. Ich probiere es mit einer Mischung aus Bruce und dieser unsäglichen, weinerlichen Brasilianerin.

»Oh, oh, oh, bitte, lieber, lieber Kauz, liebe Sibby, hilf mir! Ich habe weder das Outfit noch die Ausrüstung für ausgedehnte Waldspaziergänge. Außerdem steht meine berufliche Laufbahn gerade vor dem Aus, und ich sollte dringend an meinen Computer. Eine Toilette wäre allmählich auch bitter nötig. Und wenn mich die Jäger erwischen, ist sowieso Sense. Bitte, ich möchte nur zu einer Hütte, von wo aus ich Hilfe rufen kann, so ein Gebäude muss doch von der obersten Baumspitze aus zu sehen sein. Ich flehe dich an, schau für mich nach!«

Sibby plustert ihr Gefieder auf. Mein Mund ist trocken.

»Schuhu, das nützt sowieso nichts. Wege muss man selbst finden. Dem Schnabel nach. Wege führen oft genau in die andere Richtung. Es kommt immer darauf an, was du suchst.«

Was ich suche ... Folge den Wurzeln. Erst Mimmers Botschaft, dann Sibbys Geschwätz. Was, wenn die Hütte längst mein einziges Ziel ist? Was, wenn ich mir in Wahrheit wünsche, die Quelle der Inspiration zu finden? Es geht nicht darum, lebend hier rauszukommen, es geht darum, hier die letzte Chance auf Rettung meiner Laufbahn zu nutzen. Ich muss zur Quelle. Führen mich all meine Unternehmungen deshalb tiefer in dieses Baumlabyrinth? Was hat der Wirt gesagt? Trinken. Wahrheit finden. Sind das nicht nur zwei verschiedene Bezeichnungen für ein und dieselbe Sache? Welches Geheimnis verbirgt dieser Wald?

»Sibby, du als langjährige – äh – Waldbewohnerin, was weißt du über die Hütte, die man angeblich findet, wenn man auf der Suche ist? Die Hütte mit den Tränken, meine ich, die Quelle? Gibt es die Quelle der Inspiration wirklich, oder ist sie nur ein Dorfmythos?«

Nun endlich öffnet der Kauz das zweite Auge wieder. Er starrt mich an, breitet schließlich die Flügel aus, flattert in wackeligem Sturzflug vom Baum und landet (uaaaaah!) auf meiner Schulter. Vogelnähe! Ich schlucke, um die Magensäure in meinem Mund zu verdünnen. Die Federn riechen übel, wecken böse Erinnerungen. Unangenehm bohren sich die Eulenkrallen in meine Haut. Woher kommt das starke Déjà-vu-Gefühl? Welcher Albtraum spielt sich hier mitten am helllichten Tag ab? Doch ich bin wach. Wach! Der Schnabel klackert an meinem Ohr, ehe ich einer Reihe hastig geflüsterter Laute Folgendes entnehmen kann:

»Meinst du die Hütte unter dem Ast des Baumes, dem man nicht ansieht, aus welcher Wurzel er spross?«

»Geht das, hm, genauer?«

»Eine Esche weiß ich, ein hoher Baum, nass vom Nebel. Davon kommt der Tau, der in die – hick – Täler fällt.«

Unglaublich, aber wahr. Das Tier hat eine Fahne, ganz eindeutig. Ein besoffener Waldkauz. Das wird ja immer schlimmer.

»Gut, ich verstehe, die Hütte steht unter einem großen Baum. Eine Esche, so weit, so gut. Doch wo ist der Baum?«

»Warum fragst du mich?«

»Wen soll ich denn sonst fragen? Meine Güte!«

»Viel weiß der Weise, sieht weit voraus.«

Ich stöhne.

»Eben. Genau deshalb frage ich ja! Tok, tok, jemand zu Hause?«

Sibby plustert das Gefieder auf, schüttelt sich, gähnt, würgt lauthals und spuckt einen unappetitlichen golfballgroßen Haufen auf den Boden.

Ekel schlägt als enorme Welle über mir zusammen.

»Igitt, kannst du nicht ...«

Weiter komme ich nicht. Etwas passiert mit dem Tier, es streckt die Flügel aus, stößt sich von meiner Schulter ab und fliegt in engen Kreisen um meinen Kopf. Die putzigen Knopfaugen funkeln wie Diamanten, die Stimme klingt mit einem Mal hart, schneidend und keineswegs mehr beschwipst. Aus Ekel wird Angst. Ich weiche zurück.

»Der Räuberfänger lief den Riesenrücken hinauf, die Jäger dicht hinter ihm. Zu viel wusste er, zu viel trug er bei sich. So kam der Mord zuerst ins Dorf. Da gingen die Redner zu den Sitzungsstühlen, ehrenwerte Männer hielten Rat, wer Schuld hat an der Misere. Ein Kopf rollte und ging verloren. Weißt du, was das bedeutet?«

Ich schüttle den Kopf und versuche, dem Kauz mit meinen Blicken zu folgen, was zu einem leichten Schwindelgefühl führt, da das Tier mich immer schneller umkreist. *So kam der Mord ins Dorf.* Damit muss der Gendarm gemeint sein, dessen Grab mich am Friedhof so stark inspiriert hat. *Ein Kopf rollte*, damit kann eigentlich nur ein einziger Kopf gemeint sein. Ist das die Geschichte? Muss ich diese Teile zusammenfügen? Warum gelingt es mir nicht? Die Quelle ist meine einzige Chance!

Sibby schreit laut und kehlig.

»Weißt du zu ritzen?«

»Wie bitte?«

»Weißt du zu erraten?«

»Erraten? Was soll ich erraten?« Ich würde das Federvieh am liebsten rupfen! Die Dinge sind eindeutig außer Kontrolle!

»Weißt du zu finden? Weißt du zu erforschen?«

»Nun, offensichtlich nicht, sonst würde ich ja nicht einen geistig labilen Waldkauz um Rat fragen. Wo soll ich denn zu forschen beginnen? Herrgott, bei mir dreht sich schon alles. Könntest du nicht irgendwo Platz nehmen?«

»Weißt du zu bitten?«

»Also schön, wenn du darauf Wert legst: Bitte, bitte, bitte hilf mir weiter, ich …«

»Weißt du Opfer zu bieten?«

»Nichts, das wehtut, das sag ich dir gleich!«

»Weißt du, wie man senden, wie man tilgen soll?«

»Kann es sein, dass mich hier jemand verarscht?«

Sibby flattert stumm auf ihren Ast zurück und mustert mich von da aus streng. Ich atme tief durch. Der Anfall scheint vorüber.

»Nichts weißt du, Menschenfrau. Such weiter! Viele Wege liegen vor dir. Du musst raten, du musst finden, forschen und vor allem bitten lernen. Was ist dein Beruf, Jackenträgerin?«

»Ich …« Immer noch stutze ich bei der Beantwortung dieser so einfachen Frage, als stünde jemand hinter mir und zöge Grimassen. »Ich bin Schriftstellerin.«

»Ah, ein Dichterlein auf der Suche nach der großen Inspiration.«

»Ja, genau! Doch wie finde ich da hin? Eine Quelle, sagt man …«

»Die Quelle der, huhu, hu«, der Kauz gähnt, »der Dichtkunst.«

Ich bin mit einem Mal hellwach, was man von meinem gefiederten Gegenüber leider nicht behaupten kann.

»Quelle der Dichtkunst? War es das, was Mimmer gefunden hat? Das Ziel seiner Wünsche?«

Es wäre das Ziel *meiner* Wünsche, so viel steht fest.

»Aber der Weg, Sibby, ich muss den Weg wissen!«

»Du musst ... musst finden ... finden ...«

Der Kauz schließt demonstrativ beide Augen.

»Grandios. Irgendein Tipp, wo ich anfangen soll?«

Sibby hebt das linke Lid ein kleines Stück, gähnt und sagt mit einem Schnabelklackern: »Der, hick, Trank köchelt in der Waldhütte, die Schicksalsstäbe sind geworfen, was sein soll, steht fest. Öffne die Tür, in der Tiefe liegt die Wahrheit. Doch wenn der Graubart heult, dann gib acht. Neun Nächte ... acht ... Schritte. Frag nicht nach dem, nach dem ... nach dem ... Schuu... hu.«

»Nach *was*? Nach *was* soll ich nicht fragen? Sibby?« Verdammt! Der Waldkauz schläft. Ich hätte gleich an mein Lebensmotto denken sollen: Traue niemandem, der Federn trägt! Was für eine Zeitverschwendung! Da trifft man einmal im Leben einen sprechenden Kauz, und dann redet der nichts als Unsinn.

Habe ich es nicht sofort gesagt?

Ich schicke ein paar böse Gedanken in den Gehirnteil, wo Motzmarie logiert, doch bestimmt nimmt sie gerade ein Schaumbad und hat mir zu Ehren schalldichte Ohropax eingestöpselt.

Und jetzt?

Erschöpft setze ich mich auf den Waldboden, ausnahmsweise ohne auf Schmutz oder Getier zu achten. Ich vergrabe den

Kopf in den Händen und weine ein paar Verzweiflungstränen, in der Hoffnung, auf diese Weise Flüssigkeit hygienisch aus meinem Körper hinauszubekommen. Ich bin immer noch mutterseelenallein in dem Wald, ohne Aussicht auf Besserung dieses Zustandes. Mir wurde ein Quell der Dichtung angepriesen, der mein ganzes Leben verändern könnte, doch wie die glitzernde Wasserfläche in der Sahara scheint auch das nur eine ewige Fata Morgana zu sein. Ich hasse mein Leben! Wie toll das wäre, wenn man sich aus Situationen wie diesen herausschreiben könnte, wenn die Magie des Erschaffens Einfluss auf das eigene Leben hätte. Doch wenn es einem nicht einmal gelingt, die Geschichten anderer auf die Reihe zu kriegen, kann man genauso gut in einem Minigrab mit Diddlmausengeln darüber liegen. Welchen Sinn hat das alles?

Genau in diesem Moment piepst es laut und deutlich hinter mir. Mein Herz steht sekundenlang still. Ich kenne das Geräusch!

7 Auszug aus dem Romanfragment »W.« von Olivia Kenning nach einer wahren Geschichte

Erstes Kapitel: Das Kind

Man wird nicht jeden Tag zwei Jahre alt. Das weiß das Kind, auch wenn es sonst noch nicht allzu viel weiß. Zum Beispiel, warum Mami sooft schreit, wenn sie allein mit Papi ist, oder warum Papi dann nur stumm seinen Hut aufsetzt, seine Jacke anzieht und grußlos das Haus verlässt. Papi redet nicht viel. Mit Mami nicht und mit ihm auch nicht. Er sieht es oft aus so traurigen Augen an, dass es selbst in Tränen ausbricht, was Mami erschöpft stöhnen lässt. Erst in der weichen, warmen Umarmung, die folgt, kann das Kind die Kälte abschütteln, die es durch und durch gepackt hat.

Geburtstag aber ist gut. Mami strahlt, und sogar Papi lächelt ein bisschen. Die Onkel und Tanten sind alle da, sogar die fremde Tante von Außerhalb. Das Kind weiß nicht so recht, was das ist. Außerhalb, das ist ein neues Wort in seinem Schatzkästchen. Außerhalb riecht gut, ganz anders als Mami oder Omi oder die Frauen der Onkel. Außerhalb sieht auch gut aus, viel bunter, glitzernder, mit sonderbar hellen, steifen Haaren. Am besten aber gefallen dem Kind die roten Schuhe von Außerhalb, hohe, schimmernde Schuhe, in denen schöne, seidige Tantenfüße stecken. Als sich die Tante schließlich zu ihm beugt, es auf den Arm nimmt und ihm als Geschenk ein wunderbar glitzerndes Etwas um den Hals legt, da weiß das Kind, dass Außerhalb ganz in der Nähe vom Paradies liegen muss, von dem Mami ihm vorm Schlafengehen oft erzählt.

Noch etwas ist Geburtstag, nämlich Kuchen. Normalerweise darf das Kind nicht viel Süßes essen, Süßes ist ungesund. Und obwohl es nicht ganz genau weiß, was ungesund bedeutet, hat das Kind eine Ahnung, dass ungesund etwas ist, das Mami zum Weinen und Papi zum Würgen bringt, wenn er abends lange weg war. Heute aber hat es einen ganzen, großen Kuchen bekommen. Es hat die Kerzen auspusten dürfen, die in der Mitte angebracht waren und die Schokolade ganz weich gemacht haben. Da hat es den Finger in die Schokoladenmasse getunkt und ihn in den Mund gesteckt. Mami hat geschimpft, aber die Tante von Außerhalb hat laut gelacht, ein Geräusch, das dem Kind zwar in den Ohren gedröhnt hat, aber nicht unangenehm war. Ein Geräusch, wie Feen es machen würden. Ein seltenes Geräusch. Ein Warm-im-Bauch-Geräusch.

Jetzt ist es still im Wohnzimmer. Die meisten Gäste sind gegangen, aber Mami, Papi und einige Onkel sitzen am Esstisch. Auch die Tante von Außerhalb ist noch da. Sie redet viel, anders als Papi, aber sie redet leise, damit sie das Kind nicht weckt. Doch das Kind ist wach, es war zu aufgeregt, um zu schlafen. Es ist aus dem Kinderbettchen gekrochen, denn es hat schon vor einiger Zeit gelernt, wie man das macht. Ein paar Stufen, kein Problem, und die Küchentür war offen, was für ein Glück.

Unentschlossen steht das Kind vor dem Küchenregal. Es weiß instinktiv, dass es hier nicht sein sollte, aber die Entschiedenheit, mit der Mami es jedes Mal aus der Küche hinausgeschoben hat, hat dem Raum eine Aura verliehen, der es nicht widerstehen kann. Da oben, im vorletzten Fach steht es, das DING.

DAS DING ist auch so eine Sache, von der das Kind nicht viel weiß. Aber es muss etwas ganz Besonderes sein, denn Abend für Abend, nachdem das Kind gefüttert wurde und bevor es zu Bett gebracht wird, holt Papi DAS DING vom Regal und stellt es auf den Küchentisch. Mami nimmt das Kind dann immer ganz schnell auf den Arm und trägt es in sein Zimmer. Sie liest ihm noch eine Geschichte vor und macht dann das Licht aus, alles bis auf das Nachtlicht mit dem lachenden Mond, das die Dunkelheit nicht ganz so schwarz erscheinen lässt. Doch die Geschichten interessieren das Kind nicht. Nicht einmal der weiche, weiße Lieblingsteddy mit der grünen Schleife, der neben ihm auf dem Kopfkissen liegt, interessiert es sonderlich. Es ist DAS DING, das es interessiert.

Vorsichtig einerseits, um keinen Lärm zu machen, andererseits, um nichts falsch zu machen, schiebt das Kind den Küchenstuhl vor das Regal. Das kann es, obwohl es das noch niemandem gezeigt hat. Das ist sein Geheimnis, so wie die Weihnachtskekse, die nicht die Katze vom Blech auf der Arbeitsplatte gestohlen hatte. Die Katze war nämlich gar nicht im Haus. Aber das hat das Kind nur dem Leuchtmondmann in seinem Zimmer erzählt, und der kennt sich aus mit Geheimnissen.

Ob DAS DING ein Mamipapigeheimnis ist?

Es zögert. Wenn es auf den Stuhl steigt und sich streckt, dann kann das Kind DAS DING erreichen. Knapp. Das ist schwieriger als bei den Weihnachtskeksen, aber es ist seither ja auch gewachsen. Nervös steckt es den Daumen in den Mund. Das macht es immer, wenn es verunsichert ist. Mami gefällt das nicht, aber Mami versteht nicht, dass es absolut notwendig ist, in gewissen Situationen den Daumen in den Mund zu stecken. Der Daumen beruhigt. Entschlossen klettert es auf den Sessel.

Tatsächlich berühren seine Finger DAS DING fast, und es stellt sich auf die Zehenspitzen, um noch ein wenig höher greifen zu können. Ein wenig höher, noch ein Stück ...

Sarah lächelt strahlend und zum allerletzten Mal, während ihre Hand die kühle, glatte Oberfläche DES DINGS berührt.

Sarah hört ganz zuletzt das Geheimnis flüstern.

8 Die SMS 1 – gespeichert

treffen heute abend 19:30 gifthütte?
cu, der herr lehrer

Die Akte W.

TEIL 2: DER WOLF

1 Mondstrahlen

Adrian musterte die rote Flüssigkeit in seinem Glas ausgiebig. Die Farbe schwankte zwischen Zinnober- und Rubinrot, ungewöhnlich hell. Das zu grelle Licht der Wirtshauslampe über ihm gab der Substanz zusätzlich einen ungesunden Schimmer. Ein Rot wie ...

»Was ist das?«

Der Wirt betrachtete ihn wegen dieser sonderbaren Frage wie ein zu groß geratenes Insekt, vorzugsweise wohl eine besoffene Reblaus.

»Ein Geschenk des Hauses.« Sepp bleckte die Zähne zu einer Art Grinsen. »Ein Willkommenstrunk.«

Adrian studierte die Gesichtszüge des Wirtes.

»Willkommenstrunk? Ich bin bereits seit drei Tagen hier.«

Sepp winkte großzügig ab.

»Dieses Geschenk muss man sich bei uns erst verdienen. Nicht jedem Gast erweise ich diese Ehre. Das ist mein bester Rotwein, über zwanzig Jahre alt.«

»Ein Ladenhüter?«

»Eine Rarität!«

Sepp grinste nicht mehr. Er starrte stumm auf das Glas, als hätte es auch noch etwas zu seiner Verteidigung zu sagen. Als nichts geschah, begab er sich zur Theke, von wo er sein eigenes Glas holte und es seinem Gast entgegenstreckte.

»Prost, Herr Alt! Auf einen angenehmen Aufenthalt.«

»Danke, aber ich trinke keinen offenen Wein.«

Sepps Blick flackerte.

»Die Flasche kommt direkt aus dem Keller. Das ist kein Schankwein, das ist ...«

»Zu freundlich. Ich weiß das zu schätzen, vielleicht ein anderes Mal. Ich vertrage nur bestimmte Getränke, daher bin ich vorsichtig, was ich konsumiere. Der Magen, Sie verstehen? Aber vielleicht wären Sie so nett, mir Milch zu bringen? Noch verschlossen im Tetrapack, bitte, ich vertrage Milchprodukte nur absolut frisch.«

Sepp beugte sich vor, bis sein Gesicht auf gleicher Höhe mit dem seines Gegenübers war. Adrian konnte die feinen Äderchen auf den Nasenflügeln des Wirtes erkennen. Zinnoberrot, natürlich.

»Herr Alt, ich warne Sie. Sie sollten langsam damit beginnen, sich uns anzupassen, oder diesen Ort demnächst verlassen. Wir mögen keine – Eigenbrötler.«

In diesem Moment war das schrille Läuten eines altmodischen Telefons in einem Nebenraum zu hören. Missmutig nahm Sepp das Glas Rotwein mit und verschwand durch die Tür hinter dem Schanktresen.

Adrian Alt sah ihm nachdenklich nach. Wie lange konnte er sich auf diese Weise noch aus der Affäre ziehen? Wie viele Willkommensgetränke konnte er abweisen, und wann würden die Warnungen eindeutiger werden? Zweifellos stand er unter Beobachtung, nicht erst seit dieser Minute. Er wusste, er musste auf der Hut sein, besonders seit seinem Besuch beim Unterberger.

Drei Tage waren seit seiner Ankunft in W. vergangen. Er war seit Längerem der erste Fremde hier, weshalb er das ungeteilte

Misstrauen der gesamten Dorfgemeinschaft genoss. Er war, nachdem er Selenes Auftrag angenommen hatte, mit einem ganzen Stapel Dokumente angereist, den Ergebnissen seiner mühsamen Recherche. Was immer man über diesen Ort herausfand, nie hatte man das befriedigende Gefühl, den Durchblick zu haben. Niemand schien gerne über W. zu sprechen, als bedeute schon die Artikulation des Namens, dass man von einer mysteriösen Krankheit befallen wurde. In Zeiten globaler Vernetzung waren so wenige Informationen schon wieder extrem verdächtig.

Es gab ein paar schriftliche Quellen, alle ziemlich veraltet, Artikel aus lokalen Zeitungen, Einträge in Registern und Lexika, topografische oder demografische Angaben, Artikel über Blumenschmuckwettbewerbe, Schützenvereinsgründungen, Maibaumaufstellungen, Bürgermeisterwahlen und ähnliche Dinge. Sie enthielten nur wenige Anhaltspunkte. Der entsprechende Wikipedia-Artikel war lächerlich kurz und schien immer wieder bearbeitet worden zu sein. Sonst hatte die Internetsuche nur Fehlermeldungen ergeben, ihn zu nicht mehr existenten Domains und gelöschten Foreneinträgen geführt. Das roch übel nach Zensur!

Er war insgesamt nur auf zwei Quellen gestoßen, die sein Interesse weckten, Spuren, denen er nachzugehen gedachte. Ein kurzer Bericht über den tragischen Tod eines Dorfgendarmen sowie eine vergriffene Biografie des alten Mimmer.

Zu Karl H. Mimmer, seines Zeichens Dorfdichter und einzige prominente Persönlichkeit von W., gab es äußerst widersprüchliche biografische Angaben. Und Widerspruch war fast immer der Beginn einer Fährte, das wusste der erfahrene Detektiv.

Adrian Alt sah auf. Therese, die Wirtin, stand vor ihm, in einer Hand einen kleinen Tetrapack Vollmilch, in der anderen ein Glas. Sie starrte ungeniert auf das Notizbuch, in dem er während seiner Überlegungen aus alter Gewohnheit gezeichnet hatte. Die Bleistiftlinien formten ein schmales, faltiges Gesicht mit dunklen, undurchschaubaren Knopfaugen unter wuchernden Brauen und einem kleinen, herzförmigen Mund. Umrahmt war es von kurzen, struppigen Haarsträhnen. Ein recht gutes Gedächtnisporträt vom Unterberger. Therese presste ihre ohnehin schmalen Lippen fest zusammen, als sie Tetrapack sowie Glas etwas zu unwirsch vor ihm auf den Tisch knallte.

»Sonst noch Wünsche?«

Er schüttelte den Kopf.

»Gut.«

Sie zögerte.

»Es gibt solche und solche Leute, *Herr* Alt. Mit den einen lässt man sich ein, mit den anderen besser nicht.«

Bevor sie sich abwendete und zu ihrem Tresen zurückkehrte, warf sie einen unverhohlenen Blick auf die Zeichnung. Er lächelte grimmig. Das Porträt war tatsächlich gut getroffen. Die tief in ihren Höhlen lauernden Augen erinnerten an mit schwarzer Kohle gefüllte Kamine, in denen eine heftige Glut schlummerte. Ein Scheit altes, trockenes Brennholz genügte völlig, um das Feuer wieder in Gang zu bringen. Das, oder die richtige Frage zur richtigen Zeit. In jedem Fall war man gut beraten, in Deckung zu gehen, wenn man dem Dorfexzentriker einen unerwarteten Besuch abstattete, das hatte er an seinem ersten Tag in W. am eigenen Leib erfahren dürfen …

»Sie wollen also etwas über Mimmer wissen?«

Der Unterberger grinste breit und machte eine einladende Handbewegung. Den Finger der anderen Hand hatte er immer noch fest um den Abzug einer ansehnlichen Pistole gekrümmt, die John Wayne alle Ehre gemacht hätte.

Adrian Alt atmete tief durch und trat durch die nicht sehr einladende Eingangstür.

Er war bald nach seiner Ankunft in W. und nach einem wenig erfolgreichen Besuch im hiesigen Mimmer-Museum auf direktem Weg zu dem Haus am Ortsrand gegangen, wo jener Mann lebte, der in der falschen Mimmer-Biografie als *unerschöpfliche Quelle von Mimmer-Material* bezeichnet wurde.

Falsch war die Biografie einer unter dem Pseudonym »Lady Grey« schreibenden Engländerin natürlich nur insofern, als die Dorfbürokraten, die den Nachlass des angesehenen Dichters verwalteten, die darin vertretenen Forschungsergebnisse als *abenteuerliche Lügengeschichten* bezeichneten, *basierend auf Ammenmärchen aus dem Munde eines Eigenbrötlers, der in seiner Heimatgemeinde einen erdenklich schlechten Ruf genießt.*

Das hatte Adrian Alt der »Richtigstellung« in einem Lokalblatt entnommen, das nach Erscheinen der Biografie in riesigen Lettern von der »*Verunglimpfung einer Legende*« geschrieben hatte und den Namen des Bürgermeisters als Verfasser nannte.

Unter großem Aufwand war es Adrian gelungen, über eBay an ein Exemplar des vergriffenen (oder vom Markt genommenen?) Buches zu gelangen. Es war weit weniger interessant, als der Wirbel vermuten ließ, schlecht geschrieben, voll von Übertreibungen und Superlativen. Aber immerhin fand sich darin die Behauptung, dass in Mimmers letztem großem Werk, der Ortschronik von W., ein entscheidendes Fragment fehlte. Ein

Kapitel, in dem es um das gut gehütete Geheimnis des kleinen Bergdorfes ging, das, ans Licht gebracht, *die Entwicklung der Menschheit für immer verändern könnte*, wie Lady Grey wortwörtlich schrieb. *Von der richtigen Person entdeckt, könnte dieses Geheimnis eine neue Weltordnung herstellen.*

Dieser Teil hatte Adrian aufhorchen lassen. Das Geheimnis konnte der Schlüssel zu Sarahs Tod sein! Der Zweck seines Auftrages!

Im Mimmer-Museum gab es freilich nur die offizielle Version der Ortschronik, der Dichter selbst war schon lange unter der Erde, und so hatte Adrian beschlossen, den Mann zu befragen, der Mimmers rechte Hand beim Verfassen der Chronik gewesen war, eben jenen Unterberger. Es musste einfach eine Verbindung geben. Diese zu finden war Adrian hier. Und er tat gut daran, sie bald zu finden, denn man hatte ihn bereits ins Visier genommen.

Schon von außen hatte das Haus des Unterbergers einen Hauch von Exzentrik ausgestrahlt, um es freundlich auszudrücken. Halb verfallen, die Farbe unidentifizierbar, blass und verwaschen auf der bröckelnden Fassade, dafür eine Unmenge Kletterpflanzen, die selbst die Fenster komplett überwucherten. Der Garten, der das Haus umgab, war eine einzige Wildnis, die man wohl nur im Ganzkörper-Insektenschutzanzug durchqueren konnte, hätte man irgendwelche Ambitionen in diese Richtung. Dschungelcamp für Arme! Umso erstaunlicher war daher die Ansammlung liebevoll gepflegter Gartenzwerge, bestimmt dreißig, vierzig Stück, wenn man die Plastikrehe, Plastikhasen und Plastikbären dazuzählte, die die Treppe zur Eingangstür säumten. Blitzsauber glänzten sie wie neu oder zumindest wie frisch poliert im trüben Vormittagslicht, sodass

Adrian den Impuls unterdrücken musste, vor ihrer schweigenden Wächterschaft den Hut zu ziehen.

Die Tür wiederum passte optisch weit besser zum Zustand des Hauses. Ungepflegtes, vom Bergwetter gegerbtes Holz, in dem wohl längst die Holzwürmer nisteten. Nur widerwillig hatte Adrian, da er keine Glocke vorfand, an dieses vermoderte Relikt geklopft. Erst nach einer halben Ewigkeit, bestimmt zwei, drei Minuten, hatte ihm der Ruinenbewohner in John-Wayne-Manier geöffnet, was ein längerer Prozess war, da die Uralttür durch mindestens fünf Sicherheitsschlösser geschützt wurde. Dabei bräuchte man als Einbrecher wohl nur wie der Wolf im Märchen dreimal kräftig zu pusten, dachte Adrian bei sich.

»Ja, tatsächlich«, sagte Adrian über die Schulter, als er durch die Tür trat, »ich interessiere mich für alles, was mit Mimmer zu tun hat. Man sagt, Sie hätten ihn gut gekannt. Ist das wahr?«

Beklemmend. Das war das einzige Wort, das Adrian als Beschreibung für den Innenraum einfallen wollte, den er nun zögernd betrat. Ein düsterer, leerer Korridor, in dem der Staub von Jahrzehnten die Luft verdickte, führte geradeaus in ein Wohnzimmer, das ursprünglich wohl ein großer Raum gewesen sein mochte, nun aber, durch die Ansammlung von Gegenständen, schrecklich überladen war. Vollgestopft, könnte man sagen. Kaputte Möbel, Nippes, Stapel von Holzkisten, leere Flaschen, zum Großteil verstaubt, deren süßlicher Geruch Obstfliegen anlockte, ein ansehnliches Sortiment an Schusswaffen und noch mehr Plastiktiere. Einsamer Gewinner des Absurditätencontests war ein Plastikwolf, der an einem Plastikbaumstumpf das Bein hob.

Die Blümchentapete an den Wänden war längst verblasst und teilweise abgeblättert, in den Ecken des Raumes hatten sich Schimmel und Spinnweben eingenistet, von der Decke hing ein verstaubter, altmodischer Glaslüster, und den Boden bedeckte ein fleckiger, mausgrauer Teppich.

Am schlimmsten aber war der Geruch. Adrian konnte ihn nicht identifizieren, er merkte nur, dass sich die Gänsehaut auf seinen Armen bei jedem Atemzug verstärkte. Es roch wie ...

»Wollen Sie meine Sammlung sehen?«, fragte der Unterberger, nachdem er die Pistole gesichert und zu den anderen Waffen gelegt hatte. Ob die alle geladen waren?

»Sammeln Sie denn noch etwas anderes als Gartenzwerge?«

Der Unterberger lachte. Es war ein leises, tiefes, erdiges Geräusch. Nicht unangenehm.

»Wissen Sie, Herr ...«

»Alt.«

»Herr *Alt*!«

Er betonte den Namen deutlicher als nötig.

»Meine Sicherheit ist gewährleistet, solange man mich im Dorf für einen Spinner hält. So ein Image muss gepflegt werden. Ein verfallenes Haus, ein verwilderter Garten, eine Galerie säuberlich gepflegter Plastikfiguren, das dient alles dem schönen Schein. Der kluge Mimmer hat mir viel darüber beigebracht, was Schein ausmacht und wie man ihn erzeugt. Schon Rousseau hat gesagt: ›Es ist leicht, durch Schein zu täuschen‹. Und da hat der gute Mann, verdammt noch mal, recht gehabt!«

»Und warum sind Sie in Gefahr?«

»Gute Frage, Herr Alt. Aus demselben Grund wie Mimmer. Ich weiß zu viel. Oder, um Einstein zu zitieren: ›Zu wenig Wissen ist gefährlich. Zu viel Wissen auch‹.«

Adrian strich sich die widerspenstigen Haare aus dem Gesicht und wartete mit seiner nächsten Frage, bis er seine Ungeduld unter Kontrolle hatte. Offensichtlich war Unterberger aus einem anderen, dunkleren Holz geschnitzt als die übrigen Einwohner von W., sei es durch Mimmers Einfluss oder durch die Isolation. Er sprach Hochdeutsch, schien belesen oder zumindest redegewandt, und in dem Blick seiner schwarzen Augen verriet sich eine verstohlene Schlauheit. Adrian fragte betont beiläufig: »Wollen Sie damit andeuten, dass Mimmers Unfall gar kein Unfall war? Ich habe gelesen, er ist am Ortsrand mit seinem Wagen verunglückt. Vor – wie lange? Das ist über vierzig Jahre her, oder?«

»Fünfzig. Beinahe.«

Der Unterberger legte den Kopf schief. Er war tatsächlich klüger, als er aussah. Es würde nicht leicht werden, Informationen aus ihm herauszuholen. Adrian blieb nichts anderes übrig, als in die Offensive zu gehen. Wenn er hier die nötigen Angaben nicht erhielt, war er in großer Gefahr. Lange konnte er in W. nicht mehr bleiben.

»Hören Sie, Herr Unterberger, ich bin von außerhalb, und alles, was ich will, ist ein Zugang zu Mimmers Denkweise. Ich will niemanden in Gefahr bringen und mich keinesfalls in Ihre persönlichen Angelegenheiten einmischen. Erzählen Sie mir einfach von Mimmer.«

Es war besser, die Chronik noch nicht zu erwähnen. Unterberger würde sie von selbst ansprechen, da war Adrian sich sicher. Er spürte das Bedürfnis des Mannes, sich jemandem mitzuteilen, er musste nur abwarten und die Art und Weise dem anderen überlassen. Darin war er gut, das wusste er, damit kam er meist ans Ziel. Nur Geduld!

»Mimmer. Was gibt es denn da noch zu sagen? Sie können alles in Büchern nachlesen. Sehe ich so aus, als hütete ich Dichtergeheimnisse? Ich habe ihn gekannt, aber kaum besser oder schlechter als jeder andere. Mimmer war ein Einzelgänger, der sich niemandem anvertraut hat. Also erwarten Sie keine Enthüllungen von mir.«

Der Unterberger trat nach einer leeren Flasche, die direkt vor seinen Füßen stand. Adrian hatte eine Idee. Ob sie funktionieren würde?

»Sie wollten mir Ihre Sammlung zeigen.«

»Wie?«

Der Unterberger starrte immer noch die Flasche an.

»Ihre Sammlung. Beim Reinkommen haben Sie mich gefragt, ob ich Ihre Sammlung sehen möchte. Nun, gerne. Sammlungen sind ein interessanter Zeitvertreib. Ich sammle zum Beispiel Lexika. Ich besitze mehrere Bücherregale voll, in diversen Sprachen und aus den unterschiedlichsten Epochen. Wissen fasziniert mich. Verraten Sie mir, was *Sie* fasziniert?«

Es war die richtige Frage. Adrian merkte, wie das Feuer in den dunklen Augen seines Gegenübers aufloderte.

»Faszination ist eine sehr eigene Sache, Herr Alt. Überall dort, wo wir mehr vermuten, als von außen zu erkennen ist, erwacht unsere Neugier. Sei es Wissen«, er warf Adrian einen langen Blick zu, »oder Magie.«

»Magie?«

Der Unterberger nickte leicht und ging wortlos zurück in den Korridor. Adrian folgte ihm mit klopfendem Herzen. Worauf hatte er sich bloß eingelassen?

Eine Holztreppe führte ins Obergeschoss. Sie knarrte gefährlich bei jedem Schritt, doch das war nicht das einzige Geräusch, das Adrian irritierte. Da war ein Rauschen, als schüttelte jemand kräftig Daunendecken aus, und gelegentlich eine Art Pfeifen wie von verschiedenen Teekesseln. Der üble Geruch war hier um einiges stärker als im Wohnzimmer. Adrian war froh, kein Frühstück gegessen zu haben, da sein Magen rebellierte und er sogar trocken würgen musste, als der Unterberger die Tür am oberen Ende der Treppe öffnete. Den Arm vor Mund und Nase gepresst, trat Adrian über die Schwelle und sah sich fassungslos um.

Adrian schüttelte sich beim Gedanken an den Geruch in diesem seltsamen Zimmer, selbst jetzt, in seiner sicheren Ecke im Wirtshaus, musste er einen Schluck Milch trinken, um den bitteren Nachgeschmack von seiner Zunge zu entfernen. Die Geräusche dort hatten ihm noch lange in den Ohren geklungen.

Magie, dachte er. *Magie?* Zu viele Fragen, zu viele Geheimnisse. Und immer noch keine Antworten, kein Beweis. Das Puzzle ergab kein Bild.

Ebenfalls ein Rätsel war ihm die Fremde, die am Vorabend angereist war. Er dachte an die Begegnung auf dem Friedhof zurück und überlegte, was sie wohl in diesen entlegenen Ort geführt hatte. Großstadt, schrie ihre gesamte Erscheinung, und auch wenn sie dialektfrei sprach, war er sich sicher, es mit einer Wienerin zu tun zu haben. Doch eine Wienerin in W.? In diesem einfachen Wirtshaus? Sie wirkte mehr wie der Typ, der Sojasprossen und Garnelen, zubereitet im Wok, mit Stäbchen von Designergeschirr aß.

Wer war sie, und was wollte sie hier? Und wo, um Himmels willen, gab es Lederjacken in einer so entsetzlichen Farbe zu kaufen? Rot, dachte er düster. Ausgerechnet Rot.

2 Das Geheimnis flüstert!

Schwarz oder Weiß? Ich zögerte. Das ewige Dilemma der Frau und ihrer Unterwäsche. Schuld an der regelmäßig auftretenden Unsicherheit sind, wie bei so vielen Punkten, die Männer, weil sie so schwer zu durchschauen sind. Wenn sie sich nach dem reinen, weißen Plüschengel sehnen, dem sie am Frühstückstisch dämlich grinsend drei Löffel Zucker in den Milchkaffee kippen und den sie »Schatzi« nennen können, dann schrecken schwarze Spitzen sie womöglich ab. Aber andererseits wirkt die weiße Vernunftgarnitur nicht bieder im Fall des Falls? Denn es ist ja ohnehin nur der Fall des Falls, um den es meistens geht. Schließlich sind wir nicht so leicht zu kriegen, dass wir beim ersten Date gleich in seinem Schlafzimmer landen, oder? Trotzdem ist es erstaunlich, dass kaum eine Frau sich vor dem ersten Date *keine* Gedanken über ihre Unterwäsche macht, auch wenn es *so weit* gar nicht kommen soll.

Ein schlichtes weißes und ein äußerst transparentes schwarzes Palmers-Set lagen vor mir auf dem Bett in meiner Fünf-Mäuse-Luxussuite im Wirtshaus »Zur Gifthütte«, während ich mir in aller Ruhe die Zehennägel zartrosa lackierte. Zeit hatte ich genug, denn vor meinem Fenster übte der Weltuntergang gerade, ob es theoretisch möglich war, die Welt samt Menschheit einfach zu ersäufen. Totzuregnen.

Zu meiner großen Freude hatte mir der Blind-Date-Pädagoge ja zu Mittag endlich geantwortet und wünschte mich nun heute Abend, also in etwa fünf Stunden, im Wirtshaus zu treffen. Seine SMS lieferte mir auch nach dem zweiundzwanzigsten Mal Lesen keine genaueren Informationen darüber, was er von meinem Spontanbesuch hielt oder von diesem Abend erwartete, aber darüber sah ich großzügig hinweg. Obwohl, ein kleiner freundschaftlicher Rat konnte nie schaden, weshalb ich die betreffende Message kurz entschlossen an Sorina weiterleitete, ehe ich mich meinen Fingernägeln zuwendete. Die Antwort kam schneller, als mein Sekundennagellack trocknen konnte. Das Handy klingelte schrill in dem stillen Wirtshauszimmer, und ich griff mit gespreizten Fingern danach.

»Schwarz mit Spitze, unbedingt! Und am besten auch halterlose Strümpfe. Hast du kürzlich gewachst?«

»Äh, Sorina, das ist ein Blind Date.«

»Und?« Sie stöhnte ungeduldig. »Glaubst du, deshalb ist er blind oder so? Bring dich in Form, meine Gute, du bist keine neunundzwanzig mehr! Unsereiner muss sich kunstvoll verpacken, heben, straffen, glätten, kaschieren. Damit ist nicht zu spaßen! Apropos Verpackung, du hast jede Menge Post von deinem Verlag bekommen. Nachdem du per Mail nicht erreichbar bist, schicken sie dir jetzt so gefährlich dicke Einschreiben.«

Ich schnitt eine Grimasse. Die Deadline! Kommt Deadline eigentlich von Tod? Stirbt man qualvoll und unter Schmerzen, wenn man sie unvorsichtigerweise überquert? Bilder von diesen humoristischen Schatzhöhlenfallen aus den Indiana-Jones-Filmen schossen mir durch den Kopf. Da hebt man ein Steinchen, und auf einmal fährt die mit Messern besetzte Felsdecke von oben herunter, und man ist ruck, zuck Schatzräuber am Spieß. Allerdings ist Harrison Ford immer irgendwie entkommen. Nur wie? Ich puste nervös auf die Nägel meiner linken Hand.

»Ich kümmere mich darum, sobald ich wieder in der Stadt bin.«

»Und wann ist damit zu rechnen, du Landkind? Oder trägst du bereits Dirndl und pflückst Edelweiß auf der Alm?«

»Blödsinn. Aber hier ist irgendwas im Busch, das rieche ich.«

»Ein dekoratives Häufchen Hundedreck?«

»So ähnlich.«

»Dafür brauchst du aber kein Bergkaff. In Wien sind die Gehsteige voll davon, du kannst sie dir täglich von den Absätzen kratzen.«

Ich musste grinsen. Manchmal war es herrlich erfrischend, wie Sorina die Welt sah.

»Hör zu, es kann sein, dass ich hier auf etwas gestoßen bin. Ich war auf dem Friedhof, und da war ein Kindergrab. Gruselig, mit so Diddlmausverzierung. Und ein Gendarm ist durch Verbrecherhand ums Leben gekommen. Außerdem ist da noch so ein … Schnüffler.«

»Hast du getrunken?«

»Ich nicht. Er. Cola aus der Dose. Er hat mich skizziert, und auf dem Friedhof hat er Gräber gezeichnet. Kannst du dir vorstellen, der trägt Cordhüte und Cowboystiefel.«

Am anderen Ende der Leitung war es still.

»Sorina?«

»Entschuldige, ich musste nur kurz eine Dosis Riechsalz zur Hand nehmen. Hast du Cord gesagt? *Cord*?«

»Sag einmal, hast du überhaupt verstanden, was ich …«

»Ein Perverser! Keep away, und zwar weit, weit away, hörst du mich? Normale Menschen tragen keine C-o-r-d-hüte! Und

Cowboystiefel? Ich bitte dich, da brauche ich kein Haubenkoch zu sein, um zu wissen, dass die Scheiße am Dampfen ist! Scheiße an Limettenschaum mit handgerollter Vanilleschote, meine Liebe!«

Ich lachte, und obwohl das der Situation ein wenig ihr Pathos nahm, hatte ich immer noch so ein feines Kribbeln im Bauch. In W. war etwas ganz und gar nicht in Ordnung, und womöglich war genau das mein Weg aus der Schatzhöhlenfalle. Harrison Ford wüsste genau, was das für ein Kribbeln war.

Ich verabschiedete mich von Sorina und setzte mich an den wackligen Holztisch am Fenster. Zum ersten Mal seit mehreren Wochen öffnete ich mit zitternden Händen mein MacBook, startete das Schreibprogramm, wartete auf die verhängnisvoll leere, weiße Seite und füllte sie, ohne viel darüber nachzudenken, mit Text.

Sarah hörte ganz zuletzt das Geheimnis flüstern.

Zufrieden klappte ich eine Stunde später den Computer zu, nachdem ich diesen Schlusssatz geschrieben hatte, und atmete tief durch. Ich dachte über das Geheimnis nach und fragte mich, woher all die Bilder kamen. Wie konnte ich in Sarahs Kopf blicken, wie?

Das Schreiben selbst war so ein Geheimnis, der Vorgang hatte fast etwas von der Kunst der Wahrsagerei. Was war es anderes, als eine Lebensgeschichte aus den feinen Linien eines Handtellers herauszulesen? Ein Grab, eine Inschrift, eine Stirnfalte, eine Kopfbewegung, die Farbe einer Pupille, der Geruch in den Kleidern, was war das alles, wenn nicht sich kreuzende Kerben des Wesens dahinter? Und woher wusste man, was man wusste, wenn man schrieb? Erschuf man oder durchschaute man? Gab man Dingen Namen, oder erriet man sie? Und wenn dem so war, warum verließ mich diese Kunst immer wieder? War sie nicht ein Teil von mir? Wie tief musste ich in die Geheimnisse eindringen, ehe ich ohne die Angst vor Deadlines oder leeren Seiten leben konnte? Wie tief?

Während ich unter der Dusche stand und mir das warme Wasser übers Gesicht rinnen ließ, dachte ich über meine Begegnung auf dem Friedhof nach. Sicher war es komisch, mit Sorina über den perversen Schnüffler zu lachen, doch Tatsache war, dass er mir Angst machte. Dieses Kindergrab mit der Kitsch-Deko war schon wirklich gruselig gewesen. Es hatte nur noch eine kleine Hand gefehlt, die durch die Erde nach mir grapschte. Ich schauderte und drehte den Wasserhahn auf »heiß«. Welches Ding hat wohl nach Sarah geschnappt?

Ob der Schnüffler wirklich ein Perverser war und die reale Gefahr bestand, von ihm in einer dunklen Ecke ein Messer an die Kehle oder sonst wohin gedrückt zu bekommen? Ich rieb mir das Wasser aus den Augen und starrte ängstlich den Duschvorhang an. Aber das war doch Unsinn! Solche Sachen passierten nur in Filmen. Von mir aus auch bei Aktenzeichen XY, aber nicht mir, einer stinknormalen Schriftstellerin, die ein wenig Luft, Liebe und Inspiration in den Bergen schnappen wollte. Die schwerwiegendste Entscheidung des Tages bezog sich auf ein schwarzes und ein weißes Höschen, also, what the hell?

Ich goss zum vierten Mal Shampoo über meinen Scheitel, schäumte es auf und massierte meine Kopfhaut, weil ich hoffte, dass diese Behandlung auch gleich meine Gehirnzellen in Gang bringen würde. Diese Jahreszahlen auf den Grabsteinen waren schon sonderbar, aber las man nicht andauernd von solchen

Phänomenen? Permanent gab es Interviews mit quietschfidelen Hundertjährigen, die in Segelbooten um die Welt reisten, am New-York-City-Marathon teilnahmen, ihre Jugendliebe zum Altar führten oder in Baströckchen Theater spielten. Man brauchte sich nur Johannes Heesters anzuschauen, der erstaunlich lange singend und tanzend das Leben genoss. Die Menschen wurden heutzutage nun mal älter. Punkt.

Aber das waren keine Gräber von gerade erst Verstorbenen, flüsterte eine penetrant ernste Stimme in meinem linken Gehörgang, *das waren einige Tote aus dem vorigen Jahrhundert, und da ist man definitiv nicht so alt geworden.*

Ach verdammt, was kümmerte das mich? Von mir aus lag es an den Genen, oder die Höhenluft war verantwortlich, meinetwegen auch das Wasser aus den Bergen, die spezielle Mineralienkombination, ganz egal, nicht mein Problem, gut für die W.ler! Irgendeine naturwissenschaftliche Erklärung würde es schon geben. Gab es die nicht für alles? Viel wichtiger war die Tatsache, dass all der Gruselspuk dazu geführt hatte, meine Schreibblockade zumindest ein wenig zu lösen. Es konnte keinesfalls schaden, im Zuge meiner amourösen Anwesenheit noch ein wenig in den Tiefen von W. zu graben. Man konnte ja so allerhand Brauchbares entdecken. Ich musste nur dranbleiben.

Ich stieg aus der Dusche, wickelte mich in ein grau verfärbtes, muffig riechendes Badetuch, das definitiv nicht mit Fewa-Wolle gewaschen war, und begann, mir die Augenbrauen zu zupfen, wobei ich vor Schmerz den Mund verzog und herzhaft nieste. Nun, bitte, wieder so ein Naturphänomen, dessen Erklärung mir bisher entgangen war: Warum brachte mich Augenbrauenzupfen immer zum Niesen? Ich beschloss, den Schnüffler danach zu fragen, sollte er mir noch einmal in die Quere kommen, eine Idee, die mich zum Kichern brachte.

Vollständig mit duftender Bodylotion eingecremt, mit sorgfältig enthaarten Beinen und mehrfach gewaschenen Haaren, bettete ich mich, halb sitzend, um die Abendfrisur nicht zu gefährden, auf mein hartes, quietschendes Bett, deckte mich mit dem Laken zu und entspannte mich. Es war kurz vor vier Uhr, ich konnte mir also noch ein Schläfchen genehmigen, bevor die Stylingorgie begann.

Eine angenehme Schläfrigkeit überkam mich. Eigenartig war nur dieses Geräusch genau hinter mir. Ein penetrantes Rascheln an dem Kopfteil meines Bettes. Da musste wohl ein Falter oder eine Fliege ins Zimmer gekommen sein. Träge drehte ich mich um und blickte fassungslos in zwei dunkle Knopfaugen. Eine schnüffelnde Schnauze zuckte unruhig in der Luft, etwa zehn Zentimeter von meiner Nase entfernt. Ich konnte sogar in ein, zwei surrealen Sekunden, die vergingen, bevor ich schreiend aus dem Bett hüpfte, sehen, wie mein Atem die hauchdünnen Barthaare der Maus bewegte, die auf dem Kopfteil hinter mir saß.

Einem ersten und wohl auch richtigen Impuls folgend, griff ich nach dem Tier, in der Absicht, es sofort aus meinem Zimmer (meinem Bett!) hinauszubefördern. Ich wollte verhindern, dass es hinter oder unter ein Möbelstück floh. Ich wollte es auch vor der Mausefalle retten, denn wenn ich etwas nicht leiden konnte, dann blutrünstige Tötungsmaschinen oder ihr Leben aushauchende Pelztierchen. Leider hatte die Maus andere Pläne und schlüpfte problemlos aus meinem vorsichtigen Griff. Ich sah mich schon mit der traumatischen Tätigkeit des Mausefallenentsorgens beschäftigt, als mehrere Dinge innerhalb kürzester Zeit passierten: Die Maus lief quer durchs Zimmer und verschwand in einem Spalt im Boden. Ich hechtete hinterher, verpasste sie um Millimeter, prallte dafür aber schmerzhaft auf die Bodendielen, die unter meinem Gewicht nachgaben. Fassungslos starrte ich in ein Loch von etwa zwanzig Zentimetern Durchmesser mitten in meinem Zimmer sowie auf den Gegenstand, der sich in dem Loch befand.

Es klopfte.

3 Mondnacht

Adrian Alt sah auf. Die Tür öffnete sich quietschend, nicht zu überhören. Jemand sollte sie ölen. Die Fremde betrat die Wirtsstube, die rote Jacke zog erwartungsgemäß die Blicke der Einheimischen auf sich. Er fragte sich, warum sie sich nicht unauffälliger kleidete, wenn ihr diese Aufmerksamkeit offensichtlich unangenehm war. Zu viel Make-up, außerdem. Selbstverständlich ignorierte sie ihn und wählte den am weitesten von ihm entfernten Tisch, nachdem sie sich suchend umgeblickt hatte. (War sie verabredet? Mit wem?) Sein Platz wiederum war nach Sichtbarkeit ausgesucht. Er konnte den ganzen Saal überblicken, was die Fremde augenscheinlich ärgerte. Mit wenigen Strichen markierte er ihre Position in einer genauen Skizze des Wirtsraumes. Demonstrativ drehte die Fremde ihm den Rücken zu. Natürlich. Er musste unbedingt herausfinden, wer sie war und was sie nach W. führte. Aber später, später.

Erschöpft rieb er sich die Schläfen. Vergangene Nacht hatte er einen seiner Albträume gehabt. Früher hatte er öfters darunter gelitten, sogar Medikamente geschluckt, um die Träume zu betäuben, doch kein Mittel hatte Wirkung gezeigt. Dann war länger nichts passiert, außer dumpfer Schlaflosigkeit bis zur völligen körperlichen Erschöpfung, ratlosen Ärzten, mehr Medikamenten in der höchsten Dosierung. Fast erleichtert hatte er schließlich registriert, dass die Träume zurückkehrten, als er die Medikamente absetzte, und er zog den Traumschlaf dem Nichtschlaf vor. Seit er in diesem verrückten Dorf war, waren die Träume realer geworden, die Farben intensiver, die Szenen greller.

Meistens lief er dabei durch die Dunkelheit, lief vor etwas davon, das sich dicht hinter ihm befand. Er floh vor menschlichen Schritten, während er selbst sich nicht aufrichten konnte, sondern sich auf allen vieren durch ein undefinierbares Dickicht bewegte. Es herrschte Mondlicht, doch er konnte ziemlich gut sehen, als wären seine Pupillen darauf eingestellt. Ein unendliches Meer an Gerüchen drang durch seine Nase in sein Hirn, wo es Farben bildete, in bunten Wolken verdunstete. Jedes Zirpen, jedes Knistern klang wie tausendfach verstärkt. Ab und zu träumte er auch von Menschen, von Sarah, von dem Gendarmen, doch diese Träume waren verschwommen und undeutlich.

Ganz anders der Traum von der Mondnacht. Wieder auf allen vieren, wieder im Dickicht, hatte er diesmal nicht nur Schritte hinter sich gehört, sondern auch Stimmen. Er hatte versucht, sich schneller zu bewegen, doch er war verletzt gewesen. Heißer Schmerz pulsierte in seiner Schulter, und auf einem Auge konnte er nichts sehen, es fühlte sich verklebt an. Er roch die Nähe einer unbestimmten Gefahr, aber auch die von jemand anderem, den er schützen wollte, den er aber nicht erreichen konnte, weil dicke, überdimensional vergrößerte Wurzeln ihm den Weg versperrten. Zweige schlugen nach ihm, Kletten hafteten an seinen Haaren, und selbst die Luft schien zäher und dickflüssiger zu werden. Endlich tauchte Helligkeit vor ihm auf, die aus einer hölzernen Hütte kam. Doch sonderbarerweise schien die Hütte sich von ihm wegzubewegen. Er konnte sie nicht erreichen, so sehr er sich auch bemühte. Seine Bewegungen waren langsam, als versuchte er, durch unsichtbaren Leim zu schwimmen. Er musste die Hütte erreichen, und je weniger es ihm gelang, desto wütender wurde er. Er wollte schreien, doch nichts außer einem tiefen, knurrenden Laut kam aus seiner Kehle. Er roch sein eigenes Blut sowie den würzigen, süßen Duft von etwas, das in der Hütte über dem Feuer kochte. Die Hütte! Zunehmend erschöpft kämpfte er sich vorwärts, bis ihn ein entsetzlich lauter Knall zusammenzucken ließ und er schweißgebadet in seinem Wirtshausbett erwachte.

Selten hatte er so anschaulich geträumt, und obwohl der Morgen gerade erst dämmerte, trieb ihn die Erinnerung an den Traum aus dem Bett. Er hatte den Friedhof aufgesucht, dieses Paradies der Minigärtchen. Düsteren Traumgedanken nachhängend, war er zwischen den Gräbern herumgeirrt, hatte Skizzen angefertigt und Inschriften studiert. Dabei waren ihm die Jahreszahlen aufgefallen. Warum starb man in W. entweder extrem früh, extrem spät oder in Folge von tragischen Unfällen? Warum?

Die Fremde nippte an einem Glas Wein und blickte sich immer wieder im Saal um. Bei jedem Öffnen der Tür hob sie ruckartig den Kopf, was den Schluss nahelegte, dass sie tatsächlich jemanden erwartete. Wen? Wer konnte das sein? Er hatte nicht den Eindruck, dass sie in irgendeiner Beziehung zu W. stand, weder familiär noch emotional. Dazu bewegte sie sich zu unsicher unter den Einheimischen, benahm sich zu auffällig und wirkte fehl am Platz wie ein Rotkehlchen auf dem Markusplatz. Ihr fehlte das Taubengen, das Zugehörigkeit vermittelte und Anonymität garantierte. Sein hochheiliges Taubengen, das ihm ansonsten so zuverlässig diente. Nur hier in W. waren sie beide Außenseiter, allerdings mit dem Unterschied, dass sie sich der Gefahr, die darin lag, nicht bewusst war.

Immer wieder dachte er über die Begegnung mit ihr auf dem Friedhof nach, fragte sich, warum sie ihm gegenüber offensichtlich prinzipiell die Krallen ausfuhr, hatte jedoch keine Erklärung für ihr absurdes Verhalten. Viele Menschen reagierten misstrauisch auf ihn. Selten schlief er lang genug, dass sein Teint statt eine fahlgraue eine rosige Farbe zeigte. Die dunklen Ringe unter seinen Augen waren die einzigen verlässlichen Begleiter seines Lebens, und da er berufsbedingt den Finger auf Wunden legte, unangenehme Fragen stellte und Gesichter studierte, war er noch nie zum beliebtesten Mann des Landes nominiert worden. Doch solch eine offene, irrationale und anhaltende Abneigung war eine neue Erfahrung für ihn.

Wer auch immer ihre Verabredung war, er oder sie kam anscheinend zu spät, denn die Fremde warf immer verzweifeltere Blicke auf ihr Handydisplay. Sie schien eine dieser Frauen zu sein, die keine Armbanduhren mehr tragen, sondern ihre Mobiltelefone als Zeitmesser verwenden. Eine Modeunart. Ihr Weinglas war bereits leer. Bestimmt wartete sie auf einen Mann.

Dadurch, dass sie mit dem Rücken zu ihm saß, hatte er Gelegenheit, sie genauer zu studieren. Es juckte ihn in den Fingern, sie so zu zeichnen: die Rundung ihres Hinterkopfs, die Kurzhaarfrisur, die mit viel Gel in eine wirre Form gezwungen war und farblich zwischen dunkelblond und mittelrotbraun schwankte. Billigtönung aus dem Drogeriemarkt. Ihre gerade aufgerichtete Wirbelsäule, der Kopf, den sie immer erhoben trug, wie es Menschen zu tun pflegten, die wussten, was sie wollten, auch wenn sie es nicht bekamen. Er griff nach seinem Bleistift, legte ihn aber wieder weg. Nicht heute. Er musste nachdenken.

Er ärgerte sich über die Ablenkung. So war das nicht geplant, schließlich war er hier, um im Geheimen zu agieren, still, schnell und ohne Aufsehen zu erregen, wie üblich. Mit der Fremden konnte es zu Problemen kommen. *Ernsten* Problemen. Er durfte sich nicht von seinem Weg abbringen lassen, diese Mission war zu wichtig. Sarahs Tod war erst die Spitze eines Eisbergs. Er hatte bisher nur wenig herausgefunden, nichts als merkwürdige Andeutungen gehört und zwei ganz und gar unheimliche Sammlungen besichtigt. Die eine in Mimmers Keller, die andere in Unterbergers Obergeschoss. Er schauderte.

Jetzt galt es, aufmerksam zu sein. Wie lange war er unter den Einheimischen noch in Sicherheit? Er hatte das Gefühl, dass seine Tage in W. gezählt waren.

Was in dem geheimen Kapitel der Ortschronik stehen mochte, beschäftigte ihn am meisten. Der Dorfdichter Mimmer hatte darin womöglich etwas aufgezeichnet, das zur Lösung des Falls beitragen konnte. Das berühmte, verschollene Kapitel! Was hatte die mysteriöse Lady Grey darin entdeckt?

Dass etwas nicht stimmte in W., war klar, aber solange er keine genaueren Angaben dazu hatte, blieb er unruhig. In jedem Blick, in jeder Geste konnte sich ein Geheimnis verbergen. Oder eine Gefahr.

Bedenklich war, dass ihn die Lebenden mehr ängstigten als die Toten, die Gesunden, die Alten, die Uralten, die nicht sterben wollten. Er hatte den Verdacht, dass der Schlüssel zu Sarahs Geheimnis viel eher bei ihnen zu finden war als auf dem Friedhof.

O ja, hier in der Gifthütte saßen sie, rudelweise, mit runden, glänzenden Gesichtern, vor Gesundheit strotzend. Immer nur die Männer. Seit er hier war, war außer der Wirtin nie eine Frau im Wirtshaus gewesen. Die Fremde hatte gestern bei ihrem Auftritt wie ein knallrotes UFO gewirkt, kein Wunder, dass sie Aufsehen erregte. Eine Männerwelt.

Ein paar Gesichter kannte er mittlerweile. Da, am Kopf des Stammtisches, mit der lautesten Stimme, das war der Bürgermeister, der gleichzeitig den einzigen Laden im Ort betrieb, ein kleines Lebensmittelgeschäft. Er war kräftig, aber nicht dick, etwa fünfundfünfzig, trug ein ziemlich gut gemachtes Toupet und konnte erstaunliche Mengen Bier konsumieren, ohne auch nur ansatzweise alkoholisiert zu wirken. Reich, natürlich, und wenig geschickt darin, dies zu verbergen. Unbeliebt bei den Bauern. Neben ihm saß der Oberförster und Jagdaufseher, ein dünner, glupschäugiger Bursche von etwa fünfundvierzig Jahren mit schlechten Zähnen, den er noch kein einziges Mal hatte lächeln sehen. Dafür kratzte er sich dauernd hinter dem Ohr, ein Tick. Die beiden steckten die Köpfe zusammen, hin und wieder sahen sie ihn böse an oder deuteten auf die Fremde, ohne ihr leises Gespräch je zu unterbrechen.

Am anderen Ende des Stammtisches saßen die restlichen Jäger, junge Burschen mit dummen Gesichtern, die sich permanent ordinäre Witze erzählten, die ihnen niemals auszugehen schienen, und dann grölend darüber lachten.

Der Ecktisch war, wie meistens, von den alten Bauern besetzt, eine Riege faltiger Gestalten, die er auf etwa siebzig schätzte, obwohl sie auch gut achtzig oder neunzig sein konnten. Richtig alt sah in diesem Ort niemand aus, so viel hatte er bereits gelernt. Sie redeten miteinander in einem breiten lokalen Dialekt, der fast nicht zu verstehen war, und ab und zu spielten sie Karten, wobei sie ihre Punkte akribisch in lange Listen eintrugen. Er wusste nicht, was der Einsatz war, aber offensichtlich ging es um viel. Geld? Seelen?

Daneben am Fenster der Pfarrer, ein kugelrunder, glatzköpfiger Mensch, der den ganzen Abend Speisen in seinen dicklippigen Mund stopfte und mit leidender Miene dem Organisten zuhörte, der mit seiner Nickelbrille und seinen langen historischen Abhandlungen so etwas wie der Ortsintellektuelle war. Beide waren nicht viel älter als vierzig. Mit am Tisch saß der Briefträger, ein sportlicher Enddreißiger, der wie ein Schlot selbst gedrehte Zigaretten rauchte und sich bemühte, am Gespräch beteiligt zu werden. Alle nannten ihn nur David Bowie, weil er jedem, der es hören wollte, von seinem legendären Treffen mit David Bowie bei einem Konzert in der Landeshauptstadt erzählte. Durch einen Freund bei der Security war er zur Backstage-Party gekommen und hatte sich mit Bowie einen Joint geteilt. Bei der Erinnerung daran musste er sich jedes Mal eine heimliche Glücksträne von der Wange wischen. Meistens wurde er gekonnt ignoriert, solange niemandem der Tabak ausging.

An der Bartheke schließlich saßen die Handwerker und der Dorfgendarm, alle zwischen fünfzig und sechzig, trinkfest und eher schweigsam.

Die Stimmung im Saal war wie elektrisch aufgeladen. Er hatte das Gefühl, dass ein kleiner Funke ausreichen würde, um alles explodieren zu lassen. Etwas lag in der Luft, und er hatte so eine Ahnung, dass, was immer es war, die Explosion nicht mehr lange auf sich warten ließe. Gewitter waren in W. selten, aber heftig, eine Urgewalt, die es locker mit den Bergen rundum aufnehmen konnte. Schon blitzte es hier und da, der Donner grollte aus allen Himmelsrichtungen ...

Da! Endlich tat sich etwas. Sepp, diese Wirtshaussphinx, setzte sich zu der Fremden, der das offensichtlich gar nicht recht war, auch wenn sie ihn, den gnädigen Quartiergeber, nicht sofort abweisen mochte. Gnade ihm selbst, wenn er die Frechheit besessen hätte, eine ähnliche Annäherung zu starten. Er könnte von Glück reden, ohne ausgekratzte Augen davonzukommen!

Sepp sagte etwas und lächelte dabei. Was er ihr wohl erzählte? Ihr gerader Rücken verkrampfte sich deutlich. Wohl die alten Gruselgeschichten, die waren Sepps Spezialität. Er begann sie immer auf die gleiche Weise: Er beugte sich über den Tisch, der sich als einziger Schutz zwischen ihm und seinem Gesprächspartner befand, stützte einen Arm auf, ein Ausdruck absoluter Autorität, und sprach mit leiser, fast nicht zu verstehender Stimme.

4 Weißt du zu finden?

»O lieber, guter Mobilfunkgott, ich danke dir!«

Drei Balken, es ist ein Wunder! Nicht nur, dass mein Handy beim Aufprall am Baum unvermutet heil geblieben ist, nein, es hat sich gerade auch noch in die Welt der uneingeschränkten Netzabdeckung zurückgepiepst! Halleluja, ich werde aus dieser elenden Wildnis befreit werden. Schon bald könnte ich im nächstgelegenen Fünf-Sterne-Wellnesshotel einchecken, mich erst in einen Whirlpool mit Massagedüsen, dann mindestens eine halbe Stunde in eine für mich allein reservierte Sauna (Saunen kommen für mich prinzipiell nur unter Ausschluss der Öffentlichkeit infrage!) inklusive Eukalyptusaufguss und zum Abschluss, nach Konsum eines sechsgängigen Spitzenmenüs, in ein Kingsize-Federbett begeben. Perfekt!

Könnte ich. Nachdenklich betrachte ich den schlafenden Waldkauz, der immer noch auf seinem Ast sitzt. Wenn ich diesen Wald und gleich darauf dieses Dorf verlasse, ohne eine Geschichte und ohne eine entsprechende Inspiration, dann bin ich meinen Verlagsvertrag los. Ich hänge praktisch festgezurrt unter der Guillotine, die Deadline als Fallbeil über mir. Doch wenn das alles hier der große Dorfgag ist und ich, die blöde Fremde, gerade zur Erheiterung aller in die Falle getappt bin, dann hocke ich erst recht in der Scheiße. Macht es Sinn, einer Chimäre nachzulaufen, wenn ich stattdessen mein Leben retten kann? Denn allein im Wald nach einer fragwürdigen und nur eventuell existenten Hütte zu suchen heißt auch, womöglich von wilden Tieren oder noch wilderen schießwütigen Wilden gemeuchelt zu werden!

Korrekt, meine Liebe! Also nimm gefälligst das Handy, das, Geschenk des Himmels, heil geblieben ist, und wähle Eins-Drei-Drei, ehe die Sauna wegen Überfüllung geschlossen wird und die Töpfe leer gefressen sind.

Ich zögere. Ich kann mir einfach nicht vorstellen, dass die Bewohner von W. sich geschlossen gegen mich verschworen und die Hüttenstory nur erfunden haben. Es gibt zu viele Verbindungen, das kann nicht alles Zufall sein. Ich vermute eher, dass Mimmer die Quelle gefunden hat, dadurch die Wahrheit erkannt und die Geheimnisse des Dorfes durchschaut und publiziert hat. Die Chronik, natürlich!

Statt den Notruf zu wählen, tippe ich die Nummer der Auskunft in mein Handy. Ich brauche eine Verbindung zum Mimmer-Museum, ich muss wissen, welchen Bezug Mimmer zum Wald hat.

Bist du übergeschnappt? Hol uns gefälligst hier raus! Es kommt nicht infrage, weiter durch die Wildnis zu stapfen auf der Suche nach irgend so einem Hirngespinst eines vertrottelten, alten ...

Das ist der Moment, in dem sich der Himmel höchstpersönlich einschaltet und mir die Entscheidung abnimmt. Kaum habe ich das Freizeichen erhalten, lasse ich das Handy vor Schreck fallen. Ein elektrischer Schlag hätte mir beinahe das Ohr versengt. Wütend greife ich nach dem am Boden liegenden Gerät, aus dem eine weibliche Stimme höflich: »Bitte warten, Sie werden verbunden!« flötet, hebe es auf und halte mitten in der Bewegung inne. Mit einem widerlichen Summton stürzt das Display ab, die Verbindung wird unterbrochen und zurück bleibt: nichts. Ein schwarzes Bildschirmloch, das direkt in den Technikabgrund führt. Deus ex machina. Der Gott aus der Maschine. Der Elektronikschrott, das Statussymbol unseres zivilisierten Technologiezeitalters, ist hinüber. Jetzt gibt es nur noch die NATUR und mich.

Ich kapituliere. Die Wildnis hat mich wieder, und wenn mich nicht alles täuscht (tut es nicht, he, he, he!), fletscht sie die Zähne! Ich lächle kampflustig. Von nun an gibt es nur ein Ziel, und das liegt tief im Wald versteckt.

»Heiahaaaaaaaaa!«

Kurz darauf. Es muss um die Mittagszeit sein, vielleicht auch etwas später, mir ist irgendwann zwischen dem Augenaufschlagen und der endgültigen Handykalypse mein Zeitgefühl abhandengekommen. Dafür besitze ich nun etwas anderes, Brauchbares, das ich fasziniert und ungläubig betrachte: einen Schuh ohne Absatz!

Nach mehreren Beinahe-Knöchelbrüchen, verursacht durch das an sinnlosen Stellen angebrachte Wurzelwerk, durch sichtbehinderndes Unkraut sowie ekelhafte Krabbeltiere, die Ausweichmanöver notwendig machten, sind wir uns begegnet, der kantige Baumstumpf und die Großstadtfrau. Daraufhin fasste ich einen epochalen Entschluss. Es ist das Ende einer glücklichen Beziehung, so viel steht fest, womöglich das Ende eines ganzen Lebensabschnitts: Ich bin so weit, ich bin reif für – ach herrje! – flache Schuhe!

Also nahm ich Abschied, und wie das bei uns Frauen oft so ist, tat ich das mithilfe roher Gewalt. Ich trennte mich inmitten eines wilden Waldes hinter den was weiß ich wie vielen Bergen von meinen geliebten roten Zweihundertneununddreißig-Euro-Schlussverkaufspreis-Pumps, indem ich heulend den rechten Schuh wie eine Axt hoch über meinen Kopf schwang und mit voller Wucht, Absatz voran, auf die Baumstumpfkante hämmerte. Einmal, zweimal, dreimal, dann war der Stöckel ab. Ich ließ einen Urschrei los, riss die Arme hoch und machte einen Luftsprung.

»Heiahaaaaaaaaaa!«

Fatal. Der schuhlose Fuß landet nämlich auf einer nachgiebigen Masse, die mit einem ekligen Geräusch zerplatzt. Ich wage nicht, nachzusehen, um was es sich dabei handelt. Stattdessen betrachte ich fasziniert den nunmehr flachen Pumpsrest in meiner Hand, beschließe, dass es ohnehin schon egal ist, und verfahre mit dem linken Absatz genauso, mit dem Erfolg, dass sich endlich wildnistaugliches Schuhwerk an meinen Füßen befindet. Hüttenlady, Dichterinspirationsquelle, ich komme!

Geschätzte vierzig Minuten später sehe ich der traurigen Wahrheit ernüchtert ins Triefauge. Zwar kann ich mich nun relativ ungehindert fortbewegen, doch eben das tue ich *nicht*, denn offensichtlich gehe ich *IM KREIS*. Der Baumstumpf, über den ich beinahe stolpere, trägt die Spuren eines schweren Kampfes, die traurigen abgehackten roten Absätze daneben sind Beweis meiner vernichtenden Niederlage. Dabei habe ich darauf geachtet, mir einen fixen Punkt in der Ferne auszusuchen und geradeaus darauf zuzugehen.

Verdaaaaaaammmmmmmt!

Verzweifelt hocke ich mich auf den Baumstumpf, vergrabe das Gesicht in den Händen und gebe mir keine große Mühe, die Frusttränen zurückzuhalten. Hormoneller Supergau! Selbst die sonst so eloquente Motzmarie schluchzt hemmungslos mit mir im Chor. Keine Hütte, keine Inspiration, kein Weg, kein gar nichts!

So ist das also, wenn man an einem Endpunkt angekommen ist. Meine Beine schmerzen, bestimmt habe ich auch ohne Absätze ein Dutzend Blasen an den Füßen. Die Angst hockt mir fühlbar in den Eingeweiden, und etwas tiefer, in der Blase, sammelt sich allmählich ein ganzer Ozean an, der bald hinausmuss.

Das einzig Gute daran ist, dass die Deadline mir nun den Buckel runterrutschen kann. Die gesammelten Werke von Olivia Kenning werden aus einem einzigen Band bestehen. Wahrscheinlich wird mein Debütroman die Bestsellerlisten stürmen: Das erste und einzige Werk einer tragisch beim nächtlichen Waldspaziergang verschollenen Autorin. Ich werde eine Literaturikone und bekomme postum den Bachmann-Preis verliehen. Meine Fans werden genau an dieser Stelle ein Denkmal errichten, das zur Pilgerstätte wird!

Ach ja?, knurrt Motzmarie, *vielleicht einen drei Meter hohen roten Schuhabsatz?*

Ich ignoriere sie, denn ich habe Wichtigeres zu tun. In einer solchen Lage bleibt der modernen Frau von heute nämlich nur eines zu tun: Restaurierung! Wenn man schon dazu verdammt ist, im Wald, unter lauter Grünzeug, ohne emergencyroomtaugliches medizinisches Personal samt entsprechender Apparaturen elend zu krepieren, dann will man wenigstens eine adrette Leiche abgeben.

In diesem Sinne krame ich Puder, Labello und Deospray aus meiner Tasche, sorge für Ordnung im Gesicht sowie unter den Achseln, packe alles säuberlich wieder ein und werfe zur Beruhigung fünf Johanniskrauttabletten ein. Verzehrempfehlung: maximal zwei Tabletten pro Tag. Nun, das müsste vorerst genügen. Anschließend breite ich das Papiertaschentuch auf meiner Tasche aus, nehme den Kugelschreiber zur Hand und schreibe vorsichtig, um nicht durchzudrücken, in Miniaturbuchstaben:

Mein Testament: Sollte dieses Schriftstück je gefunden werden, dann befindet es sich wohl oder übel in unmittelbarer Nähe zu meiner Leiche. Gleich vorab daher mein Anliegen: Keinesfalls, ich wiederhole, KEINESFALLS möchte ich entkleidet werden, weder hier vor Ort von der Spurensicherung, noch zwecks irgendeiner Obduktion (hey, wie unnatürlich kann man allein im Wald schon umkommen?) und schon gar nicht von meinem Bestattungsunternehmer. Pfoten weg! Alles bleibt, wo es ist, besonders die stützende Funktionsunterwäsche, die einen flachen Bauch macht!

Ich fülle den Großteil des Taschentuchs mit detaillierten Anweisungen zur Aufteilung meines Vermögens und schließe mit den dramatischen Worten:

Ich verspreche hoch und heilig, in meiner letzten Stunde »Always look on the bright side of life« zu trällern, schon allein um der bösen NATUR, die mich hinterhältig gemeuchelt hat, ein letztes Mal den Stinkefinger zu zeigen. Und jetzt: Adieu!

Auf dem letzten Fitzel Taschentuch, der noch frei ist, unterschreibe ich schwungvoll. Es ist ein beruhigendes Gefühl, zu wissen, dass man ein Mal im Leben alles gesagt hat und dass *ALLES* auf vierhundertvierzig Quadratzentimetern Platz hatte. Zufrieden falte ich das Testamenttaschentuch zusammen und stecke es in die rechte Tasche meiner Lederjacke. Ein feierlicher Moment, ohne Zweifel.

Jetzt heißt es warten. Ich frage mich, ob der Tod tatsächlich personifiziert mit Mantel und diversen Special Effects auftaucht, bevor man stirbt. Ob man mit ihm wohl einen Pakt schließen kann? Oder war das der Teufel? Lästig ist, dass diese Warterei so langweilig ist. Kein dramatischer Soundtrack, kein Popcorn, kein Cola light … Oooooh, apropos verschärfte Situation! Ich muss aufs Klo!

Wie ist das eigentlich, wenn man mit voller Blase stirbt? Ich gehe davon aus, dass nach dem Exitus alle Muskeln erschlaffen, folglich – bäh! – ende ich als die Leiche mit der vollgepinkelten figurstraffenden Unterhose. Kein schöner Gedanke, wirklich!

Warum sitzt du auch hier wie Miss Trübsal persönlich und sinnierst über deine sterblichen Überreste, du postume Bachmann-Preisträgerin? Komm in die Gänge, und such dir einen Busch!

Ah, auch noch da, Frau Motz, mein allgegenwärtiger Unterbewusstseinsquälgeist? Sehr nützlicher Ratschlag wieder einmal. Ein Busch? *Ein Busch?* Entschuldige, aber ist es das, wofür der Mensch die Zivilisation errungen hat? Sind wir dafür aus der primitiven Höhle ausgezogen, haben Städte mit funktionierenden Sanitäranlagen gebaut und Kanäle gegraben, in denen unsere Ausscheidungen hygienisch entsorgt werden?

Du hältst die Kanalisation für hygienisch?

Was weiß ich, ich habe nicht vor, mich je dorthin zu begeben. Aber darum geht es überhaupt nicht.

Worum geht es dann?

Du fragst? Sieh mich doch an, ich bin ein moderner Großstadtbewohner! Ich weigere mich sogar, diese grässlichen italienischen Stehklos zu benutzen, die nur aus einem Loch im Boden bestehen, ebenso wie jede Form von Plumpsklo. Schon als Kind habe ich mein Töpfchen als erniedrigend empfunden. Es ist mir ein Rätsel, wie ich es je fertiggebracht habe, in eine Windel zu pinkeln.

Was ich damit sagen will, ist Folgendes: Ich bin jemand, der seine Exkremente unter allen Umständen in hygienisch saubere Klomuscheln abgibt, danach auch gerne mehrmals spült (die Umweltaktivisten mögen mir verzeihen!), eine WC-Ente zur Säuberung, selbst unter dem Rand, verwendet sowie feuchtes UND trockenes, mehrlagiges Toilettenpapier für sein eigenes Wohlbefinden in Reichweite hat. Im Idealfall auch eine Packung Streichhölzer, was aber eine andere Geschichte ist. So weit alles klar?

Durchaus. Daher mein freundlicher, vollkommen zivilisierter Ratschlag von Unterbewusstseinsfrau zu Bewusstseinsfrau: Such. Dir. Einen. BUSCH!

Das ist das Schlimme an der Kommunikation mit sich selbst: Es gibt einen Punkt, an dem eine vernünftige Diskussion nicht mehr möglich ist und niedere Instinkte über die spröde Vernunft siegen.

Instinkte. Stand nicht auch etwas davon in Mimmers Flaschenpost? *Wenn du auf der Suche bist, Wanderer, halte dich an deine Instinkte.* Ja, das waren die Worte des Dorfdichters. Also was soll's. Der Druck auf die Blase ist ohnehin zu groß. Ich kapituliere vor der Einsicht, dass die Flüssigkeit sonst früher oder später in die Hose geht, und mache mich auf die Suche nach einem geeigneten Busch.

Der aufmerksame Leser fragt sich nun bestimmt, was in dieser Situation einen geeigneten Busch auszeichnet, zumal Büsche mitten im Wald ja keine Seltenheit und sich generell ähnlich sind. Hm, schwer zu beantworten, wahrscheinlich suche ich nach einem Porzellanbusch mit Wasserspülung oder zumindest, falls ein solcher nicht verfügbar ist, nach einem möglichst dichten, sichtgeschützten Strauch ohne versteckte Disteln, Dornen, spitze Zweige, Spinnennetze, Ameisenhaufen und ähnliche klogangfeindliche Accessoires. Warum sichtgeschützt? Nun, ein Minimum an Würde will man sich auch in der NATUR bewahren. Da meine Kenntnisse über das Wahrnehmungsvermögen von Würmern, Vögeln oder Eichhörnchen relativ gering sind und ich immer noch das dumpfe Gefühl habe, ständig beobachtet zu werden, habe ich nicht vor, mich so ganz ohne Sicherheitsvorkehrungen entblößt in die Hocke zu begeben. No way!

Schließlich werde ich sogar fündig. Eine Reihe nebeneinanderstehender, brusthoher Büsche erfüllt meine Mindestanforderungen. Ohne länger zu zögern, quetsche ich mich dazwischen, ziehe Hose sowie mit einiger Mühe das Figurformding runter, halte beides so weit weg wie möglich und lasse endlich (jaaaaaaaaa!) den Strom fließen. Das funktioniert so weit ganz gut, obwohl ich, auf der Suche nach Blattwerk mit Klopapierersatzfunktion, beinahe einer Brennnesselattacke zum Opfer gefallen wäre. Einzige Schwierigkeit ist es, anschließend aufzustehen, ohne in die selbst produzierte Lache zu treten, weshalb – Sch…!

Umgekippt. Dem Buschgott sei Dank nach hinten, weswegen ich nun wie ein verdrehter Krabbelkäfer nur halb bekleidet auf dem Rücken liege und mit Interesse die Buschreihe mustere, die mir als Abort gedient hat. Sehr viel Symmetrie eigentlich für diesen vermaledeiten Wald. Busch reiht sich an Busch, als begrenzten sie etwas, zum Beispiel – einen WEG!

Wie von der Tarantel gestochen springe ich auf, ziehe meine Hose hoch und sehe mich begeistert um, während ich alle

Knöpfe sorgfältig schließe. Sicher, er ist ziemlich überwuchert von Unkraut, und sehr breit ist er auch nicht, aber er ist eindeutig mehr als ein simpler Trampelpfad. Ein Weg! Ich habe einen Weg gefunden! Ein Hoch auf die Instinkte!

Momentan fühlt sich das an wie ein Lottosechser, denn ein Weg führt immer von A nach B. Ein Weg beginnt nicht einfach mitten im Nichts. Entweder durchquert er den Wald, kreuzt womöglich weitere Wege, oder aber er führt vom Waldrand zu einem bestimmten Punkt im Wald. Einer Hütte, zum Beispiel, mit eingebauter Inspirationsquelle! Ich vertage augenblicklich die Sache mit dem postumen Ruhm. Der kann warten. Die glänzende Zukunft als produktivste Schriftstellerin des dritten Jahrtausends scheint mir verlockender. Daher ist die einzig verbleibende Frage die nach der Richtung.

Nachdenklich blicke ich erst nach links und dann nach rechts, als ließe sich da ein Hinweis ablesen. Auch nach oben schaue ich, lasse das aber sofort wieder bleiben, da das Baumdach ohnehin zu dicht ist und meine Himmelsrichtungskenntnisse sehr bescheiden sind.

Nun, im Prinzip ist es egal. Hat nicht Sepp, der Wirt, gesagt, alle Wege im Wald führten zur Hütte? Na also! Die professionelle, sehr intellektuelle Lösung lautet also: Ene, mene, mu und raus bist du. Gut, also links, da scheint es auch leicht bergab zu gehen, was den Ausschlag gibt.

Mit frisch geschöpftem Mut wende ich mich in die entsprechende Richtung, als es hinter mir im Gebüsch raschelt. Außerdem ist da noch ein Geräusch, das feine Kälteschauer über mein Rückgrat schickt. Ein Geräusch, das sich anhört wie … wie …

Hilfe!

5   Der Dorfgott straft!

»Das ist die Strafe.«
»Wie bitte?«
»Die Strafe, die Strafe!«
Perplex starrte ich Sepp, den Wirt, an, der sich, auf einen Arm gestützt, über den Tisch zu mir beugte und verschwörerisch lächelte.
»Was für eine Strafe?«, fragte ich leise.
»Die Strafe des Dorfgottes, junge Frau. Der Dorfgott da oben grollt und verschüttet sein Bier. So heißt es in der Chronik. Ihn hat es nämlich immer schon gegeben, lange vor den Bergen.«
(Verschüttet sein Bier?)
»Den, äh, Dorfgott?«
Sepp nickte und starrte vor sich hin, als führte er eine innerliche Konversation mit welchem Gott auch immer. Seine Wangen waren gerötet, von feinen Adern durchzogen, und der Blick der dunklen Augen war irgendwie – entfernt. Ich fragte mich nicht zum ersten Mal, ob er betrunken oder prinzipiell von einem anderen Stern war. Letzteres war wahrscheinlich, denn nach Alkohol roch er nicht.
So unauffällig es ging, schielte ich auf mein Handy. Halb neun vorbei.
Damit war es wohl amtlich: Ich war versetzt worden, versetzt im düstersten Wirtshaus des ödesten Kaffs am Ende der zivili-

sierten Welt, von einem Mann, der mich überhaupt nicht kannte. Ich hatte mich innerlich damit abgefunden, wegen gewisser Äußerlichkeiten vom männlichen Geschlecht, nun ja, weniger als andere Frauen beachtet zu werden. Ich brachte sogar ein gewisses Verständnis dafür auf, dass das erste Auswahlkriterium heutzutage nun mal die Optik war, und wie ein Supermodel sah ich nicht gerade aus. Oder, wie Heidi Klum es lapidar ausdrücken würde: »Ich habe leider kein Foto für dich, weder heute noch in tausend Jahren.«

Aber: Versetzt zu werden, ohne überhaupt in Augenschein genommen worden zu sein, sträflich unter Wilden im Stich gelassen, ohne meine Katze, ohne meine Fernbedienung, ohne meine Sex-and-the-City-DVDs und vor allem ohne meine Trostschokolade, das war eine himmelschreiende Ungerechtigkeit! Der Dorfgott möge ihm von oben auf den Kopf spucken!

Wütend drehte ich mich um und bereute es sofort. Da saß er, der Schnüffler, ohne Hut diesmal, und beobachtete mich schamlos, schon seit ich das Lokal betreten hatte. Vor ihm stand – ja, wirklich! – eine Halbliterpackung Vollmilch. Und ein unberührtes Glas. Permanent kritzelte er in seinem Notizblock herum, wahrscheinlich fertigte er noch mehr lächerliche Porträts an. Womöglich war er wirklich ein Perverser, der heimlich Aktskizzen machte, zuzutrauen war es ihm.

Ich dachte mir gerade ein paar besonders qualvolle Todesarten für neugierige Schnüffler aus, als ich Sepps harte, trockene Hand auf meinem Unterarm spürte.

»Es geht ein Wolf um im Wald.«

Sepp sagte diesen Satz lauter als notwendig, mit dem Erfolg, dass es augenblicklich still im Wirtshaus wurde und sich die Köpfe aller Gäste uns zuwandten.

»Immer wenn der Dorfgott so grollt, ist ein Wolf dafür verantwortlich. Wölfe ...« – jetzt sprach er laut genug, dass jeder im Saal ihn verstehen konnte – »sind schuld an allem. Und so lange der Wolf nicht geschossen ist, so lange werden wir bestraft. Das ist die Wahrheit.«

(Im Kopf notiere ich: Wahrheit mit drei Ausrufezeichen.)

»Unsinn«, sagte ich, »Wölfe sind doch in Mitteleuropa so gut wie ausgerottet, zumindest in freier Wildbahn. Wie die Bären. Wenn dann mal einer auftaucht, dann geht das doch sofort durch alle Medien.«

Es war totenstill im Saal, das einzige Geräusch war das Quietschen der Gläser, die Therese, Sepps Frau, hinter der Theke polierte. Ich fühlte jedes einzelne Augenpaar auf mich gerichtet und spürte, wie mein Gesicht glühend heiß wurde. Oh, ich hasste diese angeborene Schwäche. Wenn mir etwas peinlich war, das hatten meine Schulkameraden schon früh begeistert und unter viel Gelächter festgestellt, dann glühte ich wie eine rote Laterne. Die ganz Gemeinen unter ihnen hatten sich immer die Ohren zugehalten, als erwarteten sie eine Explosion, oder hatten das Pfeifen eines Teekessels nachgeahmt. Pppppfffffsssssswwwiiiiiiiii ...

Mittlerweile, das war mir klar, musste meine Gesichtsfarbe dem Kirschrot meiner Jacke ziemlich nahegekommen sein, die Ohren wohl noch etwas dunkler, weshalb ich mich, um diese Tatsache zu überspielen, wieder Sepp zuwandte. Er blickte weiterhin verträumt lächelnd vor sich hin, das gleiche Lächeln, mit dem er am Nachmittag vor meiner Tür gestanden hatte, um zu fragen, was der Lärm aus meinem Zimmer bedeutete. Ich hatte ihm entschuldigend erklärt, ich sei nur im Schlaf aus dem Bett gefallen, woraufhin er sich schlurfend entfernte, nicht ohne einen prüfenden Blick durch die Tür zu werfen. Zum Glück hatte ich noch vor dem Öffnen daran gedacht, den hässlichen Bettvorleger über das Loch in den Dielen zu drapieren. Das Loch, in dem die Maus verschwunden war und dessen Inhalt mir immer noch Kopfzerbrechen bereitete.

Ich verschob die Analyse dieser Angelegenheit auf später, räusperte mich und fügte hinzu: »Jemand hätte darüber berichtet, wenn ein Wolf aus einem Zoo oder Naturpark ausgerissen wäre. Es gibt keine Wölfe in freier Wildbahn in Österreich.«

Jemand im Raum lachte, und ich drehte mich wütend zum Schnüffler um, der jedoch ernst dreinschaute und einen Finger auf die Lippen legte. Irritiert sah ich mich im Raum um, als das Lachen erneut einsetzte. Es kam aus dem Mund eines dünnen Mannes mit erstaunlichen Glupschaugen, dessen grüne Kleidung nicht ganz sauber war (die Untertreibung des Jahrhunderts!). Das Lachen füllte zwar den Raum, erreichte seine eigenen vorstehenden Augen aber nicht einmal ansatzweise. Etwas an ihm verursachte mir ein äußerst flaues Gefühl im Magen, so ein Sodbrennengefühl, das einen bitteren Geschmack auf der Zunge sowie kalten Schweiß im Nacken mit sich bringt.

»Hier bei uns hat es immer Wölfe gegeben. Wölfe wittern die besten Jagdgebiete. Aber kein Wolf hat in diesem Wald jemals lange überlebt. Keiner.«

Der Glupschaugenblick ruhte unangenehm auf mir. Die Sätze waren in gestelztem Hochdeutsch gesprochen worden, dem man anmerkte, dass der Kerl einer war, der allgemein wenig und das nur im naturgegebenen Dialekt von sich gab. Der kräftige Mann neben ihm nickte anerkennend und sagte mit dröhnender Stimme: »Da hat er recht, der Förster. Und wenn sich einer auskennt mit Wölfen, dann unser Gifthüttensepp hier. Zwei Brüder hat ein Wolf ihm totgebissen, kaum dass sie laufen konnten. Glauben Sie mir, Fräulein, in diesem Ort haben schon viele Kinder sterben müssen wegen dem verfluchten, tollwütigen Wolfspack.«

Zustimmendes Murmeln im Saal.

»Tod dem Wolf!«, brüllte ein junger Kerl mit schulterlangen blonden Haaren, ehe er nervös an einer mickrigen, wahrscheinlich selbst gedrehten Zigarette zog. Die Stimmung im Saal war auf einmal auf dem Siedepunkt, alles flüsterte, zischelte, brummte und steckte die Köpfe zusammen. Wohl dem Dorfgott zuliebe.

»Sepp«, sagte ich leise, »stimmt das mit den Kindern? Gibt es deswegen die vielen Kindergräber auf dem Friedhof?«

»Freilich. Kinder sind eben unvorsichtig. Ein Schnapp«, er deutete mit der Hand eine Beißbewegung an, »und weg sind sie!«

»Unsinn!«, erwiderte der Schnüffler neben mir.

Ich fuhr herum und starrte perplex in ein wohlbekanntes blaugraues Augenpaar. Wann war er aufgestanden? Wann hatte er sich zu uns an den Tisch gesetzt? Wann?

Sepp grinste breit.

»Ah, der *ALTe* Zaungast ist wohl anderer Ansicht. Bitte um Ruhe in der Stube, ein *Experte* spricht.«

Leises Lachen von Seiten der Einheimischen.

»Gesunde Wölfe greifen Menschen nicht an«, erklärte der Schnüffler unbeirrt, »wenn sie durch sie nicht ihre Rangordnung gefährdet sehen oder ganz akuter Nahrungsmangel besteht. Wild gibt es reichlich in euren Wäldern, und Kinder sind keine Bedrohung für einen ausgewachsenen Wolf. Menschenfleisch passt nicht ins Beuteschema von Wölfen.«

»So, so. Nicht ins Beuteschema.« Sepp lehnte sich zurück. »Und tollwütige Wölfe?«

»Es gibt absolut keine Unterlagen über Ausbrüche von Tollwut in dieser Gegend in den letzten hundert, zweihundert Jahren. Derartige Attacken hinterlassen Spuren. Mediziner, Biologen, Verhaltensforscher, keiner hat sich je für diesen Fleck hier interessiert. Wozu also die Ammenmärchen?«

Sepp und der Schnüffler starrten sich an, ohne zu blinzeln. Ich wartete atemlos, ob es ihnen gelingen würde, den jeweils anderen mit einem Blick zu töten. Hoffentlich!

»Werter Herr«, sagte der Wirt schließlich fast tonlos, »es ist nicht gesund, so viel zu wissen.« Dann erhob er sich und verschwand hinter der Theke. Alt schüttelte stumm den Kopf und trank einen tiefen Schluck Milch direkt aus der Tüte.

»Ist da wirklich Milch drin?«

»Ja.«

Noch ein Schluck. Ein heller Bart blieb an seiner Oberlippe hängen. Milch, tatsächlich. Nicht die Nullkommaeinsprozentige, die ich zu kaufen pflege, sondern die mit Fett und Geschmack. Ungeduldig wischte er sich über den Mund und sah mich an.

»Sie halten mich für einen Schnüffler, nicht wahr?«

»Ich habe keineswegs …«

»Das stört mich nicht.«

Zwischen seinen Brauen war nun, ohne den Hutschatten, ein Grübchen zu erkennen, das sich vertiefte, wenn er die Stirn runzelte. Seine seltsamen dunkel-hell gesträhnten Haare liefen vorn am Haaransatz spitz zu, was fast teuflisch wirkte (di-a-bo-lisch!), rechts und links davon fielen ihm einzelne Strähnen in die Stirn. Er strich sie mit einer schnellen Handbewegung nach hinten, wo sie aber nicht blieben. Etwas an der Art, wie er mich streng musterte, machte mir bitterkalte Angst, die tief in meinen Eingeweiden bösartig herumstocherte.

»Was mich stört, das sind die Fragen, die Sie stellen, und ganz besonders die Art, *wie* Sie sie stellen. Manche Fragen behält man besser für sich. An Orten wie diesen muss man sich leise und vorsichtig bewegen. Auf Zehenspitzen. Wenn man laut und ungelenk durch die Gegend poltert, dann läuft man Gefahr, wilde Tiere anzulocken. Und diese Tiere wittern den Angstschweiß. Ihnen gegenüber kann man sich nicht hinter Schminke, Deosprays und teuren Outfits verstecken.«

»Ich dachte«, sagte ich, nun am ganzen Körper zitternd, »hier gibt es keine Wölfe.«

»Ich spreche auch nicht von Wölfen. Sehen Sie sich um! Es gibt viele verschiedene Arten von Tieren. Ich versichere Ihnen, ein Wolf ist derzeit Ihr geringstes Problem. Wölfe sind klug und wissen, wann sie ihrer eigenen Wege gehen müssen. Ist Ihnen Individualdistanz ein Begriff?«

Ich schüttelte den Kopf.

»Ein Begriff aus der Verhaltensforschung. Die Distanz zwischen zwei Lebewesen, die unter normalen Umständen nicht unterschritten wird. Wenn Wölfe schlafen, zum Beispiel, liegen nur die Welpen in engem Kontakt zueinander. Die erwachsenen Tiere halten selten weniger als einen Meter Abstand. Ähnlich ist es, wenn sie im Rudel laufen. Berührung stellt Beziehung her, positiv oder negativ. Sie sorgt für Nachwuchs oder Streit, Liebe oder Tod, verstehen Sie?«

Ich wollte verneinen, überlegte es mir aber und nickte vorsichtshalber.

»Ich sage es nicht gerne, aber so, wie die Dinge stehen, bleibt mir nichts anderes übrig.« Er flüsterte jetzt. Nein, eigentlich war es mehr ein ganz feines, kehliges Knurren. Ein Knurren wie …

»Gehen Sie in Deckung! Besser noch, verschwinden Sie aus diesem Dorf! Was immer Sie hier suchen, suchen Sie es woanders. Nehmen Sie dies als letzte Warnung. Ich bin im Besitz von Informationen, die Ihnen die Haare zu Berge stehen lassen würden. Und das ist längst nicht alles. Seien Sie vorsichtig! Ich wiederhole mich nicht gerne, aber Sie müssen …«

Meine Hand landete nicht auf seiner Wange. Irgendein aufs pure Überleben ausgerichteter Teil von mir (Berührung stellt Beziehung her!) hatte mitten in der Bewegung eingegriffen, weshalb ich nur mit einer wilden Geste die Luft neben seinem Ohr traf. Ich zitterte so stark, dass meine Stimme tatsächlich vibrierte. Ich hörte mich an wie ein leicht defekter Rasierapparat.

»Ich weiß nicht, was mit Ihnen los ist, *Herr* Alt, aber ich habe das gleiche Recht wie Sie, mich hier aufzuhalten, so lange ich das möchte. Und das werde ich auch tun, jawohl! Jetzt erst recht. Es gibt nämlich auch Dinge, die *SIE* nicht wissen, Herr Neunmalklug. Wenn Sie so schlau sind, dann erzählen Sie mir doch etwas über den Gendarmen Franz Berger, der angeblich von Verbrecherhand aus dem Leben bugsiert worden ist.«

»Shhhhhhh, sind Sie von allen guten Geistern verlassen?«

Er ballte tatsächlich die Faust. Strike!

»Sagen Sie mir doch, Herr Alt, wie Franz Berger gestorben ist. Sie wissen es nicht? Wie äußerst betrüblich. Aufnahmeprüfung nicht bestanden. Vielleicht sind *Sie* derjenige, der das Dorf verlassen sollte.«

Ich stellte befriedigt fest, dass der Schnüffler mich völlig bestürzt anstarrte.

»Wissen Sie vielleicht …? Sie müssen mir sagen …!«

»Nichts muss ich. Ich wünsche eine geruhsame Nacht.«

Mit diesen Worten stand ich auf und ließ ihn allein am Tisch sitzen. Sepp nickte mir mit seinem üblichen verträumten Lächeln zu, die anderen Einheimischen ignorierten mich. Als ich in der Tür kurz stehen blieb und einen Blick zurückwarf, da kamen sie mir nicht mehr wie einzelne Menschen vor, sondern wie ein dichter Wald von im Wind hin und her wogender Bäume. Ihre Münder bewegten sich, aber was herauskam, war für mich nicht mehr als ein Rauschen. Waldwindrauschen. Ein Sturm war im Anzug, das spürte ich, er war schon ganz nahe. Der Schnüffler saß einsam in diesem Blättermeer, die wilden Augen starr auf mich gerichtet. Er hatte den Mund leicht geöffnet, und ein kurzer Laut drang zu mir durch, ehe ich schleunigst in mein Zimmer verschwand. Ein Geräusch, das mir alle Haare zu Berge stehen ließ.

6 Weißt du zu erraten?

Aus dem Gebüsch ertönt ein Knurren!

Genau genommen hört es sich sehr viel wilder und beängstigender an als das, was man gemeinhin Knurren nennt. Ein Urlaut, hundertfach verstärkt, als hätte die NATUR mit einem Mal eine Sprache bekommen. Donnergrollen klingt so. Doch seit wann donnern Büsche?

Alles verlangsamt sich, mein Atem, meine Bewegungen, ja sogar mein Pulsschlag. Statt hektisch zu werden, erlebe ich alles wie in Zeitlupe. Das Knirschen unter meinen absatzlosen Schuhen, während ich mich umdrehe, den leichten Windhauch in den Ästen der Bäume, das sich teilende Gebüsch und (Hilfeeee!) das Tier, das mit einem Satz mir gegenüber in die Mitte des Pfades springt und die Luft in einem einzigen Stoß durch die Nüstern ausbläst. Ich will schreien, doch da kommt rein gar nichts, als ich den Mund aufreiße. Meine Stimme ist im Schock der Erkenntnis, *WAS* mich da aus glühenden Augen – äh – glühendem Auge anstarrt, in meinem Hals stecken geblieben. Ich erinnere mich gut an dieses Auge, auch wenn es beim ersten Mal finster war!

Vor mir auf dem Weg hat sich ein lebendiger, dunkelgrauer Wolf mit gebleckten Zähnen niedergelassen. Ein einäugiger Wolf, aber, unterm Strich, dennoch ein Wolf!

»Aaaaaaahhhhh!«

Meine Stimme funktioniert wieder, im Gegensatz zu meinen Beinen. Warum, zum Teufel, stehe ich noch immer da wie angewurzelt? Ich sollte fliehen, sollte versuchen, einen Vorsprung herauszuholen, ich sollte ...

Du solltest dir »SELBST SCHULD« als Inschrift für deinen Grabstein reservieren lassen.

Motzmarie flucht hemmungslos.

Der Wolf schüttelt sich, bellt einmal kurz und kehlig und nimmt mich dann ins Visier seines gesunden Auges. Ich dränge meine Hysterie mit aller Gewalt zurück und überlege, ob man Hunden in die Augen schauen sollte oder besser nicht. Katzenmensch, der ich bin, entscheide ich mich für den Katzenkompromiss, das heißt, ich halte dem Wolfsblick stand, blinzle aber zwischendurch immer wieder deutlich, was dem Wildtier ein grässliches Grummeln entlockt.

»Wer bist du, Menschenfrau, und was suchst du mitten in diesem Wald?«

Vor Schreck vergesse ich zu atmen. Sicher, sprechende Tiere sind am heutigen Tag keine absolute Neuheit, doch es macht einen gewaltigen Unterschied, ob das fragliche Tier dreißig Zentimeter hoch oder zwei Meter lang ist. Auch die Reihe scharfer Zähne, durch die seine raue Stimme die nötige Dramatik erhält, ist ein entscheidender Faktor, wenn es darum geht, den Verstand zu verlieren oder nicht.

Ich starre auf die hässliche Narbe links über seiner Schnauze, wo dichtes, struppiges Fell die kahle Stelle begrenzt, auf der früher einmal ein ebenso glühendes Auge gesessen haben muss wie das, das mich unverändert mustert.

»Ich, äh, ich bin ... ich wollte nur ...«

Würden seine Zähne nicht so unheimlich feucht glänzen,

könnte man fast meinen, er grinste. Das ist natürlich blanker Unsinn. Für gewöhnlich haben Wölfe keine humoristischen Anwandlungen, ehe sie ihre Beute in appetitliche Happen zerlegen.

»Sprich gut oder schweig!«, schnauft mein Gegenüber. Um seinen Standpunkt zu unterstreichen, spannt er die Muskeln an und begibt sich in Angriffsposition. Ich hole tief Luft.

»M-m-mein Name ist Olivia K-Kenning. Vor ein paar Tagen habe ich den absolut idiotischen Entschluss gefasst, m-mich an den Rand der Zivilisation zu begeben. So schlimm kann es doch nicht sein *in den Bergen*, etwas muss ja wohl dran sein *an der Natur*, immerhin gibt es eine Menge Leute, die eine solche Stadtflucht als Urlaub oder gar Erholung bezeichnen würden.«

Der Wolf knurrt ungeduldig, ich beeile mich fortzufahren.

»Au-außerdem brauche ich dringend etwas Inspiration, man bezahlt mich schließlich dafür, dass ich Geschichten schreibe. Aber stattdessen habe ich mich in diesem höllischen – Entschuldigung! – Wald verirrt. Und kaum ist mir ein kleines Erfolgserlebnis vergönnt, kaum habe ich den Weg gefunden, treffe ich auf einen Wolf und werde nun ERST RECHT STE-HE-HER-BEN!«

Die letzten drei Wörter brülle ich hemmungslos, mit geballten Fäusten, während mir bittere Tränen über die Wangen rollen.

Du bist tot!, stellt Motzmarie mit letzter Kraft fest, ehe sie in eine tiefe Ohnmacht sinkt.

»Den Weg hast du gefunden, doch an mir kommst du nicht vorbei.«

Der Wolf steht immer noch mit angespanntem Körper da, das Auge unverändert starr auf mich gerichtet, die Zähne gefletscht. Aus der Nähe betrachtet wirkt so ein Wolfsmaul eher klein. Mörderisch scharf, voller Zähne, aber nicht groß genug, um mich, so wie ich bin, samt neuneinhalb Kilogramm Übergewicht, im Ganzen verschlingen zu können. Das ist teilweise beruhigend, da ich mir seit einer traumatischen frühkindlichen Fernseherfahrung kein schlimmeres Horrorszenario vorstellen kann, als mit dem Kopf aus einem Raubtiermaul zu hängen, während meine untere Körperhälfte gerade zu Mus zerkaut wird. Abgesehen davon bin ich ein relativ traumaloses Menschenkind. Hohe Türme, enge Räume, große Menschenmengen, gruselige Monster, Spinnen, Ratten, nichts davon bereitet mir die geringsten Schwierigkeiten. Doch der Gedanke, bei vollem Bewusstsein mitzuerleben, wie ich gefressen werde, führt dazu, dass alle vorhandenen Körperflüssigkeiten blitzartig von der oberen in die untere Etage schießen. Nur gut, dass ich gerade auf dem Klo war …

»Ja«, schluchze ich, »das scheint mir auch so. Doch bitte, bitte, hochverehrter Wolf«, hauche ich mit letzter Kraft, während ich auf die Knie sinke, »wären Sie so freundlich, mir zuerst das-das-das G-Genick durchzubeißen, damit ich den Rest Ihrer Mahlzeit nicht mehr mitbekomme? Das wäre wirklich äußerst …«

»Ob ich dich töte, Menschenfrau, hängt ganz von dir ab«, zischt er wütend und bleckt die Zähne. Ich rapple mich auf.

»S-s-s-so?«

Meine Stimme zittert immer noch heftig. Vorsichtig, ohne das Wildtier aus den Augen zu lassen, weiche ich Schritt für Schritt zurück.

»HALT!«

Das tiefe bellende Geräusch lässt mich mitten in der Bewegung erstarren. Ich bin so was von tot!

Der Wolf macht drei elegante Raubtierschritte auf mich zu und setzt sich dann mir gegenüber auf die Hinterpfoten. Er reicht mir, von Kralle zu Ohrenspitze, immer noch bis etwa an die Kehle. Kein schöner Gedanke. Als er wieder spricht, klingt seine Stimme weniger rau, dafür weich und einschmeichelnd, als hätte er Kreide gefressen. Ich erinnere mich dunkel, dass das eine Taktik ist, die bei den armen Ziegenbabys funktioniert hat. *Liebe Kinder, lasst mich ein ...* Geißleinblut überall. Mir läuft es eiskalt den Rücken runter.

»Dieser Wald ist mein Revier. Ich bin der Wanderer, den man Graubart nennt. Du magst mich auch Gagnrad rufen, wenn du mutiger bist. An Gabelungen trifft man mich häufig. Hüter der Wege bin ich. Du magst sie benutzen, es steht dir frei, aber nur unter einer Bedingung.«

Ein Haken ist immer dabei, wenn böse Wölfe zuckersüße Worte sprechen.

»Und die wäre?«

Er legt den Kopf schief und fixiert mich.

»Du musst mir drei Fragen beantworten.«

»Darauf falle ich bestimmt nicht rein. Ich habe Grimms Märchen von vorn bis hinten studiert«, platze ich heraus.

Ich schlage die Hand vor den Mund. Warum, lieber Gott, wurde ich bei meiner Erschaffung nicht mit den wunderbaren Gaben Takt und Diplomatie bedacht? Erst denken, dann reden? Wozu denn, es ist doch viel spannender, *von einem Wolf gefressen zu werden!*

Wie auf Kommando springt der Wolf laut knurrend auf und treibt mich vor sich her. Ich kann sein staubiges Fell riechen, den sauren Atem aus seinem Maul, das viele alte Blut (Geißleinblut!), das zwischen seinen Zähnen klebt.

»Wenn das so ist, was willst du dann auf meinem Weg?«

Ich stolpere rückwärts, während mein Puls rast. Mir ist klar, dass ich auch spurtend keine Chance gegen das Tier habe. Vier so kräftige Tierbeine gegen meine Großstadttreter, das kann nicht gut enden. Davonlaufen fällt folglich als Alternative aus. Mir bleibt nur die Flucht nach vorn.

»G-g-gut, Gagnrad, ich werde deine Fragen beantworten!«

Zufrieden lässt der Wolf von seiner Verfolgung ab und legt sich quer über den Weg. Seine Stimme nimmt wieder den kreideweichen Tonfall an. Man könnte ihn für einen Streichelwolf halten, wüsste man es nicht besser.

»Kluge Entscheidung, Olivia. Hör gut zu! Wenn du meine drei Fragen richtig beantwortest, werde ich dein Leben verschonen und dir selbst drei Fragen zugestehen. Du solltest dir gut überlegen, was du wissen willst. Wenn du nämlich die falsche Frage stellst, bist du ebenfalls verloren.«

»Die, äh, falsche Frage?« *(Es gibt falsche Fragen?)*

»Die verbotene Frage. Hast du die Regeln verstanden?«

»Nicht ganz. Was genau habe ich denn bei der Wette zu gewinnen?«

»Dein Leben, Olivia, das somit in deiner eigenen Hand liegt. Wenn du alles richtig machst, steht nichts zwischen dir und dem Ziel deiner Wünsche.«

»Und, äh, wenn nicht?«, frage ich den Fleischfresser.

Er prustet abfällig durch die Schnauze und lässt demonstrativ die Zunge zwischen den Zähnen hervorblitzen.

»Dann gehört dein Leben mir.«

Ich wäge meine Möglichkeiten ab. Davonlaufen steht bekanntlich nicht zur Debatte, Waffen besitze ich keine, nicht einmal Pfefferspray, und mit bloßen Händen ist das Wildtier nicht zu überwältigen. Angesichts seiner Übermacht ist die Sache mit den Fragen eigentlich ein fairer Deal, der mir zumindest eine minimale prozentuale Überlebenschance zugesteht.

Promille, höchstens!, piepst Motzmarie.

Ich kratze mich am Kopf.

»Nun gut. Da mir nichts anderes übrig bleibt, stell mir eben deine Fragen.«

Der Wolf leckt sich mit einer gefährlich blutroten Zunge über die Schnauze, legt den Kopf in den Nacken und stößt ein markerschütterndes Heulen aus. Mir läuft es kalt den Rücken hinunter, an meinen Haarwurzeln kribbelt es verdächtig, und mein Herz setzt für ein paar endlose Sekunden aus. Hektisch krame ich in meiner Tasche, finde die Johanniskrauttabletten und schlucke hastig zwei davon. Irgendwann müssen die doch eine Wirkung haben!

»War das … unbedingt notwendig?«

»Die Regeln bestimme ich, ist das klar?«

Wie zwei Judokas vor dem ersten Griff starren wir uns an, der große graue Wolf und die durch die Wildnis aufs Äußerste reduzierte Stadtfrau. Ich wage kaum zu blinzeln, aus nackter Angst, den bis dato nicht erfolgten Angriff durch die unbedachte Bewegung eines Augenlides zu provozieren.

Majestätisch streckt sich das Raubtier und senkt lauernd den Kopf.

»Sage mir zum Ersten, wenn du es weißt, wohin der Weg dich führt, auf dem du dich befindest.«

Instinktiv blicke ich mich um. Selbstverständlich führt der Weg in zwei Richtungen, hat folglich nicht nur ein einziges Ziel. Die Frage ist ja auch, wohin der Weg *mich* führt. Dazu müsste ich allerdings wissen, was in der Richtung liegt, für die ich mich entschieden habe, was bekanntermaßen bei meinem Orientierungssinn problematisch ist. Was ist das Ziel? Eine Fangfrage, es sei denn ... Etwas, das der Wirt zu mir gesagt hat, kurz vor der Sache, an die ich nicht denken will *(keinesfalls!)*, kommt mir in den Sinn, etwas über den Wald und die Wege. Auch Mimmers Flaschenpost fällt mir ein: Du bist auf dem richtigen Weg. Daher ist die Antwort auf die Frage ...

»Der ... der Weg.« Ich räuspere mich. »Das ist völlig klar. Der Weg führt mich zu einer Hütte im Wald, einer Hütte unter einem großen Baum. Das ist das Ziel meiner Suche, da will ich hin, dafür habe ich mich entschieden. Und daher«, ich stocke bei der plötzlichen Erkenntnis, »führen alle Wege dorthin.«

Der Wolf nickt anerkennend. Ich wische mir den Angstschweiß von der Stirn.

»Sehr gut. Wir wählen unsere Ziele selbst und finden die Wege, die wir suchen. Doch das ist nur die Hälfte der Wahrheit. Sag mir darum, wenn du es weißt, zum Zweiten, wer lebt in dieser Hütte, die du zu erreichen wünschst?«

Triumphierend lächle ich den monströsen Fragensteller an. Auch das hat der verrückte Sepp mir verraten, wenngleich er etwas schwammig in den Details war.

»Dort lebt ein altes Großmütterchen, das sagenhaft gut kochen kann, geheimnisvolle Tränke braut und sich bestimmt sehr über meinen Besuch freut.«

Es kann nicht schaden, die Dringlichkeit meines baldigen Aufbruchs zu betonen, sowie die Möglichkeit anzudeuten, dass ich erwartet werde und jeden Moment mit Hubschraubern, Maschinengewehren und scharfen Hunden nach mir gesucht wird.

»In der Tat, so kann man es nennen«, knurrt der Wolf. »Du rätst gut, Menschenfrau. Doch sag mir weiter, wenn du dich so weise nennst und dir dein Leben lieb ist«, er macht ein paar lautlose Schritte auf mich zu, fletscht die Zähne und legt die Ohren bedrohlich an, »was verbirgt sich hinter der Tür, die aus dem Holz des Baumes ist, dem man nicht ansieht, aus welcher Wurzel er spross?«

Ich starre den Wolf an. Mein Herz klopft laut in meiner Brust, laut genug, dass er die Wahrheit hinter den Schlägen hören muss: Ich weiß die Antwort nicht. Wie kann er auch von mir erwarten, dass ich eine Ahnung habe, was hinter einer Tür ist, die ich nie geöffnet habe?

»Ich …«

»Nun?«

Verdammt. Sage ich nichts, hab ich verloren, rate ich falsch, ebenso. Wolfsfutter, ganz eindeutig. Dennoch sollte ich meine einzige Chance nützen und raten. Ging es nicht die ganze Zeit darum, die Quelle der Inspiration zu finden? Führen nicht alle Wege dorthin? Was spricht also dagegen, dass die Türen sich wie die Wege verhalten, zumal Sibby etwas von einem Baum – einer Esche – erwähnt hat.

»Hinter der Tür«, rate ich also völlig ins Blaue hinein, »befindet sich der …«

»Sei still!«

Der Wolf tritt neben mich, wo er starr stehen bleibt, mit flach nach hinten gestreckter Rute und aufgerichteten Ohren. Etwas hat seine Aufmerksamkeit erregt. Armes Etwas!

Seine Zähne sind entblößt, ein leises, aber umso gefährlicheres Knurren scheint direkt aus seinem Bauch zu kommen. Sein eines Auge sieht an mir vorbei. Aus der Nähe betrachtet fällt mir auf, dass die Iris einen sonderbaren blaugrauen Farbton hat, der das Schwarz der unnatürlich großen Pupille wie Meerwasser umspült. Die Farbe erinnert mich an etwas, doch ich komme nicht darauf.

»Ich habe doch noch gar nicht ge…«

»Still!«, fährt er mich an. »Ich warne dich. Rühr dich nicht von der Stelle, bis ich wiederkomme, sonst hat dein letztes Stündchen geschlagen!«

»Bis du wiederkommst? Aber ich …?«

Der Wolf stürzt sich mit einer einzigen schnellen Bewegung auf mich. Ehe ich weiß, wie mir geschieht, liege ich am Boden, der Wolf hockt auf mir drauf, der heiße Atem aus seinem entsetzlichen Maul streift meine Kehle, sein Gebiss ist nur Millimeter von meiner Halsschlagader entfernt. Ich wage nicht, Luft zu holen oder das Blut hinunterzuschlucken, das ich am Gaumen schmecke. Ich muss mir vor Schreck auf die Zunge gebissen haben. Kein Schmerz, nur Taubheit.

»Ich finde dich, Olivia Kenning, falls du es wagst, ohne meine Erlaubnis auch nur einen Schritt auf diesem Weg zu machen.« Seine Stimme ist nicht mehr als ein Hauch. »Und wenn ich dich finde, dann wird das weit schlimmer für dich, als du dir das Gefressenwerden je ausgemalt hast. Deine dunkelsten Albträume werde ich Realität werden lassen, so wahr ich Gagnrad heiße. Hast du mich verstanden?«

Ich nicke stumm, die einzige Regung, zu der mein zitternder Körper in der Lage ist. Zwei, drei endlose Sekunden lang verharrt er auf mir, ehe er mit einem weichen, lautlosen Sprung im Gebüsch verschwindet.

Ich wäre wohl einfach liegen geblieben, dort am Waldboden, mitten am Weg, den zu finden mich so große Mühe gekostet hat. Angststarre hätte mich mein Urteil erwarten lassen, ob gut oder schlecht. Doch gerade als die ersten Tränen zu fließen beginnen, höre ich, was der Wolf lange vor mir gehört hat. Abrupt setze ich mich auf. Menschliche Stimmen. Viele menschliche Stimmen. Und dann, plötzlich, aus dem Nichts der Waldstille: ein Schuss!

Verdammt noch mal, was hockst du da und schaust blöd? Mach, dass du hier wegkommst, ehe dich entweder der Wolf oder die Jäger erwischen! Deine Probleme haben sich soeben potenziert!

»Aber der Wolf sagte ...«

Herrgott!, kreischt Motzmarie, *du glaubst doch wohl nicht ernsthaft, dass der Wolf dir eine gute Reise wünschen wird, wenn du brav hier hocken bleibst, Trivial Pursuit mit ihm spielst und artig bitte und danke sagst! Eine bessere Chance zur Flucht als diese wirst du nicht mehr bekommen, also ab durch die Mitte!*

Dieses Argument zieht. Ohne weiter zu zögern, stolpere ich ins Dickicht hinein und laufe querbeet durch den Wald. Auf dem Weg kann ich nicht bleiben, den bewacht ja Meister Graubart, also muss ich die Hütte eben in der Wildnis finden. Oberste Priorität ist jedoch erst einmal, so viel Abstand wie möglich zwischen mich und meine menschlichen wie tierischen Verfolger zu bringen. Land gewinnen, dann sehen wir weiter. Tatsächlich werden die Geräusche – abwechselndes Wolfsheulen, Schreie und Schüsse – leiser, je weiter ich mich vom Weg entferne. Dafür wird jedoch das Gebüsch dorniger, undurchdringlicher, so als wolle es sich mir absichtlich in den Weg stellen. Genervt schlage ich auf die Zweige ein, die nach mir zu greifen scheinen, wütend trete ich die knorrigen Baumwurzeln, die, unsichtbar unter Moos und Unkraut, mir immer wieder in die Quere kommen. Fast keine Nadelbäume mehr, hauptsächlich hohe, dicke Laubbäume. Es riecht faulig, als schimmelten die Bäume innerlich. Dazu kommt, ekelhaft süßlich stinkend, der undefinierbare weiße Pflanzensaft, der aus abgebrochenen Stängeln quillt. Fliegenpilze zerplatzen zu rötlichem Matsch unter meinen Schuhen, die nach einiger Zeit einen undefinierbaren Braunton annehmen. Igitt! Hektisch kämpfe ich mich vorwärts, bis ich komplett außer Atem bin. Noch ein Gestrüpp und noch ein Gestrüpp und noch ein Gestrüpp, bis der Schweiß mir sogar über das Gesicht rinnt, salzig und widerlich klebrig. Frustriert stoße ich einen heiseren Schrei aus und hocke mich auf eine besonders monströse Wurzel.

Wie lange bin ich unterwegs? Eine Stunde, anderthalb? Länger? Ich weiß es nicht. Tatsache ist, ich habe mich *schon wieder* restlos verlaufen. Kein Weg, keine Hütte, keine einzige Lichtung, nichts als eklig wucherndes Grünzeug, das mir inzwischen bis zu den Schultern reicht und sich unnatürlich feucht, fast fettig, anfühlt. Meine durch die Wolfsbegegnung ohnehin schon angeschlagenen Nerven sind jetzt gänzlich zerrüttet.

Der Wolf, o verdammt. Mir läuft es kalt über den Rücken, wenn ich daran denke, dass irgendwo in dieser Wildnis ein rasend wütender Wolf mit gefletschten Zähnen nach mir sucht. Ist er mir schon auf den Fersen? Ob er meine Spur riechen kann? Warum weiß ich so wenig über die Sinne von Wildtieren? Ich vermute mal, dem Wolf geht es mit Fleisch ähnlich wie dem Schwein mit Trüffeln, was keine sehr beruhigende Aussicht ist, weder für die Trüffeln noch für mich.

Jetzt sei nicht schon wieder so negativ! Immerhin könntest du längst Hackfleisch im Wolfsmagen sein. Du musst positiv denken!

Ach, halt doch die Klappe! Positiv! Pah. Zornig reiße ich etwas Grünzeug aus dem Boden und werfe es in die Luft. Ich greife erneut zu, als ich einen erstickten Schrei ausstoße und entsetzt meine Finger betrachte.

Uah! Das Unkraut piekst! Ich wusste es doch, das hier ist der Wald der bösen Killerpflanzen, die Rache üben für all ihre eingetopften Artgenossen, die ich in dreißig Jahren zugrunde gerichtet habe. O Gott! Meine Finger sind ganz rot, Hilfe! Rettung! Ich verblute!

Sei nicht so ein Jammerlappen! Steck sie in den Mund!

Ich tue es und erstarre. Köstlich! Mein Blut schmeckt nach Himbeeren. Ich liebe Himbeeren.

Dann schau dich mal um!

Folgsam blicke ich mich um. Und kann mein Anfängerglück kaum fassen. Rund um die Wurzel, auf der ich sitze, wuchern wilde Himbeersträucher, die voll riesiger, saftiger Früchte sind. Bingo! Na, wenigstens verhungere ich fürs Erste nicht.

Heißhungrig stürze ich mich auf die zwar einseitige, aber vitaminreiche Mahlzeit, bis mein Magen zum Platzen gefüllt ist. Ich ziehe den Mohnkuchen als Nachspeise in Erwägung, doch es passt nichts mehr rein. Erschöpft lehne ich mich an den Baumstamm und strecke träge alle viere von mir. Ich könnte für einen ganz kurzen Moment die Augen schließen. Nur eine Minute oder so, bevor ich mich gestärkt auf den Weg mache.

Ich halte das für keine gute Idee.

Sei keine Spielverderberin. Nur … eine Minute. Eine winzig kleine, kurze …

Aaaaaaaaaaaaaaaaah!

Ich kann es nicht fassen! Ich starre in komplette Dunkelheit. Bibbernd vor Angst halte ich meine Hand dorthin, wo direkt vor mir sein müsste, doch außer groben Umrissen kann ich nichts erkennen. Ist das ein Déjà vu oder was?

Keineswegs, du Blindgängerin, du hast nur katastrophal verschlafen!

Es muss wohl wahr sein. Ich habe Beeren gegessen, anschließend kurz die Augen geschlossen, und jetzt ist es dunkel im Wald. Stockdunkel. Ich habe keinen Plan, wo ich bin, und – o Gott! – mein Herz setzt kurz aus, als ein mir wohlbekanntes Geräusch die Waldesstille durchdringt ... Das langgezogene Heulen eines einzelnen Wolfes lässt mir all jene Haare zu Berge stehen, die ich mir nicht gerade raufe.

Wie hat es so weit kommen können? Wie? Panik nistet sich in meinem Hirn ein. Die Dunkelheit bewegt sich, flackert, greift nach mir, spielt mit mir, bringt mich um den Verstand. Dazu kommt die Tatsache, dass etwas in meinem Bauch verdächtig rumort. Ich bete zu Gott, dass es nur die Himbeeren sind. Denn andernfalls ...

»Ahuuuuuuuuuu!«

Neuerliches Wolfsheulen. Näher diesmal. Den Rücken fest an den Stamm des Baumes hinter mir gedrückt, stehe ich mühsam und mit verkrampften Gliedern auf. Was für ein Witz. Der enormste Muskelkater meines Lebens und kein anderer Weg aus meiner Misere als ein blinder Lauf durchs nächtliche Gestrüpp. Doch das ist keineswegs das Ärgste, denke ich noch, kurz bevor ich endgültig hysterisch zusammenklappe. Denn dort unten, im Schritt meiner Hose, um mindestens einen Tag zu früh, kann ich die unangenehme Feuchtigkeit spüren, die mir den Rest gibt. Blut, denke ich, Sekunden vor dem Blackout. Wölfe riechen BLUT!

7 Auszug aus dem Romanfragment »W.« von Olivia Kenning nach einer wahren Geschichte

Zweites Kapitel: Der Gendarm

Blut! Blut, das sein Hemd an einer Seite völlig durchnässt. Wie tief ist die Wunde? Ein Streifschuss, sicher, doch der Blutverlust ist bedenklich, und der Weg ist noch lang. Hinter dem Berg geht die Sonne orangerot unter. Gut möglich, dass er sie zum letzten Mal sieht. Er bleibt stehen und betrachtet das Farbenspiel, wobei er eine Hand fest an die verletzte Seite drückt. Zeit ist der entscheidende Faktor. Wenn es dunkel wird, sind sie im Vorteil. Trotzdem gelingt es ihm nicht, sich von der Schönheit des Sonnenuntergangs loszureißen. Blutrot, blutrot!

Er hat sein Bestes getan, wobei für ihn das Beste gleichzusetzen ist mit dem Richtigen. Es ist, verdammt noch mal, sein Beruf, für Recht und Ordnung zu sorgen, und die Dinge in W. sind seit der Sache mit dem alten Mimmer aus den Fugen geraten. Er denkt an seine Frau und an die Kinder. Wally ist gerade zwölf geworden, eine Prinzessin und ein Mathematikgenie. Rudi ist neun Jahre alt, jeden Sonntag spielen sie zusammen Fußball auf dem kleinen Stück Rasen hinter dem Haus, während Anna Julius, den Kleinsten, auf dem Arm trägt und ihnen durch das Küchenfenster zuwinkt. Was soll aus ihnen werden? Bekommen sie eine Rente, wenn er die andere Seite des Berges nicht erreicht? Und vorausgesetzt, er erreicht sie, wird das Dorfmonster sie auffressen, wie es alle anderen auffrisst?

Ironie des Schicksals, beinahe wäre er entkommen. Die Dose sicher in der Innentasche seiner Dienstjacke verstaut, hatte er sich auf sein Fahrrad gesetzt, angeblich um einen Kollegen im anderen Tal zu besuchen. Und fast hätten sie ihn gehen lassen, wäre da nicht die Sache mit den Kopien gewesen. Er musste die Kopien mitnehmen, als einzigen Nachweis darüber, was sich in W. abspielt, doch er hatte ihre Übermacht unterschätzt.

Hinter ihm Geräusche. Sind sie wirklich schon so nah? Mühsam steigt er weiter den Berg hinauf, Schritt für Schritt, während ihn die Dämmerung einhüllt. Er hatte nie wirklich eine Chance, das ist ihm klar. Am Dorfrand haben sie auf ihn gewartet, die ganze Meute, mit Schlagstöcken und Gewehren, haben ihn wie wild gewordene Hunde vom Fahrrad gezerrt und auf ihn eingeschlagen, mit starren Gesichtern und gebleckten Zähnen. Der Wahnsinn hat in W. bereits die Oberhand. (Das Monster!)

Er konnte sich losreißen und ist in den Wald geflüchtet. Alle haben sie hinter ihm hergeschossen, daher ist es schwer zu sagen, wer ihm letztendlich den Streifschuss verpasst hat. Rupert wahrscheinlich, ihr Anführer, er konnte immer schon am besten zielen. Sein Spitzname unter den Männern ist nicht umsonst Robin Hood, auch wenn er mit seinem Namensgeber sonst nicht viel gemeinsam hat.

»Wir kriegen dich«, haben sie ihm nachgebrüllt, und er weiß, dass sie recht haben. Sie haben noch jeden gekriegt, der die Regeln verletzt hat, die Regeln sind das Einzige, woran sie wirklich glauben. Jeden Sonntag sitzen sie in der Kirche und beten zu Gott, aber in Wahrheit beten sie zu den Regeln, als erteile ihnen das eine Art von Absolution.

Er ballt die Hand zur Faust. Seine Kraft reicht kaum mehr aus, um mit den Nägeln den Ballen zu berühren. Mit dem Blut fließt die Kraft aus ihm heraus, und seine Zeit läuft schneller ab, als ihn seine Füße tragen können, seine unnützen, kraftlosen Füße.

Er stürzt. Die Beine unter ihm geben einfach nach, knicken ein wie Streichhölzer. Es geht zu Ende, das weiß er, doch er betet nicht zu Gott im Himmel, weil er schon lange aufgehört hat, an Gott zu glauben. Gott, wenn es ihn je gegeben hat, hat W. bereits vor vielen Jahren verlassen. Womöglich ist er auf demselben Weg über die dunklen Berge geflohen wie er, auch wenn der Gendarm nicht darauf wetten würde. Bitter schmeckt es, das Ende des Weges, bitter und staubig wie die Kiesel in seinem Mund. Lebend wird das Dorf ihn nicht bekommen, so viel steht fest. Er darf den geheimen Ort nicht verraten (das Hauptquartier!), darf Mimmers Erbe, die Originale, nicht erwähnen. Aber er fürchtet die Schmerzen, die sie ihm zufügen werden, fürchtet den gebrochenen Willen, das schwache Fleisch, die Qual. Vor allem die.

In einem letzten Aufbäumen nimmt er seine restliche Kraft zusammen, zerrt er die Dose aus seiner Tasche, die kleine, rote Dose, in der das Monster schläft, und die nun seine letzte Zuflucht ist. Das Frissmeinnicht, wie sie es vor den Kindern immer genannt haben. Die Dunkelheit hüllt ihn mittlerweile ganz ein, die Stimmen seiner Verfolger scheinen noch näher gekommen zu sein. Das kann aber auch eine Täuschung sein, die Akustik der Berge ist trügerisch.

»Verzeih mir, Anna«, sagt der Gendarm in die Dunkelheit, als er ohne Eile den Deckel von der Dose schraubt, einen kurzen, ewigen Moment lang die Nachtluft einatmet und schließlich vorsichtig die Hand in die Dose steckt. Das Monster knurrt zufrieden.

8 Die SMS 2 – gelöscht

treffen heute nicht möglich! sry!
morgen gleiche zeit gleicher ort?!
cu der herr lehrer

Die Akte W.

TEIL 3: DIE JAGD

1 Der Kopf rollt!

Das Gesicht starrte mir aus einer antik anmutenden, stark verblichenen Fotografie entgegen. Es war eines dieser tief zerfurchten, an zerknüllten Papyrus erinnernden Gesichter sehr alter Naturmenschen, die trotz der Falten und Altersflecken, trotz der Lebenslinien um die schmal gewordenen Lippen, trotz der dicken Tränensäcke Kraft und Gesundheit ausstrahlen. Dickes, hellgraues Haar wuchs etwas wirr auf dem braun gebrannten Kopf, und die ebenso wild wuchernden Augenbrauen betonten die stechend blauen Männeraugen, die trotz der geröteten und geschwollenen Lider funkelten und blitzten. Ein Charakterkopf, eindeutig. Ich las die Jahreszahl darunter etwa neun Mal, ehe der Groschen fiel und ich begriff, was sie bedeutete.

Einhundertacht.

Der Mann auf dem Foto war unglaubliche einhundertacht Jahre alt. Es war das letzte Foto von ihm, ein paar Monate später war er bei einem Autounfall ums Leben gekommen. Ein Autounfall mit einhundertacht. Ich fragte mich, wie alt er womöglich noch geworden wäre, wie viele Jahre er noch …

»Alles in Ordnung?«

Die Kassiererin sah mich lächelnd an, und ich nickte ihr zu, nachdem ich es endlich geschafft hatte, mich von der Fotografie loszureißen, die neben dem Eingang hing. *Karl H. Mimmer, unser Dorfdichter, 1853 – 1960* stand in goldener Schrift darunter, der man den Stolz ansah, den Stolz des Bergdorfes auf die einzige herausragende Persönlichkeit, die sein Boden hervorgebracht hatte. Hastig kritzelte ich den Text auf die Rückseite eines alten Busfahrscheines.

Nach einer eher unruhigen Nacht war ich von den Kirchenglocken regelrecht aus dem Bett geläutet worden. Sie rissen mich aus einem grässlichen Traum, in dem ich nackt mitten unter den Einheimischen in der Gifthütte saß. Sepp drückte mir kichernd ein Gewehr in die Hand, und ich zielte auf Adrian Alt, der absurderweise meine rote Jacke trug und in Raubtiermanier die Zähne fletschte. In dem Moment, als ich abdrückte, war ich schweißgebadet erwacht und hatte die Schläge gezählt, während ich mich im Bett zu meiner morgendlichen Brücke krümmte.

Ich hatte, kurz vor meinem dreißigsten Geburtstag, eines Abends auf der Couch, aus welchem Grund auch immer, versucht, mich mit Armen und Beinen in diese Position zu stemmen. Kurz gesagt, es war mir nicht gelungen. Wann, um Himmels willen, war mir die Brücke verloren gegangen? Nicht, dass das je ein essenzielles Bedürfnis meines Lebens gewesen wäre oder ich es sehr oft versucht hätte, aber die Tatsache, auf dem Rücken zu liegen, Hände und Füße aufzustützen und das Hinterteil keinen Zentimeter vom Boden hochzukriegen, gab einem das Gefühl von Alter oder das eines zu schweren Hinterns.

Seitdem arbeitete ich mit verbissener Konsequenz daran, mir die Brücke Millimeter für Millimeter zurückzuerobern. Inzwischen gelang es mir ganz passabel, wodurch ein morgendliches Ritual entstanden war. Ich wollte keinesfalls jemals wieder als zappelnde Vogelspinnenimitation hilflos auf dem Rücken liegen!

Im Anschluss an dieses Morgensportminiaturprogramm hatte ich geduscht, die notwendigen kosmetischen Verbesserungen durchgeführt, mich angezogen und war zu einem Spaziergang durch W. aufgebrochen. Dabei kam ich am Haus des Dorfdichters vorbei, das seit seinem Tod leer stand und vor einigen Jahren zu einem Museum umgebaut worden war, wie eine reich verzierte Holztafel verkündete. Da die Schreibtische anderer Schriftsteller immer schon eine Faszination auf mich ausgeübt hatten und ich durch die Geschichte des Gendarmen begierig nach zusätzlichem Dorfklatsch lechzte, trat ich kurzerhand durch die Gartentür ein.

Das zweistöckige Haus selbst sah zwar gepflegt, aber völlig überwuchert aus. Anscheinend war der längst verstorbene Bewohner ein heftiger Grünzeugliebhaber gewesen, eine Eigenschaft, die mir zeitlebens völlig abging, es sei denn, das Grünzeug war essbar, am besten tiefgefroren oder vorgewaschen abgepackt in praktischen Portionsbeuteln.

Am niedrigen Holzzaun rankten Kletterpflanzen, das Vorgärtchen strahlte in diversen Farben, überdimensionale Sonnenblumen reckten ihre Köpfe Richtung Himmel, raschelnde Birken warfen lange Schatten auf säuberlich voneinander getrennte Beete, und angeberisch schöne Rosen gediehen prächtig an der hellgelben Hauswand. Grüne, einladende Bänke standen hier und da in idyllischen Lauben mit saftigen, nun vom Regen nassen Blätterdächern und luden an schönen Tagen (gab es die in W.?) bestimmt zum Verweilen ein. Dazwischen führte ein schmaler Natursteinweg zur seitlichen Eingangstür, wo ein Schild die Öffnungszeiten des Mimmer-Museums ankündigte. Freitag, Samstag und Sonntag, 9 bis 12 Uhr. Mein Handy zeigte neun Uhr vierzig, ich hatte also Glück, es war offen.

Die Kassiererin lächelte immer noch. Sie war ein für W. relativ junges Mädchen mit großen himmelblauen Augen hinter modischen Brillengläsern, einem runden, sommersprossigen Gesicht sowie einem kirschförmigen Mund, den sie beim Lächeln leicht geöffnet hatte. Dadurch entblößte sie ihren einzigen Makel: schlecht gepflegte, stark vorstehende Zähne. Miss Mausezahn. Ihre Kleidung war zwar nach Großstadtmaßstäben nicht der allerneueste Schrei, zeigte aber durchaus Geschmack, während ihre hellbraunen Haare eher ländlich uninteressant zu einem schlichten Pferdeschwanz gebunden waren.

»Kann ich Ihnen behilflich sein?« Sie sprach in einem ähnlich gekünstelten Hochdeutsch wie Sepp, doch ihre Stimme war angenehm warm und tief.

»Wenig los heute, nicht wahr?«

Sie lächelte noch etwas zahnintensiver.

»Bei uns ist nie viel los. Es kommen wenig Fremde hierher, deshalb ist das Museum selten gut besucht. Ab und zu ein Reisebus aus Salzburg, Tagesausflügler aus Bayern oder Wandergruppen auf der Durchreise. Herr Mimmer war ja doch recht bekannt in Österreich und Deutschland.«

Ein relativ aktueller Bestsellerkrimi lag aufgeschlagen, mit dem Rücken nach oben, vor ihr, und ich war mir sicher, dass sie bis zu meinem Eintreten mit angehaltenem Atem darin gelesen hatte. Es war eines dieser Bücher, die man nur ganz schwer beiseitelegen konnte, weshalb sie auch immer wieder einen kurzen Seitenblick darauf warf. Ich seufzte innerlich. Auch so ein Werk, das ich gerne geschrieben hätte!

»Wollen Sie das Museum besichtigen? Der Eintritt beträgt drei Euro fünfzig, ermäßigt drei Euro. Sind Sie Studentin oder haben Sie die Salzburger Tourismuskarte?«

Ihr Tonfall war geschäftig, aber nicht übereifrig. Ich schüttelte den Kopf, reichte ihr die drei Euro fünfzig und blickte mich um.

»Wenn Sie Fragen haben, nur zu«, sagte sie, während sie bereits wieder nach ihrem Krimi griff, »ich kenne mich aus.«

»Vielen Dank, ich sehe mich einfach mal um.«

»Am besten, Sie beginnen im ersten Stock oben, da gibt es eine chronologische Dokumentation über Mimmers Leben. Im Erdgeschoss finden Sie die Wohnräume, noch im Originalzustand eingerichtet, und unten seine – Sammlungen. Die sind für viele Leute zuerst ein wenig schockierend.«

Ich sah sie fragend an.

»Nun, er hatte ein paar sonderbare Hobbys. Etwas wunderlich war er schon, der alte Herr Mimmer.«

»Inwiefern?«

»Sein größtes Interesse galt der Anatomie, dazu hat er intensive Studien betrieben. Erschrecken Sie nicht, und lassen Sie mich wissen, wenn Sie Informationen benötigen. Ich bin hier«, fügte sie überflüssigerweise hinzu.

Über eine schmale, knarrende Holztreppe mit ausgetretenen Stufen stieg ich in den ersten Stock hinauf. Die Böden waren uneben, die Türstöcke niedrig, eine Tatsache, auf die man durch mehrere handgeschriebene Warnschilder aufmerksam gemacht wurde. Neben einem umfangreichen Mimmer-Archiv befand sich hier auch eine für ein so kleines Bergdorf äußerst ambitionierte Ausstellung mit Handschriften, Fotografien des jungen, mittleren, älteren und ganz alten (einhundertacht!) Mimmer sowie Tafeln mit Zitaten aus seinem Werk, kritischen Äußerungen von Zeitgenossen und den wesentlichen Daten seines Lebens.

Durch das staubige Dachfenster blickte ich auf die verwaiste Dorfstraße hinunter und dachte darüber nach, wie es gewesen sein musste, als Künstler hier in der Dorfgemeinschaft zu leben. Mimmer hatte in seinen Werken anscheinend viel über die Einsamkeit geschrieben und bis zu seinem Lebensende allein in diesem Haus gelebt, ohne Frau, ohne Haustier, ohne nähere Verwandte. Nicht einmal eine lästige Stubenfliege fand irgendwo Erwähnung. Nur Dinge.

Als junger Mann arbeitete er, nachdem er eine eher beschauliche Kindheit auf dem Bauernhof verbracht hatte, als Lehrer in der Dorfschule, später als Deutschlehrer in Salzburg. Im Ersten Weltkrieg war er freiwillig Soldat gewesen, trotz seiner bereits sechzig Jahre, war in italienische Kriegsgefangenschaft geraten und als lungenkranker Pazifist zurückgekehrt. Danach hatte er den Durchbruch als Schriftsteller geschafft, erst durch die Veröffentlichung seiner Kriegstagebücher, später durch bahnbrechende Erzählungen über das bäuerliche Leben. Man liebte ihn für seine idyllischen Naturbeschreibungen, ohne der Ironie zu viel Bedeutung zuzumessen, die in jeder seiner Geschichten durchklang.

Während des Zweiten Weltkriegs war Mimmer einer der wenigen wirklich anerkannten Autoren, was ihm danach allerdings einen Knick in der Karriere bescherte. Man warf ihm vor, zu seinem eigenen Vorteil angepasst gewesen zu sein, zumal er in dieser Zeit, als bereits über neunzigjähriger Mann (um Himmels willen!), auch Bürgermeister von W. und als solcher komplett regimetreu war. Die Verachtung von Kollegen und Öffentlichkeit hatte er nie so richtig verkraftet, zog sich immer mehr in die Berge zurück, ein etwas verrückter Sonderling mit eigenartigen Hobbys. Bis zu seinem Tod arbeitete er an einer

Ortschronik von W., die im Archiv ausgestellt war. Als leidenschaftlicher Sammler hatte er verschiedenste »Exemplare« (von was wohl?) zusammengetragen und sich anatomischen Studien gewidmet.

Anatomie.

Ich dachte an die Worte der Kassiererin und stieg neugierig die knarrende Treppe hinunter. Die Wohnräume waren nicht besonders faszinierend, wenngleich auf eigenartige Weise rührend. Die alten Möbel waren staubbedeckt, an den Wänden hingen kaputte Uhren, Jesus- und Marienbildchen, ein großer Keramikengel, dem ein Arm fehlte, asiatisch aussehende Schwerter, reich verzierte Spazierstöcke. Außerdem standen dort jede Menge schiefe Bücherregale voll antiquarischer Werke. Buchrücken an Buchrücken, stumme Zeugen, ihrer Existenzberechtigung beraubt. Verblichener, wertloser Nippes war dazwischen verteilt, grenzenloser Kitsch, den wohl seit Jahren niemand in der Hand gehabt hatte. Auf dem Schreibtisch befand sich eine uralte mechanische Schreibmaschine. Die Atmosphäre in den niedrigen Räumen war düster, trotz der eingeschalteten Lampen gab es Ecken, in die das Licht nicht vordrang. Die Schatten unter den Möbeln behielten die Oberhand und schienen immer weiter in den Raum hineinzukriechen. Schleichend.

Ich rieb kräftig meine Arme, um die Gänsehaut zu verscheuchen, und stieg zögernd die unebenen Stufen ins Untergeschoss hinab.

Der Augapfel im Einmachglas sah alt aus. Die Flüssigkeit, in der er schwamm, mochte einmal klar gewesen sein, mittlerweile hatte sie eine schlammbraune Farbe angenommen und bildete breite, dunkle Ränder am Glas. Ähnliche Exponate standen dicht an dicht in dem schlichten Holzregal. Da waren nicht nur Augäpfel, sondern auch Finger, Zähne, Ohren, Krallen, Schnäbel (Hilfe!), diverse undefinierbare Innereien und vereinzelt ganze Hände und Füße. Doch die Dominanz der Augäpfel war unübersehbar. Es gab sie in allen Größen, Formen und Farben. Augapfeldisneyland sozusagen.

Der Dorfdichter hatte Körperteile gesammelt, menschliche wie tierische, Regal reihte sich an Regal, dazwischen hingen detailreiche Kohlezeichnungen und Schwarz-Weiß-Fotografien ebendieser Körperteile, eine Unmenge Wildtierköpfe, Hirschgeweihe, Bärentatzen und noch mehr kaputte Uhren. Unfreiwillig fasziniert schritt ich von Regal zu Regal, betrachtete die Einmachgläser mit ihrem gruseligen, ekligen Inhalt und fragte mich, was, in aller Welt, einen Menschen dazu bewog, eine solch absurde Kollektion zusammenzustellen.

»Ganz schön pervers, oder?«

Ich zuckte zusammen und drehte mich um. Miss Mausezahn stand hinter mir und sah über meine Schulter auf die Gläser. Ich hatte sie nicht kommen hören. Sie starrte aus ihren himmelblauen Augen auf etwas, das vielleicht einmal ein großer Zeh gewesen sein mochte, jetzt aber ein längliches karamellfarben verfärbtes Etwas war, schüttelte sich demonstrativ und trat schließlich mit verschränkten Armen neben mich.

»Ich dachte, Sie mögen vielleicht Gesellschaft hier unten. Es ist nicht angenehm, allein mit den Dingen in den Gläsern. Manchmal, wenn ich abends hinter der Putzfrau zusperre, also niemand sonst mehr im Haus ist, bilde ich mir ein, sie bewegen sich da drin. Grässliche Vorstellung!«

Ich dachte an den Krimi, den sie las, und dass es in der Geschichte um einen perversen Massenmörder ging, der die langen Haare seiner Opfer als Trophäen behielt und überall in seiner Wohnung verteilte. Kein Wunder, dass in der Dunkelheit die Fantasie mit ihr durchging.

»Wollen Sie etwas hören, das wirklich gruselig ist?«

Ich zuckte mit den Schultern. Eigentlich genügte mir die Sammlung völlig, doch die Augen der Kassiererin glänzten vor Begeisterung, also ließ ich sie erzählen.

»Keiner im Dorf redet gerne vom Tod des alten Mimmer. Sagen Sie bloß niemandem, dass Sie das von mir wissen, ja? Er hatte damals diesen Autounfall gleich hinter der Ortsgrenze, in der Abenddämmerung. Niemand weiß genau, was passiert ist, anscheinend kam er von der Straße ab. Vielleicht ein Reh oder sonst ein Tier? Er hat das Lenkrad verrissen und ist am Waldrand ungebremst in einen Baum gekracht. Peng und aus. Schneller Tod. Aber das wirklich Gruselige ist, dass er vorn durch die Windschutzscheibe geschleudert und sein Kopf dabei fein säuberlich vom Rumpf abgetrennt wurde.«

Sie hatte ihre Stimme gesenkt und flüsterte nun beinahe. Die Mausezähne waren komplett entblößt, weil sie die Lippen beim Gedanken an das geköpfte Unfallopfer vor Ekel geschürzt hatte.

»Das kommt vor«, sagte ich, um der Situation den Surrealismus zu nehmen. »Ich habe schon die ärgsten Horrorstorys von Verkehrsunfällen gehört. Vor allem früher, da waren die Karosserien ja noch nicht so stabil, Airbags gab es keine, ABS und Seitenaufprallschutz sowieso nicht. Die Crash-Tests mit Dummys haben diesbezüglich viel …«

»… verschwunden!«

Verschwörerisch hatte mir Miss Mausezahn etwas ins Ohr geflüstert, das ich nur zur Hälfte verstanden hatte.

»Wie bitte?«

»Der Kopf. Mimmers Kopf. Er ist verschwunden. Niemand hat ihn je gefunden. Am Anfang haben sie vermutet, er sei bis in den Wald geflogen, und ein Wolf habe ihn vielleicht erwischt. Aber sie haben überall gesucht und nicht einmal ein Knöchelchen oder einen klitzekleinen Zahn gefunden. Keine Blutspuren. Gar nichts. Null.«

Ich starrte sie an. Mein ungläubiger Gesichtsausdruck spiegelte sich in ihren Brillengläsern.

»Sie haben ihn ohne Kopf beerdigt. Keiner redet groß darüber, aber es ist wahr, das können Sie mir glauben. Es gab damals einige Aufregung, immerhin war Mimmer ja kein Niemand. Zum Begräbnis sind Leute von *Außerhalb* angereist, Kollegen, Politiker, Presse, ein Riesenzirkus. Denen konnte man natürlich so eine Geschichte nicht erzählen, die hätten sich ja darauf gestürzt wie die Aasgeier. Von wegen der kopflose Dorfdichter. Also hat der damalige Bürgermeister einen Wachskopf anfertigen lassen, nach dem Vorbild des Fotos, das Sie im Eingangsbereich gesehen haben. Hat ihm angeblich wirklich geähnelt. Niemand hat etwas bemerkt, und alle waren total erleichtert, als der Sarg endlich geschlossen und unter der Erde war. Möchten Sie einen Tee?«

Gerne nahm ich nach so vielen Horrorgeschichten das Angebot an, und kurz darauf standen wir in der kleinen, gemütlichen Teeküche hinter dem Empfangstisch und nippten an einem eher geschmacklosen Gebräu, das sich Kräutertee schimpfte. Das flaue Gefühl in meinem Magen verflüchtigte sich dennoch allmählich.

»Ich habe gelesen, dass Mimmer eine Ortschronik geschrieben hat. Kann man die hier einsehen?«, fragte ich die Kassiererin ohne großes Interesse, nur um das stockende Gespräch in

Gang zu halten und der unvermeidlichen peinlichen Stille vorzubeugen.

»Lustig, dass Sie danach fragen. Erst vor Kurzem war ein Fremder hier und hat ziemlich unwirsch danach verlangt. So ein seltsamer Typ in Cowboystiefeln.«

Ich starrte sie an.

»Blass, dunkle, wirre Haare, graublaue Augen, Hutträger?«

»Ja, genau so einer.«

Ich klopfte unruhig mit dem Fingernagel an den Rand der Teetasse.

»Was wollte er denn mit der Chronik?«

»Keine Ahnung.« Miss Mausezahn schüttelte bedauernd den Kopf, was ihren Pferdeschwanz hin und her schwingen ließ.

»Er wollte das Original, aber das befindet sich irgendwo in einem Safe, weiß der Himmel, wo. Wir haben nur eine Kopie hier. Die hat er durchgeblättert und anschließend behauptet, da fehlten Teile.«

Sie stieß empört Luft durch die Nasenlöcher aus.

»Das ist natürlich *Unsinn!* Die Seiten sind handschriftlich durchnummeriert, von Mimmer höchstpersönlich, da fehlt kein einziges Blatt, was ich ihm auch gesagt habe. Darauf ist er ohne weiteren Gruß verschwunden. Ziemlich unhöflicher Mensch, wenn Sie mich fragen.«

Ich nickte zustimmend, konnte allerdings eine gewisse Neugierde nicht unterdrücken. Der Schnüffler war also hinter der Chronik her. Aber warum? Welche Rolle spielte Mimmer in diesem immer chaotischer werdenden Puzzle? Fehlende Chronikteile, Geheimverstecke unter Bodendielen, streunende Wölfe, tote Kinder, quicklebendige Greise, verschwundene Köpfe, was kam wohl als Nächstes?

»Gehen Sie zum Gottesdienst?«

Ich sah die Kassiererin befremdet an.

»Gottesdienst?«

»In der Kirche. Heute sind sie bestimmt alle da, weil danach ...«

Sie biss sich auf die Lippe und sah mich abwesend an.

»Aber wahrscheinlich sind Sie gar nicht katholisch.«

Ich schüttelte den Kopf, verabschiedete mich von Miss Mausezahn, die ihre Nase sofort wieder in ihrem Krimi vergrub, und trat aus dem Museum hinaus in Mimmers Garten. Die frische Vormittagsluft tat gut nach all dem Staub. Ich atmete tief ein und lächelte zufrieden. Ich wusste genau, was jetzt zu tun war.

2 Weißt du zu erforschen?

Es zwickt in meinem Bauch. Eine Tatsache, die ich nicht mehr länger ignorieren kann. Auch wenn es leichter ist, hier im Himbeergestrüpp mit fest geschlossenen Lidern zusammengerollt liegen zu bleiben, anstatt der stockdunklen Realität in den schwarzen Rachen zu blicken. Die Geräusche an sich sind nicht so schlimm. Seit mich Albträume plagen, habe ich mir angewöhnt, zum Klang von Naturgeräusche-CDs einzuschlafen. Meine Favoriten sind »Laut knisterndes Campingfeuer«, »Meeresbrandung mit Möwen« sowie »Regen auf der Windschutzscheibe«. Zwar hat das die Träume nicht komplett verschwinden lassen, ihnen aber viel von ihrer Bedrohlichkeit genommen. Daher kann ich mir, solange ich die Augen nicht öffne, einbilden, ich läge kuschelig weich und daunenwarm zugedeckt in meinem Bett, LaBelle, meine Katze, neben mir, und probierte einen neuen Soundtrack aus. »Unheimlicher, stockdunkler Wald mit Wolfsgeheul« oder so ähnlich.

Bei diesem Gedanken schlage ich abrupt die Augen auf. Der Wolf! Wie lange habe ich ihn nicht mehr gehört? Wie weit ist es bis zur ersehnten Hütte, und wie soll ich sie in der Finsternis je finden? Wie lange liege ich jetzt überhaupt schon hier?

Lange genug, um dem gesamten Grünzeug in hundert Metern Umkreis deinen Blutgeruch anzuheften. Wie wär's, wenn du kurz wieder zur Vernunft kommst und endlich einen extra saugfähigen Tampon ins Rennen schickst?

Ich seufze. Wo sie recht hat, die alte Motzfrau, da hat sie recht. Die leichten Krämpfe in meinen Eingeweiden erinnern mich daran, dass ich als Draufgabe zu der entzückenden Kombination Geflüchtet-aus-dem-Dorf, Verirrt-im-Wald und Gejagt-vom-bösen-Wolf verfrüht meine Tage bekommen habe, was natürlich die derzeitige Situation nicht gerade erleichtert. Zum Glück habe ich immer einen Tampon im Seitenfach …

… MEINER SCHWARZEN UMHÄNGETASCHE, DIE SICH DERZEIT IM ZIMMER EINES KLEINEN, ABGETAKELTEN DORFWIRTSHAUSES BEFINDET!

Aaaaaaaaaaaaaaaaah!

Ich musste ja unbedingt die minimalistische Deko-Tasche ausführen, in der für fast nichts Platz ist! Und wozu einen Tampon einstecken, wenn man jederzeit einen Stock höher auf das gesamte Arsenal an Kosmetikartikeln zurückgreifen kann? Es wird doch schließlich niemand, ich betone, *niemand*, so idiotisch sein, sich ohne Notfallausrüstung in ein so gut wie unbewohntes Waldgebiet zu begeben, oder? *ODER?*

Verzweifelt starre ich schwarze Löcher in die schwarze Luft der schwarzen Waldnacht. Leben in der Wildnis für Anfänger. Teil eins: Die Frau in der Wildnis. Kapitel eins: Die Monatsblutung. Ich denke über den Inhalt meines winzigen Reisegepäcks nach. Deprimierend, äußerst deprimierend! Wie haben unsere Vorfahren dieses Problem eigentlich gelöst? Ich nehme an, dass es die Monatsblutung schon ein paar Jahrhunderte länger gibt.

Ich mache mir Gedanken über die Saugfähigkeit von Blättern, komme aber wieder davon ab, angesichts der Eventualität, im Dunkel etwas Giftiges, Dorniges oder Brennendes zu erwischen. Brrrrr.

Nächste Möglichkeit: Ein Stück von meiner ohnehin schon ruinierten Hose abreißen. Das ist in der Theorie ein genialer Einfall, in der Praxis, ohne Schere, Messer oder sonstige scharfkantige Gegenstände, schlicht und einfach nicht zu bewerkstelligen. Synthetikgewebe bekommt zwar Löcher, wenn man fällt, und nach einiger Zeit, durch die Reibung nicht ganz knochiger Oberschenkel, gehen die Nähte auf, doch ist es offensichtlich unmöglich, ein Stück davon abzureißen. Nach mehreren schweißtreibenden Versuchen gebe ich fluchend auf. Mein T-Shirt? O nein! Ich werde keinesfalls halb nackt durch die Gegend laufen, nicht einmal im dunklen Wald. Und was den BH betrifft, da habe ich mich für das Modell mit den großen Spitzen entschieden, Saugfähigkeit sowie Eignung als Slipeinlagenimprovisation gleich null.

Du bist im A...!

Herzlichen Dank, dass du mich daran erinnerst, darauf wäre ich nie gekommen! Ich krame blind in meiner Handtasche, dann in den Seitentaschen meiner Jacke, wo meine Finger den Gegenstand ertasten, nach dem ich gesucht habe.

Nein! Das nicht! Das würdest du nicht tun!

O doch, liebste Motzmarie. Es gibt Momente im Leben einer Frau, wo sie zwischen der Gegenwart und der Zukunft wählen muss. Es liegt im Bereich des Möglichen, dass ich innerhalb der nächsten Stunden Wolfsnahrung bin oder sonst wie ums Leben komme, ehe ich das Ziel meiner Wünsche auch nur zu sehen kriege. Dennoch wird die Wahrscheinlichkeit, dass dies geschieht, immens erhöht, wenn ich meinen Fluchtweg mit Blutstropfen markiere. Als lebensverlängernde Maßnahme Nummer eins opfere ich hiermit meine Worte an die Nachwelt. Pfeif drauf, was mit meiner Leiche geschieht, sollen sich doch andere den Kopf zerbrechen. Sollen sie sich von mir aus die Schädel einschlagen wegen der Frage, wer meine unglaublichen Reichtümer einsackt! Ich gehe nicht davon aus, dass mich im Jenseits (oder wo auch immer) solche Nichtigkeiten überhaupt interessieren.

Ohne weiter zu zögern oder auf Motzmaries klagende Schluchzer Rücksicht zu nehmen, platziere ich, auf meinen Tastsinn reduziert, das Taschentuch mit meinem Testament in der figurformenden Unterhose. Ich bin mir darüber im Klaren, dass das in etwa dem Versuch entspricht, einen Nildamm aus Eierkartons zu errichten, doch es ist alles, was ich habe. Zur Beruhigung schlucke ich noch drei Johanniskrauttabletten.

Vorsichtig löse ich mich sodann von meinem mir lieb gewordenen Baumstamm. Mir fällt auf, dass ich etwas erkennen kann. Nicht viel mehr als Umrisse, aber besser als das vorherige Tiefschwarz ist es allemal. Ein Schritt nach dem anderen. Hauptsache weiter. Wie ein Süchtiger, der alles aus seinem Denken entfernt hat, was nicht seinen Stoff betrifft, weiß ich instinktiv, dass es nichts Wichtigeres gibt, als die Hütte zu finden.

Die Wahrheit schmeckt bitter: Es gibt außerhalb dieses Waldes nichts mehr, zu dem ich zurückkehren kann. Ich habe mich nicht im Wald verirrt, ich habe mich hierher geflüchtet. Das Ziel meiner Wünsche, das hat Mimmer geschrieben. Ich würde weitergehen und sagen: das Ziel meines Lebens. Ich wollte schreiben, seit ich ein Kind war. Es ist keine simple Berufung, kein Bedürfnis unter anderen, es ist Besessenheit. Wenn ich nicht mehr schreiben kann, werde ich aufhören zu existieren.

Daher kämpfe ich mich mit neuer Entschlossenheit durch das nächtliche Unterholz. Wenn das Vorwärtskommen schon bei Tag ein Problem war, so ist es nun, in der Dunkelheit, beinahe unmöglich. Alle paar Zentimeter stolpere ich über unsichtbare Hindernisse. Mit zusammengebissenen Zähnen halte ich mich, so gut es geht, auf den Beinen. Ich weiß nicht, wie weit ich schon vorangekommen bin, doch anhand der Unebenheiten spüre ich, dass es der richtige Teil des Waldes ist. Immer höher türmen sich die Wurzeln, meine Knöchel können ein Lied davon singen. Folge den Wurzeln. Ja, Herr Mimmer, das tue ich.

Dennoch würde ich mich um einiges wohler fühlen, wenn das Wolfsgeheul hörbar und das Monster dadurch lokalisierbar wäre. Der Gedanke, dass jeder Moment mein letzter sein könnte, dass mich hinter jedem Busch ein Knurren mit anschließendem tödlichem Biss erwarten kann, trägt nicht unbedingt zu meiner Entspannung bei. Ich rechne jede Sekunde damit, zwischen den Fingern Fell oder, schlimmer noch, den Speichel auf der Haut zu spüren, der aus einem weit geöffneten Wolfsrachen tropft.

Könntest du freundlicherweise damit aufhören, das Gruselszenario dermaßen episch zu zelebrieren? Das ist ja niedrigstes Heftromanniveau. Da stehen einem ja sogar als körperlosem Unterbewusstsein die Haare zu Berge!

Wie spät mag es wohl sein? Mir kommt es vor, als ob es in den letzten zwei, drei Minuten um Nuancen heller geworden ist. Habe ich so lange geschlafen? Kann es sein, dass es bald Morgen wird, oder ist das Wunschdenken? Aber nein, tatsächlich, da vorn, zwischen den immer gewaltigeren Baumstämmen gibt es tatsächlich mehr Licht. Mein Herz klopft hoffnungsvoll.

Vorsichtig, mit weit ausgestreckten Armen, ertaste ich mir einen Weg durch das Gebüsch, ständig darauf bedacht, nicht zu fallen. Ich erschrecke maßlos, als ich nach einem langen Schritt plötzlich ins Leere greife. Kein Busch, kein Ast, kein Baumstamm, nicht einmal dieser widerliche brusthohe, entsetzlich klebrige Farn von vorhin. Nur leerer Raum. Heller leerer Raum.

Im ersten Moment muss ich meine Augen abschirmen, denn ich starre auf die erleuchteten Fenster des wohl seltsamsten Gebäudes, das ich je gesehen habe.

Es ist ein Baum und auch wieder nicht. Vor mir, aus dem Waldboden einer riesigen Lichtung, erheben sich enorme Wurzeln, die einander umschlingen, miteinander verwachsen sind und sich schließlich zum wohl gigantischsten Stamm vereinigen, den es je gegeben hat. Ich war als Kind mit meinen Eltern in den Muir Woods nördlich von San Francisco, wo tausend Jahre alte Bäume als geschützte Touristenattraktion vor sich hin wuchern. Dort stand ich staunend vor einem Exemplar des legendären Küstenmammutbaumes, starrte ungläubig auf den achtzig Meter hohen Riesen. Doch dieser Anblick war nichts im Vergleich zu dem, was sich nun vor mir aufbaut und weit, weit oben, vor dem dunklen Nachthimmel, eine Krone trägt, deren Schatten mein Blickfeld komplett ausfüllt. Doch das ist keineswegs das Bizarrste an dem Exemplar.

An der Stelle, wo der Monsterstamm in die Wurzeln übergeht, muss ein riesiger Hohlraum existiert haben, denn dort, verwachsen mit dem Baum, präzise eingepasst oder einfach direkt aus ihm herausgeschnitzt, befindet sich die Hütte. Es ist schwierig, zumal in der Dunkelheit, Natur und Menschenwerk optisch zu unterscheiden. Fast hat man den Eindruck, dass beides miteinander entstanden ist, dass eines das andere hervorgebracht hat, eines ohne das andere nicht sein kann, was allerdings meine Vorstellungskraft bei Weitem übersteigt. Die Rinde des Baumes ist das Holz der Hüttenwände, kein Schnitt in der Maserung, kein gezimmerter Übergang. Wäre dieser Gedanke nicht zu verrückt (andererseits liegen die Grenzen der Normalität schon meilenweit hinter mir), würde ich fast sagen, dass die Hütte mit dem Baum aus dem Boden gewachsen ist.

Als wäre das nicht schon unwirklich genug, ist das Gebäude auch noch über und über mit lebensechten Darstellungen diverser Tiere bemalt. Am schönsten ist die Abbildung eines goldenen Hahnes direkt über der Tür. Sein Gefieder funkelt im Laternenlicht, seine goldenen Augen blitzen über seinem Schnabel und blicken direkt in meine, als wäre er nicht ein kunstvolles Bild, sondern ganz und gar lebendig.

Jeder Fleck dazwischen ist mit farbigen Wörtern in einer mir unbekannten Sprache ausgefüllt, sodass ich das Gefühl habe, vor der unglaublichsten 3D-Installation im Pariser Centre Pompidou zu stehen, ein modernes Gesamtkunstwerk am denkbar sonderbarsten Platz dieser Erde.

Aus dem Inneren der Hütte dringt flackerndes Licht. Einladend raucht es aus einem fast unsichtbaren Kamin, der wie ein dicker hohler Ast aussieht und schräg nach oben wegsteht.

Ganz plötzlich ist mir leicht ums Herz. Die Hütte im Wald! Es gibt sie wirklich. Gott sei Dank, ich habe es geschafft, ich habe sie gefunden! Ich zittere vor Erschöpfung und Freude. So ist das also mit der ganz großen Sehnsucht. So fühlt sich Erfüllung an. Alles an diesem Platz hat nach mir gerufen und, egal, wie verwildert er war, ich habe meinen eigenen Weg hierher gefunden! Mein Ziel, mein Weg, ich verstehe die Flaschenpost des Dorfdichters immer besser. Doch jetzt rasch, es wird Zeit, eine weitere Entscheidung zu treffen. Ist der Ort sicher?

Der Geschmack von Bratäpfeln macht sich auf meiner Zunge breit, Zimtgeruch scheint aus jeder Ritze des Holzes zu dringen. Dicke Tontassen mit starkem, würzigem Schwarztee entstehen vor meinem geistigen Auge sowie ein flackerndes, warmes, offenes Feuer, an dem ich die eiskalten Hände wärmen kann.

Oh, ich kann jetzt bestens verstehen, warum dieses nervige Geschwisterpaar den ersten besten Lebkuchen von einem fragwürdigen Hüttendach geklaut hat. Es kommt einfach der Punkt, wo man sich weit genug im Wald verirrt hat, um keinen Gedanken mehr daran zu verschwenden, ob man Bären, Trollen oder leibhaftigen Knusperhexen über den Weg läuft. Hauptsache, es ist hell, warm und näher an der Realität als die feindliche NATUR im Mondlicht.

Apropos Mond: Es grummelt unangenehm in meinen Eingeweiden, und ich habe die Befürchtung, dass mein imposanter Letzter Wille mittlerweile ganz und gar unleserlich ist. Angesichts dieser Tatsache und bestärkt durch die einladende Optik der Waldhütte, beschließe ich, es darauf ankommen zu lassen. Im schlimmsten Fall wohnt hier Baba Jaga höchstpersönlich, die große, böse Knusperhexe, dann komme ich zu einem Wellnessprogramm im Spezial-Kochtopf-Jacuzzi oder alternativ in der Backofensauna und werde mit Haut und Haaren aufgefressen. Mich müsste man ja auch nicht mehr mästen, das erspart mir wenigstens die lange Gefangenschaft inklusive der Geschichte mit den knorrigen Zweigchen als Fingerersatz. Meine körperliche Konstitution qualifiziert mich ohne Zweifel für den direkten Weg in Topf oder Ofen, je nachdem, welche kulinarischen Vorlieben die Bewohnerin dieses Luxustempels hat.

Ich lächle bei dem Gedanken an dieses Szenario. Immerhin leben wir im einundzwanzigsten Jahrhundert, also ist es prozentual viel, viel wahrscheinlicher, dass ich ein nettes, altes Mütterchen vorfinde, das sich auf einem Plasma-TV Cashewnüsse knabbernd den Spätfilm ansieht. Es gibt heutzutage keine Hexen, so viel steht fest. Nicht außerhalb meiner dunklen, verworrenen Träume jedenfalls. Und wenn sich jemand mit Hexen auskennt, dann ich!

Ohne weiter zu zögern, nähere ich mich der Hütte. Ich versuche, durch eines der Fenster im Inneren etwas zu erkennen, doch die Scheiben sind schmutzig, sodass ich nur verschwommene Konturen sehe. Wer auch immer da drinnen lebt, extreme Pedanterie gehört nicht zu seinen Charaktereigenschaften und Fensterputzen kaum zu seinen Lieblingsbeschäftigungen. Äußerst sympathisch! Andererseits auch relativ normal. Ich frage mich, welche Gestalt die sagenhafte Inspirationsquelle haben mag. Nirgendwo in der Nähe höre ich Wasser plätschern. Ob sie noch tiefer im Wald verborgen liegt? Wo?

»Möchtest du zu mir, mein Kind?«

Schuldbewusst zucke ich zusammen. Ich war so vertieft in meine Überlegungen, dass ich weder die Tür noch die Schritte gehört habe. Die alte Frau neben mir ist etwas kleiner als ich und mustert mich von der Seite. Sie trägt einen dunklen Umhang, unter dem ihr Rücken leicht krumm wirkt. Strähnen langer grauer Haare schauen unter der Kapuze hervor, während das Gesicht selbst im Schatten verborgen bleibt.

»Ich bitte vielmals um Entschuldigung. Ich, hm, ich will nicht stören oder so, aber ich fürchte, ich habe mich in diesem Wald verirrt. Können – würden Sie mir helfen, Frau, äh, Frau …«

»Viele Namen hatte ich seit Urzeiten, aber im Ort nennt man mich einfach die alte Frau Wurd, Sibylle Wurd«, sagt sie freundlich, während sie mir eine winzige, zerbrechliche, sehr faltige Hand hinstreckt. Mit der anderen hält sie einen Stock umklammert, auf den sie sich stützt.

»Olivia Kenning«, antworte ich schnell und ergreife die Hand, die angenehm trocken ist. »Es tut mir wirklich wahnsinnig leid, Sie so spätnachts zu belästigen. Ich irre schon eine ganze Weile in diesem Wald herum, und als ich das Licht in Ihrer ... äh, in Ihrem Haus gesehen habe, bin ich darauf zugelaufen.«

»Ich weiß, ich weiß.«

Sie lacht leise. Fasziniert sehe ich sie an, da sie nun ihr Gesicht der Hütte zugewendet hat und im Licht der Laterne steht. Ihre Haut ist braun und so runzlig, dass sie an altes Pergament erinnert. Tief in den Höhlen glänzen zwei intelligent blickende Knopfaugen, und darunter sitzt die klobigste Hakennase aller Zeiten, schnabelartig und, in alter Tradition, verziert mit einer fleischigen Warze rechts vom Nasenrücken. Der Mund ist schmal, das Kinn läuft spitz zu, kunstvoll umrahmt von mehreren Leberflecken sowie einem ansehnlichen Damenbart.

»S-Si-Sibby?«

Ich denke, die Augen sind es, die mir diese plötzliche Erkenntnis bescheren. Die Waldkauzaugen im Gesicht der alten Frau, die nun den Kopf in den Nacken legt und lauthals lacht. Es ist kein Altfrauenlachen, sondern ein grollender, aus der Tiefe kommender Ton, der die Äste rundum in Bewegung versetzt.

»Gut geraten, mein Kind! Tatsächlich sind wir uns schon begegnet. Tagsüber sitze ich als Nachteule auf den Bäumen des Waldes, nachts koche ich Met in meiner Hütte. Doch die Eule besitzt ein Eigenleben, darum kann ich dir nur wenig über sie berichten. Sie gehört zu mir und doch auch nicht, ist Teil des Ganzen, verstehst du?«

Die alte Frau Wurd stützt ihr spitzes Kinn auf ihren Stock und lächelt mich freundlich an. Ich störe mich nicht daran, dass sie mich duzt, im Gegenteil, es fühlt sich völlig normal an. Sie deutet einladend auf die Tür der Hütte, die einen Spalt offen steht. Ich kann das Knistern des Feuers im Inneren hören, ein wohliges Geräusch, das das Walddunkel hinter mir zu einer fernen Erinnerung macht. Doch da ist noch ein anderer Klang, der weit weniger wohlige Assoziationen hervorruft, eine Art ... Blubbern.

»Bitte, tritt ein, mein Kind. Bestimmt bist du hungrig und durstig nach dem langen, beschwerlichen Weg. Ich will dir einen Becher Honigwein zu kosten geben, sobald er heiß ist. Der Trank köchelt schon über dem Feuer. Folge mir!«

Zögernd komme ich der Aufforderung der Alten nach, den Blick starr auf ihren Buckel gerichtet. Mir fällt keine höfliche Begründung ein, ihre Einladung auszuschlagen. Ich kann schließlich schlecht von ihr verlangen, dass sie mich sofort zu der Quelle führt, zumal ich nicht weiß, was sie mit der Quelle zu tun hat. Es ist Nacht, ich brauche dringend einen Tampon, und was könnte klüger sein, als eine massive Holztür zwischen mich und den Wolf zu bringen? Andererseits befinde ich mich, wenn ich die Schwelle erst einmal überschritten habe, in der Gewalt einer waschechten Knusperhexe, so viel steht fest.

Ach ja? Und woher willst du DAS so genau wissen? Hast du die Weisheit mit dem Silberlöffelchen gefressen oder schon aus der Mutterbrust genuckelt? Gerade sagst du noch, es gibt keine Hexen, und plötzlich beschuldigst du die alte Dame der Zauberei. Gegen dich war ja die Inquisition ein Springreitturnier! Die reizende Lady hier ist womöglich im Besitz eines funktionierenden Telefons, und du kannst ruck, zuck in die Zivilisation zurück.

Ich ignoriere Motzmarie. Das mag ja alles sein, doch ich habe so meine Bedenken, denn ich träume häufig von Hexen. Nicht ab und zu oder nur mit gewisser Regelmäßigkeit, sondern oft, und im letzten Jahr eigentlich immer. Schon als Kind habe ich mich im Traum im Wald verirrt und bin der Vogelhexe begegnet. Später, viel später, sind daraus äußerst realistische Fantasiereisen geworden, in denen aus einer Hexe eine ganze moderne GmbH geworden ist, die ihren Sitz in London hat.

Man könnte auch sagen, dass es wieder und wieder der gleiche Traum ist, dessen beständiges Grauen darin besteht, dass ich am Ende erbittert darum kämpfe aufzuwachen, während rund um mich, in einem riesigen, vieleckigen Saal, die Hexen einen Kreis bilden. Sie kommen nicht näher, doch egal, welcher ich mich zuwende, sie starren mich alle mit dem gleichen Ausdruck nackten Entsetzens an, bis mir klar wird, dass *ich* es bin, die sie fürchten. Ich drehe mich um, da teilt sich der Hexenkreis, und ich blicke in einen riesigen Spiegel. Als ich sehe, was sich darin spiegelt, schreie ich, und davon werde ich endlich wach.

Dabei bleibt das Bild, das ich von den Hexen habe, seltsam vage, es variiert von Traum zu Traum. Manchmal tragen sie lange schwarze Kutten, zeitweise lavendelfarbene Businesskostüme, und ab und zu, in den dunkelsten Momenten, sind sie ähnlich gekleidet wie Frau Wurd jetzt, haben Hakennasen, Warzen und kleine, wache Vogelaugen.

Dennoch ist es eigentlich meine tiefste Überzeugung, dass es keine Hexen gibt, nicht in unserer modernen Zeit. Keine Frage, es hat sie gegeben, früher, doch meiner Ansicht nach sind sie wie die Dinosaurier ausgestorben. Und es kommt mir absurd vor, dass sich ein Relikt aus einer weit entfernten Vergangenheit erhalten haben soll.

Eben, da hast du es. Also behalte bitte deine oberflächlichen Ansichten für dich! Nur weil ihre Nase womöglich ein bisschen krumm ...

Da dreht sich Sibylle Wurd zu mir um, lächelt zahnlos, aber freundlich und nickt mir aufmunternd zu. Wäre nicht der blitzende Kauzblick, wäre sie beinahe harmlos.

»Oh, du hast ganz recht, mein Kind, ich bin eine Hexe. Aber ich bitte dich, könnten wir das drinnen besprechen? Der kühle Nachtwind ist absolut tödlich für mein Kreuz.« Sie zwinkert listig. »Hexenschuss!«

Motzmarie und ich schnappen beide nach Luft. Die Hüttentür quietscht in den Angeln, als Frau Wurd sie ganz öffnet und im Inneren verschwindet. Wie? Kein Zauber? Kein Zwang? Keine unsichtbaren Hände oder verhexte Fußfesseln? Nicht einmal Blitz und Donner? Nur ein Schritt von draußen nach drinnen? Das ist alles?

Nach einem letzten Blick auf den goldenen Hahn über der Tür hole ich tief Luft und folge der Hexe in ihr Hexenhaus. Ich könnte schwören, das eine Goldauge hat mir warnend zugeblinzelt.

Ich muss mich ein wenig bücken, da der Türstock sehr niedrig ist. Sobald ich über die Schwelle bin, verlässt mich mein Unbehagen kurzfristig, und ein Gefühl kindlicher Freude macht sich breit. Das ist nicht einfach nur ein Hexenhaus, o nein, es ist *DAS* Hexenhaus, bis ins kleinste Detail wie direkt aus einem

Katalog für eine Innenausstattung nach Grimms Märchen importiert: Die Holzdielen sind alt, abgelaufen und knarren bei jeder Bewegung. An der hinteren Wand befindet sich ein gemauerter Kamin, wo ein offenes Feuer fröhlich vor sich hin prasselt, während in einem Kupferkessel darüber eine Flüssigkeit mit reichlich Rauchentwicklung kocht und einen würzigen Geruch verbreitet. (Das Blubbern!) Vor dem Kamin steht ein hölzerner Schaukelstuhl, der, mit weichen Fellen und flauschigen Decken ausgelegt, einladend und viel benutzt aussieht. An den Wänden befinden sich teils äußerst wackelige Regale, in denen staubige, antiquarische Bücher neben diversen Tiegelchen, Fläschchen, Töpfchen und ähnlichen Behältnissen stehen, die allesamt mit Kräutern gefüllt zu sein scheinen. Zwischen den Gegenständen haben Generationen von Spinnen ausgiebig an einem dichten Gespinst künstlerisch wertvoller Spinnweben gearbeitet. Die Fenster sind, wie schon von außen festgestellt, so schmutzig, dass man beim besten Willen nicht hindurchsehen kann. Im gesamten Raum herrscht ein charmantes Chaos. Etwa ein Dutzend Paare verschiedenfarbiger Pantoffeln verteilen sich über die Wohnfläche, wobei nie zwei gleiche nebeneinanderstehen. Kerzenstummel in diversen Größen liegen auf einem Haufen. Ein wackliger Holztisch in der Mitte sowie alle vier Sessel um ihn herum biegen sich unter dem Gewicht schwerer Buchstapel, die bis zu einer Höhe von gut eineinhalb Metern aufgetürmt sind. Hexen-SUB? Dazwischen Schreibutensilien, Murmeln, Geschirr, leere Flaschen sowie ein Körbchen mit frischen Kräutern. Ich habe nicht den Eindruck, dass diese Möbelstücke je zu ihrem eigentlichen Zweck genutzt wurden. Dafür ist, als einziger gerümpelfreier Platz, auf dem Boden neben dem Tisch ein erstaunlich sauberes weißes Tuch ausgebreitet, auf das sonderbare Schriftzeichen und Linien gemalt sind.

An der Wand, die der Hüttentür gegenüberliegt, befindet sich ein Durchgang. Ich vermute, dass es dort in die Küche und den Vorratsraum geht, denn Frau Wurd ist dahin verschwunden, und ich kann sie mit diversem Geschirr klappern hören. In einer Nische daneben steht ein Regal, das deutlich sauberer aussieht als die anderen und sonderbare Gegenstände enthält, deren Zweck mir nicht klar ist, die aber, so vermute ich, unter den Oberbegriff Hexenutensilien fallen. Bei näherer Betrachtung kommen mir einige davon seltsam vertraut vor, als hätte ich sie schon zuvor irgendwo gesehen. Ein kleiner, altmodischer Handspiegel mit goldenem Griff liegt ganz obenauf. Mein Herz klopft schneller, und rasch wende ich mich ab. *Hathors Spiegel.* Woher dieser Gedanke bloß kommt? Ich weiß es nicht.

Am erstaunlichsten jedoch ist der von mir aus gesehen linke Bereich des Raumes. Hier wächst, aus einem Gewirr von Wurzeln, der Stamm des Baumes mitten aus dem Boden, füllt bestimmt ein Drittel der Fläche der gesamten Hütte und verschwindet oben in der Dachschräge, bis Stamm und Decke ineinander verschmelzend sich Richtung Baumkrone emporstrecken. Zwischen den beiden größten Wurzeln befindet sich eine kaum erkennbare Tür. Nur der Knauf und der feine Spalt heben sich ein wenig von der Rinde ab. Eine Tür, die ins Innere des Baumes führt!

Ich schnappe nach Luft. Die Stimme des Wolfes klingt in meinen Ohren: *Was verbirgt sich hinter der Tür, die aus dem Holz des Baumes ist, dem man nicht ansieht, aus welcher Wurzel er spross?* Wurzeln, Baum, Tür, in dieser Hütte geht eines ins andere über. Aber wenn dem so ist, dann liegt die Antwort hinter der Tür! Hinter der Tür, die nur wenige Schritte entfernt ...

»Du magst doch etwas Met, mein Kind?«, höre ich Frau Wurds Stimme aus dem Nebenraum. Keine Sekunde später tritt sie durch den Durchgang, in jeder Hand einen einfachen Metallbecher. Schnell wende ich mich von der Baumstammtür ab.

»Ich habe bisher noch nie einen probiert. Schmeckt er so ähnlich wie Punsch oder Glühwein?«

Frau Wurd stellt die Becher auf dem Tisch ab, greift nach einem riesigen Kochlöffel und rührt das Gebräu in dem Kupferkessel kräftig um.

»Ist das der Met, den Sie da kochen?«

Frau Wurd stößt ein krächzendes Geräusch aus, das entfernt an ein Lachen erinnert.

»Was weißt du über die Kunst der Metherstellung?«

»Oh«, ich erkenne eine deutliche Lücke im Bereich meines Allgemeinwissens, »nicht viel. Met wird aus Honig gemacht, oder?«

Die alte Frau nickt und lächelt, während sie etwas von der bernsteinfarbenen Flüssigkeit in die Becher schöpft. Ich habe keine sehr hohe Meinung von Hexentränken, daher beobachte ich den Vorgang eher misstrauisch.

»Honig, das ist richtig. Doch nicht etwa beliebiger Honig, o nein. Mein Met wird aus dunklem Waldhonig gemacht, daher auch das kräftige, harzige Aroma. Koste!« Sie hält mir einen Becher hin. »Er wird dich stärken, deinen Durst stillen und die Krämpfe lindern, die dich quälen.«

»Aber woher ...?«

»Die Hexe ist ein zyklisches Wesen, sie weiß über die Phasen der Natur ebenso Bescheid wie über die Phasen des menschlichen Körpers. Trink nur, trink, keine Angst, das ist weiße Magie.«

Ihre Stimme ist schmeichelnd. Vorsichtig hebe ich den Metallbecher und atme tief ein. Das Getränk riecht köstlich. Es hat eine dunkle, schwere Süße, die ein wunderbares Honigaroma enthält. Ließe sich der Geruch des Waldes in einer Flüssigkeit konzentrieren, genau so würde sie riechen. Da ist taufeuchte Erde, grüner Klee, Moos, noch weiches Tannenharz und etwas anderes, eine feine Note von – was? – erloschenem Feuer? Ich versuche, diesen Duft festzuhalten, doch er verschwindet im Bouquet des Getränkes. Ich sehe Frau Wurd an.

»Was meinen Sie mit weißer Magie?«

Der süße Metdampf in meiner Nase ist gefährlich angenehm. Beinahe hätte ich getrunken! Beinahe!

»Weiße Magie ist Magie, die auf positive Veränderungen ausgerichtet ist.«

Frau Wurds Augen begegnen meinen. Ich erwarte ein kaltes Blau, das eisige Blau aus meinen Träumen (Saunatauchbecken!), doch zu meiner Überraschung funkeln sie in einer dunklen Bernsteinfarbe, ähnlich wie der Met.

»Im Gegensatz zur schwarzen Magie, die negativ wirkt.«

»Aber Veränderungen«, werfe ich ein, »gibt es hier wie da?«

»Das stimmt.«

Die Hexe wackelt mit dem Kopf.

»Aber alles um uns verändert sich permanent. Wir verändern uns ebenso. Was spricht also dagegen, sich die Macht der Veränderung zunutze zu machen?«

»Ist Veränderung denn gut?«

Zum ersten Mal wirkt Frau Wurd im flackernden Kaminfeuerschein nicht alt und gebrechlich. Kein nettes Mütterchen, keine urige Kräuterhexe, sondern ein gefährlich mächtiges Wesen spricht mit ihrer Stimme.

»Sie *ist* einfach, mein Kind, nicht mehr, nicht weniger, sie ist seit Urzeit, und sie wird immer sein. Neun Nächte lang wuchs mein Baum zu dieser Größe, doch er wächst weiter, verändert sich in Ewigkeit.«

Unwillkürlich wandert mein Blick zu dem Baum und seiner sonderbaren Tür hinüber. Was wohl dahinter ist? Zu gerne würde ich das Rätsel lösen, das der Wolf mir aufgegeben hat. Ich denke an die Quelle der Inspiration. Ob ich die Hexe einfach danach frage?

»Frau Wurd …«

»Trink nur, mein Kind! Ich braue Met, seit der Baum Wurzeln geschlagen hat, seit uralten Zeiten. Das Prinzip ist leicht erklärt: Hefe wandelt den Zucker des Honigwassers in Alkohol um. Mit ein wenig Geduld und den richtigen Zutaten hat man in zwei, drei Wochen einen einfachen Met angesetzt. Doch das ist nur die Hälfte des Prozesses. Das Geheimnis ist die Veredelung!«

Frau Wurd hat ihre Stimme gesenkt. Der Schein des flackernden Feuers bringt ihr Gesicht zum Leuchten, ihre enorme Hakennase wirft einen schiefen Schatten auf ihre Wange, der unheimlich aussieht.

»Die Veredelung?«

Ich gebe mir Mühe, beiläufig zu klingen, und betrachte die Flüssigkeit. Kann es sein, dass der Met etwas mit der Quelle zu tun hat? Bin ich meinem Ziel bereits näher, als ich dachte? Ist der Met mehr als nur Honigwein? Aber andererseits, was, wenn das Getränk gesundheitsschädlich ist? Was, wenn …

Frau Wurd sieht mich forschend an, geht zum Kessel und rührt liebevoll mit dem Löffel um.

»Das Geheimnis liegt in der Wahl der Gewürze. Ihre Kraft wird vom Met angenommen, anschließend reift er viele, viele Jahre unberührt. Je älter er wird, desto vielfältiger sind seine Wirkungsweisen. Dieser etwa, den du gerade so kunstvoll nicht trinkst, ist relativ jung, doch es gibt Weine, vor denen muss man sich in Acht nehmen, so groß ist ihre Kraft.«

Sie hebt ihre Hand, woraufhin meine mechanisch den Becher an meine Lippen führt. Die heiße, würzige Flüssigkeit rinnt wie von selbst in meinen Mund, und unwillkürlich schlucke ich. In weniger als vier Sekunden ist es vorbei. Hexenkunst.

Fasziniert und abgestoßen zugleich beobachte ich die alte Frau am Feuer, die plötzlich größer wirkt als noch gerade eben. Der gefährlich wohlschmeckende Trank breitet sich warm in meinem Körper aus. Eine Wirkung stelle ich sofort fest. Der Met mag jung sein, doch sein Alkoholgehalt ist verflucht hoch! Mein Kopf fühlt sich leicht an, und das Flackern im Raum scheint stärker geworden zu sein.

»Setz dich, mein Kind! Es ist Zeit, die Runen zu werfen.«
»Die Runen? Aber ich …«
»Nur keine Sorge. Um alles andere kümmern wir uns später.«

Sie deutet auf das Tuch auf dem Boden. Ohne den geringsten Widerstand beugen sich meine Knie wie von selbst, und ich lasse mich neben dem Tuch nieder. Ein Gefühl von Unwirklichkeit hat sich eingestellt. Die erschöpfende Wegsuche im Wald, der heiße Alkohol, der Charme des Hexenhauses, all das bringt mich dazu, die Dinge weniger als sonst zu hinterfragen. Oder aber es ist etwas im Raum, das meinen Willen lähmt, eine Macht, so alt wie die Welt …

Frau Wurd holt einen Schemel unter dem Tisch hervor und hockt sich mir gegenüber darauf. Aus einer Tasche ihres Kittels zieht sie einen alt aussehenden Lederbeutel und hält ihn vor ihr Gesicht, auf dem sich nun kein Lächeln mehr zeigt, sondern tiefe, schattige Furchen wie in der Rinde des Baumes. Ihr langes, graues Haar hängt daran wie die Äste einer knorrigen Trauerweide.

»Eine Esche weiß ich, im Herz des Waldes. Den hohen Baum netzt weißer Nebel. Davon kommt der Tau, der in die Täler fällt. Immergrün steht er über Urds Brunnen. Von dort kommen Frauen, Vielwissende. Sie schnitten Stäbe aus den Wurzeln, die in die Tiefe führen. Urd hieß die eine, die andere Werdandi, Skuld die dritte. Sie legten Lose, die den Menschen das Schicksal verkündeten.«

Ich starre sie verblüfft an. Mit einer für ihr Alter erstaunlich schnellen Bewegung dreht sie den Beutel um, aus dem zwei Handvoll länglicher Holzstäbe auf das Tuch fallen. In die Stäbe sind sonderbare Zeichen eingeritzt, mit denen ich nichts anfangen kann.

»Drei Stäbe musst du ziehen.«

»Aber ich ...«

»Zieh!«

Ein Befehl, den man nicht missachtet. Ängstlich blicke ich von Frau Wurd zu den Stäben.

»Egal, welche?«

Die Hexe sieht mich aus glasigen Augen an.

»O nein, egal ist es keineswegs. Die Stäbe, die dein Herz dir weist. Urd wird den ersten Stab dir deuten!«

Ich betrachte den chaotischen Haufen Holzstäbe. Das ist ja mal wieder die richtige Aufgabe für mich. Darin, lebenswichtige Entscheidungen zu treffen oder unter zwanzig schwarzen Hosen die richtige zu finden, war ich immer schon eine Null.

An manchen Tagen muss ich mittels Selbstauslöser Fotos von mir in verschiedenen Outfits machen und per E-Mail an meine Freundinnen verschicken, um entscheiden zu können, was ich anziehen soll. Und so jemandem gibt man die Anweisung, aus einem Haufen Holz ein Stück Holz auszusuchen ...

Ich seufze und greife nach einem besonders dunkel gemaserten Stab, auf dem eine Art spitzer Hut zu erkennen ist. Frau Wurd nimmt ihn mir aus der Hand und sieht ihn lange an. Schließlich hebt sie den Kopf und betrachtet mich gründlich. Mir fällt das Atmen schwer unter ihrem Blick.

»Der Dorn ist die Qual der Frauen.«

»Oh, ich dachte, es sei ein Hut.«

»Das liegt daran, dass du es verkehrt herum betrachtest. Solche Runen haben ihre eigene Bedeutung, und diese nennt sich Thurisaz oder der Dorn. Deine Ängste haben dich in den letzten Jahren blockiert. Gefahr und schlimme Feinde haben deine Wege gekreuzt, und in Beziehungen hast du nichts als Kummer und Enttäuschung erlebt.«

Ich nicke abwesend. Etwas sticht mich, erst im Nacken, dann an den Schulterblättern und schließlich überall. Was geschieht mit mir? Ich stöhne vor Schmerz und krümme mich, als könnte ich so die unsichtbaren Stiche abwehren. Es ist, als würde ich mich durch eine Dornenhecke kämpfen oder als bekäme ich eine quälende Ganzkörperakupunktur mit viel zu dicken Nadeln. Ich beiße mir auf die Lippen, kurz davor, laut zu schreien. Diese Schmerzen!

»Wenn du Angst vor Veränderungen hast, dann ziehst du nur Zerstörung an. Lässt du sie zu, ist alles offen, kann sich zum Guten oder zum Schlechten wenden. Doch die Krise liegt nun hinter dir, Urd hat gesehen, nun lassen wir Werdandi sprechen.«

Das Stechen hört von einer Sekunde auf die andere auf. Ich starre die Hexe an. Sie lächelt, ohne jedoch ihre in die Ferne gerichteten Augen mir zuzuwenden.

»Die zweite Rune!«

»Muss das sein?« Ich will aufstehen, weglaufen, fort, nur fort!

»Ja! Zieh!« Frau Wurd deutet mit einem langen, dünnen Zeigefinger auf die Runen. Meine Beine sind wie festgefroren, keine Möglichkeit zu entkommen. Gefangen!

Ich studiere neuerlich den Haufen Holzstäbe. Diesmal bleibt mein Blick an einem Zeichen hängen, das an zwei einander zugewandte Dreiecke erinnert, die sich an den Spitzen berühren. Ich strecke die Hand danach aus, halte jedoch inne und sehe Frau Wurd verunsichert an.

»Ist das nicht alles irgendwie zufällig?«

Sie schüttelt leicht den Kopf.

»Es gibt keine Zufälle. Gib mir den Stab, es ist der richtige.«

Ich reiche ihr zögernd das Holzstück, und sie betrachtet es ausgiebig, streicht mit der Hand sanft über seine raue Oberfläche und umschließt es dann mit allen zehn knochigen Fingern wie etwas sehr Kostbares. Ich wappne mich gegen neuerliches Stechen, doch es passiert etwas ganz anderes. Ich wische mir mit der Hand über die Stirn. Sie ist feucht. Ich schwitze. Innerhalb von Sekunden sind meine Kleider klatschnass, die Luft ist zu dick, um normal atmen zu können. Ich bekomme kaum Luft, alles um mich flimmert. Es ist plötzlich tropisch heiß in der winzigen Hütte, das brennende Feuer versengt mich wie die ärgste Hochsommersonne, und meine Haut glüht.

»Schluss! Aus!«, rufe ich verzweifelt, meine tränenden Augen notdürftig gegen die Hitze abschirmend. Es müssen hundert Grad sein!

»Ja, Zeit zum Aufwachen!«, verkündet Frau Wurd. »Diese Rune nennt sich Dagaz oder Tag und ist die Rune des Wechsels, des Lichtes, der Erkenntnis, aber auch der Wechselwirkung zwischen Bewusstsein und Unterbewusstsein.«

Ich keuche, es ist unerträglich, es verbrennt mich, es ...

»Du bist an einem Punkt, wo dir ein großes Erwachen bevorsteht. Ein Neuanfang. Du bist auf der Suche, du willst deine Ideale und Träume verwirklichen. Aber sei wachsam! Das Licht scheint dort, wo man am wenigsten damit rechnet. Hüte dich vor der Blindheit! Das sagt dir Werdandi, nun greif zur nächsten Rune! Sie wird am schwierigsten zu deuten sein, denn was sie rät, das ist noch nicht entschieden. Skuld sieht weit voraus.«

Die Hitze vergeht, wie sie gekommen ist. Nur an meiner durchgeschwitzten Kleidung merke ich, dass es keine Einbildung war. Etwas passiert in dieser Hütte, etwas ganz und gar Magisches! Das ist zugleich beängstigend und faszinierend. Ich bin ja eigentlich ein unesoterisch veranlagter Mensch. Ich habe mich noch nie mit der Kunst des Tarot befasst, habe mir kein einziges Mal aus der Hand lesen lassen oder mit einer Wahrsagerin in eine Kristallkugel geglotzt. Dennoch faszinieren mich die Gedankengänge von Frau Wurd sowie die Erkenntnisse, zu denen sie kommt. Enttäuschungen, Suche, Unterbewusstsein, das ist tatsächlich ein ganz guter Abriss meiner vergangenen Lebensjahre. Aber will ich wirklich wissen, was vor mir liegt? Kann ich noch mehr Schmerzen ertragen, mehr Einsichten? Wäre es nicht sinnvoller, an dieser Stelle nach der Quelle zu fragen, damit ich rasch an mein Ziel komme? Diese ganze Runengeschichte überfordert mich.

Aber was, wenn dieses Ritual bereits Teil deines Weges zur Quelle ist? Sind nicht die Stäbe aus den Wurzeln geschnitzt? Und heißt nicht das Motto des Tages: Folge den Wurzeln?

Das war eindeutig nicht Motzmarie, sondern ein ganz neuer Teil von mir, ein Teil, der nach vorn blicken will. Ohne weiter zu zögern, ziehe ich ein sehr kleines, eher verkrüppeltes Holzstäbchen aus dem Chaos heraus. Das Zeichen darauf sieht wie ein kleines »n« aus, relativ unspektakulär, doch ich bin mir absolut sicher, dass es genau diese Rune ist, die ich nehmen muss. Es ist ähnlich wie bei meinem Weg durchs Gebüsch, ich *weiß* die Richtung.

Frau Wurd wirft nur einen kurzen Blick darauf und nickt mehrmals.

»Diese Rune nennt sich Uruz, der Auerochse. Er repräsentiert die ungezähmte, wilde Kraft des Schaffens. Große Taten liegen vor dir. Es kann sein, dass du etwas opfern musst, um etwas Besseres zu erhalten. Hindernisse müssen überwunden, Verbündete gewonnen, Feinde geschlagen werden. Um an dein Ziel zu gelangen, wirst du durch das reinigende Feuer gehen müssen, in dem du dich selbst erkennst. Aber nimm dich vor deinen eigenen Schwächen in Acht, andere könnten sie ausnützen!«

Während dieser Worte höre ich ein Geräusch, das immer lauter und lauter wird. Ein Geräusch, das ich absolut nicht einordnen kann. Es klingt wie ein rhythmisches Hämmern oder auch wie das Trampeln starker, riesiger Hufe auf …

Ich schreie laut auf. Ein gewaltiges, behaartes, schwarzes Tier mit nach innen gebogenen weißen Hörnern jagt mitten aus dem Kaminfeuer auf mich zu. Der Auerochse, denke ich, ich werde gerade im Inneren einer Waldhütte von einem Auerochsen zertrampelt!

»Frau Wurd«, schreie ich, »tun Sie was!« Doch die Hexe scheint in Trance zu sein. Ich höre ganz nahe das Schnauben des Tieres durch seine enormen Nüstern, ich rieche Erde, schweißnasses Fell und noch etwas Undefinierbares, etwas *Älteres*, denke ich, während ich, wie durch ein umgedrehtes Fernrohr, diese Urgewalt auf mich zustürmen sehe. Ich schlage mir die Hände vors Gesicht und krümme mich zusammen. Das Trampeln ist nun ganz nahe, das Geräusch dröhnt in meinen Ohren, entsetzt warte ich auf das unvermeidliche Ende, zu geschockt, um mich bewegen zu können. In das donnernde Getrampel mischt sich ein tiefes Grunzen. Nah, zu nah! Etwas (ein Stück Fell!) streift mich am Hals, die Geräusche werden leiser, und Sekunden später ist wieder alles still im Hexenhaus.

Ich richte mich auf und atme tief durch, mein Herz klopft wie wild.

»Aber Frau Wurd, was bedeutet das alles? Ich bin mir nicht sicher, ob ich verstehe …«

»Die Runen raunen das, was war, was ist und was werden wird.«

»Das ist mir klar. Aber was heißt es für mich?«

Sie richtet ihren Knopfaugenblick auf mich. Ich bin mir nicht sicher, was ich darin erkenne. Weisheit? Schadenfreude? Mitgefühl?

»Du wirst etwas verlieren und dafür etwas gewinnen. Doch es wird nicht leicht. Du musst ein Mal um die halbe Welt reisen, um zu bekommen, wonach dein Herz sich sehnt. Dunkle Zeiten liegen vor dir, Olivia. Ein Feuer brennt, wo du keines erwartest, und ein Sturm zieht auf. Der Weg ist beschwerlich, aber wenn du deine Energie bündelst und dir die Kraft des Auerochsen zunutze machst, dann kannst du dein Ziel erreichen. Dein Schicksal liegt in deiner Hand. Du selbst bist es, die entscheidet. Das ist die Sprache der Runen, sie werfen ein Licht, doch sehen musst du selbst.

»Und ... Und gibt es nichts, das mir dabei helfen kann?«

»Was du brauchst, trägst du bei dir. Doch ich will dir etwas mitgeben.«

Sie greift nach einem Holzstäbchen, das ganz oben auf dem Haufen liegt und wie ein F mit schiefen Querbalken aussieht.

»Befreie dich von deinen Ängsten, sei überzeugt von dir und tu, was du am besten kannst. Darin liegt der Schlüssel.«

Sie nimmt meine rechte Hand, die ringlose, dreht den Handteller nach oben, legt das Holzstäbchen darauf und drückt anschließend meine Finger mit ihrer Hand zusammen. Ich betrachte erstaunt die Faust, die zu mir gehört und doch wieder nicht. Die Finger der Hexe sind trocken und warm, doch das ist nichts gegen die Hitze des Holzes, das in meiner Hand regelrecht zu glühen scheint. Es tut nicht weh, es ist ein fast angenehmes Gefühl, als wachse die Rune mit mir zusammen, fräße sich durch meine Haut und pulsierte in meinem Blut. Nicht wie ein Schmerz, sondern als Zusammenfügung von bisher getrennten, jedoch verwandten Teilen. Mir wird schwindelig, denn eine Bilderflut rast durch mein Hirn. Bunte Lichter blinken und leuchten hell, plötzlich erlöschen sie ohne Vorwarnung. Alles dreht sich, und dann tiefe Schwärze. Etwas rauscht, das Rauschen wird lauter und lauter, füllt meine Ohren, ist um mich herum, und ich kämpfe gegen den Impuls an, mir die Ohren zuzuhalten. Stattdessen stöhne ich, denn unter das Rauschen mischt sich deutlich ein anderer Ton, ein vertrauter, bedrohlicher, Gänsehaut verursachender Laut: ein Wolfsheulen. Und dann Stille.

Als die Hexe nach einer ganzen Weile meine Hand loslässt, öffne ich sie und starre sie überrascht an. Sie ist leer. Das Holzstäbchen ist verschwunden, dafür sind die feinen Linien der Rune deutlich erkennbar in meinen Handteller gebrannt. Ich streiche vorsichtig mit den Fingern der linken Hand darüber. Alles kühl und glatt wie alte Narben, der Unterschied zur restlichen Haut ist kaum spürbar. Ich sehe die Hexe fragend an.

»Du trägst die Rune in dir, weil sie immer schon zu dir gehört hat. Sie wird Ansuz genannt. Du kennst sie schon lange. Das ist es wohl, was die Menschen Hexenkunst nennen, glaube ich, obwohl ich nicht genau verstehe, was sie damit meinen. Jetzt trink noch einen Schluck Met, und wärm dich am Feuer!«

Gehorsam trinke ich von der immer noch erstaunlich heißen Flüssigkeit in meinem Becher. Sofort spüre ich wieder die Wirkung des Alkohols. Na toll. Ein paar Schlückchen, und ich bin betrunken! Das ist keineswegs normal, denn ich vertrage viel. Das haben diverse Gelage mit Sorina bewiesen.

Allerdings nur, wenn du etwas gegessen hast.

Guter Einwand! Auf nüchternen Magen wirkt das Zeug natürlich wie eine Bombe. Zudem ist Vollmond, und ich habe meine Tage. Ach du meine Güte, das habe ich ja völlig vergessen! Womit das Ende meines grandiosen testamentarischen Schriftstückes wohl endgültig besiegelt wäre.

»Äh, Frau Wurd, darf ich Sie um etwas bitten? Erstens: Es ist mir furchtbar unangenehm, aber ich habe gerade meine Tage bekommen und bin leider ohne geeignete Ausrüstung losgezogen. Hätten Sie vielleicht einen Tampon oder eine Slipeinlage für mich? Notfalls auch eine größere Menge besonders saugfähiges Küchenpapier, Hauptsache, äh, es saugt. Und außerdem befürchte ich, dass ich gleich ziemlich alkoholisiert bin, wenn ich auf nüchternen Magen so viel trinke.«

»Entschuldige, mein Kind, ich war in Gedanken. Warte hier, ich hole, was du brauchst, es dauert nur ein paar Minuten. Etwas zu essen bringe ich dir auch. Du darfst dich solange gerne in allen Ecken meines Hauses umsehen. Hüte dich nur vor der Tür zwischen den Wurzeln!«

Sie dreht sich Richtung Küche. Ich kann meine angeborene Neugier wieder einmal nicht bezwingen und platze heraus.

»Wieso? Was ist denn dahinter?«

Frau Wurd hält mitten in der Bewegung inne. Ihr Körper zittert, sie schüttelt sich, hebt und senkt die Arme und würgt schließlich einen unförmigen Klumpen hervor, der knirschend auf den Boden fällt. Ich denke an den Waldkauz und weiche einen Schritt zurück. Fast erwarte ich die Verwandlung, doch die Hexe bleibt in ihrer menschlichen Gestalt, lediglich ihre Augen funkeln wie Diamanten, und ihre Stimme klingt hart, als sie die sonderbarsten Worte des Tages zischt: »Hüte dich, Wanderer, vor der neunten Nacht! Teuer bezahlst du das Wissen, das du erkaufst. Steht erst der Vollmond am Himmel, folgst du der roten Spur. Durch Eis, Feuer, Wasser und Dunkelheit. Töten musst du denjenigen, der deine Wunde teilt. Dafür kennst Antwort du auf alle Fragen bis auf eine, wehe dem, der sie zu stellen wagt.«

Sie verharrt bewegungslos. Ihr Mund ist leicht geöffnet und offenbart extrem weiße, glänzende Zähne, die an Perlmutt erinnern. Hexengebiss. Kaum traue ich mich zu sprechen.

»Ist, äh, alles in Ordnung?«

Das Funkeln verschwindet und mit ihm die magische Bedrohlichkeit. Vor mir steht wieder eine einfache alte Frau mit krummer Hakennase und Falten über Falten. Aber die andere war da, das weiß ich mit Sicherheit!

»Mein Kind, manche Dinge erforscht man besser nicht. Denke an die Runen und hüte dich vor deinen Schwächen. Wenn man zu tief gräbt, kann einen das alles Mögliche kosten. Sehen ist sowohl gut als auch gefährlich. Warte hier. Ich bin gleich zurück.«

Sie verschwindet in der Küche. Verblüfft starre ich ihr nach. Ich habe keine Ahnung, was gerade passiert ist. Doch eines weiß ich hundertprozentig, nämlich, wohin ich mich wenden muss, wenn ich dieses Rätsel lösen will. Es gibt keinen anderen Weg.

Ich warne dich! Ich weiß genau, was du vorhast! Tu! Es! Nicht! Hörst du mir überhaupt zu? Verdammt! Nimm die Hand da weg! Lass das bleiben! Olivia! OLIVIA!

»Halt den Mund, Motzmarie!«, nuschle ich durch zusammengepresste Lippen, sehe ein letztes Mal wachsam über meine Schulter Richtung Küche, treffe eine Entscheidung und öffne die Baumstammtür. Ein Blick in den Raum dahinter genügt, um mir das Blut in den Adern gefrieren zu lassen. Motzmarie hat längst das Bewusstsein verloren!

3 Mondfinsternis

Adrian Alt schloss die Badezimmertür und lehnte sich mit dem Rücken dagegen. Das kalte Wasser der Dusche hatte nichts von der Schwere in seinen Gliedern fortgespült. Sein Anblick im Spiegel erschreckte selbst ihn, und so putzte er sich die Zähne lieber im Dunkeln. Es war kurz nach neun am Morgen.

Woran war der Gendarm gestorben? An dieser Frage hing alles, das war ihm klar. Frau rote Jacke wusste etwas, doch sie wollte ja partout nichts sagen. Er starrte düster auf die schmucklose Wand des Wirtshauszimmers, hinter der sie sich verschanzt hatte. Offensichtlich war sie wach, denn er konnte das Geklapper ihrer lächerlichen Stöckelschuhe durch den Rigips der Wirtshauswände hören.

Er hatte in der Nacht wieder von Sarah geträumt. In diesem letzten Traum war er der Lösung so unglaublich nahe gekommen, doch es fehlte ihm der Herzstein. So nannte er beim Puzzlespiel den einen entscheidenden Stein, der alles ins Rollen brachte. Er befand sich immer da, wo das Hauptmotiv des Puzzlebildes begann, am Übergang zwischen Hintergrund und Vordergrund, zwischen Strand und Meer, Gebäude und Himmel. Er enthielt Spuren aller Bildelemente, zum Beispiel ein wenig Sand, ein wenig Wasser und ein winziges Stückchen des roten Sonnenschirms. Hatte man diesen Stein, dann fügten sich alle anderen wie von selbst zusammen. Doch es war ausgerechnet der Herzstein, den man zunächst nie finden konnte. Man wusste genau, wie er aussehen würde, sah ihn deutlich vor sich, aber sooft man die Teile auch durchsah, so genau man sie betrachtete, man erkannte ihn nicht.

Puzzle zu legen war eines von Adrians wenigen Hobbys. Es entspannte ihn, ermöglichte es seinen Gedanken, sich zu ordnen. Er hatte Puzzles mit dreitausend, viertausend Teilen gelöst, Puzzles von Häusermeeren, von Menschenmengen, sogar von einer grünen Wiese mit einem einzigen roten Ball. Doch dieses hier war mit Abstand das Schwierigste, zumal ihm die Optik des Herzsteines immer wieder entglitt. Die Farben waren verwaschen, wie auf einem alten sepiabraunen Familienfoto, zwar mit deutlichen Konturen, aber mit verschwommenen Details. Zu vielen Details. Wo war das Zentrum der Geschichte, wo war der Punkt, an dem sich die Linien trafen? Das Ding, das alles verband?

Sarah hatte den Herzstein gehabt, das wusste er. Der Gendarm auch, möglicherweise, aber zu ihm drang er noch nicht durch. Dunkelheit umgab ihn. (Blut!)

Etwas an dem Verhalten der Fremden vom Vorabend hatte ihn, zugegebenermaßen, beeindruckt. Hatte er sie unterschätzt? Seine Recherche hatte nicht besonders viel ergeben: Sie kam aus Wien, seine Vermutung, sie könnte aus der Branche sein und für die Gegenseite arbeiten, war falsch. Sie war Schriftstellerin, ihr erster Roman, irgendetwas mit Hexen im Titel, würde demnächst erscheinen. Ihr Name war Olivia M. Kenning, Alter: dreißig, Familienstand: ledig, keine Geschwister, keine auffällige Familiengeschichte, keine Vorstrafen. Ob sie auf Materialsuche war? Das hieß natürlich, dass sie etwas herausgefunden haben könnte, etwas, das ihm entgangen war. Der Gendarm? Sie hatte sein Grab auf dem Friedhof besucht, das war verdächtig. War sie hinter einer Story über den Gendarmen her? Wollte sie sich womöglich mit einem Informanten treffen? Würde sie mit dem Unterberger sprechen? Wie viel wusste sie bereits? War sie Mimmer auf der Spur? Sie befand sich auf gefährlichem Terrain, ob ihr das klar war? Adrian dachte schaudernd an den Raum im Obergeschoss, in den ihn der Unterberger geführt hatte, um ihm seine Sammlung zu zeigen. Und was für eine Sammlung!

Der Raum hatte sich genau über dem Wohnzimmer befunden. Er war vom Grundriss her ziemlich groß, davon spürte man jedoch nichts, da er bis unter die Decke mit Käfigen gefüllt war. Hundert oder mehr Vogelkäfige, übereinandergestapelt wie Bierkisten. Fast jeder Käfig war besetzt, doch weder mit Sittichen noch mit Kanarienvögeln.

»Was sagen Sie?«

»Sehr ... beeindruckend.«

Adrian hielt es für klüger, erst einmal Interesse zu zeigen.

»Haben Sie die alle selbst gefangen?«

»Jeden davon!«

Stolz machte der Unterberger eine Handbewegung, die das ganze Ausmaß seiner Jagdkünste umfassen sollte. Und die waren tatsächlich erstaunlich. Denn in den Käfigen saßen, jede allein und jede mit dem gleichen starren Ausdruck in den dunklen Knopfaugen, Eulen. Dutzendweise Eulen.

»Käuze«, sagte der Unterberger, als hätte er Adrians Gedanken gelesen. »Strix Aluco, um genau zu sein. Waldkauz. Häufigste Eulenart in Mitteleuropa.«

»Sie sammeln also Waldkäuze?«
»Falsch.«
»Sondern?«
»Ich bin auf der Suche nach einem Waldkauz.«
»Sie sind auf der Suche nach *einem* Waldkauz? Aber hier haben Sie Dutzende …«

Der Unterberger sah Adrian starr an, sodass dieser verstummte. Es war still im Raum, bis auf das Geräusch sich aufplusternder Federn, ein gelegentliches Huhu sowie so manches Krächzen in den Käfigen.

»Unser Dorf«, erklärte der Unterberger schließlich, »ist nicht wie andere Dörfer. Mimmer wusste das. Er hat darüber geschrieben. Doch es gibt noch weit mehr als das, was er zu Papier brachte. Geheimnisse. Uralte Geheimnisse, über die er mit niemandem reden wollte. Geheimnisse, die nicht das Dorf betreffen, sondern den Wald. Mimmer begann zu trinken. Süßen, ekligen Honigwein, ein schreckliches Gesöff, aber er war regelrecht verrückt danach. Etwas wunderlich, der Alte. Wollte, dass ich davon koste und das Zeug auf dem Markt im Nachbarort verkaufe. Flaschenweise schleppte er den Honigwein an. Ich habe ihm die Flaschen abgenommen, sie ausgeleert und ihm die Dinge verschafft, die er im Tausch dafür haben wollte.«

»Was war das?«

Adrian flüsterte, um den Unterberger nicht in seinem Redefluss zu stören.

»Ich sagte ja bereits, dass der Alte wunderlich war. Er sammelte alle möglichen anatomischen Studienobjekte.«

»Körperteile in Gläsern!«

»Genau. Ich nehme an, Sie waren im Museum. Dort konnten Sie ja die ganze Sammlung bewundern. Ganz schön schräg, nicht wahr? Jedenfalls trank Mimmer vor allem gegen Ende gerne ein Glas zu viel, wenn Sie verstehen, was ich meine. Dachte wohl, dass ihn das dichterisch inspiriert. Dann hat er ungebremst geredet. Vieles war unverständlich, vieles klang nach reiner Fantasie, aber ich weiß auch, dass er tatsächlich tiefer in den Wald eingedrungen ist als irgendjemand sonst. Es gibt ja«, der Unterberger warf einen Blick über Adrians Schulter, als erwartete er von dort einen Lauschangriff, »nun, es gibt im Ort dieses Gerede von der Hütte im Wald, wo eine alte Frau leben soll. Wir verwenden das als Redewendung, wenn wir das Gefühl haben, dass jemand«, er tippte sich an die Stirn, »nicht ganz dicht ist oder wild fantasiert. Dann sagen wir, der hat wohl die Alte in ihrer Hütte im Wald besucht. Sie verstehen?«

Adrian nickte.

»Auch wenn jemand zu viel Alkohol konsumiert oder sonst ein Rauschmittel. Das wird hier nicht wörtlich verstanden. Aber Dichter, Poeten und so Volk aus aller Welt, die waren von dieser Vorstellung immer maßlos fasziniert. Sie zogen los, um die ›Quelle der Inspiration‹ zu suchen, diese Verrückten. Auch Mimmer hat daran geglaubt. Er ist tief in den Wald gewandert und manchmal ganze Tage weggeblieben. Meist kam er mit einem gewaltigen Rausch zurück, sodass alle vermuteten, er hätte sich zum Wirtshaus in einem Nachbarort durchgeschlagen. Doch manches Mal«, der Unterberger legte einen Finger auf die Lippen, »und das bleibt bitte unter uns, manches Mal *brachte er etwas mit*. Aus dem Wald. Er ging mit leeren Flaschen hinein und kam mit vollen zurück. Eben diesem grässlichen Honigwein. Ich weiß nicht, woher er ihn hatte. Vielleicht gibt es tatsächlich eine Hütte, und unter Umständen ist dort ein uraltes, vergessenes Fass gelagert. Das ist ziemlich wahrscheinlich. Vielleicht aber«, und jetzt klang seine Stimme dramatisch, »vielleicht ist auch etwas dran an den Geschichten. Inzwischen halte ich es für möglich.«

Adrian schüttelte den Kopf.

»Honigwein? Augäpfel in Gläsern? Aber was hat das alles mit den Vorgängen im Dorf zu tun? Und warum sammeln Sie Käuze?«

»Ich sammle keine Käuze. Ich fange sie und sperre sie hier ein, beobachte sie, höre ihnen zu, so lange, bis ich den richtigen habe.«

»Den, äh, richtigen Waldkauz?«

»Mimmer hat mir einmal, nicht lange vor seinem Tod, als er besonders betrunken war, eine merkwürdige Geschichte erzählt. Die Hälfte davon war gelallt und unverständlich, doch etwas konnte ich trotzdem verstehen. Er erwähnte einen sprechenden Waldkauz, der tagsüber im Wald auf einem Baum schläft und so klug ist, dass er alle Geheimnisse kennt. Seither bin ich auf der Suche. Ich fange jeden Kauz, den ich finde, und warte, dass einer zu sprechen beginnt.«

»Aber das ist verboten. Käuze gehören zu den besonders geschützten Arten, Sie dürfen sie nicht einfach fangen und in Käfige sperren.«

Der Unterberger lachte.

»Als ob das jemanden kümmert! Die Jäger hier interessieren sich nur begrenzt für den Wald. Sie haben ganz andere Aufgaben.«

»Zum Beispiel?«

Es klappte nicht. Der Unterberger hob abwehrend eine Hand.

»Das sind nicht meine Angelegenheiten. Ich mische mich

nicht in die Geschäfte der Jäger ein, dafür stellen sie keine Fragen zu den Käfigen. So funktioniert das hier in den Bergen, Herr Alt.«

Es war Zeit, das eigentliche Anliegen vorzubringen. Adrian hatte nicht das Bedürfnis, sich mit sprechenden Waldtieren zu befassen, da es um Sarah und den Herzstein ging. Was auch immer dieser seltsame Wald beherbergte, es hatte nichts mit seinem Auftrag zu tun.

»Herr Unterberger, das ist alles höchst interessant. Aber der Grund für meinen Besuch ist eigentlich ein anderer. Sie haben mit Mimmer an der Ortschronik gearbeitet. Ich war im Museum, dort gibt es ein Exemplar, doch ich bin mir sicher, dass es nicht vollständig ist. In der Biografie, die ich gelesen habe, wird erwähnt, Mimmer habe in einem Kapitel über Dinge geschrieben, die nie an die Öffentlichkeit gelangen sollten. Erklärungen, warum die Menschen hier so alt werden. Warum Kinder sterben. Ist es nicht auch so, dass Menschen wie Mimmer, Menschen, die zu viel wissen, in Ihrem Dorf gerne bei tragischen Unfällen ums Leben kommen? Haben Sie davor Angst, Herr Unterberger? Schweigen Sie deshalb?«

Die Ungeduld war wieder einmal mit ihm durchgegangen. Adrian hatte sich in seiner Hast zu weit vorgewagt. Er biss sich auf die Lippen.

»Es ist besser«, sagte der Unterberger leise, »wenn Sie jetzt gehen.«

Ohne einen Zweifel daran zu lassen, dass er von dieser Meinung nicht abweichen würde, hatte er Adrian die Treppe hinunter bis zur Tür begleitet. Er stand an der Schwelle inmitten seiner absurden Zwergenkollektion und sah Adrian nicht in die Augen, sondern schräg an seiner Wange vorbei.

»Eine Sache noch. Seien Sie vorsichtig, was Sie essen und trinken, solange Sie sich innerhalb der Ortsgrenzen befinden. Die Dorfgemeinschaft hat so ihre Methoden, gegen Fremde vorzugehen, die sich zu sehr für die lokale Geschichte interessieren. Auch die Einheimischen werden nicht geschont. Der Gendarm und Mimmer, zum Beispiel.«

Adrian wollte etwas fragen, doch der Unterberger hob die Hand.

»Keine Fragen mehr. Es wäre besser für Sie, das Weite zu suchen, ehe die Wolfsjagd beginnt.«

Mit diesen Worten und einem letzten vagen Nicken hatte der Unterberger die Tür geschlossen und war, den knarrenden Schritten aus dem Inneren nach zu urteilen, wieder ins Obergeschoss gestiegen, um seine Gefangenen zum Sprechen zu bringen, oder so ähnlich.

Ja, dachte Adrian, der Unterberger hatte Angst. Doch er war auch überzeugt davon, dass der Mann reden wollte, zu lange trug er das Wissen bereits mit sich herum. Es ging nur darum, die richtige Methode zu finden, um die Informationen aus dem Kauzsammler herauszubekommen. Das war sein Metier, damit kannte Adrian sich aus. Die Frage war nur, ob die Zeit reichte. Sein Ende hier war schon greifbar nahe!

Aber selbst wenn es ihm gelang, blieb immer noch das Rätsel um den Gendarmen. Die Lösung lag womöglich auf der anderen Seite der Wand, die er immer noch anstarrte, als könnte er sie allein durch Willenskraft durchbrechen.

In diesem Moment hörte er ihre Zimmertür und die Stöckelschuhschritte auf der Treppe. Wo wollte sie um diese Zeit hin? Sicher Buttersemmeln essen, ihm zum Trotz! Er könnte diese Gelegenheit nutzen und nebenan nach den Beweisen suchen. Sollte er es riskieren?

Olivia Kenning, sie polterte durch seine Gedanken mit ihrer grenzenlosen Selbstüberschätzung, ihrer kindischen Arroganz und ihrem fehlenden Feingefühl. Wenn sie könnte, würde sie wohl dem Oberteufel persönlich ins Gesicht spucken und ihn dann nach dem Weg nach Lourdes fragen.

Wütend fuhr er sich mit der Hand durch das feuchte Haar und löste sich von der Badezimmertür. Fröstelnd zog er sich das an, was fein säuberlich auf der unbenutzten Doppelbettseite vorbereitet lag. Pedanterie des ewigen Junggesellen. Hektisch knöpfte er das Hemd zu und überlegte sich, wie er weiter vorgehen sollte. Wenn nur *sie* ihm nicht immer in die Quere käme!

Fester als nötig zog er an seinem Gürtel. Es war ihm ein Rätsel, wie es möglich war, dass sie trotzdem mehr hörte und sah, als gut für sie war. Auf ihn machte sie nicht den Eindruck einer guten Beobachterin, dazu war sie viel zu sehr mit sich selbst beschäftigt. Saßen die Haare gut, warf die Hose keine Falten an den berühmten weiblichen Paranoiastellen und, vor allem, wie wirkte sie auf andere? Das schienen die weltbewegenden Fragen zu sein, die eine immense Bedeutung für sie hatten. Sie war unsicher, regelrecht verkrampft, neigte aber dazu, das mit allzu lässigen Gesten zu überspielen, die sie sich von diversen Filmschauspielerinnen abgeschaut hatte.

Sie hätte Marilyn studieren sollen, dachte er, und nicht Meg Ryan oder die unsägliche Renée Zellweger, dann wäre die Wirkung zweifellos faszinierend. Denn die weiblichen Formen, die sie beständig zu verstecken suchte, waren durchaus ansprechend, die Gesichtszüge attraktiv, das Muttermal neben der Nase sogar ziemlich anziehend. Wenn sie zwischendurch kurz vergaß, ihre Stirn in Falten zu legen und böse Blicke abzufeuern, dann lag in ihren Augen etwas unbeschreiblich Kindliches.

Er griff nach seinem Notizbuch und blätterte zu ihrem Porträt vom ersten Abend zurück. Es war ihm gelungen, diesen erstaunten Ausdruck einzufangen, als sie dem verrückten Sepp zugehört hatte. Unwillkürlich musste er grinsen. Er hatte schon viele Gesichter gezeichnet. Früher, in der Zeit, die er zu vergessen beschlossen hatte, hatte er auf dem Stephansplatz für ein bescheidenes Honorar und mit wenigen Bleistiftstrichen Passanten karikiert. Die Essenz des individuellen Ausdruckes, so hatte er festgestellt, lag in den Knochen. Auf die Form kam es an, auf den gekonnten Linienstrich. So hatte er Gesichter studiert wie andere Lehrbücher, doch dieses Nebeneinander von Stolz und Sehnsucht, das in den Winkeln ihrer Lippen wohnte, das war ihm selten begegnet.

Er hatte das Gefühl, dass Olivia Kenning ihm den Herzstein liefern konnte, den endgültigen Beweis, der alles verband und seine Auftraggeberin zufriedenstellen würde. Er musste in ihrem Zimmer danach suchen. Die Tür war kein Problem, er war ja inzwischen Meister der Schlosserkunst, das brachte der Beruf so mit sich. Schwieriger war die Frage, wonach er suchen sollte. Und nicht zu vergessen die, wie viel Zeit er hatte.

Sie war nicht zurückgekommen, bisher jedenfalls, das Schuhgeklapper wäre ja auf der alten Holztreppe kaum zu überhören gewesen. Doch wo blieb sie so lange? War sie in den Ort gegangen? War sie vielleicht sogar abgereist? Hatte sie *das Ding* mitgenommen? Bei diesem Gedanken stockte ihm das Blut. Womöglich musste er sie aufhalten, notfalls mit Gewalt. Es ging schließlich um Sarah. Um seinen Auftrag.

Und wenn ihr im Ort etwas passiert war?

Sie war zu laut, zu auffällig, kaum vorstellbar, dass man ihr nicht auflauerte, zumal sie sich um seine Ratschläge (seine Warnungen!) ja nicht scherte. Es war durchaus möglich, dass man sie bereits erwischt hatte. Eine wie sie würde Gefahr nicht einmal dann erkennen, wenn diese mit einer »Achtung!«-Tafel um den Hals im Pfauenkostüm vor ihr Samba tanzte.

Na und? Was kümmerte ihn das? Es ebnete ihm ja nur den Weg, also los! Er steckte das Notizbuch in die Jacketttasche, schlüpfte rasch in seine Stiefel, griff nach dem Hut und hielt mitten in der Bewegung inne. Er zögerte. Lange. Sehr lange.

Es konnte ihn die einzige Chance kosten, die er hatte, wenn er sich schon wieder an ihre Fersen heftete. Hatte sie ihm nicht deutlich klargemacht, dass sie auf sich selbst aufpassen konnte? Nun, bitte, er war, verdammt noch mal, nicht ihr Wachhund.

Der Herzstein, der Herzstein, den musste er finden.

Die Kirchenglocken läuteten. Neun Uhr. Er hatte seine Entscheidung getroffen. Rasch und lautlos schlüpfte er aus seinem Zimmer.

4 Das Monster knurrt!

Ich starrte mit klopfendem Herzen auf den blinkenden Cursor am Ende der letzten Zeile, die ich in klassischer Courier-Schrift in mein MacBook gehämmert hatte, als handelte es sich dabei um eine dieser alten, mechanischen Kofferreiseschreibmaschinen, wie mein Vater sie besaß, ehe das Computerzeitalter und der Siegeszug der Laptops begonnen hatten. Ich las den letzten Satz wieder und wieder, ohne den tieferen Sinn zu verstehen.

Das Monster knurrt zufrieden.

Nach dem wohl verrücktesten Vormittag meines Lebens war ich ins Wirtshaus zurückgekehrt und hatte es erneut mit dem Schreiben versucht. Ich bemühte mich, aus all meinen bisherigen Notizen (inzwischen ein ganzer Berg) zusammenhängende Gedanken zu formen. Ich musste mich zwingen! Kein gutes Zeichen. Immerhin habe ich einmal einen Pakt mit mir selbst geschlossen, einen Pakt, der Regelmäßigkeit und Konsequenz beinhaltet, da sollte mich doch so eine lächerliche Schreibblockade nicht gleich von meinem Weg abbringen.

Allerdings war ich nach ein paar flüssig geschriebenen Seiten an meine Grenzen gestoßen. Denn so sehr ich mich eigentlich in meine Figuren hineinversetzen kann, die Perspektive des Gendarmen verursachte mir größere Schwierigkeiten.

Das Monster knurrt zufrieden.

Schöne Worte, doch um was für ein Monster handelte es

sich? Ich kam einfach nicht darauf. War das Frissmeinnicht ein reales Wesen? Hatte es vier Beine und ein Maul voll scharfer Zähne? Ich dachte an den Wolf, den sie jagten. Doch welche Rolle spielte dann die Dose? Noch gab es keine Wölfe in Dosen in Supermarktregalen.

Natürlich hätte ich in der Früh abreisen können, nachdem mich der Lehrer so unspektakulär versetzt und der Schnüffler sich so unverschämt eingemischt hatte, doch etwas hielt mich in W. Möglicherweise Neugier, Instinkt oder was auch immer. Seit dem – Maus sei Dank – Ausgrabungsfund unter meinen Dielen wollte ich das Rätsel lösen. Ich erkannte das Potenzial und hatte die leise Hoffnung, den Schreibfluss wieder in Gang zu bringen. Wenn ich wüsste, welches Geheimnis dieses Dorf verbarg, könnte ich daraus eine haarsträubend spannende Geschichte basteln und die drohende Deadline doch noch einhalten. Aber es musste rasch etwas passieren!

Daher hatte ich meinen Aufenthalt um eine Nacht verlängert, um noch ein paar Nachforschungen anstellen zu können. Das Mimmer-Museum, so skurril es war, brachte mich letztendlich nicht weiter. Ein verschollener Dichterkopf? Andererseits bestand zwischen Mimmer und dem Gendarmen irgendein Zusammenhang, das hatte ich im Gefühl. Nur welcher?

Vom Mimmer-Museum war ich daher direkt zur Dorfkirche gegangen. Nicht dass ich plante, den Gottesdienst zu besuchen, ich hatte seit Jahren keiner Messe mehr beigewohnt. Ich ertrug das Salbungsvolle, Weihrauchige, Theatralische des Katholizismus nicht. Kirchen waren für mich kulturhistorisch und architektonisch interessante Gebäude. Religiös war ich nur insofern, als ich an eine höhere Macht glaubte, die für mich jedoch weder Namen noch Gesicht hatte und die ich mit keiner der Gottheiten diverser Weltreligionen in Verbindung bringen konnte, weshalb ich auch nirgends Mitglied war.

Mein Weg zur Kirche an diesem immer noch grauen, aber zumindest trockenen Sonntagvormittag hatte folglich andere Gründe. Ich ging davon aus, dass, wie von Miss Mausezahn angedeutet, sich die gesamte Einwohnerschaft in katholischer Eintracht ordnungsgemäß beim sonntäglichen Gottesdienst versammelte, was mir Gelegenheit geben würde, sie beim Verlassen des Gebäudes gründlich zu studieren. Eine gewisse Hoffnung, zugegeben, hatte ich auch noch, den pädagogischen Versetzungskünstler unter ihnen zu entdecken und ihm gründlich den Kopf zu waschen. Aber eigentlich war das bereits nebensächlich. Mich interessierte ein Blick auf die Gesichter von W., denn Gesichter waren immer schon die wichtigste Inspirationsquelle für meine schriftstellerische Tätigkeit gewesen. Außerdem war irgendetwas hier nicht normal, das stand fest, sogar für ein kleines Bergdorf, und ich hatte vor, dem auf den Grund zu gehen.

Aber dann, am Kirchentor, war alles anders gekommen, weil ich plötzlich nicht nur Zuschauerin, sondern auch Beobachtete war, eine Rolle, die mir keineswegs gefiel.

Der Schnüffler lehnte am Grabstein von Franz Berger (natürlich, wo sonst!), als ich mich der Kirche näherte. Dabei war ich mir sicher gewesen, ihn mit meinem Auftritt vom vergangenen Abend zumindest für heute abgehängt zu haben. Er sagte nichts und machte keinen Versuch, mit mir Kontakt aufzunehmen, aber er behielt mich voll im Visier. Sein breitkrempiger Hut warf einen Schatten auf sein Gesicht, daher war es unmöglich zu sagen, wie er dreinschaute, dennoch war ich mir sicher, dass er verschlagen lächelte.

Ich ignorierte ihn, so gut es ging, fand es allerdings schwierig, unter so unverschämter Aufsicht meinen Spionageposten an der Tür einzunehmen. Gesang und Orgelmusik von drinnen bewiesen mir, dass tatsächlich die meisten der Einwohner versammelt sein mussten, weshalb ich auch nicht bereit war, kampflos das Feld zu räumen. Das hier war *mein* Revier, *meine* Story, *meine* W.-Geschichte!

Mit demonstrativer Gleichgültigkeit stellte ich mich gegenüber dem Kirchentor auf und wartete das Ende der Messe ab. Etwa zehn Minuten vergingen, in denen sich weder der Schnüffler noch ich bewegten, eine Szene, bei der nur noch die Ennio-Morricone-Musik fehlte.

Endlich waren Schritte und Stimmengewirr zu hören, die Türen öffneten sich, und die Menschen zogen geschlossen an uns vorbei. Kein einziger Blick streifte uns, beide waren wir unsichtbar für die Einheimischen. Ich entdeckte Sepp und Therese, doch auch sie starrten stur auf die Rücken der vor ihnen Gehenden. Der glupschäugige Förster war ebenfalls dabei und fast alle Stammgäste aus der Gifthütte. Keiner sah sich nach uns um. Es wirkte nicht so, als kehrten sie in ihre Häuser zurück, das Ganze hatte mehr den Anschein einer Prozession, weshalb ich dem Zug in einem gewissen Abstand folgte, als die Letzten, Pfarrer und Organist, in ein eher einseitiges Gespräch vertieft, durchs Kirchentor getreten waren. Ich brauchte mich nicht umzusehen, um zu wissen, dass der Schnüffler sich ebenfalls in Bewegung gesetzt hatte.

Ein Leichenzug ohne Sarg. Gespenstisch! Fast bis zur Hauptstraße waren die Einheimischen marschiert. Ihr Ziel war der am Dorfrand liegende Sportplatz, der seinen Namen wohl nur den zwei windschiefen Fußballtoren verdankte, die an beiden Enden der braunen Rasenfläche netzlos vor sich hin rosteten. Mit Gras überwachsene, dreckverkrustete Bälle fast ohne Luft lagen hier und da im Gebüsch, genauso wie einige leere Dosen, die von einer Dorfjugend erzählten, die allerdings weit und breit nicht zu sehen war. In der Mitte der Wiese war ein Rednerpult aufgestellt worden, um das sich die schweigende Gemeinde nun versammelte. Ich wagte nicht, ihnen zu folgen, auch wenn sie mich möglicherweise nicht daran gehindert hätten, unsichtbar, wie ich für sie war. Stattdessen blieb ich in Sicht- und Hörweite und setzte mich auf den wackeligen Bretterzaun, der das Sportfeld begrenzte. Ein paar Meter entfernt lehnte sich der Schnüffler an den Zaun, was mich fast aus dem Gleichgewicht brachte. Böse schaute ich in seine Richtung, doch er war völlig auf das Geschehen auf dem Rasen fixiert.

Ein paar Minuten vergingen, bis alle ihren Platz gefunden hatten, dann trat ein kräftiger Mann mittleren Alters mit erstaunlichem Haarwuchs (oder war das ein Toupet?) an das Rednerpult, räusperte sich und begann mit lauter, klarer Stimme zu den Menschen von W. zu sprechen. Der Selbstverständlichkeit, mit der er diese Rolle ausfüllte, entnahm ich, dass das der Bürgermeister sein musste. Rein optisch hätte er auch der Besitzer eines Fitnessstudios, Bergführer oder Sportlehrer sein können. Zumindest vermittelte er nicht den Eindruck eines Kopfmenschen, wie man sie sonst in der Politik vermutete. Doch was er sagte, sagte er mit klarer Autorität, die keinen Zweifel daran ließ, dass er im Dorf eine wichtige Position innehatte.

»Es ist so weit, liebe Mitbürger. Wieder einmal werden wir von außen bedroht, wieder ist die Dorfgemeinschaft gefragt.

Hier in den Bergen leben wir noch nach alten Normen, das Einverständnis darüber hält uns zusammen, damit unsere Traditionen unangetastet bleiben. Über viele Generationen konnten wir sie bewahren, indem wir *einschreiten*, wenn sie in Gefahr sind.«

Zustimmendes Gemurmel und Applaus. Der Bürgermeister fuhr mit wildem Eifer fort.

»Jemand hat sich zu nahe an die alte Hütte im Wald gewagt! Ein Monster geht um, die Ordnung wankt. Es wird Zeit, die Waffen aus den Schränken zu holen und sich bereit zu machen für eine große Wolfsjagd. Ich bitte jeden guten Bürger unseres wunderbaren Ortes, das Seinige beizutragen, um das Untier zur Strecke zu bringen. Wir lassen uns nicht bedrohen, liebe Freunde, wir wehren uns, um unsere Frauen und Kinder, unser Vieh, unsere Traditionen und vor allem unsere Würde zu bewahren!«

Lauter Jubel hatte die Bretter unter mir vibrieren lassen. Selbst die nebelschwere Dorfluft war aufgeladen von der Energie, die die Einwohner aufbrachten, um ihr Geheimnis (ihren Dorfgott!) zu schützen. Ein entrückter, blutrünstiger Ausdruck lag auf allen Gesichtern gleichermaßen, als wäre W. selbst gerade zu einem Monster mutiert. Fasziniert suchte ich gedanklich schon nach den geeigneten Adjektiven für die Szenerie, wurde dabei aber von dem Schnüffler gestört, der mit extrem bleichem Gesicht neben mich an den Zaun getreten war, während sich die Sportplatzversammlung langsam auflöste. Ich hing meinen eigenen Gedanken nach, und was ich am allerwenigsten auf der Welt brauchen konnte, war noch eine Grundsatzdiskussion mit *IHM*.

»Wissen Sie, was das bedeutet?«

»Nein, Herr Alt, und ich interessiere mich auch nicht für Ihre Interpretation, falls es das ist, was Sie sagen wollten.«

Er schob den scheußlichen Schlapphut etwas zurück, sodass ich seine Augen sehen konnte, die mich erschreckten, so gehetzt blickten sie drein.

»Sie haben die Jagd eröffnet.«

»Falls Ihnen das entgangen sein sollte, ich bin im Besitz zweier funktionierender Hörorgane. Aber Ihnen würde vielleicht etwas Schlaf guttun. Oder ein Ortswechsel.«

Er lächelte müde.

»Sie wollen mich nicht verstehen, oder?«

»Dieses Gespräch ist beendet.«

Ich schwang mich vom Zaun, knickte prompt mit dem Knöchel um und machte mich auf den unvermeidlichen Sturz gefasst. So was passierte mir immer. Es war, als ob mich ein winziger, bitterböser Unglücksteufel verfolgte, der schadenfroh überall unsichtbare Seile spannte, Stolpersteine platzierte oder Bodenwellen aus dem Nichts wachsen ließ. Es war zum ...

Eine Hand packte mich fest am Oberarm, eine zweite stützte mich an der Hüfte. Er hatte sich so schnell bewegt, dass ich dem Vorgang nicht hatte folgen können.

»Alles in Ordnung?«

Mehr als alles hasste ich es, wenn mir meine eigene Ungeschicklichkeit so demonstrativ unter die Nase gerieben wurde. Konnten sich die Leute nicht einfach um ihren eigenen Kram kümmern, statt einen zu fragen, ob es einem gut ging, wenn man gerade eben auf der klassischen Bananenschale ausgerutscht war?

Genau genommen war das der Moment, in dem mir klar wurde, dass mich diesmal das PMS voll erwischt hatte. Was die Situation jedoch keineswegs entschärfte.

Wütend schlug ich seine Hand weg, die immer noch auf meiner Hüfte lag, genau da, wo der Speckrand sich über der

Hose wölbte, also etwa da, wo man als molligere Frau nie, nie, *nie* angefasst werden will. Er ließ sofort auch meinen Oberarm los, wo ein dumpfer Schmerz einen dekorativen blauen Fleck versprach. In einem Zeichentrickfilm würde nun zischend Rauch durch meine Nasenlöcher entweichen. Demonstrativ wischte ich seine bloße Berührung von meinem Körper wie etwas Übelriechendes.

»Entschuldigung. Ich dachte, Sie fallen. Ich wollte nicht ... Egal, hören Sie, hier braut sich etwas zusammen. Es wäre besser, wenn Sie bis zum Abend weit weg wären, die Jagd ...«

Ich hörte einfach nicht zu, drehte mich wortlos um und ging mit großen Schritten zum Wirtshaus zurück, vorbei an einigen Nachzüglern unter den Dorfbewohnern, vorbei an der Kirche, vorbei am Friedhof, ohne einen Blick zurückzuwerfen. Ich wusste, mein höchstpersönlicher kupferner Kochtopf war ganz knapp vorm Überkochen. Ein Wort mehr von ihm, eine Geste, eine (uääh!) Berührung, und ich würde ihm irgendeine schwere Körperverletzung zufügen, die, wie meine Freundin Julia, die Staatsanwältin, mir stets zu erklären pflegte, wohl absolut vorsätzlich wäre.

Seither saß ich in meinem hässlichen Wirtshauszimmer und versuchte, meine Erkenntnisse zu Papier zu bringen. Ich starrte frustriert auf den immer noch monoton blinkenden Cursor und seufzte. *Das Monster. Das Monster.*

Egal, wie tief ich in die Geschichte von W. eindrang, egal, wie viele Spuren ich verfolgte, die große Inspiration für meine Geschichte brachte es mir nicht. Ich sah den Gendarmen deutlich vor mir, fühlte den Blutverlust, hörte die Geräusche der Jäger hinter ihm, doch was genau sein Geheimnis war, das wollte mir nicht einfallen. Ich blieb außen vor, schürfte nur an der

Oberfläche. Mit seinen Augen zu sehen, das gelang mir nicht. Wie hatte Shakespeare gesagt? Echtheit! »Ohne Mut geht gar nichts, Wahrheit ist ein großes Abenteuer!« Doch wohin führte mich meine Suche nach der Wahrheit? Hinter welchen verborgenen Türen lag die Wahrheit versteckt? Und was konnte einem alles zustoßen, wenn man sich entschloss, diese zu öffnen?

5   Weißt du zu bitten?

»Ha... ha... hallo, Gagnrad.«

Mit einem viel zu lauten Knall schlägt die Baumtür hinter mir zu und sperrt den letzten Rest des flackernden Lichtscheins aus der angrenzenden Hexenstube aus. Wenn es so etwas wie die schlimmstmögliche Wendung eines aus den Fugen geratenen Abenteuers gibt, dann hat sie in diesem Moment stattgefunden. Es war von Anfang an eine Fangfrage, denke ich, während meine Beine vor Entsetzen taub werden, eine Nachwirkung des Schocks.

Der fensterlose Raum, den ich entgegen der Warnungen von Frau Wurd betreten habe, ist nicht besonders groß. Er ist nicht beleuchtet, doch von weit oben dringt weißes, kaltes Mondlicht herein. Der Boden ist holprig und uneben, was bei näherer Betrachtung daran liegt, dass es kein Boden im herkömmlichen Sinn ist, sondern vielmehr ein kunstvolles Muster kleinerer und größerer Baumwurzeln, die ein wenig an lebendige, sich windende Schlangen erinnern. Oder an Knochen. Das Zimmer ist im Übrigen rund. Rund wie der Baumstamm, in dem es sich befindet. Aber wie kann so ein immens hoher Baum innen hohl sein?

Ich blicke nach oben. Ja, eindeutig, ein hohler Baum. Mehrere Hundert Meter hoch streckt sich der Stamm Richtung Himmel, und ganz am Ende erkenne ich den Himmelskörper, der, wie zum Spott, zu mir hereinblinzelt.

»Vollmond«, flüstert eine raue Stimme von der gegenüberliegenden Seite des Raumes.

Es ist der Wolf. Ich habe ihn sofort erkannt, obwohl er zusammengekauert zwischen zwei großen Wurzeln liegt. Doch das Narbengewebe dort, wo sein rechtes Auge sein sollte, ist deutlich erkennbar, zumal sein linkes, sonderbar blaugraues Auge einen Spalt offen steht. Mein Herz setzt kurz aus, als durch die dumpfe Angsttaubheit ein eigentümliches Geräusch an mein Ohr dringt: der seltsam flache, röchelnde Atem des Tieres. Er hat sich nicht gerührt, seit ich den Raum betreten habe, nur seine Flanke hebt und senkt sich rhythmisch. Ob er schläft und nur im Traum gesprochen hat? Das wäre womöglich meine Chance, den Rückzug anzutreten, ohne angefallen und zerfleischt in dieser Waldhütte mein blutiges Ende zu finden.

Vorsichtig greife ich hinter mir nach dem Knauf, ohne den Wolf aus den Augen zu lassen. Erst als ich nichts anderes als Holz spüre, drehe ich mich um und starre fassungslos auf die Stelle, wo die Tür sein müsste. Kein Türknauf. Nicht einmal eine Ritze oder ein verräterischer Balken.

Motzmarie? Ich horche tief in mich hinein, doch da herrscht absolute Totenstille. Die mir so vertraute Stimme ist einfach verschwunden wie die Tür. Ob der Anblick des Wolfes ihr den Rest gegeben hat? Verständlich. Panisch taste ich mich an der Baumwand entlang. Eine Falle, denke ich, während die Hysterie dafür sorgt, dass mein Blutdruck rasant ansteigt. Kein Fluchtweg. Kein …

»Du hast die letzte Frage nicht beantwortet, Olivia.«

»I-ich weiß, aber es war so … so … verwirrend, und da waren Schüsse im Wald. Ich bin gelaufen, glaube ich, und habe mich verirrt.«

Der Wolf knurrt. Geifer tropft ihm aus dem Maul, im Mondlicht glänzt die Flüssigkeit silbrig.

»Du hast dich nicht an die Regeln gehalten. Weißt du, was das bedeutet?«

»Gagnrad!« Schweiß rinnt an meinen Schläfen herab, doch es ist nicht der Schweiß, den der Wolf vermutlich riecht, als er die Nüstern bläht. »Gagnrad, bitte, ich ...«

Er saugt die Luft tief ein, als forsche er nach all ihren chemischen Bestandteilen.

»Du blutest!«

Mir wird übel. Ich hätte doch lieber auf Frau Wurds Tampon warten sollen. Jetzt ist es zu spät.

»N-n-nein, es ist nichts, n-n-nur Monatsblutung.«

»Keine Wunde?«, fragt er lauter als nötig.

»Was für eine Wunde?«

Der Wolf erhebt sich schweigend und kommt auf mich zu. O mein Gott, jetzt wird es langsam Zeit für die High-Definition-Dolby-Surround-Vorführung meiner wichtigsten Lebensstationen. Von mir aus können wir aber mit dem Schulabschluss anfangen. Ich war kein schönes Kind und ein besonders hässliches Baby.

»Ich will dir verraten«, sagt Gagnrad leise, während er immer näher kommt, »was es ist, das sich hinter der Tür verbirgt, die aus dem Holz des Baumes ist, dem man nicht ansieht, aus welcher Wurzel er spross.«

Er ist nahe genug, dass ich seinen Atem an den Unterarmen spüren kann.

»Der T-T-T-tod?«

»Falsch, Olivia.« Der Wolf bleibt etwa einen halben Meter von mir entfernt stehen. »Es ist der Zugang zum sehnlichsten

Wunsch unseres Herzens. Drei Fragen habe ich dir gestellt, nur zwei hast du beantwortet. Dein Leben gehört von jetzt an mir. Doch ich gebe dir eine letzte Chance. Den Zugang findet nur, wer seinen Herzenswunsch kennt. Darum will ich zum Letzten von dir wissen, welches ist die größte Sehnsucht, die dich hierhergebracht hat?«

Ich starre ihn an. Ein einzelner Mondstrahl, der von irgendwo durch die Baumdecke dringt, teilt sein Gesicht für einen Moment in eine helle und eine dunkle Hälfte. Doch etwas anderes zieht meine Aufmerksamkeit auf sich: An seiner Schulter ist das Fell feucht und struppig, in den Haaren klebt Blut. Der Wolf ist verletzt!

»Was ist …?«

Er fletscht die Zähne und kräuselt seine Schnauze.

»Ich bin an der Reihe, Fragen zu stellen! Du solltest antworten, wenn dir dein Blut und dein Leben lieb sind.«

»Aber du …«

Er zieht die Lefzen zurück und entblößt sein Gebiss. Ich drücke meinen Rücken, so fest es geht, an die Wand. Es gelingt mir nicht, den Blick von der Wunde abzuwenden. Am ganzen Körper zitternd, versuche ich, mich auf seine Frage zu konzentrieren. Mein Herzenswunsch. Ich weiß sehr genau, was das ist, doch wie formuliert man es?

Der Wolf scharrt ungeduldig mit der Vorderpfote.

»Ja, äh, also, mein Herzenswunsch. Ich möchte, dass die Geschichten zu mir kommen, wenn ich sie rufe, dass ich immer weiß, wie es weitergeht und wo es endet, und dass ich die richtigen Worte finde, es zu erzählen.«

Bestimmt eine volle Minute lang rührt sich keiner von uns beiden. Die Ungewissheit, ob ich richtig oder falsch geantwortet habe, zerrt an meinen Nerven. Bis in die Zehenspitzen ist jeder Muskel meines Körpers angespannt, bereit, sich zu wehren, bereit, um mein Leben zu kämpfen.

»Gut gesprochen, Menschenfrau. Wir haben alle unsere großen Sehnsüchte, und es liegt an uns, den Weg zu ihrer Erfüllung zu finden. Darum gehört zu einem richtigen Herzenswunsch der aktive Teil. Erst wenn du bereit bist, etwas zu erzählen, wird die Inspiration dich finden.«

Inspiration! Schon wieder. Ich begreife, dass ich verdammt nahe dran bin, meine Quelle zu finden. Wenn sich in diesem Raum der Zugang befindet, dann werde ich ihn aufspüren. Doch zuerst heißt es, schlau sein und Zeit gewinnen. Der Teil von mir, der sich mit dem unvermeidlichen Tod bereits abgefunden hat, stellt katzenartig jedes einzelne Härchen auf, und ganz tief in mir, wo die immer noch verschollene Motzmarie zu residieren pflegte, finde ich den Mut, mich dem Raubtier zu stellen.

»Nun, Gagnrad, wenn ich die Regeln richtig verstanden habe, stehen mir nun auch drei Fragen zu. Wirst du sie mir beantworten?«

Der Wolf kräuselt gefährlich die Schnauze. Sein Körper bebt, als ein tiefes Grollen aus seinem Maul dringt.

»Wissen besitze ich, mehr als du dir vorstellen kannst, trank ich doch einmal aus der Quelle ewigen Wissens. Antworten kenne ich auf alle Fragen. Doch ich bin müde. Deiner Fährte bin ich lange genug gefolgt, ich will schlafen, verdauen und meine Wunde lecken. Darum beeil dich, damit wir zum Ende kommen.«

Er kennt den Zugang! Hat er nicht gerade die Quelle erwähnt? Jetzt keinen Fehler machen, nichts riskieren, eine harmlose Frage, eine Frage wie zum Beispiel …

»Warum hast du so große Ohren?«

Ich beiße mir auf die Lippen. Es ist so offensichtlich. Bestimmt durchschaut er meine Verzögerungstaktik. Doch zu meinem Erstaunen mustert mich das Raubtier mit Interesse. So unauffällig wie möglich bewege ich mich einen Schritt weiter an der Wand entlang, tue so, als suchte ich mir eine bequemere Stelle.

»Du denkst klug, Olivia. Darum höre meine Antwort. Erkenne selbst, damit du ganz begreifst.«

Etwas passiert mit mir, hier, mitten in der Baumstammfalle, etwas Unbeschreibliches lässt mich genau da verharren, wo ich gerade stehe. Es sind Geräusche, besser gesagt: Es ist eine ganze Geräuschkulisse, die um mich herum einsetzt. Wie der Piccadilly Circus in London am späten Nachmittag, nur dass es sich nicht um menschliche Laute handelt. Zweige knacken dort oben in der Baumkrone, Blätter rauschen im Wind, und das in einer Lautstärke, die jeder städtischen Autobahn Konkurrenz machen würde. Doch auch das Holz um mich herum ist nicht stumm. An der Rinde nagen Insekten, Würmer graben sich Wege hindurch, und die Zähne winziger Nagetiere scharren erschreckend scharf, als grüben sie Tunnel durch meine Schädeldecke. Jeder nächtliche Vogelschrei aus dem Wald klingt magisch und laut wie in einem meiner lebendigsten Albträume. Fasziniert folge ich dem Flug eines Falters über unseren Köpfen, höre seinen Flügelschlag, ein knisterndes, zärtliches Geräusch. Doch am deutlichsten sind Atem und Herzschlag des Wolfes neben mir zu hören. Ich spüre förmlich die Kraft dieses Tiermuskels, der Blut durch seine Adern pumpt, ich höre den Rhythmus seines Lebens, seines Seins, und finde mich auf allen vieren wieder, ihm gegenüber, während die Woge nachlässt und die Klänge verschwinden, als würde jemand am Lautstärkeregler drehen.

»Beantwortet das deine Frage?«

Ich nicke nur und hocke mich auf meine Fersen. Der Wolf ist geschickter, als ich dachte. Er beherrscht irgendeinen Zauber, mit dem er mich einlullt. Gehetzt sehe ich mich in meinem wunderlichen Wurzelgefängnis um. Keine Tür, kein Durchgang, nicht einmal ein Spalt. Doch ich bin mir sicher, dass sich der Zugang in diesem Raum befindet, gut getarnt oder versteckt, so wie die Tür von hier zurück zum Hexenhaus.

»Olivia?«

Der Wolf blickt mich an, seine Ohren sind aufgestellt.

»Ja?«

»Deine zweite Frage.«

Ich zögere nicht lange.

»Warum hast du so eine große Schnauze?«

»Wieder intelligent gefragt. Das Ohr ist gut, doch weißt du, welcher Sinn dem Wolf am besten dient? Erkenne selbst, damit du ganz begreifst.«

Diesmal ist es anders als vorher. Das Gefühl setzt nicht plötzlich ein, sondern nach und nach. Zuerst rieche ich die trockene, alte Rinde, die mich umgibt. Dann das Harz, das wie goldener Eiter aus den Ritzen quillt. Waldblut. Dazu kommt der zarte Duft der saftigen Blätter, die in der kühlen Nachtluft frisch sprießen. Getrockneter Vogelkot dominiert das Aroma der Zweige, die wie Arme aus dem Baum wachsen. Ich rieche auch das Moos, das noch an meinen Schuhen klebt, die Erdbrocken an meiner Kleidung und die süßen Himbeerreste unter meinen Nägeln. Doch viel präsenter ist der metallische Geruch des Blutes im Wolfsfell. Mir wird bewusst, wie nahe das verletzte Tier mir ist.

Ich denke daran, wie ich zum ersten Mal im Zoo nur durch eine Glasscheibe von einem Leoparden getrennt war. Zehn Zentimeter transparentes Panzerglas zwischen Leben und Tod. Ich konnte die Poren auf der Raubkatzenzunge erkennen, dunkle und helle Haare deutlich das Muster bilden sehen und bei jedem Schritt die Bewegungen der Muskeln unter seinem Fell wahrnehmen. Hier am Ende der realen Welt gibt es kein Panzerglas, hier hängt der Geruch der Wildnis schon in meinen Kleidern.

Ich starre den Wolf an, der sein einzelnes Auge unverwandt auf mich gerichtet hat. Mir wird eigenartig zumute, ich kann das Blut in meinen Ohren rauschen hören, das Bild verschwimmt in einem diffusen Nebel, aber das ist lange nicht alles. Denn in gleichmäßigem Rhythmus, völlig im Takt mit dem des Tieres neben mir, schlägt mein Herz ungewohnt weich, fast so, als wäre es kein nackter Muskel, sondern mit flauschigem Fell bewachsen.

Ich schließe endlich meine Augen. Des wichtigsten, vertrautesten Sinnes beraubt, verlasse ich mich gänzlich auf meine Nase. Da ist noch etwas, tief unter dem Holz-, dem Harz- und dem Blutaroma. Die würzige Note kenne ich, das ist ein Kaminfeuer, unmittelbar nachdem die Flamme erloschen ist. Der feine Rauch, der von schwarzem Holz aufsteigt und nach Wärme riecht, vorausgesetzt, Wärme hätte einen Geruch. Doch da ist mehr, mehr. Der Rauch zieht durch den Schornstein hinaus in einen kalten, windstillen Regentag. Beides, Feuchtigkeit und Wärme, verbinden sich zu einem Dampf, um sich in den Zweigen einer hohen, schlanken Birke zu verlieren, die gerade angefangen hat zu blühen.

Der Duft lässt mich wanken. Jeder trägt so eine Sehnsucht in sich, und ohne dass man sich dessen bewusst ist, hat die

Sehnsucht einen Geruch. Exakt in jenem Moment, wo man einen Hauch davon einatmet, ist es, als käme man nach einem halben Menschenleben zurück in das Haus, wo man aufgewachsen ist. Selbst wenn die Möbel anders stehen oder die Wände neu gestrichen sind, trägt man das frühere Bild in sich. Beide, alt und neu, Vorstellung und Realität, Sehnsucht und Duft, passen vollständig ineinander, und irgendwo im Brustkorb fängt etwas zu schmelzen an.

Ehe ich mich komplett in diesem Strom verlieren kann, erreicht mich ein süßlich-würziger Hauch, der zwischen den Wurzeln wie bernsteinfarbener Dampf aufzusteigen scheint. Folge den Wurzeln! Folge den Wurzeln! Das ist es! Ich weiß ganz plötzlich, welcher Weg zur Quelle führt, und diese Erkenntnis verdanke ich einzig meiner …

Erschrocken greife ich mit der Hand in mein Gesicht. Gott sei Dank! Ich ertaste die gewohnte Form meiner Nase. Für einen winzig kleinen Moment war ich mir sicher, Fell und Lefzen vorzufinden. Ich reiße die Augen auf und starre den Wolf an, der unbeweglich vor mir hockt und eine Weile schweigt, ehe er etwas sagt.

»Die Dinge sind vielfältiger, wenn man die Perspektive wechselt.«

Langsam lässt das Gefühl nach. Das Innere des Baumstamms riecht wieder holzig-muffig wie zuvor, der Zauber ist vorbei.

»Menschensinne«, erklärt der Wolf, »sind eindimensional. Um dein Ziel zu erreichen, um gute Geschichten zu erzählen, musst du lernen, dich in andere Dimensionen zu begeben. Die Perspektive wechseln.«

»Das mag schon sein«, sage ich vorsichtig, während ich mit

den Händen den Wurzelboden unter mir betaste, »doch es gibt da noch eine Frage, die ich gerne beantwortet hätte.«

Ich weiß, dass meine einzige Chance, zu entkommen, darin besteht, den Zugang zu finden, ehe das Frage-Antwort-Spiel beendet ist und der Wolf, nachdem er zur Genüge mit seiner Beute gespielt hat, mich mit seinen scharfen Zähnen zerfleischt. Es kann ja sein, dass er Zauberkräfte hat, doch dafür habe ich ein Ziel. Das Problem ist nur, dass ich im blassen Mondlicht nichts erkennen kann, die Wurzeln bilden ein diffuses Geflecht, in dem für mich keine Lücke durchblitzt. Doch ich habe einen Plan: Mit Sicherheit hat das Wolfsauge den weit besseren Durchblick, womöglich ist es sogar eine Art magisches Auge, mit dem man alle verborgenen Wege sieht. Daher bleibt eigentlich nur eine logische Frage, deren Beantwortung mir hoffentlich offenbaren wird, was ich so verzweifelt suche.

»Warum hast du nur ein Auge?«

Was nun passiert, jagt mir einen solchen Schrecken ein, dass ich jede Bewegung und jedes Geräusch wie in Zeitlupe erlebe. Der Wolf schüttelt wild seinen mächtigen Kopf, sträubt das Fell, spannt den Nacken an, fletscht die Lefzen, sodass Speichel auf den Boden tropft, und knurrt mich aus tiefster Kehle an. Ich weiche vor ihm zurück, immer wieder über die Bodenwurzeln stolpernd. Kommt mir das nur so vor, oder ist der Wolf gewachsen? Er wirkt riesig, die kräftigen Muskeln zeichnen sich unter dem Fell ab, die Krallen kratzen widerlich an der harten Rinde, und ich weiß, diesmal ist es vorbei. Das war alles nur Show, um mich einzulullen, all die Fragerei, die magische Sinnesvorstellung. Jetzt zeigt das Raubtier sein wahres Gesicht, und dieses lechzt nach Menschenfleisch.

»Du hast doch gesagt, dass ich dich alles fragen darf, außerdem … aaaaaaaahhhhhh!«

Mit einem Satz springt der Wolf auf mich zu. Ich bin mittlerweile vielleicht drei, vier Meter von ihm entfernt, doch ich weiß sofort, dass ich keine Chance habe, weil nur wenige Schritte hinter mir die Baumstammwand aufragt. Ich sehe es deutlich vor mir: Mit seinen Fangzähnen wird er mir die Kehle durchbeißen und später, nach der üppigen Hauptmahlzeit, die Knochen zermalmen, um zum Dessert an mein Knochenmark zu gelangen. Das hat man nun davon, wenn man mit Raubtieren handelt!

Doch nichts davon passiert. Bevor ich realisiere, was vor sich geht, schlage ich beim verzweifelten Versuch, dem springenden Tier auszuweichen, auf dem Boden zwischen zwei großen Wurzeln auf. Die Wurzeln bewegen sich, winden sich umeinander wie gigantische Kobras, und ehe ich noch vor Entsetzen brüllen kann, gibt der lebendige Boden plötzlich nach, und ich falle, die Arme schützend um meinen Kopf geschlungen, mehrere Meter in die Tiefe.

6 Mondlicht

»Man sagt, dass die Wölfe in unseren Breiten ausgestorben sind. Glauben Sie das, Herr Alt?«

Adrian, der immer noch ärgerlich in die Richtung blickte, in die Olivia Kenning in einer Staubwolke verschwunden war, drehte sich um und fand sich fast Nase an Nase mit dem Unterberger. Dieser trug eine alte, mottenzerfressene Pelzhaube mit Ohrenflügeln auf dem Kopf, eine Lesebrille mit dickem rotem Rand auf der Nase, war in einen alten, abgewetzten Overall im Militärlook gekleidet und hatte einen leeren Vogelkäfig auf den Rücken geschnallt. Adrian begriff.

»Ich denke, *ausgerottet worden* ist die bessere Bezeichnung, Herr Unterberger. Und apropos, sind Sie wieder in geheimer Kauzmission unterwegs?«

Die Versammlung auf dem Sportplatz hatte sich rasch aufgelöst, zurück blieb ein trostloser Ort, umgeben von einem löchrigen Bretterzaun.

»Schon möglich.« Der Unterberger grinste. »Aber in erster Linie wollte ich die Rede nicht verpassen. Gute Rede, sehr gute Rede, das muss man sagen.«

»Waren Sie bei der Versammlung? Ich habe Sie gar nicht gesehen.«

»Nein, nein. Ich habe von da drüben aus zugehört. Vom Waldrand. Ich zähle nicht zur schützenswerten Dorfgemeinschaft, Herr Alt. Wenn überhaupt, bin ich der Fuchs, den man auf der Wolfsjagd versehentlich gleich mit erlegt. Aber ich bin auf der Hut.«

Er betrachtete Adrian aus wachen Augen.

»Kann es sein, dass Sie nicht genug schlafen? Sie sehen ziemlich mitgenommen aus.«

Adrian fuhr sich mit der Hand über das stoppelige Kinn. Wann hatte er sich zuletzt rasiert? Kein Wunder, dass die Schriftstellerin bei seinem Anblick das Weite suchte.

»Ist das der Grund, warum Sie den sicheren Waldrand verlassen haben? Aus Mitleid mit einem Fremden?«

»Eigentlich nicht.« Der Unterberger senkte die Stimme. »Jetzt hören Sie mir gut zu, Herr Alt. Ich habe Sie gewarnt! Hier zu bleiben kann die absolut schlechteste Entscheidung Ihres Lebens gewesen sein. Sie haben es nicht mit einem Haufen naiver Dörfler zu tun. Unser Dorf ist keines dieser Nester, wo jede Kalbsgeburt ein Großereignis ist und treuherzige Bauerntölpel Almwiesen bestellen oder Bauernschnapstourniere bestreiten.«

Er holte tief Luft.

»Der Ort ist alt.«

»Wie bitte?«

»Älter als alles, genau genommen. Dieser Fleck war immer schon speziell. Es hat mit dem Wald zu tun.«

»Sie meinen …«

»Ich meine nicht, ich weiß! Mehr als man mir zutraut, Herr Detektiv. Am besten folgen Sie mir. Solche Dinge zu besprechen, dafür gibt es wirklich bessere Orte.«

Der Unterberger stapfte mit schweren Schritten voraus, während Adrian sich aus alter Gewohnheit bemühte, sich so geräuschlos wie möglich fortzubewegen. Er folgte dem sonderbaren Mann mit der Pelzhaube die gesamte Länge des Sportplatzes entlang und schließlich direkt auf den Waldrand zu.

»Wenn Sie sagen, es hat mit dem Wald zu tun, meinen Sie dann, dass dieser Wald anders ist als andere Wälder?«, fragte Adrian, während er die Bäume betrachtete, die eigentlich ganz normal und keineswegs absonderlich aussahen.

»Dieser Wald, Herr Alt, ist nicht einmal ansatzweise so wie andere Wälder.« Ungerührt bewegte der Unterberger sich durchs pfadlose Unterholz, als könnte er den Weg riechen. »Überall sonst in diesen Bergen bestehen die Wälder zu über neunzig Prozent aus Nadelbäumen, meist sogar zur Gänze. In unserem Fall gilt das nur am Waldrand. Wer sich die Mühe macht und den Mut aufbringt, tiefer ins Herz unseres Waldes vorzudringen, dem wird die immer stärker werdende Konzentration von Laubbäumen auffallen, insbesondere Erlen, Buchen, Birken und Eschen. Ganz besonders Eschen. Genau in der Mitte des Waldes wächst die größte und älteste Esche überhaupt. Es heißt, sie sei älter als die Menschheit.«

»Märchen. Sagen. Mythen.«

»Keineswegs. Mimmer hat den Weg gefunden.«

»Mimmer ist tot.«

Abrupt blieb der Unterberger stehen, drehte sich einmal um sich selbst, tastete den Stamm einer windschiefen Fichte ab und nickte zufrieden.

»Hier sind wir.«

»Sind wo?«

Adrian konnte nichts als Wald um sich herum erkennen. Nadelwald, wohlgemerkt. Doch der Unterberger grinste nur, bückte sich, ergriff eine schmale Wurzel, die sich seltsam krümmte, und zog daran. Zu Adrians Verblüffung öffnete sich mitten im Waldboden eine Falltür und gab den Einstieg zu einer unterirdischen Höhle frei.

»Nach Ihnen«, sagte der Unterberger und deutete auf die oberste Stufe einer wackligen Holzleiter, die in die Tiefe führte.

»Wo sind wir hier?«, fragte Adrian vorsichtig.

»Das ist mein Hauptquartier«, antwortete der Unterberger mit entblößten Zähnen. »Keine Sorge, es gibt Licht.« Unter Adrians staunendem Blick knipste der Unterberger eine Lampe an, die den Weg nach unten erleuchtete. Ohne weiter zu zögern, stieg Adrian in die Tiefe.

Was er dort vorfand, war wirklich verblüffend. Weit davon entfernt, eine schmutzige Grube zu sein, befand sich in dem vielleicht fünf Meter unter der Oberfläche befindlichen, etwa sechs Quadratmeter großen Raum ein sehr durchgesessener, aber sauberer beigefarbener Lehnstuhl. Daneben, auf einem kleinen Tischchen, stand ein uralter, aber funktionstüchtiger Monitor, der in Schwarzweiß den Waldboden über ihnen zeigte. Die Kamera musste auf einem Baum angebracht sein, denn das Bild war aus der Vogelperspektive aufgenommen. Alles drahtlos vernetzt. Der Privatdetektiv sah sich erstaunt um. An den Wänden der Grube waren Regale angebracht, auf denen sich Bücher stapelten, und am Fuß der Leiter stand eine äußerst robust aussehende Metalltruhe, die vermutlich aus Militär- oder sogar Luftfahrtbeständen stammte.

»Eine ehemalige Wolfsfalle«, erklärte der Unterberger, der mittlerweile hinter Adrian die Leiter hinuntergestiegen war, die Klappe geschlossen sowie den Vogelkäfig in eine Ecke gestellt hatte, »davon gab es früher eine ganze Menge.«

Er stand in dem engen unterirdischen Raum unmittelbar

neben Adrian. Nahe genug, dass Adrian der eklig staubige Geruch der Pelzhaube sowie der alte Schweiß im Overall seines Begleiters unangenehm auffielen.

»Ich habe dieses Versteck kurz nach Mimmers Tod entdeckt. Bevor die erste Jagd seit Langem stattfand. Ich bin praktisch darüber gestolpert, als ich anfing, die Käuze zu suchen. Die Falle war ewig nicht mehr benützt worden, wohl ein Relikt alter und einfacher Jagdmethoden. Nachdem ich sie etwa drei Monate lang beobachtet hatte, kam ich zu dem Schluss, dass sie tatsächlich in Vergessenheit geraten war. Mein Glück. Denn ich brauchte dringend ein sicheres Versteck.«

»Die Chronik«, flüsterte Adrian fasziniert.

»Ja, Herr Alt, die Chronik.«

Der Unterberger drückte sich an Adrian vorbei und ließ sich in den Lehnstuhl fallen, von wo aus er zu ihm aufblickte.

»Ich weiß nicht genau, warum, aber ich mag Sie. Ich habe Sie die letzten Tage genau beobachtet, und ich muss Ihnen sagen, dass ich von Ihren Methoden überrascht und fasziniert bin. Sie haben die richtigen Fragen gestellt und sind sehr bald auf den entscheidenden Hinweis, also auf mich, gestoßen. Das hätte ich Ihnen gar nicht zugetraut. Sie wirken im ersten Moment so …«, er zögerte, »so durchschaubar. Aber genau das ist es, nicht wahr? Niemand rechnet damit, dass einer wie Sie auf Tarnung verzichtet. Sie haben meinem Bruder ganz schön zugesetzt.«

»Ihrem Bruder?«

»Sepp ist mein jüngerer Bruder. Mich reiht er gerne unter *seine Geschwister, die der böse Wolf gefressen hat*, ein.«

Der Unterberger lachte kehlig.

»Aber setzen Sie sich doch, Herr Alt.«

Adrian ließ sich auf der Metalltruhe nieder, wodurch er wieder auf gleicher Höhe mit dem Unterberger war. Dieser holte unter dem Tischchen eine halb volle Flasche Cognac hervor. Eine teure Sorte.

»Trinken Sie?«

Adrian schüttelte den Kopf.

»Alkohol sehr selten und offen nie.«

»Sehr klug«, befand der Unterberger, ehe er einen tiefen Zug aus der Flasche nahm. Er schluckte nicht sofort, sondern ließ die Flüssigkeit genüsslich von einer Backe in die andere wandern, um sie zum Schluss mit gespitzten Lippen liebevoll einzusaugen.

»Wo waren wir stehen geblieben? Ach ja«, seine Augen funkelten, »die Chronik! Sie haben das ganz richtig zusammengesetzt, es gibt tatsächlich ein Kapitel, das in der offiziellen Version der Mimmer'schen Ortschronik nicht enthalten ist. Doch ich kenne dieses Kapitel, denn ich habe es selbst mehrfach nachgeschrieben. Die Tinte«, fügte er erklärend hinzu, »verblasst nach einiger Zeit. Mimmer hat mich schwören lassen, es nie auf der Maschine abzutippen, sondern stets die Handschrift zu bewahren, als unmittelbaren Beweis. Doch Mimmer hat die Tücke des Objekts nicht bedacht, blasser und blasser sind die Linien geworden, und so habe ich sie fein säuberlich, ohne auch nur einen Millimeter abzuweichen, Jahr für Jahr nachgezogen. Hier in dieser Höhle der Wahrheit, könnte man sagen.«

Adrian schnappte nach Luft.

»Die Chronik ist hier?«

»Es wundert mich, dass Sie das überrascht. Es gibt keinen sichereren Ort in diesem ganzen verfluchten Dorf.«

»Aber es braucht Ihnen doch nur jemand zu folgen! Sie

sitzen hier praktisch direkt unter den Füßen der Jäger. Was, wenn ...«

»Die Jäger meiden diesen Teil des Waldes. Nicht weit von hier kam Mimmer ums Leben, müssen Sie wissen, und es gibt so manches Gerücht um den Verbleib seines ...«

»Kopfes.«

»Sie sind gut informiert. Ja, Mimmer hat für sein Bedürfnis nach Wahrheit bezahlt. Es ist keine große Schwierigkeit, einen Autounfall zu inszenieren. Ich bin nur froh«, er richtete seinen Blick auf einen Punkt über Adrians Kopf, »dass sein Schädel da gelandet ist, wo er am liebsten war.«

»Wie bitte?«

Adrian runzelte die Stirn. Der Unterberger sah ihn an.

»Ich dachte, Sie kennen die Biografie.«

»Ja, ich kenne sie. Mimmers Kopf ist nie gefunden worden. Also, woher wollen Sie wissen, wo er gelandet ist?«

Unterberger lächelte.

»Im Wald, wo sonst. Tief im dunklen Wald. Womöglich trinkt er immer noch Honigwein und lacht uns alle aus.«

»Ich hätte Sie nicht für abergläubisch gehalten, Herr Unterberger. Fakt ist, dies ist kein sicherer Aufbewahrungsort für ein Dokument von so großer Wichtigkeit.«

»Der Aberglaube ist weit verbreitet in unserer Gegend, müssen Sie wissen. Zudem überwache ich diesen Platz rund um die Uhr. Hier war seit Jahren niemand. Abgesehen von den Wölfen.«

Adrian blickte instinktiv auf den flimmernden Monitor. Wölfe?

»Aber es gibt in Mitteleuropa so gut wie keine frei laufenden Wölfe mehr.«

»Es gibt viele Dinge«, sagte der Unterberger nachdenklich, »die wir mit unserem Menschenverstand nur sehr schwer begreifen können. In unserem Ort gibt es eine hohe Konzentration solcher Dinge. Zum einen das Waldgeheimnis, zum anderen das Dorfgeheimnis. Ich persönlich denke nicht, dass diese beiden zu trennen sind. Eines bedingt das andere. Die Wölfe wiederum sind ebenfalls ein Teil davon. Etwas zieht die Wölfe an, genauso wie die Fragensteller.«

»Aber um was für ein Geheimnis handelt es sich? Waldgeheimnis? Dorfgeheimnis? Was geht im Ort vor?«

»Was das Waldgeheimnis betrifft, bin selbst ich überfragt. Mimmer wusste alles darüber, doch er hat nicht davon gesprochen. Er nannte es einfach ›den alten Teil‹ oder ›die Quelle unter den Wurzeln‹. Viel Dichtergehabe, wenn Sie mich fragen. Aber das Dorfgeheimnis will ich Ihnen verraten, denn das ist auch in Mimmers Sinn. Ich bin nicht mehr der Jüngste, Herr Alt, und als Mimmers Assistent …«

»Moment!« Adrian war plötzlich hellwach. »Mimmer ist 1960 gestorben. Da haben Sie als sein Assistent gearbeitet? Dann müssten Sie ja heute …«

»Ich bin siebzig Jahre alt.«

Adrian starrte geschockt in das zwar faltige, aber dennoch jugendliche Gesicht des Unterberger. Er hätte ihn auf Mitte fünfzig geschätzt. Höchstens. An den verzögerten Alterungsprozessen in W. war wirklich etwas dran!

»Herr Alt, Sie werden die Zusammenhänge verstehen, sobald Sie die Chronik gelesen haben. Doch das ist nicht der Grund, warum ich Sie hierhergeführt habe. Sie sind hier zu Ihrem eigenen Schutz.«

»Zu meinem Schutz?«

»Ja. Sie sind meine einzige Hoffnung. Viele haben sich für die Chronik interessiert, doch kein einziger Außenstehender hat es bisher so weit geschafft wie Sie. Und ich habe den Verdacht, dass es auch keinem mehr gelingen wird. Die Dorfgemeinschaft ist gerade erst erwacht. Sie streichen schwer bewaffnet da draußen herum und werden sich nicht eher wieder zurückziehen, bis der Wolf erlegt ist.«

»Es gibt keinen Wolf!« Adrians Stimme zitterte nun, er spürte die Ungeduld angesichts der fast gespenstischen Ruhe, die der Unterberger an den Tag legte.

»Doch, Herr Alt. Der Wolf sind Sie.«

Die beiden Männer starrten einander an. Der Unterberger griff unter seinen Overall und zog einen Schlüssel hervor, den er an einem dicken Lederband um den Hals trug. Er reichte ihn Adrian und deutete auf die Truhe unter ihm.

»Wären Sie so gut? In der Truhe befindet sich eine Dokumentenmappe, bitte holen Sie sie heraus und geben Sie sie mir.«

Adrian zögerte keine Sekunde. Mit zitternden Händen steckte er den Schlüssel in das Schloss der Truhe, öffnete den Deckel und nahm, während der Unterberger sich einen zweiten Schluck Cognac gönnte, die Mappe, den einzigen Inhalt der Truhe, heraus. Das war es also. Das Dorfgeheimnis! Das Ziel seiner Mission? Gegen seinen ersten Impuls, es augenblicklich in Sicherheit zu bringen, reichte er es dem Mann im Lehnstuhl, der die Cognacflasche unter den Tisch stellte und danach griff. Fast ehrfürchtig öffnete er die Mappe, blätterte in den Papieren, schien schließlich gefunden zu haben, was er suchte, und las mit rauer, aber fester Stimme vor:

»Zu kostbar war das Dorfgeheimnis, als dass man das Risiko eingehen konnte, entdeckt zu werden. Und jedes Mal, wenn Gefahr

drohte oder, wie der Code unter den Jägern hieß, wenn der Wolf im Wald umging, wurde zur Jagd geblasen. Ob Schnüffler von außen oder Verräter aus den eigenen Reihen, niemand entkam der Jagd, niemand. Blutrot färbten sich bald gewisse abgelegene Plätze, doch davon wollte man im idyllischen Bergdorf nichts wissen. Hier wurde man alt und schwieg, und was man nicht ändern konnte, das nahm man in Kauf. Unumkehrbar.«

Der Unterberger blickte Adrian über den Rand seiner Lesebrille an.

»Mimmers Worte. Sie sehen, die Wolfsjagd ist nur ein anderer Begriff für das entschlossene Vorgehen gegen Eindringlinge. Und nichts anderes sind Sie, Herr Alt. Ein Eindringling, der droht, uralte Geheimnisse ans Tageslicht zu bringen. Die Jäger wissen Bescheid. Ihnen und mir galt die Rede.«

Adrian schloss die Truhe und ließ sich erneut darauf nieder. *Unumkehrbar.* So war das also hier in W.

»Lesen Sie!«, sagte der Unterberger und reichte Adrian die Mappe. »Kaum zehn Seiten, doch in denen finden Sie alles, was Sie wissen müssen.«

Adrian nahm die Mappe und las mit klopfendem Herzen, was in den Papieren stand. Wortfetzen sprach er laut aus, als würden sie dadurch eher begreifbar. Immer wieder stockte er, um schließlich umso gebannter weiterzulesen. *Gebrechen des Alters, Schmerz, Verlust. Geheimnis des Lebens. Alchemistische Versuche. Stein der Weisen. Kreislauf des Lebens. Ewigkeit.* Ein alter Menschheitstraum also, dachte Adrian. Dem Tod ein Schnippchen schlagen. Der Unterberger lächelte nur verträumt.

Ein Fremder mit roten Haaren. Eine kleine Stadt im Süden. Ein Geheimnis.

»*Ein neuer Dorfgott?*«

»O ja, der Dorfgott.«

Adrian sah gehetzt auf. Es war ihm nicht aufgefallen, dass er die Worte laut ausgesprochen hatte, doch die Antwort des Unterberger holte ihn wieder in die Realität zurück.

»Also ... also ist es wahr?«

»Jedes Wort.«

»Und das hier sind die Originale? Es gibt keine Abschrift?«

»Keine.«

Adrian schloss hastig die Dokumentenmappe, drückte sie fest an sich und sprang auf.

»Wo wollen Sie hin, Herr Alt?«

Adrian zog sein Handy hervor, stellte frustriert fest, dass er in der Grube keinen Empfang hatte, und machte Anstalten, die Leiter nach oben zu klettern.

»Herr Unterberger, ich weiß gar nicht, wie ich Ihnen danken soll. Sie haben mir sehr geholfen. Diese Dokumente müssen sofort in Sicherheit gebracht werden und, noch wichtiger, ich muss ...«

Der Unterberger schüttelte langsam den Kopf.

»Nicht so eilig, Herr Detektiv! Ich habe seit Jahren auf diesen Augenblick gewartet, nun gilt es, den richtigen Moment abzupassen. Die Jagd ist in Gang, wie stellen Sie sich das denn vor, mit dem Dorfgeheimnis unterm Arm da jetzt hinauszuspazieren. Wir müssen warten. Zwei, drei Tage, bis sich die Aufregung gelegt hat. Die müssen denken, dass Sie geflohen sind, dann erst können wir es riskieren, vorsichtig und bei Nacht den Wald zu durchqueren. Ich habe Sie zu Ihrer eigenen Sicherheit hierhergebracht, Herr Alt. Außerdem ist es von großer Bedeutung, dass wir in allen Details besprechen, was mit den Informationen passieren soll. Damit darf nicht leichtfertig umgegangen werden. Mimmers Anordnungen diesbezüglich waren eindeutig. Ihre Auftraggeberin, Herr Alt, darf keinesfalls …«

»Sie sperren mich ein?«

Entsetzt blickte Adrian den Mann an, der nun, bei diesem düsteren Licht, versunken im Lehnstuhl, doch älter aussah als zuvor.

»Ich schütze Sie, Herr Alt, und ich schütze Mimmers Nachlass. Er darf nicht in die falschen Hände geraten! Schon einmal, vor Jahren, wollte eine englische Lady mit mir Geschäfte machen. Sie nannte sich Lady Grey.«

»Die Biografin?«

»Eben die.« Er beugte sich vor, Sorge schwang in seinen Worten mit. »Ich weiß, wer Sie beauftragt hat, und ich ersuche Sie dringend … Nicht, Herr Alt, das ist sinnlos!«

Adrian hörte nicht mehr zu. Er kletterte entschlossen die Holzleiter hinauf, die Dokumentenmappe fest unter den Arm geklemmt.

»Sie müssen mir vertrauen. Das ist nicht der richtige Zeitpunkt, Herr Alt!«

Verschlossen. Adrian drückte gegen die Falltür, so fest er konnte, doch sie bewegte sich keinen Millimeter. Er saß in der Falle. In der Wolfsfalle, um genau zu sein.

»Ich muss darauf bestehen, Herr Unterberger«, stieß Adrian hervor, alle Anstrengung auf die Falltür gerichtet, »dass Sie mich sofort hier rauslassen. Was ich in Mimmers Papieren gelesen habe, ist entsetzlich. Ich weiß, dass man hinter mir her ist, aber es gibt da noch jemanden, der in Gefahr ist. Ich kann nicht tatenlos hier sitzen, während …«

»Sie müssen! Ich setze nicht Mimmers letzten Wunsch und

mein Lebenswerk aufs Spiel. Wir machen uns auf den Weg, sobald die Luft rein ist. Nicht früher!«

Adrian blieb keine Wahl. Es ging um Olivia Kennings Leben. Er musste hier raus. Mit letzter Kraft stieß er mit der Schulter gegen die Falltür.

7 Weißt du, wie man senden und tilgen soll?

Ich öffne die Augen. Im ersten Moment spüre ich eiskalte Panik, weil ich absolut nichts sehen kann, bis ich draufkomme, dass meine Arme immer noch meinen Kopf umfassen. Vorsichtig löse ich mich aus der Verkrampfung. Viel mehr als zuvor kann ich auch nicht erkennen, was aber daran liegt, dass es um mich herum stockfinster ist.

Durch eine sonderbare Verkettung von Umständen, die mir ein eigentümliches Déjà-vu-Erlebnis bescheren, bin ich offensichtlich durch die Wurzeln des Baumes gebrochen und hocke nun irgendwo darunter. Ich schaudere bei der Erinnerung an die ekligen, sich windenden Wurzeln. Noch grässlicher ist der Gedanke, wie knapp ich den gierigen Wolfszähnen und damit dem sicheren Tod entronnen bin. Ich kann mir nicht vorstellen, dass er so ohne Weiteres auf seinen Snack verzichtet, der nun auch noch im praktischen Frischhalte-Erdloch hockt. Düstere Aussichten. Es sei denn, das Loch hat einen Ausgang. Blind taste ich um mich. Wurzeln, Wurzeln, überall Wurzeln.

»Ha!«

Der Überraschungslaut entfährt mir, ehe ich mir auf die Lippe beißen kann. Still, Olivia, still, sonst findet dich der große, böse Wolf. Ich unterdrücke das hysterische Lachen, das meinen Körper erfasst. So ungefähr fühlt man sich wohl, kurz bevor man den Verstand verliert.

Meine Hand hat sozusagen Luft ertastet. Ich recke mich weiter vor. Mehr Luft. Und dann etwas noch Erfreulicheres. Eine Sprosse. Ich strecke mich, um ein wenig tiefer greifen zu können, und lächle zufrieden. Da ist eine zweite Sprosse unter der ersten. Es sieht ganz so aus, als befände ich mich am Absatz einer Leiter, die in die Tiefe führt.

Ohne noch mehr wertvolle Zeit verstreichen zu lassen, setze ich meinen Fuß auf die oberste Sprosse und taste mich vorsichtig weiter. Ich bin auf dem richtigen Weg, das muss der Zugang zur Quelle sein.

Vorsichtig klettere ich die Leiter hinab. Nach etwa fünfzehn, zwanzig Sprossen und einer bangen halben Ewigkeit habe ich wieder festen Boden unter den Füßen. Und noch eine Sache ist sehr positiv: Ich kann etwas erkennen.

Es wird heller, ganz eindeutig, hell genug, um überblicken zu können, wo ich mich befinde. Es ist eine Art Höhle oder Hohlraum mitten im Wurzelgeflecht, groß genug, um aufrecht darin zu stehen. Vor mir ist der Anfang eines von Menschenhand gegrabenen Tunnels zu erkennen. Mit Sicherheit die Fortsetzung meines Weges. Es gibt nur ein einziges Problem: Von der Stelle aus, an der ich stehe, zweigen drei Gänge ab.

Links von mir befindet sich ein Tunnel, der wenig benutzt aussieht. Der Boden ist übersät mit Schmutz und grauer Asche, trockene, dornige Kletterpflanzen zieren die Wände, von der Decke hängen Milliarden Spinnweben, und über allem liegt eine dicke, ungesund aussehende Schicht aus Staub, Schimmel und einer undefinierbaren Substanz, die grün und giftig aussieht. Ein leerer Türrahmen hängt schief in den Angeln, zerbrochenes Glas liegt herum, ebenso wie ein vergammelter, ehemals glänzender Messingknauf. Kein angenehmer Weg, so viel steht fest.

Rechts von mir wiederum wird der Eingang von einer massiven Panzertür versperrt, auf der ein Schild mit dem Hinweis »Zutritt verboten« hängt. Verlockend, aber leider habe ich keinen blassen Schimmer, wie man so eine Panzertür knackt. Bleibt der mittlere Gang. Doch den kann ich nicht nehmen. Der kommt überhaupt nicht infrage! Also wohl am ehesten den Dorn- und Spinnwebparcours. Das sind zumindest Dinge, mit denen ich umgehen kann. Selbstverständlich probiere ich zuerst, ob die Panzertür nicht doch per Zufall unversperrt ist, aber egal, wie fest ich am Türgriff ziehe und zerre, nichts bewegt sich. Verdammt. Ich wende mich nach links, als plötzlich wieder diese neue, klare Stimme mit mir spricht, die sich schon im Hexenhaus bemerkbar gemacht hat.

Warum nimmst du nicht den Mittelweg? Du weißt doch, dass das der richtige ist.

Ja, ja, das weiß ich, aber es ist nun einmal so: Es gibt tatsächlich eine Sache, vor der ich größere Angst habe als vor Raubtiermäulern, die mich bei lebendigem Leib verschlingen, dem Flügelschlag großer Vögel oder den Träumen von machthungrigen Hexen. Diese Angst begleitet mich schon, seit ich denken kann. Ich weiß noch genau, wann ich zum ersten Mal vor einer Tür wie jener gestanden habe, die den mittleren Tunnel blockiert.

Ich war zwölf Jahre alt und hatte gemeinsam mit einer Schulfreundin und deren Mutter einen Sonntagsausflug zu einem noblen Thermalbad gemacht. Wir schwammen einige Längen im Sportbecken und setzten uns dann, kichernd, Geheimnisse besprechend, in den heißen Whirlpool. Nach einer Stunde jagte uns das Thermalbadpersonal raus, weil wir die alten Leute von ihrer wohlverdienten Entspannung abhielten.

Meine Freundin und ich suchten daraufhin nach ihrer Mutter, die inzwischen in einem anderen Teil der Therme unterwegs war. Wie angewurzelt blieb ich vor der Tür stehen, die diesen Bereich abteilte.

»Komm schon!«, rief meine Freundin, doch ich wich Schritt für Schritt von der Tür zurück, während ich mit weit aufgerissenen Augen auf das Wort starrte, das in dicken schwarzen Lettern auf der Glastür geschrieben stand.

NACKTBEREICH.

Darunter, in kursiver Schrift: *Zutritt erst ab 16.*

Meine Freundin bemerkte meinen Blick und zuckte mit den Schultern.

»Das kontrolliert doch keiner.« Ohne weiter auf mich zu achten, öffnete sie die Tür und verschwand dahinter. Kurz bevor mir der Blick wieder versperrt wurde, konnte ich nasse Pobacken und Oberschenkel erkennen. Ich drehte mich um, lief hinaus, direkt zur Garderobe, holte meine Kleidung und zog mich sorgfältig an, inklusive Schal und Windjacke. Dann setzte ich mich in eine Ecke und wartete, bis meine Freundin und ihre Mutter besorgt nach mir suchten. Ich fuhr nie wieder mit ihnen ins Thermalbad.

Mit fest zusammengepressten Lippen lese ich die Buchstaben auf der Tür zum mittleren Gang. Augenblicklich fühle ich mich wieder wie zwölf.

NACKTBEREICH. *Zutritt nur für Suchende.*

Warum zögerst du? Ist es nicht dein größter Wunsch, die Quelle zu finden? Glaubst du wirklich, der staubige, verlassene Tunnel dort bringt dich weiter?

Das ist schon richtig. Aber es ist nun einmal so, dass ich kein Nacktmensch bin. Noch nie gewesen. Ich gehöre nicht zu diesen fröhlichen Erdenbewohnern, die daheim nackig zu Ethnomusik raffinierte Thai-Gerichte zubereiten. Ich war in meinem Leben an keinem FKK-Strand, meide öffentliche Saunen und wickle mich sogar nach dem Sex augenblicklich in einen langärmligen Kimono. Der halbjährliche Frauenarztbesuch bereitet mir jedes Mal schlaflose Nächte, Angstschweißausbrüche und Übelkeit. Außerdem …

Ich zucke zusammen. Über mir, am Absatz der Leiter, habe ich deutlich das Aufsetzen von vier Pfoten gehört, von vier großen, mit Krallen bewaffneten Pfoten. Was mache ich nur? Das Monster ist immer noch hinter mir her. Ich halte die Luft an und lausche angestrengt. Da ist etwas zu hören, deutlich genug. Tiefe, schnüffelnde Atemzüge. Er folgt meiner Spur. Er kann mich riechen.

Sofort beschleunigt sich mein Puls. Wie viel Zeit bleibt mir, ehe er mich gefunden hat? Eine Minute? Zwei? Es ist absolut ausgeschlossen, dass ich mich ausziehe. Die Schuhe vielleicht, doch vollständige Entblößung stellt für mich eine Verletzung meiner Intimsphäre dar und kommt nicht infrage.

Ein lautes, bitterböses Knurren am Absatz der Leiter über mir reißt mich aus meinen Überlegungen. Zeit, eine Entscheidung zu treffen. Die Worte meiner zwölfjährigen Freundin klingen mir im Ohr: »Das kontrolliert doch keiner.« Wie wahr. Ohne weiter zu zaudern, öffne ich die Tür zum Nacktbereich, gehe vollständig bekleidet hindurch und schließe sie hinter mir. Durch das angelaufene Glas meine ich, die Bewegung von etwas Grauem, Behaartem draußen wahrzunehmen. Vorerst bin ich in Sicherheit, doch ich habe das Gefühl, der Wolf kennt die Wege hier unten weit besser als ich. Daher heißt es wachsam bleiben.

Ich sehe mich um. Im Verhältnis zur bisherigen Vorherrschaft der Natur bei meinem Abenteuer, ist das hier ein regelrechter Zivilisationsschock. Doch was ist es überhaupt? Tatsächlich unterscheidet sich der ovale Raum nicht sehr von dem, was man sich von dem Nacktbereich in öffentlichen Bädern erwartet. Boden und Wände sind in Anthrazit gefliest, die Decke erinnert an eine Tropfsteinhöhle, nur dass keine Stalaktiten von oben herabwachsen, sondern Wurzelenden. Genau in der Mitte befindet sich ein riesiger roséfarbener Salzstein, der gleichzeitig die Lichtquelle ist. Es wirkt so, als brenne in seinem Inneren ein Feuer. Rund um den Stein hat sich eine Wasserpfütze gebildet, die in diesem flackernden Pastelllicht fast magisch wirkt.

Fasziniert trete ich näher und betrachte den Salzstein. Ich strecke die Hand aus, ziehe sie jedoch sofort zurück. Etwas unfassbar Heißes glüht dort drin, es tanzt und zuckt wie ein lebendiges Wesen. Kaum kann ich meinen Blick abwenden. Als ich es doch tue und dabei in die Pfütze zu meinen Füßen schaue, wird mir urplötzlich so heiß, als flackerte das Feuer direkt in meinem Kopf. Ich kann nicht fassen, was ich dort sehe, das ist völlig unmöglich, unlogisch, unbegreiflich, doch als ich meine zitternden Hände auf meinen Bauch lege, spüre ich dort nichts als nackte Haut. Ich hyperventiliere.

Meine Kleidung ist einfach verschwunden. Völlig entblößt stehe ich inmitten dieses seltsamen Baderaumes und finde keine Nische, in der ich mich verstecken, keinen Fetzen Stoff, mit dem ich mich bedecken könnte. All die hässlichen Jugendträume fallen mir wieder ein, aus denen ich schweißgebadet erwachte, weil ich ohne Kleidung in die Schule gekommen war oder ohne Kleidung auf dem Sportplatz einige Runden laufen musste. Ich schlinge meine Arme um meinen Oberkörper und hocke mich mit angezogenen Knien auf den Boden. Was jetzt? Ich kann doch schlecht ohne Kleidung weitergehen. Genauso wenig kann ich splitternackt ins Hexenhaus zurückkehren. Frusttränen laufen mir die Wangen hinunter. Ist das also das Ende? Ist die verheißungsvolle Quelle ein FKK-Bereich? Textilfetischisten ausgeschlossen? Ist es mir nach allem, was ich in diesen vergangenen vierundzwanzig Stunden erlebt habe, beschieden, als Häufchen Elend in einem unterirdischen, gefliesten Badezimmer umzukommen?

Kein Badezimmer, flüstert die neue, neunmalkluge Vernunftstimme, *sondern ein Raum, wo Feuer auf Wasser trifft, heiß auf kalt. Weißt du, was daraus entsteht?*

Mir wird schon beim Gedanken daran übel.

»Dampf!«, sage ich kaum hörbar. Etwas, das Sibby, der Waldkauz, zu mir gesagt hat, vor wie langer Zeit? Es kommt mir wie eine Milliarde Jahre vor: *Ein hoher Baum, nass vom Nebel. Davon kommt der Tau, der in die Täler fällt.*

Es ist früher Morgen. Panisch blicke ich nach oben. Kaum dass ich den Gedanken zu Ende gedacht habe, lösen sich die ersten Tropfen vom Wurzelwerk und benetzen den glühend heißen Salzstein. Innerhalb weniger Sekunden ist der Raum mit dichtem Dampf gefüllt. Die Hitze und die hohe Luftfeuchtigkeit treiben mir den Schweiß aus allen Poren, mein Herz rast, während ich Probleme habe, Luft zu bekommen. Ich vertrage keinen Dampf. Mein ohnehin niedriger Blutdruck fällt ins Bodenlose, und ich muss tief durchatmen, um nicht sofort umzukippen. Alles dreht sich. Ich muss hier raus. Muss sofort hier raus!

Keuchend konzentriere ich mich auf die Tür, die jener gegenüberliegt, durch die ich eingetreten bin. Sie führt aus dieser

Dampfhölle hinaus. Doch wohin? Wie soll ich denn ohne ein Stückchen Stoff an meinem Körper durch diese unterirdische Welt laufen? Was, wenn mich dabei jemand beobachtet?

Da draußen wartet das Ziel deiner Wünsche, und du machst dir Gedanken über angemessene Kleidung?

Langsam bekomme ich Sehnsucht nach der guten, alten Motzmarie. Der Schweiß rinnt in dicken Tropfen an meinen Armen herab, hängt in meinen Brauen, klatscht mir die Haare an den Kopf und kitzelt unangenehm auf meiner Kopfhaut. Ich richte mich auf und sehe dabei zu, wie die Flüssigkeit in Bächen an mir hinunterläuft. Dabei fällt mir auf, wie lange ich mich nicht mehr vollkommen unbekleidet betrachtet habe. Die kleine Wölbung meines Schokoladenbauches bremst die Tropfen ab. Ich fange sie in meiner hohlen Hand auf, reibe mich schließlich von oben bis unten ab und strecke mich, so hoch ich kann, zur Decke, um möglichst viel von der Flüssigkeit, die von den Wurzeln rinnt, einzufangen, ehe sie in der Hitze verdampft. Die Kühle des Taus tut gut, es ist wie eine kalte Dusche an einem tropischen Sommertag.

Ich muss über mich selbst lachen. Wie unendlich befreiend sich das anfühlt, nichts mehr zu verdecken, zu verhüllen, sondern wie ein wildes Tier im Regen zu stehen und Hitze und Kälte zugleich auf der bloßen Haut zu spüren. Ich bin an einem Punkt angelangt, wo ich nichts mehr zu verlieren habe. Warum also bleiben? Warum nicht die Quelle suchen? Für einen kurzen, ewigen Moment habe ich das Gefühl, dass alles möglich ist. Lächelnd trete ich durch die Tür.

Was war das? Ich sehe mich um. Hinter mir befindet sich nicht die hygienisch saubere, angelaufene Glastür des unterirdischen

Dampfbades, sondern ein leicht verwittertes Tor, das halb offen steht und den Blick auf einen unspektakulären, etwas staubigen Gang freigibt. Ich trage meine zerrissene Hose, die flachen Pumps und die rote Lederjacke wie zuvor, als hätte es dazwischen nichts gegeben. Doch ich spüre noch den tropfenden Schweiß und die Hitze in meinen Lungen. Das befreiende Gefühl des kühlen Taus auf der nackten Haut. Das war alles real!

»Real!«, sage ich laut, um durch meine eigene Stimme die Leere des Augenblicks anzufüllen.

Wo bin ich überhaupt?

Ich erkenne einen von schwachem Licht erfüllten, hallenartigen Raum, der ein unterirdischer Ballsaal sein könnte, wenn auch ein primitiver, ohne Marmorverzierungen und Stuckdecke. Es riecht modrig nach der sandfarbenen Erde, die sowohl Bodenbelag als auch Tapete ist. Direkt vor mir befindet sich eine enorme Säule, die durch die ebenfalls sandfarbene Decke bricht und sich weiter tief ins Erdreich unter mir bohrt. Staunend trete ich näher. Es ist nicht einfach nur eine Säule, stelle ich fest, sondern ein dicker Holzstamm, der zusätzlich zu seiner Maserung über und über mit geschnitzten Zeichen bedeckt ist. Wie wundervoll! Doch besonders freudig hüpft mein Herz beim Anblick der Stufen, die sich neben der Säule befinden und sich als Teil einer geschnitzten Wendeltreppe entpuppen, die um den Stamm herum in die Tiefe führt.

Die stellenweise schon recht wurmzerfressene Treppe ist ebenfalls über und über mit eingeritzten Zeichen verziert, die ich nach meiner Erfahrung mit Frau Wurd als Runen identifiziere. In langen Ketten schmücken sie das Holz, als erzählten sie eine Geschichte in einer uralten Sprache. Es ist fast so, als atmeten sie und flüsterten zu mir. Fasziniert gehe ich in die Hocke, um mit der Hand über die ornamentierte Oberfläche zu streichen. Die Linien, die in meinen Handteller gebrannt sind, fühlen sich warm an. Erstaunt untersuche ich meine Haut.

»Woher stammt das Zeichen da? Wie ist es in deine Hand gekommen?«

Ich schreie auf. Die Stimme des Wolfes trifft mich so unerwartet, dass ich beinahe kopfüber die steile Wendeltreppe hinabgestürzt wäre. Ich reagiere instinktiv und bringe es tatsächlich fertig, die Baumsäule zwischen mich und den Angreifer zu bekommen. Das verschafft mir Zeit, ist aber keine Lösung des Problems, das ist mir klar.

»Ich habe dich etwas gefragt«, knurrt das Monster kehlig. Meine eigene Stimme zittert zwar etwas, ist aber laut und deutlich, als ich ihm antworte.

»Ach ja, Meister Gagnrad? Das nennt man wohl ein Patt.«

»Du hast die *eine* Frage gestellt, Olivia. Die *verbotene* Frage!«

»Die verbotene …«

Ich lege die Stirn in Falten und denke nach. Diese minimale Konzentrationsschwäche hätte ihm beinahe genügt. Mit weit aufgerissenem Maul springt er um den Stamm herum. Meine eigene Ungeschicklichkeit rettet mich, denn vor lauter Todesangst stolpere ich bei meinem Ausweichmanöver und falle der Länge nach hin, während der Wolf über mir ins Leere schnappt. In Panik krabble ich wieder hinter die Säule, von wo aus ich jede Bewegung des Tieres beobachte.

»Glaubst du wirklich, Menschenfrau, dass du mir entwischen kannst? Hast du nicht inzwischen gelernt, dass weder Dickicht noch Wurzeln oder Türen ein Hindernis sind? Hast du nicht selbst erlebt, wie mächtig die Sinne meiner Gattung sind? Auch dieser Herzstrang, hinter dem du dich zu verstecken versuchst, wird dich nicht schützen. Also sag mir augenblicklich, was das Zeichen in deiner Hand bedeutet.«

»Gerne. Wenn du mir verrätst, wo dein zweites Auge …«

Er heult. Unheimlich und entsetzlich laut hallt die Wolfsstimme von den Erdwänden der Halle wider, und ich muss mir die Ohren zuhalten.

»Ihr Menschen haltet euch für die Krone der Schöpfung, nur weil es euch gelungen ist, Mord auf Distanz zu einer sportlichen Disziplin zu machen. Ihr müsst endlich lernen, Respekt vor anderen Jägern zu haben. Ihr schießt uns wund, treibt uns in eine Ecke, und dann wollt ihr mit uns Handel treiben. Klugheit nennt ihr das, Feigheit sagt der Wolf dazu.«

»Weißt du, Gagnrad, für solche politischen Diskussionen bin ich überhaupt nicht in Stimmung. Das besprichst du besser mit dem örtlichen Jägerverband oder dem Oberförster oder von mir aus mit dem Landwirtschaftsminister. Im Ernstfall schreib einen Beschwerdebrief an den WWF. Ich muss weiter.«

Wütend bleckt der Wolf die Zähne. Drei Sekunden später hat er damit meinen linken Arm gepackt und mich zu Boden gezerrt. Ich trete mit den Beinen nach ihm, doch er scheint es nicht einmal zu spüren. Eine irre Wildheit glänzt in seiner meerblauen Pupille, während er meinen Arm mit einer unbändigen Kraft malträtiert.

Hier in dieser unterirdischen Halle gibt es jetzt nur das Tier und mich. Aber ich habe nicht vor, kampflos aufzugeben. Denn in mir, der Großstadtfrau, ist mittlerweile ein Stück Natur erwacht – auch ich kann Widerstand leisten. Triumphierend ziehe ich mit der freien rechten Hand die einzige vorhandene Waffe aus meinem Cocktailtäschchen und sprühe dem Wolf mit einem Kreischen eine mehrfache Dosis »Exotic

Flowers«-Deodorant in sein eines Auge. Heulend und wimmernd lässt er von mir ab, doch ich nehme mir nicht die Zeit, den unmittelbaren Effekt meiner Attacke zu bestaunen, sondern laufe, so schnell mich meine weichen Beine tragen, die Wendeltreppe hinunter in die Tiefe.

Etwa einhundert Stufen lang windet sich die Treppe rund um das, was ich nunmehr als unglaublich dicken Wurzelstrang – Herzstrang, sagte der Wolf – erkenne, während es kontinuierlich dunkler wird. Genau in dem Moment, wo ich das Tempo radikal reduzieren muss, um nicht zu fallen, weil ich – wieder einmal! – durch völlige Dunkelheit tapse, teilt sich der Wurzelstrang und mit ihm die Treppe. Ich erkenne es daran, dass meine nach vorne gestreckten Arme auf eine Barriere stoßen, der man nach rechts oder links ausweichen kann. Ob sich die Wege wieder treffen? Ich hoffe es stark und entscheide mich spontan für links.

Mein Nervenkostüm hat mittlerweile nicht nur ein paar Risse, sondern bereits riesige Löcher. Motzmarie ist immer noch stumm wie eine Forelle, was mich langsam, aber sicher in den Wahnsinn treibt. Bei all ihrem Sarkasmus hatte ihre bloße Anwesenheit in meinem Kopf doch stets etwas Tröstliches. Dafür kann ich hinter beziehungsweise über mir immer noch das Keuchen des blutrünstigen Wolfes hören, der mir auf den Fersen ist, um mich eher früher als später in die ewigen Jagdgründe zu befördern. Wäre er nicht verletzt, hätte er mich wohl schon längst erreicht. Doch an dem immer lauter werdenden Hecheln, das sich unter sein drohendes Knurren und Bellen mischt, merke ich, dass er mindestens genauso erschöpft ist wie ich. Was ihn nicht davon abhält, immer wieder schauerlich zu heulen, ein Laut, der erschreckend von den Wänden widerhallt und mich jedes Mal aus dem Gleichgewicht bringt.

Die Dunkelheit, das weiß ich, ist für ihn ein Vorteil, da er sich auf seine anderen Sinne verlassen kann und nicht wie ich blindes Huhn einen Schritt nach dem anderen entlang den Wurzeln machen muss. Immer wieder rutsche ich aus und stolpere über meine eigenen Beine oder über unsichtbare Löcher in den Stufen. Die Geräusche des Verfolgers werden lauter, während ich verzweifelt die Augen aufreiße, um vielleicht doch irgendetwas erkennen zu können.

Dann teilt sich der Wurzelstrang wieder, diesmal zweigen vier verschiedene Wege ab, und ich begreife, dass ich mich mitten in einem verdammten Labyrinth befinde. Wie, um Himmels und Hölle willen, soll ich jemals die Quelle finden? Wenn diese Wurzeln sich artgerecht verhalten, werden die Verzweigungen schier endlos sein, und ich könnte mich, mit einem hungrigen Wolf im Nacken, kilometerweit vom Ziel meiner Wünsche entfernen, statt mich ihm zu nähern. Ich könnte tief unter der Erdoberfläche komplett verloren gehen, lebendig begraben unter Tonnen von Erdmassen! Bei dieser Vorstellung bekomme ich Beklemmungen. *Folge den Wurzeln.* Erstmals verfluche ich Mimmer stumm für diese äußerst unpräzise Anleitung.

Langsam, langsam, junge Frau. Erst denken, dann schimpfen. War da nicht noch etwas, was du der Flaschenpost entnehmen konntest? Streng deine Gehirnzellen an!

Die neue Stimme scheint in jedem Fall eng mit Motzmarie verwandt zu sein. Ich taufe sie Klugscheißstilzchen.

Dennoch erinnere ich mich sehr wohl an Mimmers Worte. *Halte dich an deine Instinkte!* Das ist leichter gesagt als getan.

Momentan bewege ich mich blind in einem gigantischen unterirdischen Irrgarten. Panik sitzt ganz, ganz dicht unter meiner Haut. Nicht jene Panik, die von leichter Schreckhaftigkeit kommt. Auch nicht diejenige, die einen hin und wieder angesichts unlösbarer Aufgaben überfällt. O nein. Was da kurz vor der Explosion steht, ist die nackte, pure, hässliche Sorte von Panik, die mir die Luftröhre zuschnürt und wie ein Tonnengewicht zwischen meinen Brüsten liegt. Die Supergaupanik schlechthin.

Nicht heulen!, ermahne ich mich selbst, bloß nicht heulen. Ich presse mir die Handballen auf die Lider und atme mehrmals tief ein und aus.

Augenblicklich wird mir die Bedeutung von Mimmers Worten bewusst. In absoluter Dunkelheit gibt es nur eine Möglichkeit der Orientierung: Ich muss mich bewegen wie ein Tier, muss meinen Ohren und meiner Nase folgen. Sagte *ER* dort oben nicht auch, dass man die Perspektive wechseln muss, um sein Ziel zu erreichen?

»Nun, Herr Wolf«, flüstere ich, »deine Worte sind mir Befehl.«

Ich konzentriere mich auf die verschiedenen Gänge, schnüffle in jede Richtung, lausche anschließend mit angehaltenem Atem, und als ich schon aufgeben will, rieche ich einen Duft in dem äußersten rechten Gang. Süß und würzig, das Aroma des Waldes. Nicht mehr als ein Hauch, doch deutlich identifizierbar. Ich beeile mich, dieser Spur zu folgen, weil mein linkes Ohr akuten Wolfsalarm meldet. Er hat die erste Gabelung erreicht und meine Fährte gewittert. Ebenbürtige Gegner, denke ich, während ich weitereile. Bis auf die Länge der Zähne.

Es wird kühler, je tiefer ich hinabsteige, und ich bin froh, dass ich meine Kleidung wieder anhabe. Ich ziehe meine Jacke fest um mich und stecke die Hände unter die Achseln, um sie zu wärmen. Beklommen denke ich darüber nach, welchem Geruchsfaden ich folgen soll, um jemals wieder zur Erdoberfläche zurückzufinden. Doch diese Option scheint derzeit zu weit weg zu sein, als handelte es sich nicht um meinen Rückweg, sondern um eine Reise in eine ungewisse Zukunft. Zuerst muss ich an mein Ziel kommen, wie es dann weitergeht, damit werde ich mich auseinandersetzen, wenn es so weit ist.

Fröstelnd stolpere ich beinahe, als ich den Fuß der Treppe erreiche. Hier hat es bestimmt weniger als zehn Grad. Die Luft, die ich ausatme, bildet ein feines Wölkchen vor meinem Mund, ein Wölkchen, *das ich sehen kann!* Von irgendwo dringt Licht herein.

Ich haste, so schnell mich meine Beine tragen, bergab den schmalen Gang entlang in die Richtung, aus der das Licht kommt und in der ich den Ursprung des Duftes vermute, von dem ich mich habe führen lassen. Bald ist es hell genug, um zu erkennen, dass auch hier die Wände über und über mit Runen beschriftet sind. Nach vielleicht zweihundert Metern endet der Tunnel abrupt, und ich stehe vor einem zweiflügeligen Eisentor mit der Gravur: *URDS BRUNNEN*.

Ein Brunnen? Ich schaudere. Ich mag Brunnen nicht. In meinen schlimmsten Albträumen hatte ich mit Brunnen zu tun, und ich würde weiteren brunnentechnischen Kontakt gerne vermeiden. Tiefe, dunkle Löcher in der Erde, die das Tageslicht verschlucken und weiß Gott welche Geheimnisse hüten. Wie ich schon sagte, Angst macht mir nur das, was ich nicht sehen kann. Brunnenwelten fallen definitiv in diese Kategorie.

Warum hat mir niemand mitgeteilt, dass die Quelle ein Brunnen ist?

Hast du je danach gefragt?

Verfluchte Vernunft! Ich zögere und streiche sanft mit den Fingern über die Ornamente, die den rechten und linken Torflügel zieren. Symbole? Ich erkenne einen Kreis aus Runen, in dessen Mitte sich zwei Stäbe kreuzen. Nein, nicht Stäbe. Auch keine Fischgräten. Ich ziehe die Hand zurück, als hätte ich mich an dem kühlen Metall verbrannt.

Es sind Federn!

Wenn ich diese letzte Tür öffne, was für Schrecken oder Wunder erwarten mich dahinter? Will ich das wissen? Kann ich noch mehr verkraften? Mir fällt die letzte SMS ein, die auf meinem Handy eingegangen ist. Auch an den weiten Weg, den ich schon zurückgelegt habe, muss ich denken. Und natürlich an die Zähne in meinem Arm, die Zähne des …

Mit allerletzter Kraft stoße ich das schwere Tor auf und trete hindurch. Ich bemerke kaum, dass es hinter mir mit einem Knall zuschlägt, so sehr nimmt mich der Anblick, der sich mir bietet, gefangen. Ein runder, gemauerter Raum von kathedralenartigen Ausmaßen, einfach atemberaubend! Die Decke wird durch ein feines Netz hauchdünner Wurzelstränge gebildet, die rundum ins Gemäuer übergehen und mit ihm verwachsen, bis Stein und Holz, Schöpfung und Natur, nicht mehr zu unterscheiden sind. Offensichtlich handelt es sich um die Wurzelenden der direkt darüber befindlichen Esche. Hierher hat der Herzstrang geführt, das ist es also, woraus Frau Wurds ältester Baum entstanden ist, ein gigantischer, unterirdischer …

NEIN!!! Nein, das kann nicht, darf nicht …

Der Schrei bleibt mir im Hals stecken, wo er sich in ein

hauchdünnes Piepsen verwandelt, ein Maus-in-der-Falle-Laut. Dadurch, dass meine Aufmerksamkeit bisher auf das kunstvolle Wurzelgebilde gerichtet war, ist mir entgangen, dass es nicht nur ein Oben, sondern auch ein Unten gibt. Ein tiefes, bodenloses Unten! Keuchend drücke ich den Rücken an das Tor, durch das ich getreten bin. Entsetzt begreife ich: Ich bin nicht auf dem Weg zu *Urds Brunnen*, ich befinde mich bereits direkt in diesem. Denn der Raum ist gar kein Raum, sondern ein gigantischer Schacht, der sich unter den Wurzeln geradeaus in die Tiefe bohrt. Ich stehe auf einer schmalen Plattform von vielleicht neun Quadratmetern, blicke nach unten und muss mich beinahe übergeben. Erst die Dunkelheit, dann die Nacktheit und nun das. Als hätte jemand eigens für mich eine Geisterbahn des Horrors errichtet, nur dass statt der Zombies mir andere Monster auf den Fersen sind. Ich konzentriere mich auf das Kunststück, nichts als meine Schuhspitzen wahrzunehmen, während ein saurer Geschmack sich auf meiner Zunge ausbreitet. Niemals werde ich den Grund dieses Brunnens erreichen. Niemals.

Du musst es wollen!

Wie bitte?

Denkst du, das Ziel deiner Wünsche erreichst du, wenn du Zweifel hast?

Ich habe keine Zweifel, sondern ein Problem von mehreren Hundert Höhenmetern, und ich glaube kaum, dass mir in den nächsten Minuten Flügel wachsen. Ohne Gefieder, scheint es, steht hier »Dead End« ganz deutlich in den Architekturplänen geschrieben! Mir gelingt es nur mit knapper Not, Hysterie und Magensäure runterzuschlucken.

Willst du jetzt zum Grund oder nicht?

Jaaaaaaaaa!
Dann mach es möglich.
Wie?
Das weißt du.

Verzweifelt lasse ich alles Revue passieren, was mir in den letzten vierundzwanzig Stunden zugestoßen ist. Was für ein mehraktiges Trauerspiel! Der einzige Anhaltspunkt, der mir einfällt, ist Mimmers Flaschenpost, die mich zuverlässig bis hierher geführt hat. Lässt sie mich nun im Stich?

Die Quelle der Inspiration spürt auf, wer in die Tiefe blickt.

Ja, das war Mimmers Formulierung. Und bisher bin ich ganz gut damit gefahren, den alten Sonderling wörtlich zu nehmen. Also lege ich mich flach auf den Bauch und robbe nach vorn zur Kante der Plattform, die Augen fest geschlossen, die Finger in den Rand gekrallt. Ich will das nicht sehen!

Du kannst es.

Nein. Nein. Nein.

Schau in die Tiefe, und lass dich zum Grund führen.

Hinter mir kratzt es bedrohlich am Tor. Der Wolf! Warum, lieber Gott, kann in meinem Leben nicht eine Scheiße nach der anderen passieren, hübsch der Reihe nach, wie in der Aristotelischen »Poetik«, der Theorie des Dramas? Warum komme ich mir andauernd vor wie Macbeth oder einer dieser geplagten Shakespeare-Helden? Wenn das Untier mich hier auf dieser schmalen Plattform findet, ist es aus mit mir. Gesunder Pessimismus ist angesagt! Was habe ich zu verlieren? Abrupt schlage ich die Augen auf. Ich will zum Grund dieses Brunnens, denke ich, während ich auf den kleinen, hellen Punkt starre, der der Boden sein muss. Dieser helle Punkt ist alles, was ich sehe, dem hellen Punkt gilt all meine Konzentration.

Gut, weiter!

Die Plattform setzt sich genau in der Sekunde in Bewegung, als ich das Quietschen der Torflügel höre. Doch der Wolf ist längst mein geringstes Problem. Mit enormer Geschwindigkeit stürzt die Plattform in die Tiefe. Ich schreie, so laut ich kann.

8   Der Wolf fällt!

»Mit oder ohne Schlag?«

Schwere Entscheidung. Therese stand vor mir, das unverbindliche Gastwirtinnenlächeln im Gesicht, und wartete auf meine Antwort. Sie war eine kleine, zarte, aber energische Person mit gesunden Apfelbäckchen, auf denen helle Sommersprossen ein interessantes Muster zeichneten. Ihre hellblonden Haare waren kurz geschnitten, wodurch sie aus der Entfernung fast wie ein Junge aussah. Aus der Nähe aber blickte sie einen aus unglaublich greisen, hellblauen Augen an. Wie alt sie wohl war? Schwer zu sagen, ich war immer schon schlecht im Schätzen gewesen.

»Mit Schlag«, antwortete ich, plötzlich entschlossen, dass es darauf auch nicht mehr ankam. Wenn mein Blind Date schon wie vom Erdboden verschwunden war und mir wildfremde Schnüffler eine Diät ans Herz legten, dann sah ich eigentlich keinen Grund, diesen Ignoranten recht zu geben, indem ich auf einer Karotte herumkaute. No way!

Also hatte ich, nachdem ich mit der Geschichte des Gendarmen nicht weiterkam, mein Wirtshauszimmer verlassen, um meinem hungrigen Körper Kohlenhydrate zuzuführen. Ich hatte nämlich an diesem wirren, unglaublichen Tag das Essen völlig vergessen. Ich sollte öfter recherchieren, dann wäre ich bald schlank wie Heidi. Sport ist etwas für Fitnesspäpste, ich empfehle die Schriftsteller-Recherchediät!

In der Gifthütte herrschte gähnende Leere, was mir nur recht war. Auch vom Schnüffler war weit und breit nichts zu sehen, was mich überraschte, da er mir doch bislang den ganzen Tag kaum von den Fersen gewichen war. Nach unserem Streit auf dem Sportplatz jedoch war er verschwunden. Regelrecht verschollen. Vielleicht hatte er endlich die Flucht ergriffen. Oder plante er die nächste Attacke? Spinner! Was auch immer er im Schilde führte, es hatte wohl etwas mit Mimmers Chronik zu tun. Und mit dem Gendarmen. Ich war jedoch nicht gewillt, ihm auch nur den kleinsten Hinweis zu geben. Ich hatte genug mit meinen eigenen Problemen zu tun. Sollte er doch selbst herausfinden, was er wissen wollte.

Therese verschwand in der Küche. Warmer Mohnkuchen nach Art des Hauses, das war eine Versuchung, der ich nicht widerstehen konnte. Süßspeisen mit Mohn, egal ob Strudel, Torte oder Kuchen, trugen eine gewisse Schuld an meinen permanenten Gewichtsproblemen. Jeder Widerstand war zwecklos, ich war dem Zeug verfallen, besonders, wenn es warm, weich und saftig war. Mmmmm.

Dazu kam noch der Frustfaktor. Keine Nachricht, keine Entschuldigung, nicht einmal eine dämliche Ausrede von Seiten des Lehrers, seit er mich so schmählich per SMS versetzt hatte. Nichts, wirklich gar nichts, als existiere er nicht mehr. Ich erinnerte mich dunkel, ihm mitten in der Nacht, empört und schlaflos, wie ich war, eine Antwort-SMS geschickt zu haben, war allerdings zu feige, um im Postausgang nachzulesen, zu welchen Formulierungen ich mich hatte hinreißen lassen. Es hatte, pädagogisch wertvoll, etwas mit Götz von Berlichingen zu tun. Nun ja, abhaken, unter Misserfolge ablegen und nicht mehr daran denken.

Ich nahm einen Schluck von meinem Milchtee, während ich an die gespenstische Prozession durch den Ort dachte, der der Schnüffler und ich hatten beiwohnen dürfen. Die einzigen Fremden in dieser eingeschworenen Gemeinde. Außenseiter, denen man die kalte Schulter zeigte.

Die Wärme des Tees, den mir Therese in einer großen Porzellantasse serviert hatte, tat gut, obwohl der Geschmack fragwürdig war. Fischig irgendwie, als wäre das Wasser abgestanden oder aus einem bewohnten Gewässer geschöpft. Es war eben ein Dorfwirtshaus, kein Wiener Café und schon gar kein englischer Tearoom, dachte ich und seufzte. Mit vier Päckchen Zucker war das Zeug dann halbwegs trinkbar. Hauptsache, heiß und süß.

Sepp kam aus der Küche, einen Teller mit einem Riesenstück Kuchen in der einen, eine Gabel in der anderen Hand. Er platzierte beides vor mir auf dem Tisch, lächelte wie immer und wünschte mir einen guten Appetit. Ich dankte ihm, betrachtete die Monsterportion und versuchte, keine Kalorien zu zählen. Der Duft war überwältigend. Der grauschwarze Kuchen sah wunderbar saftig aus und war mit einer feinen Staubzuckerschicht sowie einem Berg Schlag garniert. Ein Traum.

Irritiert schaute ich auf. Der Wirt hatte sich keinen Zentimeter bewegt, er stand mit verschränkten Armen neben meinem Tisch, als wollte er meinen ersten Bissen von der Gabel in den Mund und bis in den Magen verfolgen. Ich sah ihn fragend an, woraufhin er mit Schöpferstolz auf den Kuchen deutete wie andere auf ihr erstgeborenes Kind.

»Ein *bisschen* Mohnkuchen.«

»Ja. Riecht toll.«

Wie zur Bestätigung und um ihm einen Wink mit dem Zaunpfahl zu geben, schnupperte ich an dem Kuchen und nickte Sepp anschließend mittelfreundlich zu. Er schien das jedoch als Aufforderung aufzufassen und setzte sich auf den Stuhl neben meinem. Er trug dasselbe dunkelgraue Schafwollgilet, das er immer anhatte, darunter ein Flanellhemd von undefinierbarer Farbe und eine abgetragene Jeans, deren Hosenboden ausgeleiert war und fast bis zu seinen Kniekehlen hing. Seine Haare wirkten noch unfrisierter als sonst, seine Haut war womöglich etwas stärker gerötet.

»Hat Ihnen die Bürgerversammlung gefallen?«

Ich schwieg und teilte mit der Gabel ein Stück Kuchen ab, schaufelte Schlag darauf und führte es zum Mund.

»Interessante Sache«, sprach er weiter, als hätte ich ihn ermuntert, »wie verschieden Wölfe auf Jäger reagieren. Es gibt welche, die laufen davon, so schnell ihre Pfoten sie tragen. Andere lassen sich in die Ecke treiben und knurren dann lautstark. Einige warten einfach gottergeben ab, bis man ihnen die Schlinge um den Hals legt. Manche aber greifen an. Und erst dann wird die Jagd interessant, verstehen Sie?«

Ich kaute, was Sepp zufrieden zur Kenntnis nahm, den ersten himmlischen Bissen Kuchen, schluckte und ließ mir absichtlich Zeit mit meiner Antwort.

»Ich halte nichts von der Jagd. Das Ganze ist barbarisch. Außerdem ist es feige, mit Waffen zu schießen. Ich möchte nicht wissen, wie die Sache ausginge, wenn der Mensch mit bloßen Händen auf das Tier losgehen müsste.«

»Aber die Waffe hat der Mensch sich durch die Evolution erobert. Das macht ihn überlegen. Er geht aufrecht, und er kann Materialien zu Waffen formen. Für die Verwendung braucht er keine Rechtfertigung, er ist Mensch. Die Krone der Schöpfung.«

Ich lachte bitter, während ich das zweite Stückchen Mohnkuchen mit Schlag in Angriff nahm. Ähnliche Sprüche hatte der Bürgermeister auch geklopft. Ich erinnerte mich genau an seine Rede bei der seltsamen Versammlung auf dem Sportplatz und schauderte. Eine Wolfsjagd.

Mir fiel etwas ein, schnell schluckte ich die süße Mohnmasse hinunter und sah Sepp an.

»Was ist das für eine Hütte? Der Bürgermeister hat eine Waldhütte erwähnt, was hat es damit auf sich?«

Zum ersten Mal, seit ich ihn kannte, hörte der Wirt auf zu lächeln. In seinen Augen blitzte ein völlig fremder Funke, eine Art von schlauer Berechnung gemischt mit Leidenschaft (Wahnsinn?), als er mir nach einer kurzen, effektvollen Pause antwortete.

»Ja, ja, die Hütte. Im tiefsten, dunkelsten Teil des Waldes liegt sie, an der Stelle, wo alle Wege beginnen und enden. Jeder im Ort kennt sie, obwohl sie schwer zu finden ist. Früher«, Sepps Blick schweifte ins Leere, »gingen die Menschen oft in den Wald. Heute nicht mehr. Nicht mehr.«

»Lebt jemand in der Hütte?«

»Eine alte Frau, so sagt man, die in kupfernen Töpfen und Schüsseln duftende Säfte braut. Wer sie trinkt, wird Wahrheit finden. Es soll allerdings viel kosten, die Getränke zu probieren. Den Verstand, womöglich! Aber sie ist nicht immer dort, die Alte, sie ist viel im Wald unterwegs, in der einen oder anderen Gestalt. Ich habe sie selbst noch nie getroffen. Mein Großvater hat mir von ihr erzählt.«

Ich schüttelte verständnislos den Kopf. Typisch Bergbewohner, ohne ihre Mythen und Sagen konnten sie nicht existieren. Dennoch, etwas an der Geschichte faszinierte mich gegen meinen Willen. Oder war es die fast heilige Andacht, mit der der Wirt sie erzählte ...

»Na gut. Also es gibt eine Hütte mit einer alten Oma, die erstklassig kochen kann. Das ist ja nicht so außergewöhnlich. Vielleicht sollte ich sie mal besuchen. Die kann mir bestimmt ein paar nette Dorfanekdoten erzählen, und gegen gute Küche habe ich auch nichts einzuwenden. Gibt es eine Wegbeschreibung, wie man dort hinkommt?«

Sepp, der bis dahin durch mich hindurchgesehen hatte, richtete seine sonderbaren glasigen Augen auf mich und grinste, was fast wie ein Zähnefletschen wirkte.

»Ich bin mir sicher, Sie finden den Weg. Solange Sie sich vor dem Wolf in Acht nehmen. Beeilen Sie sich, bevor es im Wald dunkel wird. Und kommen Sie nicht vom Pfad ab, sonst stolpern Sie womöglich und brechen sich ein Bein. Alle Wege im Wald führen zur Hütte. Alle. Und dann, in der Stube, vergessen Sie nicht, die alte Dame freundlich zu grüßen, aber schauen Sie sich nicht zu gründlich um, das hat sie nicht so gerne. Und jetzt essen Sie den Kuchen, solange er noch warm ist.«

Er stand auf, nickte mir zu, das übliche Lächeln wieder mitten im Gesicht, und verschwand hinter der Theke.

Ich atmete tief durch und nahm noch einen Schluck Tee. So ein Sonderling. Einen absurden Moment lang hatte er mir richtig Angst gemacht. Sogar größere Angst als der Schnüffler mit seinen gehetzten Augen und seiner Art, geheimnisvoll aufzutauchen und zu verschwinden. Was, zum Teufel, hatte Alt seit der Versammlung gemacht? Wo war er? Hatte er womöglich den Fall Mimmer gelöst? Ich musste herausfinden, was er ...

»Schmeckt's?«

Thereses Stimme riss mich aus meinen Gedanken. Tatsächlich hatte ich mit fast frenetischem, heißhungrigem Eifer den halben Kuchen quasi vernichtet. Ich blickte auf den Teller, wo mir der kümmerliche Rest wie ein bitterer Vorwurf entgegenduftete. Um Himmels willen, wohin ist das alles verschwunden? Es gab nur eine Erklärung: PMS = Problemzonen maximierender Schwachsinn!

»Ja, danke, sehr gut. Aber ich glaube, jetzt bin ich satt.«

Therese sah prüfend erst das verbliebene Stück Kuchen, dann mich an, schien im Kopf irgendetwas zu überschlagen und meinte schließlich zuvorkommend: »Sie können es gerne für später einpacken.«

Das erschien mir eine ausgezeichnete Idee, daher wickelte ich den Kuchen in mehrere Servietten und ließ das Lunchpaket in meiner minimalistischen, aber dafür dekorativen Handtasche verschwinden.

»Noch eine Tasse Tee?«

»Danke, nein, genug Zucker für heute.«

Therese lächelte schmallippig und entfernte sich, wofür ich dankbar war. Ihre Augen schienen alles zu registrieren, alles in einem Erinnerungsordner abzulegen, auf einer Platz sparenden, aber hocheffizienten Festplatte, und das machte mich ziemlich nervös. Zeit, das weitere Vorgehen zu überlegen. Ich musste an die wahre Geschichte von W. rankommen! Musste aus dieser den Plot entwerfen. Die Deadline drängte!

Ich schob den leeren Teller zur Seite und wollte gerade aufstehen, als mir etwas einfiel. Was hatte Sepp gesagt? Die alte Frau braut Tränke in ihrer Hütte. Wer sie trinkt, wird Wahrheit finden. Die Hütte! Die Hütte im Wald!

Das war der Moment, wo wieder einmal, wie so oft in dieser äußerst seltsamen Geschichte, mehrere Dinge gleichzeitig passierten. Die Wirtshaustür wurde aufgerissen, Adrian Alt stürmte in den Raum, packte mich, zerrte mich vom Tisch weg, sah den leeren Teller und schrie laut auf, wobei Letzteres auch damit zu tun haben konnte, dass ich ihm meinen Ellbogen schwungvoll in den Magen gerammt hatte, woraufhin er hinter mir zusammenbrach und mir dafür die Freiheit wiedergab. Er sah insgesamt äußerst mitgenommen aus: Seine Kleidung war verdreckt und teilweise zerrissen, an der einen Schulter kam tatsächlich die nackte, blutige Haut zum Vorschein, seine Hände waren aufgeschürft, und er klammerte sich verbissen an eine alte Dokumentenmappe.

Sepp und Therese kamen aus der Küche gelaufen, erkannten meine Situation und ergriffen sofort die Initiative. Sepp zog ein Gewehr unter der Theke hervor und richtete es auf den Schnüffler, der panisch zwischen meinem vermutlich zornroten Gesicht und der Gewehrmündung hin und her blickte, um mich schließlich wütend anzufahren.

»Was haben Sie gegessen? Was? *Was?* Habe ich Ihnen nicht gesagt ... Herrgott, wie kann man nur so verfressen sein? Sie ...«

Das, genau DAS war der Moment des Tobsuchtsanfalls. Ich heulte auf, griff ohne zu zögern nach dem leeren Kuchenteller und schleuderte ihn nach dem immer noch am Boden liegenden Schnüffler. Ich verfehlte seinen Kopf um Millimeter, der Teller schlug am Boden auf, zerbrach, eine Porzellanscherbe traf Alt an der Wange, eine andere, kleinere, schien er ins Auge bekommen zu haben. Er brüllte etwas, presste seine rechte Hand auf das Auge, jedoch ohne die Mappe loszulassen. Mit der Linken wehrte er Sepps Gewehr ab, während Therese unentwegt auf ihren Mann einredete. Ich bekam das alles nur noch peripher mit, da ich panisch nach meiner Tasche gegriffen hatte und zur Tür geflüchtet war. Bloß raus aus dem Irrsinn, fort!

Aber wohin?

Mir fiel nur ein Platz ein, wo ich möglicherweise Antworten bekommen würde und zugleich einigermaßen geschützt vor Schnüfflern sowie Einheimischen war: die Hütte im Wald. Die musste ich finden, inklusive netter alter Oma, daher lief ich schnurstracks in die Dunkelheit, Richtung Waldrand. Ich blieb nur ein einziges Mal stehen, als mir nämlich vor Schreck das Herz fast in die Hose rutschte. Hinter mir, aus der Gifthütte, hörte ich deutlich ... O Gott, o lieber nicht existierender Dorfgott, o Allah, Manitu oder wie du sonst noch heißen magst, aus dem Wirtshaus ertönte ... o bitte nicht!

Ein Schuss.

9 Weißt du Opfer zu bieten?

Mein Aufprall am Grund des Brunnens ist weicher als befürchtet, dank eines radikalen Bremsmanövers auf den letzten zehn Metern. Aber der Knall, mit dem die Plattform auf dem Boden aufschlägt, ist ohrenbetäubend und hallt von den Wänden des gigantischen Schachtes über mir wider.

Mein erster erschreckend rationaler Gedanke ist: Die Quelle ist versiegt! Ich bin davon ausgegangen, dass sich irgendwo in der Tiefe des Brunnens Flüssigkeit befinden muss. Immerhin ist dies ja der Sinn einer Quelle, nicht wahr?

Es gibt verschiedene Arten, Flüssigkeit aufzubewahren, vergiss das nicht!

Schon, aber ... Da entdecke ich die Gegenstände, die mir im Zwielicht entgangen sind: Holzfässer. Sie stehen in Stapeln übereinander und bilden an der einen Seite der Schachtwand einen etwa zwanzig Meter hohen Durchgang, der in einen breiten Gang führt. Der Gang ist ein Steingewölbe, an dessen Wänden Abertausende von Fässern säuberlich übereinander und nebeneinander gelagert sind. Ihr Holz riecht alt, ähnlich wie die Wände des Baumstammzimmers hinter der Tür, doch ein anderer Geruch ist eindeutig dominant. Es ist der gleiche Geruch, der das Hexenhaus erfüllt hat, und eben jener Geruch, der mich so untrüglich durchs dunkle Wurzellabyrinth geführt hat. Ich erkenne das süße, würzige Aroma. Der vergorene Waldhonig und die Gewürze erzeugen ein unverkennbares Bouquet, und plötzlich weiß ich ganz genau, wo ich bin, schließlich stamme ich aus einer waschechten Winzergegend.

Am Grund von Urds Brunnen befindet sich ein Weinkeller!

Staunend wandere ich den Gang entlang, Raum folgt auf Raum, diese unterirdischen Vorräte müssen schier unerschöpflich sein. Bestimmt bräuchte man Stunden, um die Fässer zu zählen, wenn man einen so gearteten mathematischen Ehrgeiz besäße.

Ich merke, dass es stetig leicht bergab geht, meine Beine lassen sich nur noch unter Protest zum Weitergehen bewegen, und meine Fußsohlen brennen wie das ewige Höllenfeuer. Außerdem ist der Weg schneckenförmig angelegt, jede Abzweigung führt immer wieder unweigerlich nach links, und die Abstände zwischen den Ecken werden kürzer und kürzer. Mein Herz pocht vor Aufregung lautstark in meinen Ohren. Ich weiß, ich bin meinem Ziel unglaublich nahe, ich kann es förmlich nach mir rufen hören!

Abrupt bleibe ich stehen. Ich kann tatsächlich etwas hören! Ich muss mit den Zähnen fest in meinen Handrücken beißen, um nicht in lauten Jubelgesang auszubrechen. Denn die zwei Geräusche, die mich etwa gleichzeitig erreichen, sind zwar völlig unterschiedlicher Natur, und doch ist jedes für sich genommen unsagbar schön. Tränen rinnen unkontrolliert über meine Wangen, als ich für einen Moment, den Kopf in den Nacken gelegt, lausche: Wasserplätschern und ein fröhliches, menschliches Pfeifen. Ich bin am Ziel!

Nach der nächsten Linksabzweigung wird der Gang deutlich höher und breiter und mündet schließlich in das größte und fantastischste Kellergewölbe, das überhaupt vorstellbar ist.

Der Boden besteht aus einem prachtvollen Steinmosaik, das den Wald und seine Tiere darstellt. Die Decke ist ebenso kunstvoll bemalt wie die Hexenhütte, das Gemälde zeigt einen wundervollen azurblauen Himmel, bevölkert von Hunderten verschiedener Vogelarten, deren Augen wohl glänzende Steine sind, zumindest funkeln sie wie Sterne. Die Fässer, die sich hier an den Wänden stapeln, sehen weit älter aus als jene in den anderen Räumlichkeiten, ihr Holz ist fast schwarz, sie sind mit schweren schimmernden Metallbändern eingefasst und durchwegs mit zierlichen Zapfhähnen bestückt. Ein herrlich intensives Honigaroma erfüllt die Kellerluft. Obwohl ich keine einzige Lichtquelle ausmachen kann, erstrahlt das riesige Gewölbe in einem warmen, goldenen Licht, das mich wohlig schaudern und die unterirdische Kälte vergessen lässt.

Doch wirklich sprachlos macht mich die Überraschung, die mich im Zentrum erwartet. Ich durchquere den halben Keller, um das Gebilde näher zu begutachten, das die Geräusche verursacht, die sich so wunderbar anhören. Fast glaube ich, es mit einer besonders subtilen Multimedia-Fata-Morgana zu tun zu haben, und ich wage kaum, zu tief Luft zu holen, aus Angst, ein Hauch könnte es fortwehen. Doch nein, es bleibt, wo es ist, und strahlt nur umso prächtiger, je näher ich komme.

Es ist nicht zu glauben! Hier, am allertiefsten Punkt des Waldes, am Ziel meiner Reise, plätschert, ja tatsächlich, ein runder, steinerner Springbrunnen fröhlich vor sich hin. Zwei wunderschöne weiße Schwäne schwimmen nebeneinander im Brunnenwasser, die eleganten Hälse malerisch gebogen. Ich kann meinen Blick kaum von diesen faszinierenden Tieren abwenden, die ihre Kreise in dem Becken ziehen. Doch Schwäne pfeifen nicht, richtig? Woher also kommt das zweite Geräusch, das menschliche, wenn ich bisher keinen Menschen im Keller entdecken konnte? Das Pfeifen hört unvermittelt auf.

Manchmal muss man sich Zeit nehmen, die Dinge gründlich zu betrachten.

Ich will gerade etwas erwidern, als mir klar wird, dass ich die Stimme nicht nur in meinem Kopf, sondern auch real hören kann. Es ist dieselbe Stimme, die mich durch das Wurzelwerk hierhergeführt hat, seit Motzmarie so plötzlich verstummt ist.

»Was suchst du hier?«, fragt die Stimme. »Die Wahrheit etwa? Was für eine weltbewegende Suche ist doch jene nach der Wahrheit. Wie schade, dass man sie mit den Beinen vergeblich sucht. Da kann man noch so viele Treppen hinuntersteigen, am Ende liegt die Wahrheit in der eigenen Brust begraben, nirgends sonst. Hier bin ich, werte Besucherin, hier oben, direkt vor deiner Nase!«

Endlich habe ich den Ursprung der Stimme entdeckt, und der Schreck ist so groß, dass ich ihn erst einmal nur mit offenem Mund anglotzen kann, als hätte ich meinen Verstand an der Erdoberfläche zurückgelassen.

»Umgekehrt, meine Liebe!«

In der Mitte des Springbrunnens, das haben diese Einrichtungen ja so an sich, befindet sich der Wasserspeier, aus dessen Öffnung das Wasser ins Becken fließt. Völlig logisch. Nur dass in diesem speziellen Fall der Wasserspeier keine simple Öffnung ist. Es ist auch kein Löwenmaul oder ein Gefäß in den Händen einer kitschigen Steinputte, o nein. Am oberen Ende einer hohen Säule befindet sich ein menschlicher Kopf, aus dessen Mundwinkeln das Wasser in den Brunnen plätschert.

Das wäre an sich noch keine absolute Sensation, wenn man bedenkt, dass ich mich gerade meilenweit unter der Erde, unterhalb eines extrem ungewöhnlichen Hexenhausbaumes befinde, einen gigantischen Brunnenschacht hinabgestürzt bin, nachdem ich gründlich dampfgereinigt wurde, und dass ein mörderischer, sprechender Wolf mir auf den Fersen ist. Aber zum einen ist es so, dass der Wasserspeierkopf einen ziemlich lebendigen Eindruck macht und mit Vorliebe weise Sprüche von sich zu geben scheint. Zum anderen ist es auch nicht irgendein Kopf, sondern einer mit einem mir durchaus bekannten Antlitz.

»Ha-ha-hallo, Herr Mimmer«, stottere ich. Die stechend blauen Augen inmitten des ungewöhnlich gebräunten, faltigen Gesichtes mustern mich amüsiert. Das dicke, graue Haar steht wirr in alle Richtungen ab, genau wie auf der Fotografie im Museum. Kein Zweifel, das ist der Kopf des Dorfdichters höchstpersönlich! Mir wird übel.

»Warum denn so blass? Tritt erst einmal näher hierher, ich bin ein wenig kurzsichtig, auch wenn mein Gehör immer noch vom Feinsten ist. Waldzauber.« Er lächelt.

Ich fürchte, wenn ich versuche zu sprechen, werde ich mich übergeben müssen. Miss Mausezahns Worte fallen mir ein, was jedoch nicht dazu beiträgt, meinen Magen zu beruhigen.

Er ist verschwunden, niemand hat ihn je gefunden. Am Anfang haben sie vermutet, dass er bis in den Wald geflogen ist und ihn vielleicht ein Wolf erwischt hat (ein Wolf!), *aber sie haben überall gesucht und nicht einmal ein Knöchelchen oder einen klitzekleinen Zahn gefunden.*

Der Kopf. Mimmers Kopf. Er sitzt auf einem Springbrunnen tief unter der Walderde. Ein Wachskopf im Sarg, ein kunstvoll gefertigter, äußerst realistischer …

»… Wachskopf!«

»Wie bitte?«

Erschrocken halte ich mir den Mund zu. Habe ich eben laut gesprochen? Der strenge eisblaue Blick ist immer noch unverwandt auf mich gerichtet, während ich zögerlich ein paar Schritte näher hingehe.

»Ich, äh, Verzeihung, Herr Mimmer, wenn ich hier so reinplatze. Mein Name ist Olivia Kenning, ich habe mich im Wald verirrt und bin dabei auf Ihre Flaschenpost sozusagen gestürzt ...«

Mimmer legt die Stirn in zusätzliche Falten.

»Welche Flaschenpost?«

»Nun«, ich spüre die Panik zurückkehren, »den Zettel in der alten Weinflasche in der Wolfsfalle. Sie ist doch von Ihnen: *Tief im Wald wirst du finden, was du suchst. Instinkte, in die Tiefe blicken, Ziel*«, ich muss Luft holen, »*Ziel der Wünsche?*«

Der Wasserspeierkopf nickt langsam.

»Die Worte sind von mir, doch wie sie in den Wald geraten sind, weiß ich nicht. Ich schrieb sie vor meinem Tod an einen Vertrauten. Ich hoffte sehr, dass er eines Tages das Geheimnis durchschaut und den Weg findet. Doch gekommen bist du, Olivia Kenning. Höchst erstaunlich. Nicht viele schaffen es bis hierher. Also, sprich, was ist dein Anliegen?«

»Nun, man sagt, dass es eine Quelle gibt, die einem dichterische Inspiration verleiht. Ich bin ...«, Herrgott noch mal, nun sag es schon!, »Schriftstellerin und habe derzeit eine größere – äh – Blockade. Dummerweise ist da eine Deadline, die ich einhalten muss, und daher ...«

»Da dachtest du, wie praktisch, so ein märchenhafter Schluck Wunschwasser, und danach sprudeln die Bestseller nur so aus dir heraus, du wirst reich, berühmt und kaufst dir deine eigene Südseeinsel.«

Mimmer lacht schallend.

»Fliegt der Kauz denn immer noch durch den Wald und verbreitet diese Geschichte? Wildes Hexengeschwätz! Schlaue, alte Nachteule!« Er schmunzelt amüsiert. »Generationen von Möchtegernautoren haben sich ganz schrecklich verlaufen, manche, glaube ich, irren schon seit Jahrhunderten rastlos durchs Labyrinth oder kriechen heulend durchs Unterholz. Sie meinen, der sagenhafte Quell würde sie zu Dichtern machen. Ich muss dich enttäuschen, Olivia, so einen Trank gibt es nicht.«

Mir klappt der Mund auf. Kläglich deute ich auf Mimmer selbst.

»Aber die Flaschenpost, Ihre eigenen Worte.«

Der lange Weg, denke ich verzweifelt, soll das alles umsonst gewesen sein?

»Du musst zuhören! Ich habe nicht gesagt, dass es nichts zu trinken gibt. Sehe ich so aus, als würde ich ein gutes Gläschen nicht zu schätzen wissen? Ich versichere dir, du bist nicht auf dem schlechtesten Weg. Du bist am Grund allen Wissens angekommen. Sieh dich um! Na los! Mach schon!«

Gehorsam blicke ich mich um. Gewölbe. Fässer. Mosaik. Springbrunnen. Schwäne. Wie gehabt.

»Schön.«

»Schön? *Schön?*«

Mimmer lacht dröhnend.

»Begreifst du nicht? Das hier ist der Ursprung. Der Anfang von allem. Alle Energie, alles Leben ist aus dieser Quelle hier entsprungen. Den Honig wiederum hat die Erde durch die Flora und Fauna hervorgebracht. Wasser und Erde zusammen enthalten einen Funken dessen, woraus alles entstand. Und diese Vielfältigkeit lässt sich zu Essenzen konzentrieren. Nichts, was es nicht gibt in diesen Fässern. Met ist darin enthalten, der älteste, geheimste Kräfte hat, Met für jeden Zweck.«

»Herr Mimmer«, wende ich mich bittend an ihn, da meine Konfusion immer größer wird, »was hat es mit dem Met denn auf sich? Die alte Frau in der Hütte«, die *Hexe*, denke ich, »hat so Andeutungen gemacht. Veredelung, Weine, vor denen man sich in Acht nehmen muss.«

Mimmer lacht. »Das Waldgeheimnis nenne ich es. Was, zum Beispiel, weißt du vom Skaldenmet?«

»Skaldenmet? Noch nie gehört.«

»Skalden sind Sänger, die im alten Skandinavien für ihre Herren Gedichte und Lieder verfassten. Poeten. Dem Mythos nach hatten sie alle einen Schluck des berühmten Dichtermets getrunken, der tief unter der Erde in einem alten Gefäß verwahrt wird.«

Ich sehe flüchtig zu den Fässern an den Wänden.

»Und ... und was bewirkt dieser Skaldenmet?«

Mimmer seufzt vor Ungeduld. Ich fühle mich wie die Vorzugsschülerin, der die korrekte Antwort auf der Zunge liegt, doch ich komme nicht darauf. Mein Kopf schmerzt, und eine lähmende Müdigkeit lastet spürbar auf mir.

»Du musst schneller denken, Olivia! Dieser Met ist kein Zaubertrank. Er enthält lediglich das Mark allen Lebens in sich. Die Quintessenz, aus der alles entstand. Er kann also nichts erzeugen, was nicht vorhanden ist. Doch in der richtigen Konzentration und Reife genossen, kann er verstärken, was da ist. Kurz gesagt, er macht keinen Dichter aus dir, aber er wird das herausbringen, was in dir steckt, und das, meine Liebe, magst du dann *Inspiration* nennen oder auch *Wahrheit*, wie es dir beliebt.«

Dichtermet! Mein Wunsch wird übermächtig. Ich brauche diesen Trank, ich weiß, dass ich nur damit mein Lebensziel erreichen kann. Leer und armselig werde ich mich fühlen, wenn ich ohne einen Schluck von hier verschwinde.

»Herr Mimmer«, rufe ich mühsam beherrscht, »ich muss diesen Met kosten!«

»Sehr weise, junge Frau. Doch wie alles im Leben hat er seinen Preis.«

Ich überschlage das Bargeld in meiner Börse, überlege sogar, trotz der Absurdität, ob Bankomat- oder Kreditkarte akzeptiert werden, bin aber in jedem Fall bereit zu bezahlen, was immer nötig ist.

»Ich muss ihn haben, koste es, was es wolle.«

Ich krame in meiner Tasche, zücke mein Portemonnaie, glücklich, dass es nun doch noch seinen Dienst erfüllt, nachdem ich es quer durch die Wildnis geschleppt habe, und sehe Mimmer erwartungsvoll an. Doch der kichert nur.

»So einfach ist das nicht. Mit Geld ist der Met nicht zu kaufen.«

»Womit dann?«

Ich spüre die Veränderung in der Luft, lange bevor ich das Geräusch höre. Genau genommen ist es nicht ein Geräusch, sondern eher eine Zusammenballung von vielen einzelnen Geräuschen. Es erinnert entfernt an Meeresrauschen, nur dass es nicht Wasser, sondern Luft ist, die in Bewegung zu geraten scheint. Langsam, wie in Zeitlupe, lege ich den Kopf in den Nacken und sehe, was mit dem gemalten Himmel über mir passiert. Schreiend werfe ich mich flach auf den Boden, während Mimmers Lachen durch das Gewölbe hallt.

Ein Vogelschwarm ist am Deckengemälde aufgetaucht und

kommt immer näher. Das kann aber doch nicht sein! Das ist völlig unmöglich! Es ist Farbe auf Stein, oder? Als wollten sie mich vom Gegenteil überzeugen, öffnen sie ihre Schnäbel, um mich zu begrüßen. Endlich sehe ich, um was für Geschöpfe es sich handelt, und begreife, dass das nicht nur ein böser Traum ist.

Ich muss mir die Ohren zuhalten. Die Schreie der Käuze mischen sich mit Mimmers Gelächter und hallen als gruseliger Chaoschor von den Wänden des Weinkellers wider. Hundertfaches Flügelschlagen erzeugt einen nach Gefieder und Wildheit riechenden Windstoß, der meine Haare endgültig zerzaust. Das Ende von Drei-Wetter-Taft. Wald unter, Kauzsturm, und die Frisur hält *nicht*.

Ich schnappe nach Luft, unterlasse es aber sofort wieder, denn ich atme eine Mischung aus Staub, Daunengeruch und Alkoholdunst ein, was mich zum Niesen bringt. Flach auf dem Boden liegend, drücke ich das Gesicht in meine rechte Armbeuge, die angenehm nach neuem Leder riecht, und warte ergeben darauf, dass sich die Eulenmeute auf mich stürzt. Ich hätte im Zuge dieses Waldabenteuers mit vielen Todesarten gerechnet, aber so ein Hitchcock-Szenario übertrifft wirklich alles. Denn aus der Decke flattert noch immer ein schier endloser Schwarm von Waldkäuzen in den Keller. Und da zählen sie dieses Tier zu den gefährdeten Arten? Ha! Vom Aussterben sind die jedenfalls nicht bedroht!

Ich warte auf das Gefühl von pickenden und schnappenden Schnäbeln, von scharfen Krallen im Genick, und sehe mich schon in hungrige, große Eulenaugen starren, als ich klar und deutlich Mimmers Stimme mitten in dem Wahnsinn sprechen höre. Ich hebe den Kopf.

»Werte Versammlung«, sagt er zu den Käuzen gewandt, die sich auf den Holzfässern niedergelassen haben wie das absurdeste Gericht der Welt, »lange Zeit hat kein menschliches Wesen mehr den Weg zu Urds Quelle gefunden. Verwaist liegt die Hütte seit vielen Jahren im ältesten Wald, gut behütet lagert der Honigwein in seinen Fässern, reift und wächst. Der Mensch erwirbt sich sein Recht, ihn zu kosten, wenn er die acht Stufen erklimmt.«

Zustimmendes Kauzgurren.

»Welche acht Stufen?«, platze ich heraus, woraufhin Frau Wurds Stimme aus dem Schnabel eines mageren, sehr dunkelbraunen Kauzes dringt.

»Du kennst sie bereits«, sagt das Tier.

»Ich ...«

»Weißt du zu ritzen?«, fragt ein anderer Kauz mit der gleichen Stimme, »Weißt du zu erraten?«, fügt ein dritter hinzu.

»Weißt du zu finden?«, »Weißt du zu erforschen?«, ich komme kaum nach, den jeweiligen Sprecher auszumachen, immer mehr Käuze stimmen in den Chor ein, doch welcher ist Sibby? In welchem steckt die Hexe?

»Weißt du zu bitten?«, »Weißt du Opfer zu bieten?«, »Weißt du, wie man senden, weißt du, wie man tilgen soll?«

Ich schaue panisch von Kauz zu Kauz. Sie sind kaum zu unterscheiden, ähneln sich wie ein Federvieh dem anderen. Wie soll ich herausfinden, welcher mein Ansprechpartner ist?

»Frau Wurd? Sibby?«, brülle ich, um den Kauzchor zu übertönen. »Wo sind Sie?«

»Überall!«, antworten die Tiere gleichzeitig. »Jedes ist ein Teil, und jedes ist das Ganze.«

Das Echo hallt unheimlich von den Wänden wider: *Ganze – Ganze – Ganze ...*

»Das ist das Geheimnis des Wünschens. Weil alles um dich aus derselben Substanz erschaffen wurde, aus Urds Quell gewachsen ist, steckt in allem immer auch ein Teil von dir. Diese Teile kannst du zu dir rufen, der Met unterstützt dich dabei.«

»Das will ich ja!«, schreie ich. »Doch was muss ich dafür tun?«

Ein einzelner Kauz flattert aus der Menge heraus und lässt sich auf Mimmers Schädel nieder. Er klackert mit dem Schnabel und sieht mich durchdringend an.

»Worte hast du gefunden, Dichter nennst du dich, folglich ist das Ritzen kein Problem. Die richtigen Antworten gabst du, den Weg in den Keller fandest du durch dunklen Wald und Labyrinth. Erforscht hast du die Runen und gebeten um das, was du in dir trägst. Gesendet und getilgt hast du, als du dich deinen Ängsten stelltest. Nun stehst du am Quell, und Zeit ist es, das Opfer darzubringen.«

»Opfer?« Das Wort klingt alt und fremd aus meinem Mund. »Was denn für ein Opfer?«

»Tritt an den Quell!«, befiehlt Mimmer. »Und sieh selbst!«

Als wäre mein freier Wille ausgeschaltet, bewege ich mich mechanisch an den Rand des Springbrunnens. Die Schwäne schwimmen gerade vorbei. Ich sehe ihnen nach und schaue dann auf mein Bild im Wasser. Es ist verschwommen, da das Wasser in Bewegung ist. Meine Mundpartie glättet sich als Erstes, dann meine Nase und schließlich … Ich schwanke, als ich erkennen kann, was der Fehler in der Spiegelung ist: Unter meiner rechten, säuberlich gezupften Braue klafft ein mehrere Zentimeter breites Loch. Wie grässlich! Die Wunde wirkt frisch, noch nicht vernarbt. Ich möchte die Hand heben, um dorthin zu greifen, doch sie ist schwer wie Blei, als stünde mein Körper unter einem Zauberbann. Ich bin gezwungen, weiter ins Wasser zu starren. Mein Gesicht verändert sich, wird überlagert, und Sekunden später starrt mich der Wolf aus dem Wasser des Quells an.

»Gagnrad!«, keuche ich kaum hörbar.

Er sieht aus einem todtraurigen meerblauen Auge zu mir auf.

»Als ich das Zeichen in deiner Hand sah, wusste ich es, Olivia. Ich konnte es nicht verhindern, du hast den Weg gefunden. Lass mich dich ein letztes Mal warnen: Hüte dich vor dem Met! Er mag dir deinen Wunsch erfüllen, doch teuer bezahlst du diese Gabe.«

Du hältst dich an der Oberfläche auf, schmeichelt Mimmers sanfte Stimme, diesmal wieder in meinem Kopf, *du musst tiefer blicken!*

Tiefer. Ich lasse das Bild verschwimmen, als wäre es eine dieser 3D-Zeichnungen, die in meiner Schulzeit gerade populär waren. Und tatsächlich, das Blitzen von Gagnrads Pupille erhält einen silbernen Schimmer, und zum Vorschein kommt ein unwiderstehlich glänzendes Gefäß am Grund des Beckens. Ich seufze begeistert auf.

»Wie wunderschön!«

Ich strecke die Hand aus, um die Wasseroberfläche zu berühren. Es nur einmal anfassen, das kühle Gewicht des Silbers in der Hand spüren, nur für einen Moment, nur …

Das verschwommene Wolfsbildnis knurrt ärgerlich, doch nur noch aus der Entfernung wie eine schwache Mahnung.

»Lass den Dingen ihr Geheimnis«, flüstert Gagnrad noch, ehe er in den Wellen des Brunnenwassers verschwindet, »die nackte Wahrheit kann kein Menschenherz ertragen.«

Ich handle schnell. Der Zauber scheint durchbrochen, ich

kann mich bewegen. Das Wasser ist kalt, aber nicht zu kalt. Ein Griff genügt, um den Silberbecher zu fassen. Hingerissen sehe ich ihn mir aus der Nähe an, drehe ihn zwischen den Fingern, streichle liebevoll über die hübschen Verzierungen und lächle glücklich dabei. Etwas so Schönes habe ich noch nie gesehen.

Mimmer pfeift fröhlich vor sich hin.

»*Noch blickt mein eines Auge nach dir hin, das andre wandte sich, so wie mein Sinn.* Das ist von Shakespeare, guter Dichter, sehr kluger Kopf!«

Ich drehe den Becher in meiner Hand.

»Ja, junge Frau, mein Brunnen birgt einen wertvollen Schatz. Manch einer konnte ihn aus dem Wasser fischen. Das Glück ist mit jenen, die es nicht für den Zweck des Suchens halten, etwas zu finden. Nun aber nicht mehr gezögert! Nutzlos ist ein leeres Trinkgefäß, es wird Zeit, es nach deinem Wunsch zu füllen! Triff deine Entscheidung! Bist du bereit, das Opfer zu bringen?«

»Verlangen Sie, was Sie wollen«, antworte ich, ganz in das Muster des Silberbechers vertieft. Mein Mund ist trocken, ich habe das Gefühl, dass ich völlig ausgedörrt bin. Alles, jede Faser meines Körpers, sehnt sich nach diesem einen Schluck Met. Dichtermet. Inspiration. Ich denke an die letzten Wochen, an die schreckliche Leere des Computerbildschirms, an die Leere in mir, an den gebrochenen Pakt, an die Deadline und den zu erwartenden bösen Absturz, wenn der Traum wie die sprichwörtliche Seifenblase zerplatzt. Wenn mein erster Roman eine Eintagsfliege bleibt, während ich bis in alle Ewigkeit als Kellnerin bei Starbucks Milch aufschäume, die andere, erfolgreiche, strahlende Glücksmenschen mit Plastiklöffeln in zufrieden lächelnde Münder schaufeln.

Aber hier, in Reichweite, liegt die Lösung all meiner Probleme verborgen, hier reift das Getränk, das meine Sorgen, eins, zwei, drei, in Luft auflösen kann. Hier, nur eine Bitte und ein Opfer entfernt. Ich drehe mich zu Mimmer um.

»Herr Mimmer, ich möchte einen Schluck Dichtermet. Ich bin bereit, zu bezahlen, was Sie verlangen.«

Mimmer nickt zufrieden und lacht. Das Wasser, das dabei aus seinem Mund kommt, gluckert unanständig.

»Gute Entscheidung.«

Die Schwäne haben damit aufgehört herumzuschwimmen und sich stattdessen am vordersten Rand des Beckens versammelt, in Reichweite, mir zugewendet.

»Olivia!«, sagt der rechte Schwan mit Frau Wurds Stimme, »große Dinge sind dir bestimmt. Doch zuerst musst du deine Natur erkennen.«

»Berühre mich!«, ergänzt der zweite Schwan mit der gleichen Stimme.

Ich möchte etwas erwidern, doch meine Kehle ist wie zugeschnürt. Abscheu ist alles, was ich empfinde. Die Schwäne mögen schön anzusehen sein, doch es sind immer noch Vögel. Weiß glänzendes Gefieder bleibt Gefieder, oder?

»Nur deine Natur offenbart das richtige Fass.«

Ich schüttle stumm den Kopf.

»Olivia!« Der Schwan richtet sich bedrohlich auf, seine Augen, zuvor in warmer Bernsteinfarbe, leuchten nun dunkelrot. »Streck deine Hand aus! Gib etwas von dir, dann bekommst du auch etwas zurück. Deine Hand! Jetzt!«

Wie schon im Hexenhaus kann ich mich gegen den Befehl nicht wehren. Verzweifelt muss ich zusehen, wie mein Arm sich hebt. Doch das ist nur ein Teil der Wahrheit, denn was tatsächlich passiert, bringt mich fast um den Verstand. Aus den feinen Linien der Rune in meiner Hand wachsen – bitte nicht, bitte lass mich aufwachen, bitte lass es nicht geschehen! – Federn. Es werden mehr und mehr, schon kommen sie aus dem Handrücken. Größere, pechschwarze Federn sprießen aus meinen Fingernägeln, und ich weiß, dass die Übelkeit diesmal die Oberhand behält. Langsam nähert sich mein (Flügel!) Arm dem Schwan, während ein schwerer Klumpen meine Speiseröhre hinaufwandert. Die Käuze auf den Fässern schreien wild und gierig, und durch alles hindurch höre ich Frau Wurds Stimme, als käme sie aus Tausenden Kehlen, inklusive meiner eigenen, in einem merkwürdigen Singsang:

Die Esche wurzelt in Urds Brunnen.
Dort in der Tiefe haftet weder Sonne noch Mond.
Es schwanken und stürzen die Ströme der Luft.
In Mimmers klarer Quelle findet Wahrheit:
Wer tief im Herzen sucht, gemäß der eigenen Natur.
Wisst ihr, was das bedeutet?

Da wird mir auf einmal alles klar. Der Wolf! Der Wolf ist gar kein Wolf, er … und ich bin … ich schreie! Meine Hand berührt den Schwan, Federn treffen auf (Federn!) Haut, schwarz auf weiß. Ich kann mich nicht mehr halten, ich will wie am Spieß brüllen, doch etwas verhindert das: das Etwas, das mich würgen lässt. Ich ersticke! Ich bekomme keine Luft! Um Gottes willen, ich werde sterben! Ich würge, so fest ich kann, schüttle meinen Kopf, bis ich das Blut in meinen Ohren rauschen höre, drücke mit aller Kraft mit der Hand gegen meinen Kehlkopf und dann, plötzlich, ist es vorbei. Das Etwas löst sich, und ich spucke es erleichtert aus. Es landet im Springbrunnen, und erst als ich erkenne, was es ist, stolpere ich entsetzt rückwärts und kann einen Sturz gerade noch verhindern.

Im Brunnen zischt und raucht ein ebensolcher Klumpen, wie ihn Sibby, der Waldkauz, und Frau Wurd hervorgewürgt haben. Mir fällt sogar aus irgendeiner vergrabenen Erinnerung der Fachbegriff dafür ein: Gewölle! Mein höchstpersönliches Gewölle hat sich beinahe aufgelöst. Weißer Nebel erfüllt den Keller, und ich klammere mich an den Silberbecher in meiner Hand, die zum Glück wieder federlos ist und menschlich aussieht, während ich beobachte, was nun geschieht. Der Nebel lässt bisher verborgene Zeichen auf den Weinfässern hell aufleuchten. Ich erkenne sie. Es sind Runen.

Mit kräftigen Flügelschlägen schwingt sich der größere der beiden Schwäne in die Luft, dreht eine Runde durch das Gewölbe, begleitet von den Schreien Hunderter Käuze. Geblendet von dessen Schönheit und noch immer wackelig von den unfassbaren Ereignissen, verfolge ich den Flug durch den sich allmählich auflösenden Nebel.

»Heb deine Hand!«, ruft Mimmer mir zu. Ich halte den Silberbecher mit der Linken und strecke die rechte Hand hoch. Die Linien der Rune in meiner Handfläche glühen weiß. Ich betrachte die Fässerstapel, da sehe ich es! Ein Fass ganz oben, beinahe unter der Decke, trägt dasselbe Zeichen, ein F mit nach unten gerichteten Querbalken. Die Ansuz-Rune. Ich hebe meine Hand, sodass die Zeichen zueinander gerichtet sind, und spüre, wie die Kraft zwischen ihnen fließt.

Der Schwan fliegt einen weiteren Kreis, gerät in die Strömung zwischen den Runen und landet schließlich elegant auf dem richtigen Fass. Er biegt den langen, schlanken Hals und hält den Schnabel unter den Hahn des Fasses. Fasziniert sehe ich zu, wie eine kleine Menge Flüssigkeit im Schwanenschnabel verschwindet, woraufhin das Tier ebenso elegant wie zuvor in einem weiten Bogen wieder herunterfliegt, um direkt vor mir zu landen.

»Nun knien Sie nieder, junge Frau!«

Ich sehe Mimmer an, und er nickt mir aufmunternd zu. Es ist so weit! Vor Aufregung verspüre ich einen Harndrang, wie immer. Der Trank!

»Olivia, nicht!«

Ein vager Duft von Kaminfeuerrauch und Birkenblüte im Regen erfüllt den Keller. Meine Nase nimmt ihn wahr, noch ehe er mit einem gewaltigen Satz aus dem Bodenmosaik springt, auf dem sich die Waldtiere nun verängstigt zusammendrängen. Der Wolf steht neben mir, am ganzen Körper zitternd. War das Wolfsfell immer schon silbern, oder fällt mir das erst jetzt auf? Bei Nacht könnte man es grau nennen, doch in Wahrheit glänzt es wie silberner Nebel im strahlenden Licht des unterirdischen Tages.

»Was willst du hier, Gagnrad?«

Ich knie nieder. Der Schwan hält sanft den Schnabel in meinen Becher, und das ersehnte Getränk füllt diesen etwa einen Fingerbreit. Ein kostbarer Schluck, zweifelsfrei. Hexenhonigwein.

»Hör mir zu!«, sagt der Wolf hastig. »Ich muss dich töten, wenn du das Opfer bringst. Das sagten mir die Runen voraus. Ich werde, hieß es, bei Vollmond der roten Spur folgen, durch Eis, Feuer, Wasser und Dunkelheit und muss am Ende denjenigen töten, der meine Wunde teilt. Begreifst du jetzt? Es ist Bestimmung. Du allein kannst es verhindern. Trink nicht!«

»Was für einen Unterschied macht das? Du wolltest mich immer töten und willst es jetzt auch.«

Er stöhnt, ein absonderliches Geräusch aus einer Wolfsschnauze.

»Ich wollte dich *nicht* töten! Ich wollte nur rauskriegen, was du im Wald suchst. Menschenfleisch ist absolut unappetitlich. Als du dann die Frage gestellt hast, habe ich rot gesehen. Meine Natur ist es, zu jagen und nicht zu töten, verstehst du?«

»Wolfsnatur, Hexennatur, was ist das für eine verrückte Nacht!«

»Die neunte Nacht nach der Sommersonnenwende«, sagt der Wolf leise.

Hüte dich vor der neunten Nacht. Ich schwanke. Frau Wurds letzte Worte im Hexenhaus. Eine Prophezeiung? Das Opfer. Welches ist das Opfer? Ich muss es jetzt wissen. Ich hole tief Luft und stelle die Frage zum dritten Mal: »Warum hast du nur ein Auge?«

Er heult laut auf und senkt den Kopf.

»Meine Sehnsucht war, alles zu wissen, alle Antworten auf alle Fragen zu kennen. Ewige Weisheit, Lösung aller Rätsel, das war mein Herzenswunsch. Ich fand den Weg, überwand meine Ängste und begehrte den Trank. Dafür bezahlte ich den Preis. Mein rechtes Auge hat der Dichterkopf verlangt. Doch weshalb, das weiß ich nicht, daher ist das die einzige Frage, die ich nicht beantworten kann.«

Die Erkenntnis kommt in Schüben, wird zum Schock. Ich erinnere mich an die Dinge in den Einmachgläsern in Mimmers Untergeschoss. Augäpfel. Opfer. O Gott!

»Deine Entscheidung, Olivia«, ruft Mimmer, während der Schwan immer noch erwartungsvoll vor mir steht und der

Wolf so böse knurrt, dass es mir eiskalt den Rücken hinunterläuft.

»Gagnrad«, sage ich zu ihm, so sanft ich kann, »du hast deine Geschichte, ich habe meine. Das hier ist das, was ich will und freiwillig wähle. Es ist der Schlüssel zu meiner Berufung. Du hast meine Frage nicht beantwortet, als ich sie stellte, hast geschwiegen, als du reden solltest, nun sei still!«

»Wie du willst. Wir sehen uns ohne Zweifel wieder. Dann hüte dich vor dem Wolf, der seiner Bestimmung folgt!«

Er wendet sich ab, die Zähne entblößt, und legt sich auf den Mosaikboden, mit dem er langsam verschmilzt.

»Warte!«

Hin- und hergerissen zwischen dem duftenden Getränk und dem verschwindenden Wolf horche ich tief in mich hinein. Alles, was ich mir je erträumt habe, ist in Reichweite, ich muss mich nur entscheiden. Der Dichtermet wird mir meine kühnsten Wünsche erfüllen, durch diesen Trank werde ich die Schreibkunst auf den Gipfel treiben. Das ist mehr als ein Pakt mit Shakespeare, mehr als ein Ring an meinem Finger, das ist Vollendung, Wahrheit, Bestimmung. Das ist alles, wonach ich gesucht habe! Oder? Ich stehe auf und sehe dem Wolf nach, erinnere mich an das Gefühl, die Welt mit seinen Sinnen zu erleben. Verdammt, ich sehne mich so sehr nach einem Schluck aus diesem Becher. Ich kann das Aroma riechen, schmecke förmlich den Honig auf der Zunge, den dunklen, süßen Waldhonig. Aber was ist das Opfer? Was muss ich dafür geben? Ist der Met es wert?

Das wirst du nie erfahren, wenn du es nicht ausprobierst!

Motzmarie! Du bist wieder da!

Trink!

Aber ich ...
Trink!
Mit einem tiefen Schluck leere ich den Becher. Das Getränk schmeckt herrlich. Kellerkalt kommt die Süße ganz besonders zum Ausdruck, schwer wie Sirup rinnt es mir durch die Kehle, wohlige Wärme breitet sich in meinem Magen aus und erfüllt meinen ganzen Körper. Seligkeit erfasst mich, ein nie gekannter Enthusiasmus, ein rauschhaftes, überirdisches Glück und zugleich – ich wanke – ein unfassbares Verlustgefühl! Was ist das? Was geschieht mit mir?

Keine Sekunde später greifen die Käuze an. Der Angriff ist so gewaltig und zugleich so organisiert, dass ich keine Chance habe, mich zu wehren. Hundertfach flattern Flügel um mich herum, laute Eulenschreie begleiten die Attacke, und als der erste scharfe Schnabel nach mir hackt, bin ich starr vor Entsetzen. Dazu kommt das schaurige Geräusch wehklagenden Wolfsgeheuls und Mimmers hysterisches Gekicher.

Unter den Schnabelstößen der Käuze breche ich zusammen, der Becher entgleitet meinen Händen, und ich hebe schützend die Arme über den Kopf. Diese Maßnahme nützt jedoch rein gar nichts. Es sind einfach zu viele. Kaum kann ich einen von meinem Genick vertreiben, krallen sich zwei andere in meine Haare, mindestens zehn picken schmerzhaft auf meine Hände ein, bis ich sie schreiend unter meine Achseln schiebe, was natürlich das Ende ist. Denn nun geht die Meute direkt auf ihr jetzt ungeschütztes Ziel zu.

MEIN AUGE!

Die Situation erscheint mir schrecklich unwirklich. Als wäre ich gar nicht mehr in meinem Körper, sondern befände mich tiefer in mir drinnen, etwa da, wo Motzmarie normalerweise haust. Man macht sich ja tagtäglich eine ganze Menge Gedanken darüber, was einem im Alltag so zustoßen kann: von der Leiter stürzen, am Zebrastreifen von einem handyphonierenden BMW-Fahrer übersehen werden und als Komapatient auf der Intensivstation landen. Aber von einem Schwarm Waldkäuzen enteugt zu werden, das ist eine ganz neue Form der Qual, eine, die ich mir im Leben nicht ...

»AAAAAAAHHHHHHHHHH!«

Endlich habe ich meine Stimme, und anscheinend auch meinen Verstand, wiedergefunden. Schlechter Zeitpunkt! Ich befinde mich in Krallenweite des größten und bedrohlichsten der Waldkäuze, der gerade den spitzen, scharfen Schnabel weit öffnet, den Kopf ruckartig hin und her bewegt und die letzten Worte krächzt, die ich höre, ehe ich mich ausblende:

»Kuwitt! Kuwitt! Besser nicht gebetet, als zu viel geboten! Die Gabe fordert stets ein Opfer. So lautet der Hexe Schicksalsspruch.«

Der hundertfache Antwortschrei der Käuze bringt mich endgültig um den Verstand, der Schmerz ist gnädig stumpf.

Das Nächste, was ich bewusst wahrnehme, ist die Empfindung eines grässlich beschleunigten Sonnenaufgangs. Von absoluter Dunkelheit wanke ich in ein diffuses Licht, das von Schatten durchbrochen ist. Immer wieder streift mich ein Strahl, um gleich darauf zu verschwinden. Wo bin ich überhaupt?

Ich halte mich mühsam auf den Beinen und taste nach dem diffusen Fleck.

Meine Augen scheinen offen zu sein, dennoch ist alles beunruhigend verschwommen. Ich schüttle den Kopf, blinzle mehrmals und versuche erneut, etwas zu erkennen. Verblüfft starre ich auf die Baumwipfel über mir, durch die ein morgendlich grauer Himmel schimmert. Die Nacht geht zu Ende. Ich sehe besser als vorher, eindeutig, doch etwas ist seltsam. Es scheint, als hätte die Welt ihre Dreidimensionalität verloren, alles ist flach und der Radius eingeschränkt, als ob ...

»NEIN!«

Ich schreie, so laut ich kann. Ich wage es nicht, nach der Stelle zu tasten, weil ich mich davor fürchte, welche Wunde sich nun dort befindet. Das Opfer! O mein Gott! Das Opfer! Es ist wirklich passiert!

Eine Bewegung neben mir erschreckt mich. Ich drehe den Kopf und sehe den Wolf, dessen Körper langgestreckt und geduckt ist, die Rute zwischen den Hinterläufen eingeklemmt, die Ohren flach angelegt, und die Zähne entblößt. Er zittert.

»Gagnrad?« Meine Stimme klingt fremd in meinen Ohren. »Gagnrad, ich sehe nichts auf dem rechten Auge. Gagnrad, hörst du mich? Mein rechtes Auge, es ist blind!«

Er knurrt leise, ohne mich anzusehen.

»Sie kommen!«

»Was? Wer?«

»Siehst du sie nicht?«

»Ich hab dir doch gerade gesagt, dass ...«

Doch in diesem Moment sehe ich sie. Im blassen Licht des Sonnenaufgangs kann ich erkennen, wo wir uns befinden. Wir sind wieder im Wald, auf einer Lichtung, die der gemalten auf dem Mosaikboden in jenem entsetzlichen Keller verteufelt ähnlich sieht, hinter uns rauscht ein Wasserfall und von vorn nähern sich die Jäger. Einige tragen Fackeln, und einige halten Gewehre auf uns gerichtet. An ihrer Spitze der Förster, seine

Augen noch glupschäugiger als sonst, Triumph und Wahnsinn dicht beieinander.

»Haben wir dich endlich, du Bestie! Diesmal kommst du nicht mit einem Streifschuss davon! Wir schlitzen dich auf und füllen Steine in deinen Bauch«, brüllt er, die anderen lachen und grölen. Ich versuche, mich durch Bewegungen bemerkbar zu machen, da mir der Schreck die Sprache verschlagen hat. Ich will etwas sagen, will sie daran hindern, näher zu kommen, will ihnen erklären, dass der Wolf gar kein böser Wolf ist, sondern … Doch kein Laut kommt aus meinem Mund. Man scheint mich auch nicht wahrzunehmen. Womöglich, denke ich hysterisch, bin ich halb blind UND durchsichtig geworden, sodass mein Körper einfach Luft ist.

»Tod dem Wolf!«, schreit einer der Jäger.

»Tod dem Wolf!«, antworten die anderen im Chor.

Der Wolf neben mir legt den Kopf in den Nacken und stößt ein helles, langes Heulen aus, das mein Herz in kleine Fetzen reißt. Da endlich spüre ich meine Beine wieder, endlich kann ich mich bewegen, und als ich es tue, mich entschlossen zwischen den Wolf und die Jäger stelle, ist auch meine Stimme wieder da.

»Zurück!«, brülle ich, so laut ich kann.

Das Letzte, was ich höre, bevor ich mit dem Kopf schmerzhaft auf dem Boden aufschlage, ist ein Schuss.

10 Mondkonsequenz

Er stöhnte. Sein Auge tränte immer noch, und der Knall des Schusses hallte dumpf in seinen Ohren. Das Gewicht des leblosen Körpers in seinen Armen ließ ihn immer wieder schmerzhaft über Steine stolpern, die er im Dunkeln nicht sehen konnte. Wohin? Querfeldein. Die Straße wurde mit Sicherheit überwacht. Es war besser, niemandem über den Weg laufen. Zum Ortsrand von W., auf die Landstraße, von dort telefonieren, nicht früher, wegen der Sirenen. Wie gut, dass niemand die Richtung gesehen hatte, in die er verschwunden war. Unverschämtes Glück, um genau zu sein.

Er blieb stehen und verlagerte das Gewicht etwas, vorsichtig, um die Mappe nicht zu verlieren, die er zwischen sich und den Körper geklemmt hatte, der leichenschwer und unangenehm feucht in seinen Armbeugen hing. Viel zu intim, diese hohe Dosis Körperkontakt, doch unvermeidlich. Er konnte sie ja schließlich nicht dort liegen lassen, zumal sie – womöglich – Beweismaterial war. Gewarnt hatte er sie, mehrfach, doch sie wollte ja nicht hören. Nicht auf ihn zumindest.

Nachdenklich betrachtete er den Mond, der wie ein überdimensionales Pierrot-Gesicht blass am Himmel hing. Vollmond, beinahe. Der hatte seine Bahn, Monat für Monat, Jahr für Jahr, wich keinen Millimeter davon ab, kam nicht näher und entfernte sich nicht. Mondkonsequenz, wie einfach. Manchmal sehnte er sich nach diesem Zustand, ein Weg ohne Ende, für sich, mit sich, und das war genug. Keine Scherben, kein Schweiß auf der Haut, keine Diskussionen, nur Umlaufbahn, Erdanziehung und Stille, weit draußen im Universum.

Die Ortstafel, endlich. Ein Strich schräg durch den Namen. Wenn Endpunkte nur immer so klar markiert wären. Doch für gewöhnlich ging eines ins andere über, nahtlos, verschwommen. Chaos durch und durch.

Er schleppte sich um die erste Kurve, gerade so weit, dass das verfluchte Dorf außer Sichtweite war, legte den starren Körper erleichtert am Straßenrand ab. Dann rieb er sich die Arme am Hemd trocken, drückte die Dokumentenmappe an sich und fischte sein Handy aus der hinteren Hosentasche. Hastig wählte er die Nummer, gab seine Position an und wusste, nun konnte er nichts anderes tun als warten.

Atmete sie, oder täuschte er sich? Zu viele nächtliche Geräusche rundum, schwer zu sagen. Bewegt hatte sie sich jedenfalls nicht mehr, seit sie genau vor ihm umgekippt war. Ihren Herzschlag zu überprüfen wäre mit noch mehr Berührung verbunden gewesen, weshalb er es unterließ.

Er dachte darüber nach, ob sie ihm leidtat, suchte in sich nach der passenden Emotion, tat sich aber schwer damit, das Etwas zu definieren, das er empfinden sollte. Der Tod an sich schreckte ihn nicht, warum auch? Ein Zwischenstadium im universalen Kreislauf, mehr nicht, Energie, die an einer Stelle verschwand, um anderswo wiederzukommen, kein Grund also, Verlust zu empfinden. Es gab keinen Verlust, die Gesamtenergie blieb immer gleich, nichts ging verloren, nur Veränderung fand statt. Und Veränderung hatte ihn noch nie geschreckt. Doch er hasste Ungerechtigkeit und Verbrechen. Kein Mensch durfte die Naturgesetze selbst in die Hand nehmen, keiner!

Er warf einen kurzen Blick auf ihr Gesicht, das im Mondlicht wie ein weißes Miniaturgebirge aussah: die Lider geschlossen, der Mund ein Stück weit geöffnet. Instinktiv folgte er den Linien, prägte sich den Schattenwurf der Nase ein, das Netz feiner Fältchen unter den Augen.

Vorsichtig hob er die Hand und hielt sie einen Millimeter über ihren Mund. War da ein Hauch? Oder nur der Nachtwind? Er spürte einen sonderbaren Druck im Magen, doch auch der entzog sich jeder Beschreibung. Verdammt, warum hatte sie nicht hören wollen? Ihre demonstrative Oberflächlichkeit, natürlich, die sie wie einen knallroten Wimpel stolz vor sich hertrug. Wie so etwas das Leben kosten konnte, nun, das zeigte sich ja jetzt. Oder war es gar seine Schuld? Hätte er sie nicht unbeobachtet lassen dürfen? War ihm das Dokument wichtiger gewesen als ein Menschenleben? War das so?

Ungeduldig schüttelte er den Kopf und sah zurück Richtung Dorf, wo alles verdächtig ruhig war. Was für ein entsetzlicher Wahnsinn hatte die Menschen in W. ergriffen? Warum mussten sie Gott spielen? Welcher Größenwahn lag allein in dieser Vorstellung?

Ein Ton zerriss die Stille.

Erschrocken zuckte er zusammen. Viel zu laut war der Klang der Sirenen. Der Motor, das Donnern der Reifen auf dem Asphalt. Er konnte nur hoffen, dass das Rettungsfahrzeug sie schnell genug fortbrachte, denn innerhalb kürzester Zeit würde die Dorfhorde brüllend und jaulend hinter ihnen her sein, die Bluthunde der Jäger als Vorhut und dahinter die Läufe ihrer

Flinten. Gierige schwarze Augen in der Nacht. In dieser scheinbar endlosen Mondnacht.

Geduckt lief er die paar Schritte zum gegenüberliegenden Straßenrand, wo der Rettungswagen gehalten hatte. Die blauen Signallampen drehten sich hektisch, ihr Licht ließ die Bäume am Waldrand unheimlich aufblitzen und brachte ihn dazu, geblendet die Augen zu schließen. Das rechte Auge, das verletzte, tat höllisch weh.

Schwer zog die Müdigkeit an seinen Muskeln, das Gewicht der Leiche hatte seine ohnehin schmerzenden Arme taub werden lassen. Der gewaltsame Ausbruch aus der unterirdischen Wolfsfalle in letzter Sekunde, der Lauf durch den Wald zurück ins Dorf und dort der endgültige Wahnsinn: Sepps verzerrtes Gesicht, Thereses Schreie, der Flintenlauf! Doch die Mappe war gerettet, er hatte sie fest unter den Arm geklemmt.

Er schaute sich nicht nach dem Körper um, der nach wie vor reglos am Seitenstreifen lag. Stattdessen richtete er seine ganze Aufmerksamkeit auf die beiden Sanitäter, die mit geübten Handgriffen die Bahre aus dem Fahrzeug hievten.

»Wo befindet sich die verletzte Person?«, rief ihm einer von ihnen in breiter Salzburger Mundart zu. Er deutete vage hinter sich, nicht fähig, den Blick von der Frau abzuwenden, die in diesem Moment elegant vom Beifahrersitz glitt. Zwei perfekte Beine in Seidenstrümpfen, die im Mondlicht matt glänzten, gefolgt von dem kurvigen Körper, der diesmal in ein schlichtes dunkelrotes Businesskostüm gekleidet war.

»Frau Green?«

Seine Überraschung war groß. Woher kam sie, und vor allem, woher wusste sie von seiner Notlage? Er hatte einen Rettungswagen angerufen, nicht sie.

Zögernd näherte er sich seiner Auftraggeberin, während die Sanitäter den Frauenkörper (die Leiche!) auf die Bahre hoben.

»Herr Alt.«

Sie streckte ihm ihre perfekt geformte Hand entgegen. Automatisch griff er danach und zuckte augenblicklich zusammen, so fest und kalt war der Druck. Sie lächelte nicht.

»Haben Sie Ihren Auftrag ausgeführt?«

Adrian erwog kurz, ihr einfach mitzuteilen, dass es in W. nichts zu finden gab. Er hatte die letzten Worte des Unterberger nicht vergessen. Andererseits war das hier sein Beruf, und er musste darauf vertrauen, dass Selene schon die richtigen Schritte einleiten würde. Er war kein Jurist, nicht einmal Polizeibeamter, er war nur ein Privatdetektiv. Erschöpft streckte er seiner Auftraggeberin die Mappe mit den Dokumenten entgegen (den Originalen!).

»Diesem Text können Sie alles entnehmen, was Sie wissen müssen.«

»Ist das alles?«

»Ja.«

Sie griff nach der Mappe und blätterte sie beiläufig durch, ohne wirklich darin zu lesen.

»Gibt es Kopien?«

»Keine.«

»Weiß noch jemand davon?«

»Niemand.«

Er hatte nicht gezögert, doch seine Stimme zitterte leicht. Er hoffte, dass sie es nicht merkte.

»Aber der Beweis?«

Er starrte die Frau müde an.

»Welcher Beweis?«

»Nun, das Ding, das Etwas, das Mittel, das verwendet wurde? Das, was Sarah getötet hat?«

Um ihren Mund hatten sich unschöne Falten gebildet, Spuren von Verbitterung.

»Frau Green, lesen Sie den Text, dort wird auch *das Ding* beim Namen genannt. Ich bin mir sicher, das genügt, um …«

»Worte, Worte, uralte Worte.« Wütend wedelte sie mit der Mappe vor seinem Gesicht. »Glauben Sie tatsächlich, damit ließe sich etwas anfangen? Mit den Hirngespinsten verstorbener Dichter? Davon haben wir genügend in London, das können Sie mir glauben. Was ich will, ist etwas, das man in der Hand halten, das vor Gericht verwendet werden kann. Haben Sie so etwas für mich, Herr Alt?«

Er hob die Schultern.

»Das wird sich zeigen. Es ist äußerst wahrscheinlich, dass die Dame, die gerade in den Rettungswagen transportiert wird, dieselben Symptome aufweist wie Sarah. Das wäre ein starkes Indiz. Auf der Fotografie, die Sie mir gegeben haben, ist deutlich zu erkennen, dass …«

»Herr Alt«, unterbrach sie ihn, »Indizien interessieren mich nicht. Wichtig ist, was nachweisbar ist. Die *Ursache*, verstehen Sie? Der Stein der Wei…«

Sie unterbrach sich hastig und strich sich ihr ohnehin perfekt sitzendes Haar glatt.

»Ich meine, der Stein des Anstoßes, ihn brauche ich, verstehen Sie mich?«

Adrian verstand sie nur zu gut. Er rieb sich nachdenklich die Wange. Ein kleiner Funke Hoffnung machte sich in ihm breit. Das Geheimnis des Gendarmen!

»Nun, falls Olivia Kenning lebt …«

»*Wer?*«

Selenes Einwurf klang schärfer als nötig. Nachdenklich betrachtete sie ihn, dann entfernte sie sich, die Dokumentenmappe mit beiden Armen an ihre Brust gedrückt, um das Gesicht der Frau auf der Bahre zu studieren. Ein winziger Sprung zeigte sich in der Marmorfassade, kaum der Rede wert, aber dennoch machte sich Adrian Alt eine gedankliche Notiz. Selene wechselte ein paar Worte mit den Sanitätern, gab ihnen dann einen Wink, woraufhin die Bahre im Inneren des Wagens verschwand und die Türen geschlossen wurden. Selene drehte sich um und kam auf ihn zu. Kalte Luft schien als Wolke vor ihr herzuschweben. Ihn fröstelte.

»Herr Alt, wir sollten uns beeilen. Die Frau schwebt zwischen Leben und Tod, sie ...«

»Sie lebt?«

Ein winziges Tier in seiner Magengrube, nicht mehr als eine zierliche, kaum sichtbare Spinne, bewegte sich, feine Insektenbeinchen kitzelten seine Eingeweide. Sie lebte. Sie ...

»Ja, sie lebt, allerdings ist es schwer zu sagen, wie lange noch. Es ist eine sonderbare Verkettung von Umständen, das steht fest. Denn Frau Kenning ist für unsere Organisation ... wie soll ich sagen? Keine Unbekannte! Ganz im Gegenteil. Deshalb muss ich sofort wegen dringender Geschäfte nach London zurück. Mein Wagen wird jeden Moment hier sein. Ich muss nicht wiederholen, wie viel mir an der Lösung dieses Falles gelegen ist. Darum ersuche ich Sie, unser Beweissubjekt ins Krankenhaus zu begleiten und gut darauf achtzugeben. Womöglich entwickeln sich aus dem Ganzen doch mehr als nur Indizien. Ich erwarte von Ihnen vollständige Aufzeichnungen aller Symptome und Anormalitäten, die die Kranke aufweist. Alles, ich betone *alles*, was sie sagt, ist relevant. Ich hoffe, wir haben uns verstanden! Ich kontaktiere Sie, sobald ich kann.«

Beweissubjekt.

Eine schwarze Limousine mit getönten Scheiben hielt neben dem Rettungswagen. Einer der Sanitäter saß bereits hinter dem Steuer, zögernd wendete sich Adrian Alt der Beifahrertür zu, während Selenes Fahrer, ein kleiner Mann mit erstaunlich roten Haaren, ihr die Tür der Limousine aufhielt.

Es war eine Winzigkeit, ein unbedeutender Fehler in der Formulierung, der Adrians Interesse erregt hatte. Seinen berufsbedingten Jagdinstinkt. Sein ganz eigenes Bedürfnis nach Wahrheit.

»Frau Green?«

Sie sah ihn an.

»Warum sprechen Sie von einer Krankheit?«

»Wie bitte?«

»Sie sagten *Symptome, die die Kranke aufweist*. Niemand hat dergleichen erwähnt. Bisher hatten sie lediglich die Information, dass Olivia Kenning umgekippt ist und eine Kopfverletzung hat. Was wissen Sie bereits darüber, und welche Rolle spiele ich dabei?«

Sie zuckte mit keiner Wimper.

»Ich habe keine Ahnung, wovon Sie sprechen. Ich habe lediglich einer Vermutung Ausdruck verliehen, sonst nichts. Vergessen Sie nicht, was Ihre Aufgabe ist, Herr Alt.«

»Es ging nie um Sarah, nicht wahr? Das war nur ein Vorwand. Es ging immer um die Ursache.«

»Ich erwarte von Ihnen, dass Sie ...«

»Woher kennen Sie Olivia Kenning?«

»Adieu, Herr Alt.«

Sie warf die Dokumentenmappe, das Lebenswerk des Unterberger, achtlos auf den Rücksitz.

»Eine letzte Frage: Was für eine Art *Organisation* ist die WWS?«

Selene lächelte kühl, hob die Hand zum Gruß und schwang sich in den Fond der Limousine. Der Fahrer schloss die Tür und ging mit einem katzenhaften Lächeln an dem Detektiv vorbei. Durch das getönte Glas konnte Adrian Alt ihre Gesichtszüge nicht mehr ausmachen, doch der silberne Halbmond, dieses sonderbare Schmuckstück, glänzte hell genug, um ihm die ungefähre Haltung seiner Auftraggeberin zu verraten. Ihr Gesicht war nach wie vor ihm zugewendet, und er war sich sicher, dass sie ihn aus ihren grünen Teichaugen unverwandt anstarrte.

11 Auszug aus dem Romanfragment »W.« von Olivia Kenning nach einer wahren Geschichte

Drittes Kapitel: Die Wirtin

»Das genügt!«

Die Wirtin nimmt ihrem Mann die Dose aus der Hand, schraubt den Deckel darauf und stellt sie an ihren Platz im Regal zurück, ganz oben, ganz hinten.

»Das wäre sogar für einen Stier genug.«

Der Wirt streichelt sein Werk wie ein besonders geliebtes Haustier, schiebt es hin und her, bis es exakt in der Mitte des Tellers positioniert ist, und greift schließlich zur Sprühsahne.

»Frau, man darf kein Risiko eingehen. Mit hundertprozentiger Sicherheit, so lautet unser Auftrag, vergiss das nicht.«

Er spricht langsam und gedehnt, dabei leise genug, dass man draußen im Wirtsraum nichts hört.

»Mir ist das nicht recht. Die hat doch sowieso nichts begriffen.«

»Die weiß was! Die tut nur so großstadtdumm.«

»Ach was! Außerdem, warum bleibt das an uns hängen?«

»Frau, denk nach, bevor du redest. Wir haben sie schließlich einquartiert, alle beide. Also ist es unsere Pflicht ...«

»Pflicht, Pflicht, immer nur Pflicht. Wir sind eine Gastwirtschaft, was ist uns denn übrig geblieben? Erst der Cowboy, dann die Frau, das ist mir nicht recht. Wir sollten uns da raushalten!«

Der Wirt schweigt und sprüht einen kunstvollen Berg Schlag

neben den Kuchen auf den Teller. Die Wirtin verschränkt die Arme vor der Brust und starrt düster zur Tür, als ließe sie sich allein durch Blicke für immer verschließen.

»Mir ist das nicht recht.«

»So? Willst du denn bestraft werden? Wie letztes Mal, als die neugierige Tante von Sarah mitsamt ihrem Misstrauen, ihren Schuldzuweisungen und ihren Drohungen unbehelligt abgereist ist? Willst du das?«

Die Wirtin schüttelt mit zusammengepressten Lippen den Kopf. O nein, das will sie nicht. Das Bedürfnis ist stärker. Wenn man ihnen wieder die Lieferung verweigert, dann wird sie kaputtgehen, die Müdigkeit bringt sie um. Die langen Tage, die schleichend vorübergehen, wie soll sie die noch einmal aushalten. Auch der Kopf spielt nicht mit, der vor allem nicht, er braucht ES, sonst fühlt er sich an wie ein riesiger Zeppelin. Sie nennt ES nicht beim Namen, nicht einmal in Gedanken. ES taufen heißt, ES akzeptieren. Die Tatsache akzeptieren, dass ein Leben ohne ES nicht vorstellbar ist.

So ähnlich verhält es sich mit den Kindern. Hier im Ort hält man Abstand zu seinen Kindern, bis sie drei, vier Jahre alt sind. Vorher kann zu viel geschehen, vorher sind es einfach nur Halbmenschen mit Entwicklungspotenzial. Vorher weigert sich selbst der Pfarrer, die heilige Taufe durchzuführen. Die Gefahr ist zu groß. Die erste Portion ist entscheidend. Die Menge schwer zu berechnen. ES trifft die Wahl. Überleben sie, gut, dann liebt man sie. Wenn nicht, dann hängt das Herz noch nicht dran. Ungeschriebene Gesetze.

Die Wirtin seufzt. Sie hat kein Kind geboren. Sie wollte nicht mit der Angst leben, das Risiko nicht eingehen. Verlust ist das Schlimmste. Verlust und Einsamkeit, das sind alte Bekannte.

Sie sieht das Leid auch bei denen, die Abstand halten. Niemand kann das Herz wegsperren. Nicht einmal ES bewirkt das.

Die Tante aus der Stadt damals, die hat gelitten, und die Wirtin empfand so etwas wie Barmherzigkeit. Darum hat sie sie gehen lassen, trotz der geballten Fäuste, trotz der Wut, trotz der Konsequenzen. Es ist nicht recht, jemanden zu attackieren, der Trauer empfindet.

Vage ist ihr bewusst, dass das meiste nicht recht ist, das hier zwischen den Bergen passiert, doch darüber nachzudenken hieße, das ganze gewohnte Leben zu hinterfragen. Das ist mehr, als die Wirtin fähig ist zu tun. Sie wendet sich energisch von ihrem Mann ab, um sich am Wasserhahn die Hände zu waschen. Heißes Wasser verbrüht ihr fast die Haut, doch sie schrubbt umso stärker, als ginge damit das Gift aus der Seele.

»Ich serviere das nicht. Tu, was du willst.«

»Keine Sorge, Frau«, der Wirt lächelt, »ich geh schon. Sei du nur still und spiel mit, dann haben wir nichts zu befürchten.«

»Und der Cowboy?«

»Um den wird sich schon auch noch gekümmert. Und wenn er auftaucht, dann habe ich diesmal statt der Dosen und Tetrapacks eine Büchse für ihn. Aber jetzt, in Gottes Namen, sei ruhig!«

Der Wirt nimmt den Teller mit dem Mohnkuchen, holt eine Gabel aus dem Besteckfach und verlässt die Küche Richtung Stube, wo die Fremde arglos sitzt.

Therese sieht ihm nach, zitternd vor Erregung. Der Cowboy. Was soll sie wegen dem Cowboy unternehmen? Sie weiß, ihr bleibt nicht mehr viel Zeit.

»Würden Sie etwas für mich tun, Therese?«, hat die fremde Tante mit den roten Schuhen gefragt, ehe sie in ihrem riesigen Wagen davongebraust ist.

»Was sollte das sein?«

Abwesend hat Therese die hübsche Kette mit dem silbernen Schmuckstück daran betrachtet, die die Fremde auf den Tisch gelegt hat. War das ein Halbmond?

»Ich möchte, dass Sie mir genau zuhören. Ich werde jemanden schicken. Einen Detektiv. Er wird in den Dorfgeheimnissen herumstöbern. Sorgen Sie dafür ...«

Die Wirtin hat genau zugehört. Sehr genau. Und sie hat gewartet, bis die Zeit gekommen ist. Zeit, ihren Lohn zu fordern. Wünsche hat sie genug. Alles, was ich will, sagt es sanft in ihrem Kopf, alles, was ich will! In Gedanken versunken tastet sie nach dem kalten Mond, der, gut versteckt unter ihrer Bluse, um ihren Hals hängt. Wenn nur ...

Sie fröstelt trotz der schweißtreibenden Hitze hier drinnen. Sie geht zum Regal, nimmt die Dose, schraubt sie auf und wirft einen Blick hinein. Zeit, nachzufüllen, denkt sie.

12 Die SMS 3 – nicht zugestellt

wo bist du?
cu, der herr lehrer

Epilog

Die Welt ist schmutzigbeige und hat einen feinen Riss in der Mitte. Ich blinzle, doch der Riss bleibt an seinem Platz. Aus alter mathematischer Gewohnheit beginne ich, die Verästelungen zu zählen, als ...

»Wie fühlen Sie sich?«

Ich drehe den Kopf zu der Seite, aus der die Stimme kommt, was sofort ein leichtes Schwindelgefühl verursacht. Als das Bild wieder scharf wird, kommt es mir zuerst völlig falsch vor, wie eines dieser Bildersuchrätsel in Zeitschriften, wo man den Fehler finden muss. Es ist ein optisches Phänomen, dass selbst das Offensichtliche nicht sofort zum Hirn durchdringt, sondern langsam wie dickflüssiger Sirup einsickert, bis der entscheidende Nervenstrang gereizt wird. Der, der für Geistesblitze zuständig ist.

»Die Brille steht Ihnen gut.«

Meine Stimme hört sich an wie altes Schmirgelpapier auf einer unebenen Holzkante. Trotzdem erscheint ein schmales Lächeln im Gesicht von Adrian Alt, der vorgebeugt auf einem Sessel sitzt, die Ellenbogen auf die Knie gestützt, die Finger unter seinem eckigen Kinn verschränkt und der alles in allem so mitgenommen aussieht, wie ich mich fühle. Wenigstens etwas.

»Danke. Ich trage sonst Kontaktlinsen, aber durch einen bösen Splitter im rechten Auge ist das derzeit nicht möglich.«

Zwei emotionale Wogen schwappen gleichzeitig über mir und meinem Standardkrankenhausbett zusammen: ein ekliges Schuldgefühl sowie eine immense Erleichterung. Ich bin also nicht verrückt. Es ist alles wirklich passiert, der Kampf, der Wald, das – ja, was eigentlich? Ich bin noch nicht reif für die Klapsmühle, sondern schlicht und ergreifend in eine abenteuerliche Geschichte hineingeraten, die offenbar auch noch gut ausgegangen ist. Halleluja! Aber ...

(Der Schuss!)

»Das mit dem Tellerwurf tut mir leid. Ich war wohl etwas überrumpelt, ich meine, durch den Wind trifft es wahrscheinlich besser.«

»Durchgeknallt?«, schlägt er vor.

»So kann man es auch nennen.«

Ich schaue verlegen an seiner Schläfe vorbei und bemühe mich, unter der Bettdecke nicht mit dem Fuß zu wackeln, ein verräterisches Nervositätssymptom, leider angeboren.

»Ist es – eine schwere Verletzung?«

Es ist das rechte Auge, genau wie ...

»Harmlos, aber mit den Linsen ziemlich schmerzhaft.«

Ich zögere und sehe ihn direkt an. Etwas ist anders. Das Bedürfnis, ihm mit der Faust auf die Nase zu schlagen, ist verschwunden, aber da ist noch irgendwas. Ob es nun an der Brille liegt oder an dem Auge.

Will ich das wirklich wissen? Und, weiter gedacht, will ich tatsächlich all die Antworten auf die diversen Fragen haben, die mir unter den praktikabel kurz geschnittenen Nägeln brennen?

»Da war – ein Schuss. Ich bin aus dem Wirtshaus gelaufen, Richtung Wald, und jemand hat geschossen. Ich dachte ... Nun, ich hatte die Befürchtung ...«

»Dass es mich erwischt hat?«

»Ja.«

Sein Lächeln wird breiter.

»Nicht, dass der verrückte Sepp es nicht versucht hätte. Hielt das Gewehr auf mich gerichtet, als wäre er Indiana Jones oder Quatermain. In seinen Augen … Ich kann es nicht erklären.«

»Was?«

»Keine Spur Mensch mehr, verstehen Sie?«

»O ja.« Ich glaube nicht, dass ich jemals wieder vergessen werde, wie die Wildnis in uns hineindringt, wenn wir es zulassen.

»Nun, wäre die Wirtin nicht gewesen, dann hätte ich mir mit ziemlicher Sicherheit ein letales Loch im Bauch eingefangen.«

Ich schnappe nach Luft.

»Therese?«

»Ja. Sie hat ihrem Mann das Gewehr weggerissen, gerade als er abdrückte.«

»Und dann?«

»Was weiß ich? Ich habe nicht gewartet, bis der Wahnsinnige einen zweiten Versuch startet oder sich ein Küchenmesser greift, um mich mundgerecht in Stücke zu säbeln. Ich bin gelaufen.«

»Wohin?«

Er runzelt die Stirn, was das Grübchen zwischen seinen Augenbrauen nicht unattraktiv vertieft.

»Wohin? Was denken Sie denn? Ich bin Ihnen nachgelaufen. Das war nicht schwierig, Ihr Absatzgeklapper hat man bestimmt bis nach Wien gehört. Sie sollten Ihr Schuhwerk schleunigst überdenken.«

(Schon geschehen!)

»Sie sind mir nachgelaufen? Aber warum ... Wieso hat es dann so lange gedauert, bis Sie mich gefunden haben? Sind Sie mir etwa im Wald hinterhergeschlichen? Der Kauz, der Wolf, Sibbys Hütte, der Herzstrang, der Met ... Warum, um Himmels willen, haben Sie mir nicht geholfen?«

(O Gott! Die Pinkelpause!)

Er sieht mich kurz an, als wäre ich ein grünes Marsmännchen mit rosa Tupfen, das zu einem Bryan-Adams-Look-Alike-Contest antritt. So ungefähr. Dann ändert sich sein Gesichtsausdruck, wird weicher, fast mitfühlend, und er schüttelt langsam den Kopf.

»Entschuldigung, ich habe vergessen, dass Sie noch geschont werden müssen. Sie sind noch nicht ganz auf dem Damm.«

»Geschont? Was soll das heißen, geschont? Was habe ich denn eigentlich? Ich erinnere mich nur an einen Schuss und einen Aufprall, etwa hier ...«

Ich fasse mir mit der Hand vorsichtig an den Kopf. Tatsächlich spüre ich eine riesige, schmerzende Beule und noch etwas, das mich weit mehr entsetzt: meine Frisur! Ogottogottogott! Hektisch kämme ich mit den Fingern durch das verfilzte Gestrüpp, das früher einmal mein Haar gewesen sein muss. Ich mag mir auch keineswegs ausmalen, wie es um den Zustand meines Make-ups bestellt ist, und dieser Geruch, der unter meinem erhobenen Arm hervorströmt, erinnert auch nicht mehr wirklich an Donna Karan. Scheibenkleister! Schnell ziehe ich mir die Decke bis zum Kinn. Sicher, er sieht nicht viel besser aus, aber er ist ein *MANN*, und Männern verleihen fahle Haut, verdreckte Kleidung, wuchernde Bartstoppeln sowie zerzauste Haare zumindest eine leicht romantische Aura. Wildmannwürze. Wir Frauen dagegen sehen einfach nur beschissen aus!

Ich schnuppere und stelle zufrieden fest, dass mein Gestank sich unter die Decke zurückgezogen hat. Dafür hängt etwas anderes im Raum, ein Geruch, der, ich weiß nicht warum, mir seltsam vertraut vorkommt. Doch was für ein Geruch ist das? Ich komme nicht darauf.

Eine Krankenschwester steckt den Kopf zur Tür herein, macht eine bedeutungsvolle Geste Richtung Uhr und verschwindet wieder.

»Besuchszeit«, meint Alt schulterzuckend.

»Dumme Frage, aber wo bin ich hier eigentlich?«

»Im Landeskrankenhaus Salzburg. Sie sind unter Beobachtung, immer noch. Glauben Sie mir, die haben Ihnen kaum eine Chance gegeben. Sie sind ein medizinisches Wunder!«

Ich starre ihn ungläubig an. In meiner Magengrube macht sich ein heißes, flaues Gefühl breit. Es ist durchaus möglich, dass ich mir gleich in die Hose pinkle. Gibt es so etwas wie einen verspäteten Schockzustand?

»Bitte was? Wegen einem Schlag auf den Kopf? Ist da oben – irgendwas geplatzt oder so? Dafür fühlt es sich eigentlich …«

»Gift.«

»Wie?«

»Sie haben eine schwere Vergiftung. Ihnen wurde der Magen ausgepumpt, trotzdem war schon eine gewisse Menge des Gifts vom Körper aufgenommen worden. Sie werden es überleben, falls es das ist, was sie fragen wollten. Die Ärzte«, er erhebt sich, »werden Ihnen in Kürze die unappetitlichen Details verraten. Ich gehe dann besser, Sie sollten sich ausruhen.«

»Moment!«

Er hält mitten in der Bewegung inne. Etwas an der Art, wie er mich forschend betrachtet, macht mich unglaublich zappelig, was wiederum dazu führt, dass ich schroffer als nötig mit ihm spreche.

»Sie gehen nirgendwo hin, bis Sie mir nicht erzählt haben, was hier eigentlich los ist. Sehe ich so aus, als ob ich ein friedliches Mittagsschläfchen …«

»Es ist bald Abend!«

»… ein Schläfchen machen könnte, solange ich nicht vollständig aufgeklärt wurde, warum ich mich hier in diesem sterilen Krankenzimmer befinde, wie ich hergekommen bin, und, last but *not* least, was für eine Rolle *Sie* dabei spielen, *Herr* Alt!«

Er hebt resigniert die Arme, streicht sich die widerspenstigen Haarsträhnen aus dem Gesicht, die natürlich sofort wieder nach vorn springen, und setzt sich erneut auf den Sessel neben meinem Bett.

»Von mir aus. Sie sind hier, weil man Sie vergiftet hat. Mit einem Stück Kuchen, so weit ich informiert bin. Sie sind in einem Krankenwagen hierhergebracht worden, den ich von der Ortsausfahrt aus gerufen habe. Und was meine Rolle angeht«, er zögert, spricht aber schließlich weiter, »ich bin Privatdetektiv und versuche seit einiger Zeit, in dem Bergdorf etwas über die sonderbaren Todesfälle herauszufinden. Die Tante des kleinen Mädchens, Sarah – Sie erinnern sich vielleicht an das Grab –, diese Tante hat mich engagiert.«

Kurz wird sein Gesichtsausdruck abwesend, als dächte er über ein Problem nach. Dann schüttelt er den Kopf und reibt sich mit dem Finger die Nasenwurzel.

»Diese – Frau – Selene heißt sie, also, sie glaubt nicht, dass das Kind eines natürlichen Todes gestorben ist. Offen gesagt, stimme ich dem zu. Ich habe eine Fotografie der Leiche gesehen, und Sarah sah – krank aus. Genauer untersucht wurde da nichts, das Kind ist blitzschnell begraben worden. Der Dorfarzt hat plötzlich Herzstillstand als Todesursache angegeben, Strich drunter, aus.«

»Ich verstehe nicht ...«

Adrian Alt seufzt.

»In Mimmers Museumsarchiv bin ich auf die Ortschronik gestoßen. In einer Biografie Mimmers wird erwähnt, dass angeblich Teile aus der Chronik fehlen, dass es ein Kapitel gibt, in dem das Dorfgeheimnis gelüftet wird. Ich habe Mimmers Assistenten, einen sonderbaren Kauz namens Unterberger, aufgetrieben. Von ihm habe ich die handschriftlichen Originale dieses ominösen Kapitels erhalten.«

»Die Mappe!«

»Das ist richtig. Ich erhielt die Dokumente, kurz bevor Sie im Wirtshaus Ihren verhängnisvollen Kuchen bestellten. Unterberger wollte mich nicht gehen lassen, solange die Jagd abgehalten wurde, doch Mimmers Aufzeichnungen bestätigten meinen Verdacht, dass hier im Ort ein Gift in Umlauf ist. Ein tödliches Gift. Die missbräuchliche Nutzung dieses Giftes muss natürlich streng geheim bleiben. Der Chronist ist übrigens einem bedauerlichen Unfall zum Opfer gefallen. Ebenso wie der Gendarm, der den Unterberger wegen eben dieser Papiere aufgesucht hat.«

Mein Herz klopft schneller. Mimmers Verkehrsunfall ... Die Maus ...

»Der Gendarm?«

Alt bemerkt natürlich, dass meine Stimme zittert.

»Jawohl, der Gendarm. Nur aus Interesse: Was haben Sie über den Gendarmen herausgefunden? Da ist doch etwas, das Sie mir nicht sagen wollten.«

»Nun«, ich schlucke, mein Hals ist schrecklich trocken, doch ich bin zu aufgeregt, um Adrian Alt um ein Glas Wasser zu bitten, »das war – ein Zufall. In meinem Gasthofzimmer, da wohnt nämlich eine Maus.«

Adrian Alt zieht die Augenbrauen hoch.

»Jawohl, eine Maus. Ich wollte sie fangen und bin dabei durch einen – äh – Unfall auf ihr Nest gestoßen. Ein Geheimfach unter einer Bodendiele.«

Alt beugt sich vor, sein Gesicht ist angespannt, die Augen trotz aller Müdigkeit hellwach. Zwei wasserblaue Leuchtdioden.

»Was haben Sie gefunden?«

Ich kann nur flüstern, meine Stimme versagt fast.

»Das Testament des Gendarmen Franz Berger.«

»Was?«

»Ja, er hat es, wahrscheinlich mit einem Messer, in eine Dose geritzt.«

»Eine Dose! Warum sagen Sie das nicht gleich? Was war drin?«

Er greift erregt nach der Bettdecke neben meinem Arm. Ich schüttle ungeduldig den Kopf. Mir läuft es kalt den Rücken hinunter, weil ich an ein anderes Testament denken muss, eines, das auf einem Papiertaschentuch verewigt ist. Einem blutigen Papiertaschentuch.

»Nichts. Die Dose war leer. Die Buchstaben waren ziemlich krakelig, er muss stark gezittert haben. Womöglich war er schon – na ja – kurz davor. Herrgott, was schauen Sie denn so? Davor, den Löffel abzugeben, abzunippeln, Sie wissen schon. Die Dose, die war in eine alte Uniformjacke gewickelt, eine fleckige Jacke. Ausgebleichte Flecken, aber sie könnten früher einmal rostrot gewesen sein. Auf der Dose …«

Ich muss mich räuspern. Adrian Alt sieht mich ungeduldig an, reißt sich aber zusammen und reicht mir ein Glas Wasser, das ich gierig trinke.

»Auf der Dose stand: *Liebste Familie, verzeiht mir. Ich werde den bitteren Tod lieber freiwillig schlucken, blablabla, statt auf meine Mörder zu warten. Sie sind nicht mehr weit. Ich möchte, dass Ihr den Ort verlasst, nehmt alles mit bis auf – Ihr wisst schon – und fangt woanders neu an. Ich liebe Euch, umarme Euch* et cetera *Euer Ehemann und Vater, Franz Berger.* Sinngemäß zumindest.«

»Den Tod schlucken. Also doch! Er wollte sie auffliegen lassen, da haben sie ihn vernichten müssen, doch er war schneller. Aber warum haben sie die Dose aufbewahrt? Noch dazu im Wirtshaus?«

Gedankenverloren nimmt Alt mir das leere Glas aus der Hand und stellt es auf dem Nachttisch ab. Ich lasse ihn nicht aus den Augen. Schließlich treffe ich eine Entscheidung.

»Therese ist die Enkeltochter des Gendarmen. Das Wirtshaus hat ihren Eltern gehört. Es muss ihr Zimmer gewesen sein, in dem ich untergebracht war.«

Erwartungsgemäß starrt er mich mit offenem Mund an.

»Woher …?«

»Da war Mädchenkram in dem Loch unter der Diele. Dinge, die wir vor unseren Eltern verstecken: Liebesbriefe, Fotos von unserem Jugendschwarm, eine Stoffrose, ein billiges Ansteckherz. Mädchenwünsche in rosa Tinte. Viele Wünsche. Und ein Abschiedsbrief. Ihre Mutter hat Wally geheißen. Wally Berger. Sie ist abgehauen, als ihre Tochter zehn Jahre alt war, spurlos verschwunden, Thereses Vater hat dann wohl wieder geheiratet. Steht alles in dem Brief und noch einiges mehr, aber ich denke, das geht uns nichts an. Nur die Bitte an ihre Tochter, die Jacke und die Dose als Andenken an den Großvater aufzubewahren.«

Wir sehen uns an und schweigen beide. Ich wünschte, das Neonlicht im Zimmer wäre weniger grell, zumal es draußen vor den Fenstern zu dämmern beginnt. Dämmerung hat auch Vorteile. Nur das Mondlicht ist besser. Eine sonderbare Stille herrscht im Krankenzimmer, die er irgendwann bricht.

»Wie die Sachen wohl zur Familie gelangt sind?«

»Wer weiß? Ein gnädiger Jäger? Oder ein gutes Versteck im Wald? Der ist ziemlich abwechslungsreich in dieser Gegend.«

Er nickt.

»Das ist denkbar, ja. Im Wald gibt es viele Verstecke.«

»Hören Sie, Herr Alt, es tut mir leid, dass ich mich die letzten Tage so beschissen benommen habe. Anscheinend verdanke ich Ihnen tatsächlich mein Leben. Aber, hey, wenn Sie darauf aus sind, zwecks Tarnung Menschen zu verschrecken, dann sind Sie echt gut darin.«

Er lächelt müde.

»Das ist keineswegs nur Tarnung. Ich arbeite eben am liebsten allein. Sozialkontakte sind nicht mein Spezialgebiet, noch nie gewesen. Aber auch ich muss mich entschuldigen.«

Erwartungsvoll sehe ich ihn an. Aus unerfindlichen Gründen klopft mein Herz schneller. Das müssen die Medikamente sein, mit denen ich bestimmt vollgestopft bin.

»Ich habe Sie unterschätzt. Sie sind eine Meisterin in der Kunst, andere so lange vor den Kopf zu stoßen, bis Sie niemand mehr ernst nimmt mit Ihrer blasierten Stöckelschuhmentalität. Dann schlägt Ihre Stunde, dann kommt Ihnen sogar der Zufall zu Hilfe oder unverschämtes Glück. Und, tada, Sie lösen komplizierteste Fälle. Ich gratuliere.«

Mir ist sein Sarkasmus nicht entgangen, doch statt der üblichen Wut im Bauch fühle ich dort ein vorsichtiges Flattern. Das darf doch nicht wahr sein! Warum immer ich?

»Herr Alt, das war nur fair, machen Sie sich nur lustig über mich. Ich kann auch einstecken, kein Problem. Darf ich trotzdem die Geschichte zu Ende hören? Ich glaube, wir waren noch nicht ganz am Ende. Verbindungen herstellen, das ist ja wohl Ihr Spezialgebiet. Also bitte, überzeugen Sie mich, *Herr Detektiv*. Wie kommen wir vom lebensmüden Gendarmen zum vergifteten Kuchen?«

Er zögert. Doch schließlich trifft auch er eine Entscheidung.

»Im zweiten verschollenen Kapitel der Ortschronik schreibt Mimmer von einer besonderen Substanz. Ein Fremder hat sie den Dorfbewohnern auf der Durchreise verkauft. Ein kleiner, rothaariger Mann mit umso größerem Auftreten. Das war vor langer, langer Zeit, als die Wissenschaft der Alchemie und die Suche nach dem Stein der Weisen gerade auf dem Höhepunkt waren.«

»Der Stein der Weisen? Wollen Sie mich auf den Arm nehmen?«

»Ja, genau, Stein der Weisen, Suche nach dem ewigen Leben, der alte Menschheitstraum.«

»Herr Alt, ich habe meinen Harry Potter gelesen. Aber was soll der Stein der Weisen in einem Kaff in den Bergen Salzburgs?«

»Nun, auch hier wollte man den Tod hinauszögern, das Alter erträglicher machen, das unnatürlich reiche Leben dieses glückseligen Bergdorfes so lange wie möglich genießen.«

Gespannt starre ich ihn an. Sein Blick ist in die Ferne gerichtet.

»Das Dorfgeheimnis ist nichts anderes als ein Pulver namens Hüttenrauch. Eine tägliche Dosis davon hat jede Menge positive Effekte auf die Gesundheit. Unter anderem wird das Leben unnatürlich verlängert. Ich habe recherchiert, während Sie geschlafen haben. Dies gibt es tatsächlich, vielmehr gab es das im vorigen Jahrhundert in einigen steirischen Gebieten. Man nennt es Arsenikessen.«

»Arsenik!« Ich starre ihn an.

»Ja, Sie sehen das ganz richtig. Hüttenrauch ist ein anderer Name für Arsen. Man hat Ihnen eine tödliche Dosis davon über den Kuchen gekippt. Ein Wunder, dass Sie das überlebt haben. Sarah und die anderen Kinder, die das Gift in die Finger bekommen haben, hatten weniger Glück. Erst ab einem Alter von drei, vier Jahren verträgt es der Körper, und selbst dann ist die Höhe der Dosis ein Hasardspiel.«

Er hat einen so verbitterten Gesichtsausdruck, dass ich mich fast nicht traue, die Frage zu stellen.

»Äh, Herr Alt, hm, was haben denn wir mit all dem zu tun? Warum wollte man mich vergiften?«

»Sie waren ein Eindringling, ein Wolf.«

Ich zucke zusammen.

»Als Wolfsjagd bezeichnen die es im Dorf, wenn jemand ihr Geheimnis entdeckt. Schutz der Dorfgemeinschaft nennen sie das. Ich sage Mord dazu. Sie sollten dem Dorfgott geopfert werden.«

»Der Dorfgott ist das Arsen, nicht wahr? Sie können nicht mehr ohne leben. So wie der Waldkauz nicht ohne den Wein.«

»Wie bitte?«

»Nicht so wichtig. Warum nicht Sie?«

»Ich?«

»Warum wurden Sie nicht schon viel früher vergiftet? Sie waren doch die weit größere Gefahr.«

Er fährt sich gedankenverloren über die Bartstoppeln.

»Oh, sie haben es versucht, ziemlich schnell. Aber ich esse nie etwas, bei dessen Zubereitung ich nicht zusehen kann, und ich trinke nur aus originalverschlossenen Gefäßen.«

»Ist das nicht«, ich suche nach dem Wort, »ein klein wenig paranoid?«

»Nicht in meinem Beruf.«

Ich nicke.

»Apropos, eine Frage noch, aus rein professioneller Neugier: Was hat Sie eigentlich nach Salzburg geführt? Ich habe recherchiert, Sie sind Schriftstellerin. Arbeiten Sie an einer Story?«

»Recherchiert, aha. Kennen Sie jetzt auch mein Verkehrsstrafenregister?«

»Selbstverständlich. Sie sollten damit anfangen, sich an Dreißigerzonenbeschränkungen zu halten …«

»Mein Tacho beginnt erst bei fünfundvierzig zu zählen.«

»… und sich anschnallen!«

»Ich habe eine Gurtphobie.«

»Verstehe. Aber Sie lenken ab.«

Was für ein Detektivklischee.

»Sagen wir es so: Mich hat nichts von Bedeutung hergeführt, nur ein privater Fehlschlag ungeahnten Ausmaßes, der mich wieder einmal in meiner Internet- sowie Männerskepsis bestätigt hat.«

Er fragt nicht weiter. Etwas liegt in der Luft zwischen uns. Selbst der Staub im Neonlicht fährt auf Zickzackkurs, sobald er in den leeren Zwischenraum fliegt, der seine und meine Welt trennt. Wie hat er es genannt? Individualdistanz. Hier sind wir, zwei Wesen mit Berührungsphobie, jeder in seiner Sauerstoffglocke. Was wäre, wenn ...

»Herr Alt, darf ich das Bild noch einmal sehen?«

»Welches Bild?«

»Das, das Sie am ersten Abend von mir gezeichnet haben.«

Er holt seinen Notizblock aus der Innentasche seines Jacketts und reicht ihn mir, aufgeschlagen. Wie schnell er die Seite findet. Ich überlege, ob ich wie zufällig seine Hand berühren soll, wenn ich den Block nehme, doch ich lasse es bleiben. Ich studiere die Zeichnung gründlich, bevor ich ihm den Block zurückgebe.

»Sie sind ein Künstler. Warum arbeiten Sie als Detektiv?«

»Ich hasse Verbrechen.«

Das ist keine sehr befriedigende Antwort, und ich entnehme seinem verschlossenen Gesichtsausdruck, dass ich nicht mehr zu hören bekommen werde, es sei denn, ich schaffe es, meinen Finger exakt auf die richtige Stelle zu legen. Und das tue ich. Erst den Finger, dann die ganze Hand. Auf seine Hand. Er zuckt, zieht sie aber nicht zurück. Fast erwarte ich weiches Fell, doch da ist nur Haut, warme, zarte Künstlerhandhaut.

»Und jetzt?«

Berührung stellt Beziehung her, positiv oder negativ, sie sorgt für Nachwuchs oder Streit, Liebe oder Tod, denke ich.

Er sieht mir in die Augen, weicht dem Blick nicht aus, der eindeutig zu lange dauert, doch er missversteht die Frage absichtlich.

»Keine Ahnung. Es gibt keinen Beweis, insofern ist meine Mission nicht erfolgreich gewesen. Für eine Exhumierung von Sarah hätte ich mehr gebraucht. Für eine Untersuchung durch den Staatsanwalt erst recht. Die Dokumente Mimmers sind bei meiner Auftraggeberin in sicherer Verwahrung, doch es ist sehr fraglich, ob diese alten Aufzeichnungen etwas bewirken. In Ihrem Magen wiederum war Mohnkuchen und Arsen, aber offensichtlich war das alles schon halb verdaut, seltsam in der kurzen Zeit, wodurch man keine eindeutige Verbindung herstellen kann. Ich bin mir sicher, Sepp und die anderen finden eine Ausrede. Der Dorfarzt, der Dorfgendarm, der Bürgermeister, alle stecken mit drin. Die Leute solcher Orte sind auf Leben und Tod miteinander verschworen. Wenn ich nur etwas in der Hand hätte«, sagt er frustriert und betrachtet meine Hand, die noch immer auf der seinen liegt.

»Zum Beispiel ein Stück Kuchen mit Arsen darauf?«

Seine Augen funkeln hoffnungsvoll.

»Zum Beispiel. Oder wenigstens die Dose. Sie haben nicht zufällig die Dose eingesteckt?«

»Nein. Die Dose ist unter den Dielen geblieben. Aus Pietät.«

Er zieht seine Hand unter meiner weg, um den neuerlichen Versuch zu starten, die widerspenstigen Haarsträhnen aus der Stirn zu wischen.

»Aber ich habe den Kuchen.«

»Was?«

»Wären Sie so freundlich, mir meine Handtasche zu reichen?«

Er tut es, wobei er mich sonderbar mustert.

»Ich dachte ...«

»... dass ich so verfressen bin, dass ich sogar die größten Portionen vertilgen würde? Nun«, entgegne ich, während ich in meiner Tasche krame, »ich bewundere ja Ihre ausgezeichnete Menschenkenntnis und Ihr ausgeprägtes Beobachtungstalent, Herr Alt, doch manchmal«, triumphierend präsentiere ich das unförmige Papierserviettendings, »liegen selbst Sie falsch.«

Andächtig nimmt er mir das Paket aus der Hand.

»Seltsam, wir haben alle die gleichen Geheimnisse und wissen doch nichts voneinander. Ein anderer Mensch, das ist wie ein anderer Planet. Wissen Sie, von wem das ist?«

»Hört sich nach Mimmer an«, antworte ich lächelnd.

Er pfeift durch die Zähne.

»Gut geraten. Und das hier?«

Er hebt das Kuchenpäckchen hoch. Ich sehe ihn an.

»Ich habe nur den halben Kuchen geschafft. Therese, glaube ich, war das ganz recht so. Ich denke nicht, dass sie mich um die Ecke bringen wollte. Außer Gefecht setzen, vielleicht, aber umbringen, nein, umbringen ist eher Sepps Art.«

»Das erklärt auch, warum Sie noch leben. Die Dosis war weit weniger gefährlich, als ich dachte.«

»Richtig. Aber eines muss ich Ihnen schon sagen.«

Er steckt den Kuchen vorsichtig in seine Jacketttasche. Nicht zu glauben, aber er lächelt strahlend. Das steht ihm!

»Was?«

»Mich mehr als vierundzwanzig Stunden mit dem Gift im Körper herumlaufen zu lassen, das ist äußerst fahrlässig, wenn Sie schon so genau wussten, was mit mir passieren würde.«

Er starrt mich völlig konsterniert an.

»Vierundzwanzig? Wieso vierundzwanzig Stunden? Ich habe doch sofort ...«

In diesem Moment öffnet sich die Tür des Krankenzimmers. Herein kommt aber keineswegs eine wütende Oberschwester. Es ist auch nicht die Abendvisite. Stattdessen betreten drei bullige Polizisten in kompletter Montur den Raum.

»Adrian Alt? Ich muss Sie bitten mitzukommen. Sie sind bis auf Weiteres festgenommen.«

Er steht auf, sorgfältig darauf bedacht, die Kuchenausbuchtung im Jackett zu verbergen.

»Darf ich erfahren, weshalb?«

»Es liegt eine Anzeige gegen Sie vor. Der Bürgermeister eines Bergdorfes namens – Köppel, wie heißt das Kaff noch mal?«

Der Kleinste der drei Polizisten blättert in einem viel zu pompösen Organizer.

»Da muss ich erst im Protokoll ...«

»Egal, jedenfalls stehen Sie unter Verdacht, in dem Dorf durch unerlaubte Detektivtätigkeiten, die die Gewerbeordnung weit überschreiten, Unruhe gestiftet und einen Wirtshausgast tätlich attackiert zu haben. Deshalb ersuche ich Sie, sofort mit aufs Revier zu kommen.«

Ich kann ihm förmlich beim Denken zusehen. Er wirft einen Blick zurück zu mir, scheint dann eine Entscheidung zu treffen und tritt vertraulich an den ersten Polizisten heran.

»Selbstverständlich komme ich mit. Geben Sie mir nur bitte zwei Minuten, ich möchte mich von meiner Freundin verabschieden. Sie hatte einen Unfall und soll sich, wenn möglich, nicht aufregen. Ich wäre Ihnen wirklich sehr verbunden, wenn Sie kurz draußen auf mich warten könnten.«

Ich verfolge interessiert, wie, von den beiden Kollegen unbemerkt, ein Geldschein aus Alts Hand in die des Polizisten wechselt, der kurz nickt, auf seine Uhr deutet und mit seinem Gefolge aus dem Zimmer verschwindet.

»Das war wirklich äußerst ...«, beginne ich, doch Alt unterbricht mich mit einer ungeduldigen Geste, setzt sich auf den Rand des Krankenhausbettes und beugt sich über mich, sodass ich seine geflüsterten Worte verstehen kann.

»Ich habe nicht viel Zeit, also hören Sie zu. Sobald ich aus diesem Zimmer verschwunden bin, rufen Sie die Schwester. Das sind keine echten Polizisten da draußen, das sind Jäger aus dem Dorf. Drei sehr dämliche Exemplare, zum Glück. Bestehen Sie darauf, aus der Beobachtungsstation in ein Mehrbettzimmer verlegt zu werden. Und dann sorgen Sie dafür, dass Ihre sämtlichen Verwandten, Bekannten, Freunde, Arbeitgeber, was auch immer, informiert werden, wo Sie sich befinden. Die Schwester kann das für Sie machen. Sehen Sie zu, dass Sie so bald wie möglich nach Wien kommen!«

Er zögert.

»Und hüten Sie sich vor einer Organisation namens WWS. Dort kennt man Ihren Namen. Ich muss jetzt los, danke für den Kuchen.«

Adrian Alt küsst mich. Ohne Vorwarnung, mit Zunge sowie allem Drum und Dran, ich schwöre es. Etwas macht klick. Der Geruch im Raum, ich erkenne ihn: Kaminfeuerrauch, Regen, blühende Birke. Mein Kopf wird federleicht. Natürlich, natürlich!

Die Tür öffnet sich einen Spalt, der »Polizist« hebt bedeutungsvoll einen Finger, verschwindet aber sofort wieder, dümmlich grinsend, als er uns sieht. Augenblicklich löst Alt sich von mir und will fort. Ich halte ihn am Jackett fest.

»Was war das gerade?«

»Entschuldigung. Tarnung. Dafür haben Sie als Schriftstellerin hoffentlich Verständnis. Dramatische Situationen verlangen dramatische Einfälle.«

Ich packe ihn am Kragen, ziehe ihn zu mir herab und küsse ihn meinerseits. Liebe oder Tod. Er wehrt sich nicht, wirft aber einen gehetzten Blick zur Tür.

»Ich muss wirklich ...«

»Gleich, Herr Alt, gleich. Wissen Sie, Tarnung sollte immer absolut realistisch sein. Große Schriftstellerehrensache. Nur eine Kleinigkeit: Warum haben Sie mich wie eine Blöde durch den Wald irren lassen?«

Er schaut verdutzt.

»Das habe ich nicht. Sie waren nie im Wald.«

»Wie – ich war nie im Wald? Und der Wolf? Die Hütte? Die Jäger?«

Er seufzt.

»Ich bin Ihrem Absatzgeklapper nachgelaufen. Es war fast dunkel, aber Sie waren nicht zu überhören. Am Waldrand habe ich Sie eingeholt, dort sind Sie zusammengeklappt. Ich habe Sie aus dem Ort rausgebracht, zur Hauptstraße und von dort den Krankenwagen gerufen.«

Ich schlage mir mit der Handfläche auf die Stirn.

»Ich war nie im Wald?«

»Nein.«

Er hat die Gelegenheit genutzt und sich losgemacht. Ohne eine Sekunde zu zögern, öffnet er das Fenster und klettert aufs Fensterbrett.

»Was haben Sie vor?«

Er lächelt.

»Erster Stock, kein Problem. Danke für – für alles, Sie würden einen guten Detektiv abgeben. Ich bin zuversichtlich, dass dieser Fall nun gelöst werden kann. Sie sind klüger, als Sie denken. Passen Sie auf sich auf. Sie sollten nicht immer alles essen, was man Ihnen serviert. Leben Sie wohl.«

Mit einem Satz springt er geschmeidig (wie ein Wolf!) aus dem Fenster und ist verschwunden. Gehorsam drücke ich den Knopf, um die Schwester zu rufen.

Kein Wald also, nichts als ein besonders lebhafter Arsenrausch. Eigentlich sollte mich diese Tatsache beruhigen, da mich so einiges, was mir in den letzten vierundzwanzig Stunden offenbar nicht zugestoßen ist, stark an der Funktionstüchtigkeit meines Verstandes zweifeln ließ. Andererseits bedeutet das auch, dass ich kein bisschen schlauer bin als vorher. Oder inspirierter. Verdammt! Das Verrückte ist, ich schmecke noch den Geschmack des Honigmets am Gaumen, höre den Wolfsatem. Den vor allem ...

Die Geschichte entfaltet sich in meinem Kopf, die Teile fügen sich zusammen, und ich bin mir plötzlich ganz sicher, dass die Deadline kein Problem mehr ist. Der erste und der letzte Satz, denke ich, wenn man die hat, dann ist alles dazwischen kein Problem.

Die Jagd hat begonnen!

Mein Computer! Ich muss mir dringend meinen Computer bringen lassen! Und meine Notizen! Das Frissmeinnicht in der Dose, Sarahs Tod, der Gendarm auf der Flucht, die Wirtin im Zwiespalt.

Doch, bestimmt, ich habe etwas getrunken, das mich alles klarer sehen lässt. Und ich hatte etwas in der Hand. Ich betrachte das Muster, das blass, aber dennoch in meinem Handteller erkennbar ist, begreife und grinse selig vor mich hin. Der Wald! Der Kuchen! Das ist die Lösung, natürlich, der Kauz hat alles richtig vorhergesagt! Etwas gewonnen, etwas verloren. Unendlich blind gewesen. Der Weg selbst ist das Ziel! Er war immer schon ein Teil von mir. *Wir haben alle unsere großen Sehnsüchte und es liegt an uns, den Weg zu ihrer Erfüllung zu finden. Erst wenn du bereit bist, etwas zu erzählen, wird die Inspiration dich finden.*

In diesem Moment spüre ich ein altbekanntes Ziehen in meinen Eingeweiden. Draußen vor dem offenen Fenster ist der Vollmond aufgegangen, doch dieses Mal macht es mir nichts aus, dieses Mal begrüße ich ihn mit lachenden Augen, lachendem Mund und lachendem Herz. Die neunte Nacht! Irgendwo heult der freie Wolf zum Abendhimmel hinauf, und ich bin mir ganz sicher, dass sich unsere Wege wieder kreuzen werden, ob mit Tarnung oder ohne. Es ist Bestimmung, hat er gesagt.

»Ja, bitte? Sie haben geläutet?«

Die Schwester steht in der Tür zu meinem Zimmer und sieht mich geschäftig an.

»Ja, das habe ich. Hätten Sie einen Tampon für mich, ich glaube, ich bekomme gerade meine Tage.«

Die Schwester eilt davon.

Von den Jägern ist keine Spur mehr zu sehen.

Suchanzeige »Wiener Kurier«

BITTE UM MITHILFE: KENNT JEMAND DIESEN MANN?

Alter: Mitte dreißig bis Mitte vierzig

Statur: mittelgroß, schlank, nicht allzu muskulös

Augen: blau, Brillenträger!
(trägt zur Tarnung aber möglicherweise Kontaktlinsen)

Haare: mittellang, dunkel, wirr, graue Strähnen, kein Bart!

Sonstiges: blass, trägt oft Hüte und Cowboystiefel, trinkt Milch

Beruf: vermutlich Privatdetektiv, möglicherweise auch als Künstler aktiv

Nennt sich **ADRIAN ALT,** das kann aber auch ein **Deckname** sein.

Wenn Sie jemanden kennen, auf den diese Beschreibung zutrifft, bitte senden Sie Foto und Kontaktdaten an unten genannte Adresse.

ES GEHT UM LEBEN UND TOD!

Hinweise bitte vertraulich an:
olivia.kg@gmail.com

Danksagung

Viele Motive des Ortes W. gibt es wirklich. Das liegt daran, dass ich schon seit fünfundzwanzig Jahren eine zweite Heimat habe, die in den Bergen Salzburgs liegt. Diese Tatsache verdanke ich vor allem zwei Familien, denen hiermit mein erstes Dankeschön gilt: Elfi Dulout, Jennifer Dulout und Hermann Oberthaler und Familie Gruber (Resi, Sepp, Elisabeth, Martina und Daniela). W. ist für mich durch Euch das, was es ist, und ich hoffe, Ihr nehmt mir die dichterische Freiheit nicht übel und habt immer einen Sofa- und Kachelofenplatz für mich!

Ich kann mir nicht vorstellen, dass alle Autoren so ein Glück mit ihren Lektoren haben wie ich, daher ganz großer Dank an meine Lektorin Dr. Andrea Müller, die meine Heldin mehr prüft als ich selbst (was gut ist!) und unendlich viel Herzblut in dieses Projekt gesteckt hat. Lieben Dank auch an das tolle Diana-Team, insbesondere an Doris Schuck, Carolin Assmann, Claudia Limmer, Berit Marchetti und Julia Jerosch. Renate Fladischer, Josef Glasser und Peter Plodek, stellvertretend für das gesamte engagierte Vertriebsteam, Teresa Mutzenbach für das hinreißende Cover-Design und Ilse Wagner für die gewissenhafte Textredaktion.

Großen Dank auch an meinen Agenten Joachim Jessen und an alle Mitarbeiter der Thomas Schlück Agentur für Literatur und Illustration.

Ein herzliches Dankeschön ferner an Alice Bohdal vom Buch-Café Tiempo (tiempo.at) in Wien, Andrea Koßmann (kossiswelt.de), Ricarda Ohligschläger (herzgedanke.wordpress.com), Melanie Pob (buecherblogs.ning.com), das Lovelybooks Team (lovelybooks.de) und besonders an Andrea Kammann (buechereule.de) für all die Unterstützung, an Lois Lammerhuber für wundervolle Autorenfotos sowie an meine KollegInnen vom Wiener Autorenstammtisch, insbesondere das Gründungstrio Sabine Derman, Peter Bosch und Richard K. Breuer!

Jeder Autor braucht um sich Menschen, mit denen er über seine Geschichten reden kann, weil man dazu neigt, schnell betriebsblind zu werden, und es einem sehr guttut, wenn man permanent hinterfragt wird. In dieser Hinsicht schulde ich den größten Dank Renate Kasza und Rotraut Geringer, die die richtigen Fragen stellen, mich nicht selten damit aus dem Konzept bringen und immer dafür sorgen, dass ich nach Antworten suche.

Markus Eiche wiederum danke ich aus ganzem Herzen dafür, dass er sein großes Talent und seine wunderbaren Ideen mit mir teilt und mir damit ganz neue Perspektiven eröffnet hat. Und von all meinen fleißigen Testlesern und Werbetrommelrührern möchte ich ganz besonders Sonja Ulreich und Elli Laufer hervorheben, die mir liebevoll jeden Tippfehler aufschreiben und im Internet wie in Buchhandlungen die Augen für mich offen halten. WdF!

Die Begeisterung der Leser ist das schönste Kompliment, und stellvertretend für ganz viele (alle zu nennen sprengt den Rahmen!) möchte ich Natascha Batic, Thomas »Tam« Becker, Thorsten Kneuer und Maria Ivanova für ihr motivierendes Feedback von Herzen danken.

Ich bin unendlich reich beschenkt worden mit einem Freundeskreis, der aus lauter tollen Menschen besteht. Vielen, vielen Dank – für Feedback, Unterstützung und Glauben an mich – an Marianna und Andrej Andreev (der Herr der Ringe!), Anni Bürkl, Renate Dönch, Christina und Ingrid Drexel, Donna Ellen, Åsa Elmgren, Julia Gartner, Claudia und Luzie Haber, Hans Peter Kammerer, Janko Kastelic, Susanne Kaufmann, Sabine Klein, Andrea Kolassa, Dina Malandi, Nicole Martin, Stephan Meissl, Jan Petryka, Etelka Polgar, Elisabeth Ragl, Herbert Reeh, Schiffi, Victoria Schlederer, Karin Schmid-Küllinger, Barbara Skutan, Birgit Smakal, Anneliese Stoy, Dagmar Weidinger und Heinz Zednik.

Weiters danke ich Familie Hiltgartner, Familie Hufnagl und Familie Ruppert für ihre Unterstützung und Familie Predl, Familie Rericha und Familie Riccadonna dafür, dass sie gerne mit mir verwandt sind.

Bei vier sehr, sehr wichtigen Menschen tut es mir leid, dass sie diese Veröffentlichung nicht mehr erleben können, aber ich danke ihnen, wo immer sie jetzt sein mögen, dafür, dass sie für mich da waren: Brigitte Toman, Anna Toman, Ottilie und Johann Eigner.

Letzter und größter Dank wieder an meinen Papa Herbert Toman, dem ich die Liebe zu Büchern verdanke und die Chance, diese Liebe zu meinem Lebensinhalt zu machen.

Ich unterstütze die Make-A-Wish Foundation (make-a-wish.at), weil erfüllte Wünsche das schönste Geschenk sind!

Zitate

Die Edda, die ältere und jüngere nebst den mythischen Erzählungen der Skalda, übersetzt und mit Erläuterungen von Karl Simrock. Verlag der J. G. Cotta'schen Buchhandlung, Stuttgart 1876.

Grimm, Jakob und Wilhelm: Rotkäppchen. In: Kinder- und Hausmärchen, ausgewählt und bearbeitet von D. Hans Hecke. Ueberreuter, Wien.

Shakespeare, William: Troilus und Cressida. Übersetzt von August Wilhelm von Schlegel und Dorothea Tieck. In: Sämtliche Dramen, Band 3: Tragödien. Winkler Verlag, München 1975.

Die Autorin ist Elli H. Radinger für ihre großartigen Artikel und Bücher über Wölfe zu großem Dank verpflichtet.

Radinger, Elli H.: Mit dem Wolf in uns leben. Peter von Doellen Verlag, Worpswede, 2001.

Radinger, Elli H.: Wolfsangriffe –Fakt oder Fiktion? Peter von Doellen Verlag, Worpswede, 2004.

Diana Verlag

Claudia Toman
HEXENDREIMALDREI

Wünschen ist nichts für Anfänger!

Gut, sie ist wütend – unendlich traurig – am Boden zerstört, aber darum den abtrünnigen Märchenprinzen gleich in einen Frosch verwandeln? Mit dem Wunsch, den ihr eine Fee gewährt, hätte Olivia wahrlich Besseres anfangen können. Der Welt den Frieden schenken oder zumindest sich selbst ein schickes Apartment in London. Als sie ihren Fehler erkennt, ist fast alles zu spät. Doch um den Frosch (und die Liebe!) zu retten, ist Olivia zu allem bereit – sogar, sich mit einer mächtigen Hexen-Vereinigung anzulegen...

Magie, Witz und eine Liebe aus dem Märchenbuch – eine geniale Mischung!

978-3-453-35400-5

www.diana-verlag.de